Pour E.

ANIMALE

LA MALÉDICTION DE BOUCLE D'OR

Du même auteur chez Gallimard Jeunesse :

Le Cas Jack Spark :
1. Été mutant
2. Automne traqué

Victor Dixen

Animale

La Malédiction de Boucle d'or

Gallimard Jeunesse

PROLOGUE

IL NEIGEAIT.

Des tombereaux de flocons gros comme des poings s'abattaient sur les rives de la Berezina. D'un côté : la Russie, immense, qui venait de broyer l'armée la plus puissante du monde ; de l'autre : l'Occident, d'où était venu cet Empereur tout auréolé des victoires d'Austerlitz, d'Iéna, de Friedland. Celui qui s'était présenté en maître devant les portes de Moscou n'avait récolté que les cendres de la ville incendiée par ses propres habitants, et les premiers flocons d'un hiver qui devait être le plus long de tous. Lorsque Napoléon avait décidé la retraite, il était trop tard. Le ciel gonflé de nuages avait déjà la couleur du linceul qui s'apprêtait à ensevelir ce qui restait de la Grande Armée, des dizaines de milliers d'hommes de toutes les nations d'Europe, rassemblés pour assouvir le rêve d'un seul d'entre eux.

Il neigeait.

Trois jours plus tôt, des pontonniers s'étaient immergés dans les eaux glacées de la Berezina pour jeter deux passerelles au-dessus de la rivière qui barrait le chemin de la retraite, de la France, du salut. La plupart avaient péri en construisant ces ouvrages héroïques : la mort de quelques-uns en échange de l'espoir pour des milliers d'autres. Depuis trois jours et trois nuits, on avait vu glisser sur les ponts des légions de spectres, guerriers transformés en vieillards par le froid qui ralentit tout, qui fige les membres et qui scelle les yeux. En cette aube blafarde qui peinait à poindre derrière les rideaux de neige, la plupart des rescapés de la débâcle étaient passés à l'ouest, sur la rive de la vie. Mais il en restait encore trop sur l'autre rive, trop d'estropiés, de fourbus, de boiteux, qui n'avaient pas trouvé la force de s'arracher à la faible flamme des bivouacs pour s'élancer une dernière fois dans les bras de l'hiver.

Il neigeait.

Mille sabots martelaient la terre depuis l'est fatal, faisant trembler la poudreuse autour des campements à demi abandonnés. C'était la rumeur des cavaliers cosaques qui arrivaient sabre au clair, prêts à éventrer, égorger, taillader ceux qui avaient osé fouler le sol russe, respirer l'air russe. Le fait que l'on n'y vît pas à dix mètres rendait l'approche de la faucheuse plus terrible encore : elle pouvait surgir de n'importe où, à n'importe quel instant, pour récolter sa moisson. Les malheureux qui allaient disparaître se cherchaient à tâtons dans le blizzard, afin de sentir un peu de chaleur humaine, une dernière fois, de murmurer ou d'entendre une prière – et dire que l'on prétendait que le paradis était blanc !

Il neigeait.

Le front des cosaques épousa la masse des sacrifiés dans un frôlement étonnamment doux, étouffé par le coton du ciel et de la terre. Les sabres entrèrent sans un bruit dans leurs fourreaux de chair. Et puis soudain, le grondement retentit.

Un grondement terrible, qui semblait monter du plus profond de cette vallée soûlée de trop de sang, engraissée de trop de cadavres.

Un monstrueux borborygme, comme si les marécages gelés régurgitaient la Mort même, dont on les avait gavés de force.

Les chevaux alentour se cabrèrent et désarçonnèrent leurs

cavaliers. La terreur s'empara de ceux qui l'avaient semée. On vit un sabre fendre la brume avec la main qui y était encore cramponnée, mais sans le bras ni rien du corps auquel elle avait été arrachée. Puis ce fut une tête qui roula dans la neige, traçant un sillon pourpre aussitôt recouvert par les flocons.

Là-bas, au-dessus de la Berezina, une grande lumière flamboya : l'Empereur avait donné l'ordre d'incendier les ponts pour protéger la retraite, abandonnant grognards et cosaques aux choses qui grondaient dans la brume.

Il neigeait toujours.

PREMIÈRE PARTIE

Nuits de ténèbres

On ne sait presque rien d'elle, pas même son véritable nom. Certains prétendent qu'elle n'était qu'une enfant, d'autres affirment qu'elle avait atteint l'âge de femme lorsqu'elle s'égara dans la forêt. Mais tous s'accordent à dire qu'elle possédait une chevelure fantastique, dont l'éclat s'est perpétué jusqu'à nous comme une flamme à travers le temps. C'est pourquoi, aujourd'hui encore, les conteurs du monde entier l'appellent « Boucle d'or ».

BOUCLE D'OR ET LES TROIS OURS

1

LA RECLUSE DE SAINTE-URSULE

– BLONDE PEUT SANS DOUTE NOUS DIRE CELA ?

La jeune fille tressaillit sur son tabouret. Sa vision mit quelques secondes à se focaliser sur l'estrade – quelques secondes chargées de vapeurs épaisses, visqueuses, comme à chaque fois qu'elle émergeait d'elle-même pour se heurter à la réalité.

– Et alors, ma fille ? Avez-vous une fois de plus perdu la parole ?

Depuis toute petite, Blonde était sujette à ces torpeurs, à ces absences. Sa difficulté à se concentrer était telle que les sœurs de Sainte-Ursule avaient un moment soupçonné une maladie. Mais les examens auxquels on l'avait soumise n'avaient permis de déceler aucune pathologie connue. La sœur infirmière, désemparée, n'avait rien pu faire d'autre que constater cette langueur qui atteignait son paroxysme en hiver, pour s'améliorer légèrement à la belle saison. Faute de mieux, elle avait conclu à une faiblesse générale des sens. Elle avait prescrit l'abstention de tout effort physique, l'évitement des activités de plein air et le port d'une paire de lunettes teintées, confectionnées par ses soins avec des fragments de vitrail bleu – l'idée était de filtrer la lumière trop vive qui aurait pu fatiguer la malade. Blonde cachait son visage derrière cet étrange masque depuis l'âge de quatre ans ; elle venait d'en avoir dix-sept le mois précédent.

Mais la vérité, c'était que les lunettes n'avaient rien changé. Blonde, simplement, était comme cela, elle était née ainsi : toujours ailleurs – ou nulle part, pour ce que l'on en savait.

– Quelles sont les quatre vertus cardinales ? répéta sœur Prudence d'un ton sec.

Ce qui parvenait aux oreilles de Blonde n'était encore que des sons inintelligibles – « kélesonlékatrevertukardinal ? » – et non des phrases articulées. Il lui semblait que son cerveau était comme la roue à aubes du couvent par grand froid, peinant à tourner dans les eaux à demi gelées.

Elle frissonna.

Par réflexe, elle porta la main à ses cheveux, rassemblés en chignon par le ruban noir imposé à toutes les pensionnaires de Sainte-Ursule. C'étaient des cheveux comme on n'en voit guère, épais comme du velours, brillants comme de la soie ; mais, surtout, blonds comme de l'or. Les religieuses avaient été frappées par cet éclat lorsque, âgée d'un an à peine, l'enfant leur avait été confiée ; ne lui connaissant aucun nom, elles lui avaient donné celui de Blonde – un nom qui n'était même pas chrétien, un nom qu'une chienne eût pu porter, un nom qui dessinait une frontière infranchissable entre la pensionnaire permanente de Sainte-Ursule et celles qui l'accueillaient.

La jeune fille saisit une mèche dépassant de son chignon, pareille au marin d'un navire en détresse qui s'agrippe à un cordage pour tenter d'échapper au naufrage.

Ce fut le geste qui la perdit.

Des murmures commencèrent de s'élever du premier rang, qui, à travers les verres bleutés, ressemblait à une vague menaçante. C'était là qu'étaient assises les demoiselles issues des familles riches. Plus on s'enfonçait vers l'arrière de la salle où les sœurs faisaient la classe, moins les pensionnaires étaient argentées. La place de Blonde était tout au fond, à un petit pupitre bancal, pour bien marquer sa différence. Contrairement aux quinze autres élèves de la classe des cadettes, elle n'était pas à Sainte-Ursule pour quelques années seulement, le temps de parfaire son éducation avant de retourner dans le monde pour s'y marier. Elle n'avait toujours connu que ce couvent perdu au creux de la vallée de la Moselle, et elle ne connaîtrait jamais que lui : les mains qui l'avaient placée sous le porche avaient aussi déposé une somme d'argent couvrant ses frais de logement et de couvert jusqu'à sa mort. Cette manière archaïque de se débarrasser des bâtards nés en dehors du mariage avait encore cours parmi quelques grandes familles lorraines.

C'était à titre gracieux que les sœurs avaient décidé d'assurer également l'éducation de Blonde, d'abord parmi les minimes (la classe qui regroupait les couventines âgées de six à douze ans), puis parmi les cadettes (rassemblant les demoiselles de treize à dix-huit ans).

– J'attends…, s'impatienta sœur Prudence, excédée.

Blonde savait qu'elle aurait dû reposer sa main, mais quelque chose l'en empêchait. Il lui semblait que le contact de ses cheveux contre sa peau était tout ce qui la rattachait à la réalité, à cet instant, à cette classe ; que si elle les avait lâchés, elle se serait à nouveau enfouie dans ses pensées moites et obscures. Aussi les entortilla-t-elle plus fiévreusement autour de ses doigts.

– Elle cherche la réponse dans ses cheveux ! fit une voix, quelque part.

Un gloussement secoua les rangs, semblables à une mauvaise bête qui s'ébroue.

– Silence ! gronda sœur Prudence. Silence !

La petite préceptrice en charge des cours de Morale était la religieuse qui éprouvait le plus de difficultés à tenir les demoiselles.

– Les quatre vertus cardinales…, répéta finalement Blonde.

Elle parlait dans un souffle, et sa voix semblait remonter de très loin, des brumes d'un rêve.

– Je suis désolée, je ne m'en souviens pas…

Quelqu'un crut bon d'ajouter :

– Espérons pour elle que la mémoire ne compte pas au nombre des vertus cardinales !

Blonde cessa enfin de torturer sa mèche. Elle était tout à fait rendue à elle-même à présent. Son regard fusa jusqu'au premier rang, où ricanait une ombre aux cheveux noirs.

Bérénice de Beaulieu, bien sûr.

Dès son arrivée au couvent trois ans plus tôt, pour suivre le cursus des cadettes, cette fille avait pris Blonde en grippe sans raison apparente. Était-ce parce qu'elles étaient si différentes, en bien des points le contraire l'une de l'autre ? Bérénice était vive (« nerveuse », stipulaient les rapports régulièrement remis par les sœurs préceptrices à la mère supérieure), un véritable feu follet qui faisait des étincelles face à la langueur de Blonde. Comptant parmi les pensionnaires les plus petites et les plus charnues, elle avait obtenu le privilège extraordinaire de porter des souliers à talons – un passe-droit qui témoignait surtout de la richesse de ses parents. De même, les autres pensionnaires la soupçonnaient de rehausser le rouge de ses lèvres au carmin, alors que les fards étaient censés être interdits au couvent. Peut-être parce qu'elle bouillonnait à l'intérieur, Bérénice semblait avoir toujours chaud : été comme hiver, elle gambadait dans le jardin, relevant volontiers sur ses mollets épilés à l'eau d'Égypte la robe de serge grise qui tenait lieu d'uniforme aux couventines. Alors que Blonde, condamnée à rester à l'ombre du cloître pour protéger sa faible constitution, grelottait à longueur d'année sous des châles informes.

Telles étaient Bérénice et Blonde, la brune de feu et la blonde de glace, deux éléments chimiques contraires dont les rencontres ne pouvaient être qu'explosives.

Au grand soulagement de sœur Prudence, la cloche annonçant les vêpres retentit avant que quiconque eût le temps de renchérir sur le mot de Bérénice.

Tandis que les demoiselles quittaient la classe pour se rendre à la chapelle, Blonde referma lentement son écritoire, constatant qu'une fois encore elle n'avait rien noté sur la page de son cahier. C'était comme si la leçon lui était passée au-dessus de la tête.

Elle soupira en s'engageant dans le déambulatoire qui faisait le tour du cloître.

Peut-être Bérénice avait-elle raison, après tout.

Peut-être avaient-elles raison, toutes celles qui souriaient d'un air entendu dès qu'elle ouvrait la bouche.

En regardant les cadettes disparaître devant elle au détour du déambulatoire sombre, Blonde eut l'impression déchirante de les voir déjà s'envoler vers une nouvelle vie.

Elle se mit à courir pour les rattraper.

Il lui semblait que ses souliers plats dérapaient sur le pavé envahi par la mousse et le lichen, comme si le vieux couvent avide de chair fraîche essayait de la retenir dans son ventre et de l'y digérer.

Mais elle ne voulait pas de ce destin !

Elle ne voulait pas demeurer à jamais la recluse de Sainte-Ursule !

Elle ne voulait...

– Oh !

Emportée par son élan, handicapée par sa mauvaise vue, Blonde venait de heurter de plein fouet une sœur qui avait jailli de derrière une colonne du cloître.

– Pardon ! Oh, pardon ! s'exclama-t-elle en se penchant pour ramasser ses plumes éparpillées sur le sol dans une mare noire – en tombant, son encrier s'était brisé.

– Je vous en prie, ne... ne dites pas à mon maître que je suis venu ici.

Blonde se figea, un genou au sol.

Cette voix n'appartenait à aucune des ursulines.

En réalité, ce n'était même pas une voix de femme.

La jeune fille releva la tête vers la personne qui s'était accroupie devant elle pour l'aider à ramasser les plumes. Elle reconnut le jeune tailleur de pierre qui venait chaque jour à Sainte-Ursule depuis une semaine. Jusqu'à présent, elle ne l'avait vu que de loin, occupé à la réfection du grand escalier du couvent, pour laquelle les sœurs les avaient mandatés, son maître et lui. L'itinéraire des pensionnaires entre la classe, la chapelle, le dortoir et le réfectoire avait été soigneusement étudié par les religieuses pour éviter que leurs protégées ne croisent les deux intrus durant la durée des travaux. Aussi la présence du jeune homme dans le déambulatoire était-elle tout à fait anormale.

– J'ai entendu sonner les vêpres, expliqua-t-il, le souffle court. Je pensais que les demoiselles et les sœurs seraient toutes à la chapelle. Je voulais juste en profiter pour aller regarder la statue dans le cloître.

Blonde jeta un coup d'œil furtif à la grande statue de sainte Ursule qui se dressait sur un piédestal, au milieu du cloître bleui où le soir tombait déjà. Elle avait énormément souffert lors de la Révolution, quarante ans plus tôt. Les sans-culottes lui avaient brisé les mains et râpé tout le visage; sans doute l'auraient-ils renversée si elle n'avait été aussi lourde.

– C'est une belle œuvre, dommage qu'elle soit en si mauvais état…

Blonde reporta son attention sur le tailleur de pierre. Le seul homme qu'elle avait vu d'aussi près, en dix-sept années d'existence, était le vieux prêtre qui lui donnait la communion le matin à la messe. Mais le visage affûté de l'ouvrier n'avait pas grand-chose à voir avec la grosse face rougeaude du bon père Matthieu. Avec ses boucles châtain, ses grands yeux bruns et son tablier chargé de ciseaux rutilant comme des armes, ce garçon ressemblait davantage au saint Michel en armure perché dans la plus haute niche de la chapelle – sauf que Blonde ne s'était jamais sentie dévorer par les yeux de l'archange...

– Blonde ?

La jeune fille tressaillit.

C'était la voix de la prieure qui lui parvenait de l'autre extrémité du déambulatoire. Bras droit de la mère supérieure, sœur Marie-Joseph était autrement plus autoritaire que la frêle sœur Prudence. Elle faisait régner une discipline de fer sur le couvent et traitait Blonde avec une exigence particulière, attendant d'elle les mêmes sacrifices que ceux consentis par les religieuses aux côtés de qui elle avait grandi.

Si la prieure apprenait que Blonde avait adressé la parole à un garçon, elle lui infligerait une lourde punition.

Laissant là l'écritoire, les plumes, l'encrier brisé et le tailleur de pierre, la jeune fille se releva d'un bond et s'enfuit sans se retourner.

*

Ayant rejoint la chapelle, Blonde se mit à prier pour que personne ne remarque le désordre qu'elle avait semé dans le déambulatoire, et surtout pour que personne ne devine ce qui en avait été la cause.

Pendant que les pensionnaires et les religieuses chantaient des cantiques de leurs voix plus ou moins accordées, elle sentait peser sur elle le regard de sœur Marie-Joseph, aussi lourd que son double menton. À plusieurs reprises déjà, cette dernière lui avait proposé de prononcer ses vœux, afin de la faire définitivement entrer dans le rang des ursulines. La blondeur de la pensionnaire permanente avait toujours paru suspecte à la prieure ; elle y voyait comme une provocation, un feu profane apporté en ce lieu saint, qu'il aurait fallu étouffer d'un voile.

Jusqu'à présent, Blonde était toujours parvenue à se dérober, prétextant qu'elle ne se sentait pas encore assez digne d'un tel honneur.

Mais en cet instant, pour la première fois, elle aurait voulu avoir un voile sous lequel se cacher, un linceul noir pour ensevelir sa chevelure. Était-ce sa blondeur qui avait attiré le tailleur de pierre là où il n'aurait pas dû aller, comme une flamme attire les animaux nocturnes hors de leurs tanières ? Les sœurs apprenaient à leurs élèves que c'était par les femmes que les hommes le plus souvent se damnaient, et que toutes les grandes tentatrices depuis Ève avaient été blondes…

Dès la fin de l'office, la jeune fille se précipita dans le déambulatoire dans le but d'y réparer les dégâts causés.

Elle s'arrêta, stupéfaite, à l'emplacement où la collision s'était produite : sur les dalles, pas la moindre trace d'encre, pas le plus petit éclat de verre. Son écritoire refermée l'attendait, discrètement posée au pied d'une colonne. Elle n'eut qu'à la ramasser avant l'arrivée des sœurs.

– Dites-moi, vous êtes arrivée après le début des vêpres…, gronda une voix familière derrière elle.

– Je suis confuse, sœur Marie-Joseph, répondit Blonde en essayant de contenir un sourire de soulagement.

– Vous ne m'avez pas l'air confuse du tout, plutôt réjouie même. Cela vous amuse d'être en retard au rendez-vous du Seigneur ?

Blonde leva les yeux sur la prieure. Une chose était certaine : avec ses sourcils broussailleux constamment froncés et ses bajoues tremblantes, sœur Marie-Joseph avait définitivement tué la tentatrice en elle.

– Vous jeûnerez dans votre chambre ce soir, en espérant que cela vous inculque la ponctualité.

En fait de chambre, Blonde disposait d'une minuscule cellule, trois fois plus étroite que celles des autres pensionnaires, placée de surcroît au deuxième étage de l'aile nord, dans la partie la plus vétuste et la plus humide du couvent. Un lit de fer, un prie-Dieu, une chaise et une petite table : c'était là tout son mobilier. C'était aussi tout ce que Blonde avait jamais connu, et surtout c'était son havre, sa seule intimité.

En ouvrant la porte, elle sentit une ombre frôler ses chevilles et s'introduire dans la pièce en poussant un miaulement aigu :

« Miaooo ! »

C'était le chat du couvent, un solide matou chocolat. Les sœurs le toléraient uniquement parce qu'il était utile contre les rongeurs, mais elles le chassaient à grands coups de pied et de « *vade retro* » dès qu'il s'approchait un peu trop près – car tout de même, les chats sont les suppôts du démon.

Blonde se sentait solidaire de cet animal, qui vivait comme elle en marge de la communauté des ursulines. Elle avait décidé qu'il devait avoir un nom ; elle lui avait donné celui de Brunet, en rappel de son pelage, ainsi qu'elle-même avait été baptisée d'après la couleur de ses cheveux.

Elle avait pour habitude de lui rapporter chaque soir des restes du réfectoire, pour améliorer son quotidien fait de souris et de mulots. Et chaque soir, Brunet passait quelque temps avec elle, avant de repartir par une faille dans le mur de la chambre.

– Miaooo !

– Je suis désolée mon ami, mais je n'ai rien à t'offrir.

– Miaooo !

– Je sais, je sais. Mais dis-toi que cela aurait pu être bien pire. Si sœur Marie-Joseph avait deviné ce qui s'est passé dans le déambulatoire, nous aurions dû jeûner pendant une semaine au moins ! Tu n'as qu'à dormir ici ce soir, tu auras moins froid que là-bas, dehors.

Blonde avait toujours eu l'impression de pouvoir comprendre

Brunet, et qu'il pouvait la comprendre en retour. En réalité, il lui semblait plus facile de parler avec lui qu'avec bien des pensionnaires. Ce n'était point tant qu'elle le rendait humain à travers leurs conversations ; c'était plutôt qu'elle se sentait devenir elle-même féline, et pour un peu elle eût remplacé les mots par des feulements. Mais elle se l'interdisait, bien sûr, de peur qu'on ne l'entendît et qu'on la crût possédée du démon…

Blonde regarda la gravure colorée de sainte Marie Madeleine accrochée au-dessus du lit. Les sœurs l'avaient achetée à un colporteur et l'avaient offerte à leur pensionnaire permanente pour sa première communion, sans doute parce que la chevelure de la pécheresse repentie ressemblait à la sienne. Cette image pieuse sortie des presses d'Épinal était le seul présent qu'on lui eût jamais fait, et c'était également son seul luxe.

La jeune fille prit la cruche au pied du lit et versa un peu d'eau dans une bassine pour faire sa toilette du soir. L'eau était glacée. Derrière la fenêtre, cet hiver de l'année 1832 n'en finissait pas de s'achever ; on était déjà en mars et la neige n'avait pas encore fondu sur le toit du couvent. Les sœurs prétendaient que la chaleur amollissait les sens et relâchait l'esprit – mais la vérité, c'était qu'elles n'avaient plus les moyens de chauffer un bâtiment si vaste…

En relevant la tête après s'être essuyée, Blonde tomba nez à nez avec son reflet dans le petit miroir suspendu au mur, derrière lequel séchaient les rameaux de l'année passée. Le spectacle de son visage sans ses lunettes la surprenait toujours. C'était comme une autre elle-même, non plus fondue dans le lavis bleuâtre des verres teintés, mais éclatante de couleurs : le grenat des lèvres, le rosé des joues, l'ivoire de la peau, et surtout l'or de la chevelure aussi éclatante que la crinière d'un fauve. Seules deux touches de bleu subsistaient dans ce portrait saisissant – les yeux, clairs comme des glaciers.

Troublée par cette sœur jumelle familière et étrangère à la fois, Blonde s'empressa d'enfoncer les lunettes rassurantes sur son nez et de ligoter ses cheveux dans leur ruban noir, avant de se glisser dans ses draps perclus d'humidité.

Ce fut à ce moment qu'elle entendit gratter au carreau.

2

LE VISITEUR DU SOIR

BLONDE RESTA UN MOMENT IMMOBILE DANS SES DRAPS, tous ses sens en alerte.

Selon toute probabilité, ce n'était qu'un écureuil qui se serrait contre la fenêtre, une chouette peut-être, en quête d'un peu de chaleur en cette nuit de mars qui ressemblait à une nuit de décembre. Depuis toujours, les bêtes sauvages venaient ainsi à Blonde comme les rivières vont à la mer. Souvent les oiseaux se posaient à sa fenêtre et, lorsque Brunet n'y était point, ils entraient volontiers dans sa chambre, messagers d'un monde qu'elle ne connaîtrait jamais. Blonde sentait bien qu'ils n'avaient pas peur d'elle comme des autres habitantes du couvent; les sœurs le sentaient aussi, et considéraient avec un mélange de crainte et de respect cette pensionnaire qui attirait les animaux comme une sorcière ou un saint François d'Assise.

Mais ce soir-là, le grattement crût tant et si bien qu'il fut bientôt impossible de l'attribuer à une créature de la nuit.

Il s'amplifia jusqu'à se transformer en coups contre le carreau, que ni un oiseau ni un écureuil n'auraient eu la force de donner. Blonde se rendit alors à l'évidence : c'était un être humain qui frappait à la fenêtre, et si elle ne lui faisait pas signe de partir, il finirait par ameuter tout le couvent. Pétrie d'angoisse, elle repoussa ses draps et se leva. Étaient-ce ses cheveux qui, brillant dans la nuit, avaient attiré le tailleur de pierre jusqu'ici ? Bien sûr, il ne pouvait s'agir que de lui...

La jeune fille alluma la lampe à huile posée sur la table, puis elle s'approcha du carreau.

Ce dernier était noir comme un puits, une fine couche de givre ajoutant son opacité à celle des ténèbres.

Blonde posa sa main sur le loquet glacé, ressentant jusque dans son épaule la vibration des coups qui continuaient.

Elle hésita encore une seconde.

Puis elle souleva le loquet et entrouvrit la fenêtre.

– Partez, je vous en conjure, chuchota-t-elle dans le noir.

Seul lui répondit le sifflement de la bise à travers les bois derrière le couvent, prémices des grandes forêts des Vosges qui s'étendaient à l'est.

Elle crut que l'importun était parti.

Mais son regard tomba alors sur les montants de l'échelle qui reposaient sur l'appui. Avant qu'elle n'eût le temps de réagir, une forme blanchâtre jaillit dans l'embrasure. C'était une tête de vieillard chauve et creusée, à moitié enfouie dans le col d'un épais manteau en laine noire. Blonde se retint de crier de justesse, sa peur d'éveiller les sœurs excédant de peu la frayeur créée par l'apparition.

– Êtes-vous la pensionnaire permanente du couvent ? murmura le vieillard d'un ton rauque, cramponné à l'échelle.

– Oui, je suis Blonde. Mais je n'ai pas le droit de parler aux inconnus.

Blonde se mordit les lèvres. Quel besoin avait-elle de décliner son identité à ce diable sorti de nulle part ?

– Blonde ? répéta-t-il d'un air songeur. Tel est donc le nom que les sœurs vous ont donné. Elles n'ont pas fait preuve de beaucoup d'imagination...

La jeune fille crut voir un sourire se dessiner dans l'ombre du col, des lèvres gercées se soulever sur deux rangées de dents jaunies par la pipe.

Elle tenta de refermer la fenêtre – mais le vieillard, plus rapide que l'éclair, passa sa main dans l'embrasure et retint le battant. La manche de son manteau, en se soulevant, dévoila un maigre avant-bras gonflé de veines, piqueté de taches.

– Il faut que je vous parle, dit-il.

Son visage était si proche de celui de Blonde qu'elle pouvait sentir son haleine chargée de tabac.

– Je… je ne peux pas, gémit-elle en pesant de tout son poids contre la fenêtre.

Ignorant ses plaintes, l'homme agrippa le chambranle de sa deuxième main pour renforcer son appui. Blonde ne pouvait détacher son regard de cette main noueuse, pareille à une grosse araignée, dont les doigts s'agitaient comme des pattes avec une dextérité monstrueuse.

– Miaooo !

Blonde avait à peine conscience de la présence de Brunet à ses pieds, le poil hérissé. Elle était trop tétanisée pour fuir, trop tétanisée pour hurler.

Le vieillard était doté d'une force que son apparence chenue ne laissait pas deviner, et Blonde, à l'inverse, se sentait plus faible que jamais. Ses pieds nus glissant sur la dalle, elle était irrésistiblement repoussée.

– Miaooo ! Miaooo !

Le battant s'ouvrit complètement.

Le vieillard introduisit sa tête et ses épaules à travers la fenêtre, et enfin il bascula tout entier dans la pièce. Il était plus grand que Blonde ne l'avait imaginé.

Mue par un ultime réflexe, elle tenta de se jeter sur la porte de la chambre pour s'enfuir dans le couloir. Mais l'intrus la retint par le bras. Avec horreur, Blonde sentit des doigts moites se refermer sur sa peau, et la serrer très fort.

– Vous n'avez rien à craindre, dit l'homme.

Mais tout son comportement hurlait le contraire.

Il se plaça entre la jeune fille et la porte, coupant court à toute tentative de fuite.

– Que voulez-vous ? souffla Blonde.

Son cœur battait si fort qu'il lui faisait mal.

– Si vous ne partez pas tout de suite, je vais hurler !

À vrai dire, elle en aurait été bien incapable. Elle avait l'impression qu'il n'y avait plus d'air dans ses poumons, la peur les écrasait de tout son poids. C'est à peine si elle arrivait à parler.

Le vieillard dut le sentir, car il ne parut pas s'émouvoir de la menace.

Il souriait toujours.

La lampe à huile faisait tomber sur lui une pluie d'ombre et de lumière, creusant les cavités de son visage. Ses tempes, ses sinus, ses joues étaient évidés comme si la chair en avait été aspirée. Il avait vraiment une tête de squelette.

– Je vous propose un marché, dit-il. Si vous promettez de m'écouter jusqu'au bout, je vous promets de partir comme je suis venu.

Pour la première fois, Blonde eut le courage de croiser le regard de l'homme. Tout comme ses cheveux, ses sourcils étaient presque entièrement tombés. Les deux globes oculaires qui perçaient sa face fantasmagorique n'en étaient que plus saisissants. Ils étaient d'un gris laiteux, couleur d'huître trop grasse.

– Et qu'est-ce qui m'assure que vous tiendrez votre promesse ? fit-elle en frissonnant.

– Je puis vous le jurer.

– Quelle valeur a la parole d'un homme qui entre dans un couvent par effraction ?

Blonde s'en voulut aussitôt de cette insinuation. Pourquoi provoquer cet individu ? Comme dans une funeste prémonition, elle imagina son corps sans vie retrouvé par les sœurs, le lendemain matin…

Des pas retentirent alors dans le couloir où donnait sa chambre.

Blonde eut l'impression d'entendre les cloches du couvent au sortir d'un mauvais rêve.

Sauf que le vieillard était toujours là, devant elle.

Sauf qu'une grimace de frustration avait remplacé le sourire sur son visage creusé.

– La parole d'un homme…, commença-t-il.

L'écho des pas se rapprochait rapidement ; nul doute qu'ils se dirigeaient vers la chambre.

– … la parole d'un homme a une grande valeur, lorsque cet homme est parvenu à l'hiver de sa vie et qu'il n'a plus rien à perdre.

D'un seul coup, le vieillard relâcha son étreinte. Il enfouit sa main dans les pans de son manteau, et en sortit un dossier de carton cramoisi, soigneusement fermé par des ficelles. Il le posa sur la table.

– Promettez-moi de lire tout ce qu'il y a dans ce dossier. Si vous ne le faites pas pour moi, faites-le pour vous.

Déjà, le manteau noir reculait vers la fenêtre, pareil à une ombre qui reflue au lever du soleil.

– Je le promets, murmura Blonde pour chasser cette ombre, pour la dissiper tout à fait.

L'instant d'après, l'inconnu avait disparu dans la nuit.

Blonde se rua aussitôt sur la fenêtre.

Sans même regarder à l'extérieur, elle referma le battant et rabattit le loquet.

Elle eut juste le temps de saisir le dossier et de le glisser sous le lit, où Brunet s'était réfugié, avant que la porte de la chambre ne s'ouvre brusquement.

– Eh bien, ma fille, que signifie ce remue-ménage ?

La silhouette massive de sœur Marie-Joseph se découpait dans l'ouverture.

– Je… La fenêtre était mal fermée, bafouilla Blonde. Une bourrasque l'a fait claquer.

Sans prononcer un mot de plus, la prieure se dirigea vers la fenêtre d'un pas lourd à en faire trembler les murs. Elle colla son front au carreau et scruta la nuit pendant un long moment, au cours duquel Blonde hésita à lui dévoiler la visite du vieillard. Mais un instinct profond, qu'elle n'aurait pas su nommer, la dissuada de le faire.

– Tâchez de mieux verrouiller la fenêtre à l'avenir, dit finalement la prieure en détachant son visage du verre, où il avait imprimé une marque de condensation. Je ne tiens pas à ce que vous réveilliez les minimes, ni à ce que vous attrapiez la mort. Avec votre faible constitution, un mauvais courant d'air pourrait vous être fatal. Et ne tardez pas à éteindre cette lampe : l'huile coûte cher.

Sœur Marie-Joseph tourna les talons et s'en fut aussi vite qu'elle était apparue.

Blonde resta assise plusieurs minutes au bord de son lit avant d'esquisser le moindre mouvement. Elle qui avait toujours été tenue à l'écart des hommes, voilà que deux d'entre eux avaient fait irruption dans sa vie coup sur coup, le plus jeune et le plus attirant suivi du plus vieux et du plus terrifiant, comme un Janus aux deux visages.

Quand elle eut repris son souffle, elle repensa au dossier sous son sommier. Elle eut la tentation furtive de le jeter par la fenêtre pour que le bois l'avale, le fasse disparaître à jamais, et avec lui le souvenir du vieil homme au manteau noir. Mais, curieusement, dès qu'elle l'eut en main, elle se sentit incapable de s'en défaire. « Promettez-moi de lire tout ce qu'il y a dans ce dossier, avait dit l'inconnu. Si vous ne le faites pas pour moi, faites-le pour vous. »

– Miaooo !

– Qu'en penses-tu, Brunet ?

– Miaooo !

– Hum… Je crois que tu as raison, comme d'habitude.

Blonde s'assit en tailleur sur la paillasse qui tenait lieu de matelas, et ramena la couverture sur ses épaules frissonnantes. Elle posa le dossier devant elle. À la lueur de la lampe à huile, le rouge cramoisi du carton ressortait comme une menace, comme une blessure… comme une promesse.

Blonde défit les ficelles du bout des doigts, ouvrit le dossier.

À l'intérieur se trouvait une pochette d'aspect plus ancien, dont le carton jauni était maculé de taches d'humidité. Des lettres y étaient tracées, d'une belle écriture tout en pleins et en déliés :

ENQUÊTE SUR LA DISPARITION
DE MME GABRIELLE DE VALRÉMY, NÉE DE BRANCES
Pièces rassemblées par Edmond Chapon,
commissaire de police
Épinal – mai 1815

Les mots dansaient devant les verres épais de Blonde – « disparition », « police », « 1815 »… À les en croire, ce dossier était vieux de dix-sept ans… exactement comme elle !

La jeune fille reporta son attention sous le titre de la pochette ; une note y était rédigée dans la même écriture, issue de la même main :

Se trouvent ici rassemblées des pièces datant du printemps 1814 au printemps 1815, ayant trait à la disparition de Gabrielle de Valrémy, fille unique du baron et de la baronne de Brances, épouse de Charles de Valrémy, telle que reportée au commissariat de la bonne ville d'Épinal.

Le présent dossier a été constitué en date du 27 mai 1815, au terme de recherches infructueuses, alors que les familles Valrémy et Brances sont reparties en exil à l'étranger, chassées par le retour de l'Empereur.

Puissent ces quelques pièces aider un futur enquêteur à lever le voile sur cette ténébreuse affaire…

Suivaient une signature, des tampons, des paraphes encore.

Blonde souleva la couverture de la pochette. Elle s'aperçut que sa main tremblait, en saisissant la première pièce à conviction recueillie par ce mystérieux commissaire Chapon : quelques feuilles froissées et toutes gondolées, comme si on les avait fait lentement sécher après les avoir tirées de l'eau. Mais le plus étonnant était l'écriture qui les couvrait ; elle était si petite, si minutieuse, que Blonde dut approcher les feuilles à quelques pouces de son visage pour pouvoir les déchiffrer…

3

PERDUE

Le 15 mai 1814, quelque part
dans la forêt des Vosges

J'ignore si des yeux se poseront jamais sur ces lignes. Peut-être n'y a-t-il qu'une chance sur cent, sur mille? Et même si quelqu'un les déchiffre un jour, même si quelqu'un parvient à me porter secours, quelle est la probabilité que je sois encore en vie quand sonnera l'heure de la délivrance?

À peine ai-je tracé ces quelques mots en haut de ma feuille que, déjà, la folle vanité de mon entreprise m'éclate au visage. Déjà, je vois se briser la bouteille où j'ai imaginé enfermer ma missive; déjà, je sens le papier se déliter dans le ruisseau que j'entends couler derrière la chaumière.

Mais je n'ai pas le droit de ne pas essayer.

Et vous, destinataire inconnu, vous n'avez pas le droit de ne pas me croire.

Même si mon histoire paraît invraisemblable, tout droit sortie d'un esprit tourmenté en proie aux hallucinations. Aussi, je vous en conjure, approchez plus près la chandelle, chaussez vos besicles s'il est besoin, et lisez-moi jusqu'au bout. Je n'ai pour vous convaincre que les dernières feuilles arrachées de mon carnet à dessin. Si je veux dire ici tout mon récit, si je veux restituer tous les détails qui vous permettront peut-être de me retrouver, il me faut écrire du bout de la plume, avec autant de délicatesse que les vieux enlumineurs.

L'espace m'est compté, et le temps aussi avant qu'ils ne reviennent…

Je m'appelle Gabrielle de Brances, j'ai dix-huit ans, je suis la fille du baron et de la baronne de Brances. Je suis française par le sang, née en Prusse où mes parents émigrèrent voilà deux décennies pour fuir les guillotines de la Révolution. Cet exil qui devait être temporaire se prolongea par la force des choses lorsque Bonaparte prit le pouvoir, mes parents n'accordant aucune confiance à l'amnistie générale qu'il avait proclamée pour encourager les émigrés à rapatrier et leur personne et leurs richesses.

Aussi attendirent-ils la chute de l'Aigle, en avril dernier, pour organiser notre retour sur les terres de nos ancêtres. Par amis interposés, ils savaient que notre antique château d'Auvergne était toujours debout, passé aux mains de petits barons d'Empire que les circonstances étaient sur le point d'abaisser aussi vite qu'elles les avaient élevés. Le retour de Louis XVIII à Paris appelait logiquement notre retour dans notre province de Brances.

Ainsi, il y a deux semaines, prîmes-nous la route de France. Nous : mon père, ma mère et tous nos gens, depuis les fidèles serviteurs qui avaient suivi notre maison dans l'exil jusqu'aux jeunes écuyers nés comme moi sur le sol prussien. Nous emportâmes également tous nos meubles, nos toiles de maîtres et nos tapisseries précieuses, déménagés vingt ans plus tôt, prêts à regagner enfin leur écrin légitime. Si vous ajoutez encore les étoffes, les bijoux et les chevaux tirant un convoi de dix voitures, vous vous ferez une idée assez juste de la fortune des Brances. Ce n'est point par orgueil que je vous dis tout cela, mais pour que vous sachiez que vous serez largement récompensé si vous parvenez à me sauver. Et si les richesses de mes parents n'y suffisent pas, vous pourrez encore compter sur celles des Valrémy – oui, vous me lisez bien :

l'illustre famille des comtes de Valrémy, puisque je suis promise à leur héritier Charles.

Cela faisait donc huit jours que nous avions quitté la Prusse, pour traverser les États allemands récemment libérés du joug napoléonien. Le matin même, nous avions laissé derrière nous la Bavière pour pénétrer dans le royaume rétabli, en longeant le massif des Vosges. Dès le lendemain, nous avions prévu de faire notre entrée à Épinal, berceau des Valrémy, eux aussi de retour de l'étranger – ils avaient, quant à eux, choisi de s'exiler en Angleterre. J'allais y être présentée pour la première fois à Charles, de onze ans mon aîné.

En cet été généreux, sous un ciel bleu d'azur, notre progression avait été plus rapide que prévu, aussi le baron mon père accorda-t-il un après-midi de repos à ses gens. Le campement fut installé dans une clairière baignée de soleil, à l'orée de la forêt. Tandis que la baronne ma mère faisait déballer son service de porcelaine pour savourer son premier thé depuis vingt ans sur le sol français, les domestiques se délassaient en faisant la sieste dans les herbes hautes. Quant à moi, tenue enfermée dans ma diligence pendant plus d'une semaine, je n'avais que l'envie de me dégourdir les jambes, et de m'approprier à ma manière la terre de France.

– Soit, me dit ma mère. Mais ne vous éloignez point trop, et soyez de retour pour dix-huit heures. Vous savez que le baron aime souper à heure fixe.

Ce sur quoi ma mère me flanqua d'une femme de chambre à moitié sourde, ma bonne Ernestine, car il était pour elle entendu qu'une jeune fille de mon rang ne pouvait vagabonder seule par la campagne.

Réfléchissant déjà au meilleur moyen de semer la brave femme, j'enfilai mes bottes, je fourrai dans une besace mon carnet à dessin, quelques encres et quelques fusains, puis je m'élançai vers la forêt.

– Point si vite… pfff… Mademoiselle… pfff…, soufflait Ernestine. Ne préféreriez-vous pas rester dans la clairière ?

– Pour dessiner ma mère en train de prendre le thé, ou mon père occupé à tirer sur sa pipe ? Il y aura de nombreuses soirées d'hiver, une fois à Brances, pour faire cent fois leur portrait ! Alors que cette forêt regorge sans doute de fleurs inconnues, d'oiseaux chanteurs que je n'aurai pas une deuxième occasion de saisir.

La pauvre Ernestine ne répliqua pas. Elle connaissait ma soif de sujets nouveaux pour exercer mon œil. Celui-ci était fort réputé parmi les amis de notre famille, en Prusse et au-delà. N'avais-je pas dessiné mon propre portrait, envoyé aux Valrémy au temps de l'exil, et dont Charles était, dit-on, tombé éperdument amoureux ? On m'avait rapporté ses mots, lorsqu'il avait découvert le médaillon : « Quelle chevelure admirablement peinte ! On croirait pouvoir la toucher. Si elle est dans la réalité d'un or aussi fin, elle vaut plus que toutes les couronnes. Voilà au moins un trésor que les tribunaux révolutionnaires ne nous auront pas confisqué ! »

La domestique sur les talons, je m'enfonçai donc dans la futaie, qui devint bientôt un bois dense. Le soleil, en tombant à travers les feuilles vert tendre, versait ses rayons dans de petits cours d'eau argentins au-dessus desquels planaient de gracieuses libellules. Comme ce tableau me semble lointain, maintenant que je me le remémore dans les ténèbres du réduit où l'on m'a jetée ! C'était il y a deux jours seulement, et pourtant il me semble que c'était il y a deux siècles !

Après avoir sauté tellement de ruisselets que le bas de ma robe en était tout trempé, je me décidai enfin à marquer une pause, le temps de dessiner une magnifique renoncule. Lorsque je levai les yeux de mon carnet, je découvris Ernestine assoupie derrière moi, le dos contre un tronc d'arbre. Mes gambades n'étaient décidément plus de son âge, et l'avaient épuisée. Quelle malice me poussa à me relever en silence, et à m'éloigner sur la pointe des pieds ? Quel diable étouffa le bruit de mes pas, quel démon coula dans les oreilles de la vieille femme ses bouchons de cire ? Excitée comme une enfant à l'idée de fausser compagnie à mon chaperon, je m'enfonçai dans le bois sans prêter attention aux sentiers que je quittais, ni à ceux dans lesquels je m'engageais. Mon seul souci était de mettre le plus de distance possible entre Ernestine et moi. Comme une dernière espièglerie de jeune fille avant de me draper dans la dignité d'une dame mariée, une dernière fantaisie d'émigrée avant d'assumer le rang qui sied à une Valrémy.

Soûlée par les battements de mon cœur, je ne remarquai pas que les sentiers devenaient chemins de traverse, et les chemins de traverse, pistes de plus en plus incertaines entre les fougères. Essoufflée tant par la course que par le rire mal retenu, je finis par dégrafer mon corset et par m'arrêter pour reprendre ma respiration. C'est alors que je me rendis à l'évidence : j'étais complètement perdue. D'abord, le trouble de l'égarement ajouta son piquant à l'extraordinaire sentiment de liberté qui me chavirait. Tout ce qui m'entourait me semblait soudain si beau, si digne d'être dessiné ! À travers le tamis des frondaisons épaisses, la lumière de la fin d'après-midi tombait en grosses gouttes d'or chaud sur les fleurs et sur les bruyères. De grands et vénérables chênes avaient remplacé les hêtres du sous-bois. Dans leurs ombres résonnaient des chants incroyablement proches ; parfois, un oiseau s'envolait en frôlant mon visage. J'avais l'impression qu'à travers la forêt, c'était la France entière qui célébrait mon retour dans son giron !

Sans doute errai-je encore de longues minutes parmi les troncs avant de songer enfin à revenir sur mes pas. Mais d'eux, nulle trace. Les herbes s'étaient refermées derrière moi telle une onde. « Par là ! » me dis-je, guidée par ce que je croyais être une intuition sûre. Mais comment l'intuition de celle qui n'avait jamais arpenté la campagne prussienne qu'accompagnée des écuyers de son père pouvait-elle être sûre ? Sans m'en rendre compte, je ne faisais que m'enfoncer davantage dans le sein de la forêt…

D'un seul coup, ce fut le soir.

La lumière se mit à décliner à toute allure, comme si une main invisible, tout là-haut au-dessus des arbres, avait jeté un voile sur le soleil. Sans plus de transition, le vin de mon ivresse tourna et se fit plus aigre qu'un vinaigre. Je ne pouvais plus ignorer que la nuit marchait vers moi. Ernestine s'était-elle réveillée ? Était-elle partie à ma recherche ? Dans ce cas, ne valait-il pas mieux que je l'attendisse là où je me trouvais, au lieu de m'embourber davantage dans l'égarement ? Je me mis à appeler, de plus en plus fort. Mais la mousse du sol, les feuilles du ciel semblaient absorber mes cris aussi vite que le buvard avec lequel j'avais l'habitude de presser ma feuille, lorsque ma plume y dérapait. De toute évidence, j'avais mis trop d'application à me perdre, et mon chaperon avait perdu ma trace. Peut-être même était-il retourné avertir mes parents de ma fugue, et chercher du renfort. J'imaginais la fureur de mon père, déjà assis à la table que l'on avait dû dresser dans la clairière, derrière une soupière fumante. J'imaginais la détresse de ma mère, tordant la nappe de dentelle entre ses mains. Après que l'on m'aurait retrouvée, je serais certainement assignée à ma diligence, et privée de sortie jusqu'à la fin du voyage.

Seulement voilà : on ne me retrouva point.

4

ENTRE LES OMBRES

BLONDE LEVA UN INSTANT LES YEUX DU MANUSCRIT.

Elle s'aperçut que, pendant sa lecture, elle s'était complètement coupée du monde et du temps, jusqu'à oublier qu'elle avait largement dépassé le couvre-feu imposé à Sainte-Ursule.

Elle tendit l'oreille : le couvent était parfaitement silencieux. Brunet devait somnoler dans un coin comme à son habitude.

La jeune fille prit son inspiration, puis elle replongea dans les lignes.

J'attendis une heure, puis deux; personne ne vint à mon secours.

À mesure que les ombres s'étiraient, à mesure que la nuit tombait, les chants des oiseaux se faisaient plus stridents. Il me semblait percevoir derrière eux d'autres bruits – des grognements étouffés, des feulements et des chuintements. Plus les creux se remplissaient d'ombres, plus je sentais mon cœur se remplir de peur.

Je me mis à frissonner, parce que l'haleine vespérale passait sur ma nuque, parce qu'une idée impensable commençait à poindre en mon esprit : j'allais passer la nuit seule dans la forêt. Je réprimai la tentation de pleurer. J'étais tout de même une Brances, et bientôt une Valrémy ! Je n'avais pas le droit de me comporter comme une péronnelle.

Je ravalai mes sanglots, et fixai mes pensées sur mon livre chéri, le René de M. de Chateaubriand. Je le connais par cœur, à la ligne près, pour l'avoir lu cent fois ! Qu'aurait donc fait René, perdu dans les immenses forêts d'Amérique, cent fois plus vastes que celle des Vosges ? Il ne se serait certainement pas laissé gagner par la panique pour une vulgaire question de survie ; les hautes âmes n'accordent qu'à la mélancolie le privilège de les plonger dans le désespoir.

Je rassemblai donc les pans de ma robe, ramassai ma besace, et me mis en quête de nourriture. Par chance, le ciel était dégagé, et la lune naissante était pleine : j'y voyais suffisamment pour progresser sans trébucher et pour cueillir, entre les ronces, des baies comestibles. Elles m'emplissaient la bouche d'un goût acide, qui me maintenait éveillée et semblait aiguiser tous mes sens. Les timides grognements du crépuscule avaient crû avec la tombée de la nuit ; à présent, les troncs vibraient à leur diapason. Parfois, un hurlement retentissait dans le lointain, me glaçant les sangs. Mue par un instinct surgi du fond de ma conscience, je décidai de ne pas rester immobile, mais de continuer à marcher jusqu'au lever du jour. J'étais résolue à ne pas être une proie facile pour la forêt ; si elle voulait me déchirer entre ses griffes, encore fallait-il qu'elle m'attrapât.

Quelle distance parcourus-je ainsi entre les ombres ?

Dans quelle direction me portèrent mes pas ?

À ces questions je ne puis répondre, lecteur, et je le déplore, car je sais que cela ne facilitera pas votre tâche. Je puis seulement dire que les arbres étaient de plus en plus denses et les étoiles, tout là-haut, de moins en moins nombreuses derrière les branches.

Plusieurs heures s'étaient sans doute écoulées lorsque les loups attaquèrent.

Tout se passa très vite.

Quelques instants plus tôt, les hurlements paraissaient encore éloignés de plusieurs lieues ; mais l'instant d'après, ils résonnèrent à quelques pieds seulement de moi. Je vis d'abord six perles jaunes scintiller entre les bruyères. Puis les oreilles, les museaux, les échines hérissées se détachèrent de la nuit. J'avais déjà vu des loups en Prusse, à la ménagerie de Potsdam. Mais les créatures qui se dressaient à présent face à moi n'avaient rien à voir avec les animaux en cage, placides et bien nourris. Ces bêtes-là n'avaient que la peau sur les os, leurs côtes saillant au rythme de leur respiration haletante ; des filets de bave visqueuse dégoulinaient des crocs jaunis, sur la langue, jusqu'au sol.

Les trois loups avaient le poil rare, râpeux, et l'un d'entre eux présentait une écorchure purulente sur le flanc.

Sans doute ne dus-je mon salut qu'à l'hésitation des loups avant d'attaquer. Ils commencèrent par me tourner autour, comme s'ils craignaient je ne sais quoi. Ce répit inattendu me permit d'attraper la branche basse d'un chêne et, au prix d'un effort dont je ne me serais pas cru capable, de me hisser dessus à califourchon. C'est alors que la faim l'emporta sur la crainte dans l'esprit obscur des fauves, et qu'ils se jetèrent en avant.

Je n'oublierai jamais les gueules horribles sautant sous la branche, ni le glapissement strident que poussaient les loups en retombant à terre. On eût dit la contrefaçon odieuse de cris de nourrissons réclamant la tétée ! Par deux fois, les crocs se refermèrent sur le bas de ma robe, manquant de me faire basculer ; mais, par deux fois, l'étoffe se déchira dans un craquement sinistre. Lorsque je parvins à maîtriser le tremblement de mes membres, je me redressai sur la branche et, me rapprochant du tronc, j'entrepris d'en gravir les degrés pour m'éloigner le plus possible du danger.

Ainsi perchée dans les hauteurs, je contemplai les contorsions des loups, rendus d'autant plus horribles par leur aspect pathétique. Ces animaux n'étaient pas en bonne santé. Affamés, blessés, ils ressemblaient à des démons ayant subi les derniers tourments de l'enfer. Comprenant enfin qu'ils ne pourraient pas m'atteindre, ils se rabattirent sur ma besace, que j'avais laissée choir dans mon ascension. Avec effroi, je les vis s'acharner sur le cuir du sac comme s'il se fût agi d'une proie vivante ! Je les vis le déchirer, et en avaler des lambeaux entiers, boucles comprises !

Alors enfin, cramponnée au tronc du vieux chêne, me mis-je à pleurer…

Le reste de la nuit passa comme un songe éveillé, empli de hurlements de rage. Peu à peu, l'espoir de voir s'éloigner les loups me quitta. Alors que la nuit commençait à pâlir en haut des cimes, je ne croyais déjà plus que les rayons du matin seraient suffisants pour repousser mes assaillants. Ils attendraient ce qu'il fallait attendre, jusqu'à ce que la faim ou l'épuisement me fasse tomber dans leur gueule comme un fruit mûr…

Mais, alors que je recommandais mon âme à Dieu, un grondement s'éleva du fond des bois. J'emploie le terme « grondement » car je n'ai pas d'autres mots pour décrire le son qui emplit l'air de la forêt, faisant taire le vent, les oiseaux et tous les murmures de l'aube. J'en ressentis la vibration dans le tronc du chêne, dans chaque os de mon corps, et jusqu'au fond de mon être. Je faillis lâcher prise, mais je me rattrapai de justesse.

Instinctivement, je laissai mon regard tomber sur les loups. Mais ce n'étaient plus des loups. C'étaient des blocs de terreur brute, tremblants sur leurs pattes, les yeux dilatés. Ils abandonnèrent la besace et disparurent dans les taillis aussi furtivement que des spectres.

L'écho du grondement s'évanouit à son tour, le tronc cessa de vibrer.

La forêt se remit à respirer, tandis que le matin se levait pour de bon.

Je restai encore une heure au moins dans les hauteurs du chêne.

Le soleil de mai massait mes muscles endoloris, encore crispés de s'être cramponnés si fort. Les parfums de la forêt, réveillés par la chaleur, embaumaient l'air. La lumière se répandait partout, dans un joyeux bouillonnement où flottaient les spores et les papillons. L'attaque des loups ne semblait plus être qu'un lointain cauchemar.

Pourtant, ma besace lacérée demeurait là, sous l'arbre, pareille à une charogne témoignant que je n'avais pas rêvé…

Je finis par prendre mon courage à deux mains, et à me laisser glisser de branche en branche, jusqu'au sol. Je retournai mon nécessaire de dessin du bout du pied. La plupart des flacons d'encre étaient brisés, les fusains étaient presque tous écrasés. Je parvins néanmoins à sauver mon carnet, et la plume avec laquelle je vous écris aujourd'hui. Je fourrai le tout dans ce qui restait de ma besace, puis je me remis en marche.

*

– Eh bien alors, vous dormez encore ? fit une voix derrière la porte.

Blonde ouvrit les yeux. Ses cheveux moutonnaient tout autour d'elle, se répandaient entre les feuilles de papier éparpillées sur son lit. On eût dit des esquifs voguant sur une mer dorée par le soleil levant.

– Blonde ! Il est six heures déjà !

La poignée de la porte de la chambre tourna, et Blonde se réveilla tout à fait. Elle se rendit compte qu'elle s'était assoupie sans même se glisser dans ses draps. Elle avait toujours été une couche-tôt, surtout en hiver où la fatigue la gagnait dès la nuit tombée, et les émotions de la veille l'avaient tant épuisée que le sommeil l'avait surprise en pleine lecture.

Elle se redressa vivement tandis que l'officière des chambres pénétrait dans la pièce.

– Vous n'avez guère le temps de déjeuner. Vous feriez bien de vous habiller en vitesse pour rejoindre les autres à la chapelle. Il paraît que vous étiez déjà en retard à l'office hier soir…

Derrière ses manières bourrues, la grosse sœur Félicité n'était pas une mauvaise femme. En charge de collecter le linge sale des pensionnaires, elle était plus qu'aucune autre ursuline au courant de leurs petits secrets. Elle connaissait la date des menstrues de chaque demoiselle ; elle fermait les yeux sur la lingerie de soie que portaient les unes sous leurs austères robes grises, sur les onguents cosmétiques dont s'enduisaient les autres à la nuit tombée ; elle passait volontairement à côté des romans d'amour et des fards cachés sous les paillasses.

Ce matin-là, elle fit semblant de ne pas voir les feuilles éparpillées sur le lit.

– Merci de m'avoir réveillée ! s'exclama Blonde en rabattant la couverture au-dessus du dossier. Je vais me dépêcher de faire ma toilette.

En dépit de la curiosité qui la démangeait, Blonde s'interdit de rouvrir le dossier cramoisi avant de quitter sa chambre.

Tout au long de la messe, elle laissa son regard errer sur les vitraux de la chapelle, au travers desquels perçait le pâle soleil de mars. Bleuis par le verre de ses lunettes, ils lui rappelaient la forêt profonde où avait disparu Gabrielle de Brances… C'était là qu'était demeuré l'esprit de Blonde, et ce fut là qu'il demeura durant tous les cours de la matinée, jusqu'à ce que sonne l'heure du repas. Ces derniers étaient servis selon un rituel précis, accordé aux offices : déjeuner à six heures du matin avant les laudes, dîner à midi, souper à six heures du soir après les vêpres. Il n'y avait qu'à se laisser guider par le tintement de la cloche, aussi réglée qu'une horloge.

Mais, en traversant le déambulatoire pour se rendre au réfectoire, Blonde fut brutalement rendue à elle-même : le tailleur de pierre était là, au milieu du cloître, occupé à prendre les mesures de la statue de sainte Ursule avec son maître, un solide gaillard aux cheveux gris.

À peine les autres demoiselles les eurent-elles repérés qu'elles se mirent à glousser bruyamment.

– Voyons, voyons ! s'exclama sœur Prudence, qui avait pour mission d'escorter les couventines au réfectoire ce matin-là.

Ses exhortations eurent pour seul effet d'ajouter au vacarme, et d'attirer l'attention des deux hommes. Ils étaient vêtus de la même manière, un long tablier écru aux poches remplies d'outils retombant par-dessus une veste de laine. Malgré le froid, leurs manches étaient retroussées sur leurs bras. Ceux du maître étaient épais comme des bûches après une vie passée à battre le roc ; ceux de l'aspirant étaient fort développés eux aussi, témoignant de plusieurs années de rude apprentissage.

– Un peu de tenue, mes filles ! répétait la sœur préceptrice.

Mais les pensionnaires continuaient de minauder.

Mais les artisans ne détournaient pas les yeux.

– Ils nous regardent comme s'ils avaient vu la Sainte Vierge en personne ! murmura Bérénice de Beaulieu, déclenchant une salve de fous rires étouffés.

– La Vierge rougirait sans doute si elle savait ce à quoi ils pensent en nous observant, renchérit une autre demoiselle.

– Comment, vous ne croyez pas que nous leur inspirons des pensées pieuses ?

– Cela dépend de ce que vous entendez par là. Sans doute s'imaginent-ils communier avec nous d'une certaine manière…

Complètement effarée, la pauvre sœur Prudence ne savait plus où donner de la tête, sans parler du sentiment que ses cours de morale n'avaient servi à rien.

Cependant, il suffit que l'ombre de sœur Marie-Joseph parût au bout du déambulatoire pour que le silence retombe sur le cloître comme une chape de plomb.

– Eh bien alors, que signifie cet esclandre ?

Son regard sévère alla alternativement des pensionnaires aux tailleurs de pierre, avant de s'arrêter sur la préceptrice qui se sentit fondre sur place.

– Allons, mes filles ! dit finalement la prieure en désignant le chemin du réfectoire d'un doigt impérieux. La semainière vous avait préparé une soupe chaude, mais comme il semble que vous vous soyez suffisamment échauffées vous-mêmes, vous dînerez au pain sec et à l'eau !

5

ÉCHOS DE L'HISTOIRE

LES CADETTES MÂCHAIENT LEURS CROÛTONS RASSIS d'un air morose, en louchant sur la soupe qui fumait dans les bols des jeunes minimes, assises à la table devant la leur.

Seule Blonde ne prêtait pas attention au fumet de poireau. Elle ne pouvait chasser de son esprit le regard du jeune tailleur de pierre. Ainsi que l'avait déclaré Bérénice, elle avait senti passer ce regard sur chacune des demoiselles l'une après l'autre. Cela lui avait procuré une sensation étrange, comme si quelque chose se tordait au fond de son ventre, une sorte de crampe qu'elle avait attribuée au fait qu'elle n'avait pas déjeuné depuis son lever.

À présent, la crampe se détendait, mais Blonde n'avait pas faim pour autant. Elle se contenta d'absorber quelques miettes et de boire un grand verre d'eau froide en écoutant le texte choisi aujourd'hui par la sœur lectrice – chaque repas étant l'objet d'une lecture destinée tant à édifier les pensionnaires qu'à empêcher les conversations intempestives entre elles.

« Les femmes ont d'ordinaire l'esprit encore plus faible et plus curieux que les hommes ; aussi n'est-il point à propos de les engager dans des études dont elles pourraient s'entêter : elles ne doivent ni gouverner l'État, ni faire la guerre, ni entrer dans le ministère des choses sacrées ; ainsi, elles peuvent se passer de certaines connaissances étendues qui appartiennent à la politique, à l'art militaire, à la jurisprudence, à la philosophie et à la théologie. La plupart même des arts mécaniques ne leur conviennent pas : elles sont faites pour des exercices modérés. Leur corps, aussi bien que leur esprit, est moins fort et moins robuste que celui des hommes. En revanche, la nature leur a donné en partage l'industrie, la propreté et l'économie, pour les occuper tranquillement dans leurs maisons... »

Blonde sut immédiatement qu'il s'agissait d'un extrait du *Traité de l'éducation des filles* de Fénelon, l'un des ouvrages favoris des sœurs. Elle l'avait déjà entendu *in extenso* plusieurs dizaines de fois depuis qu'elle résidait au couvent, et elle avait l'impression de le connaître par cœur. Que les ursulines fissent reposer leurs préceptes éducatifs sur un ouvrage vieux de plus d'un siècle en disait long sur la modernité de leur approche... Pourtant, aucune des demoiselles que Blonde avait vu défiler entre les murs de Sainte-Ursule au cours des ans n'avait paru se rebeller contre cette vision de la condition féminine. Blonde les avait regardées se hâter vers l'hymen comme les oies de la basse-cour se hâtaient vers le grain, en se félicitant presque de ne pas avoir à les imiter. C'était sa seule consolation de devoir passer son existence au couvent : au moins resterait-elle toujours sous le joug d'autres femmes, sans jamais tomber sous celui d'un homme.

Et cette Gabrielle de Brances dont l'histoire avait brusquement fait irruption dans sa vie ? Cette jeune femme libre, incroyablement libre, plus libre que Blonde n'avait jamais imaginé pouvoir l'être ? Allait-elle elle aussi se laisser enfermer dans la prison du mariage avec un homme qu'elle ne connaissait pas ? Ne s'était-elle pas inconsciemment égarée dans la forêt pour échapper à cet enfermement ? Mais peut-être n'était-ce qu'elle, Blonde, qui projetait ses propres angoisses sur le destin d'une inconnue...

À la fin du repas, sœur Prudence évacua les minimes et les cadettes pour les rendre à leurs classes respectives. Elle les fit sortir par la porte de service, et non par la grande entrée, qu'elles empruntaient habituellement. Cet itinéraire inhabituel ne manqua pas d'éveiller la curiosité des demoiselles ; faisant tomber leurs mouchoirs et leurs cahiers avec une maladresse feinte, elles parvinrent à s'attarder suffisamment longtemps dans le couloir pour voir arriver derrière elles les hôtes du deuxième service. Il s'agissait, bien entendu, des deux artisans, et pour eux la semainière avait ressorti la soupe chaude.

Juste avant que la porte ne se referme, Blonde capta le regard du jeune homme aux boucles brunes, et elle crut qu'il avait capté le sien. Mais alors, elle entendit la voix de Bérénice s'exclamer derrière elle :

– Je crois que l'apprenti est tombé sous mon empire ! Mais sait-il seulement parler, cet animal ?

*

Chaque jour, le repas de midi était suivi d'une courte récréation, avant la reprise des leçons. Les demoiselles passaient habituellement ce quart d'heure à prendre l'air dans le jardin ; Blonde, qui avait pour consigne stricte d'éviter le plein air et les efforts, les attendait alors dans la salle de classe.

Mais ce jour-là, elle profita de la récréation pour remonter à sa chambre, et pour reprendre la lecture du dossier là où elle l'avait interrompue la veille.

Assise au bord de son lit, elle sortit le rapport d'enquête de la chemise cramoisie et l'entrouvrit sur ses genoux. Ce fut ainsi qu'elle quitta Sainte-Ursule, pour replonger dans les profondeurs de la forêt vosgienne, sur les traces de Gabrielle de Brances…

Je marchai toute la journée droit devant moi.

Puisque j'ignorais totalement où j'étais, j'avais formé le projet de fendre la forêt en ligne droite jusqu'à en émerger – elle devait bien avoir une fin. Lecteur, vous mesurez sans doute la folie d'une telle résolution, qui m'apparaît rétrospectivement : la forêt ne pouvait être éternelle, certes, mais qui me disait qu'elle ne s'étendait pas sur des lieues et des lieues ? Sans carte ni boussole, comment m'assurer que j'avançais toujours dans la même direction ? Cependant, j'étais épuisée après la nuit passée sur le chêne, et incapable de penser à autre chose qu'à la fuite.

Plus je progressais, plus les frondaisons au-dessus de ma tête s'épaississaient ; des sapins se mêlaient aux chênes. Le soleil perçait difficilement leurs manteaux d'épines, il ne parvenait pas vraiment à réchauffer l'air humide.

Un épais tapis de mousse étouffait le bruit de mes pas. Il en émanait une odeur mouillée, qui me rappelait celle de la mer Baltique, au bord de laquelle j'allais parfois en villégiature avec mes parents, du temps que j'étais enfant, en Prusse.

Les troncs couverts de moisissures, les rochers mouchetés de lichens : tout, autour de moi, était vert, bleu et suintant comme dans une grotte marine. Ces indications vous aideront-elles à me retrouver, lecteur ? Ce ne sont que les souvenirs flous d'une créature effarée, terrassée par la fatigue et par la faim – dans les profondeurs où je m'enfonçais, il n'y avait ni myrtilles, ni framboises, ni aucune baie que je connusse.

Soudain, elle m'apparut.

La chaumière.

Posée au fond d'une combe où chuintait un fin ruisseau.

Aucun rayon de soleil ne filtrait jusqu'à ce creux sombre. Au contraire, j'avais l'impression d'avoir découvert la source d'où émanaient les ténèbres baignant cette partie de la forêt.

La chaumière elle-même se détachait faiblement dans la pénombre, tel un galet sous la surface de la mer. En réalité, c'était plus une maisonnette qu'une véritable maison, une masure aux murs blanchis à la chaux. Le toit de paille, plus imprégné d'humidité qu'une éponge, avait viré au vert-de-gris ; des fougères et des herbes folles y poussaient de manière anarchique.

Je tombai à deux reprises en descendant le talus escarpé. La terre, grasse et glissante, se dérobait sous mes escarpins, giclait sur ma robe, si bien que je parvins au fond de la combe couverte de boue.

Vue de près, la chaumière semblait encore plus délabrée que je ne l'avais imaginé. De larges fissures striaient les murs, au creux desquelles la végétation sauvage avait aussi repris ses droits. Les fenêtres étaient étroites comme des meurtrières. Leurs carreaux étaient fêlés, et derrière eux les rideaux de dentelle grossière paraissaient aussi gris et détrempés que des serpillières.

Je me persuadai que la chaumière était abandonnée – depuis des années sans doute, depuis un siècle peut-être. Elle avait dû accueillir autrefois un bûcheron solitaire ou un ermite misanthrope, avant d'être engloutie dans le gouffre de l'oubli…

Par réflexe, je frappai à la porte.

Geste absurde : mes coups contre le panneau vermoulu résonnèrent dans le vide et, bien sûr, personne ne vint m'ouvrir.

Le silence retomba dans la combe, seulement troublé par l'écoulement du ruisseau anémique. J'avais l'impression d'entendre le rire d'un lutin sylvestre, un gargouillement vibrant à travers un gosier trop étroit. Comme si la forêt tout entière se réjouissait de ma détresse.

Je laissai tomber ma main sur la poignée de fer.

Contre toute attente, elle céda en grinçant : la porte n'était pas verrouillée.

Ce fut ainsi que j'entrai dans la chaumière, comme un moucheron entre dans la gueule d'un crapaud.

La cloche marquant la reprise des cours fit sursauter Blonde.

Elle s'aperçut que ses mains étaient cramponnées à la liasse que Gabrielle de Brances, dix-huit ans auparavant, avait embouteillée et envoyée dans le ruisseau derrière la chaumière de la forêt. Quels yeux s'étaient posés sur ces feuilles au cours des années ? Qui d'autre que le commissaire Chapon avait lu ces lignes ? Quelqu'un avait-il tenté de sauver Gabrielle, ou bien n'avait-elle écrit tout ceci qu'en pure perte ? Le titre du rapport ne laissait malheureusement pas beaucoup d'espoir : *Enquête sur la disparition de Mme Gabrielle de Valrémy.* Il était daté de mai 1815, soit un an après l'entrée de la jeune fille dans la sinistre chaumière...

Mais si elle n'en était jamais ressortie, alors comment avait-elle pu se marier et prendre le nom de son époux ?

*

– Reprenons la leçon d'hier là où nous l'avions laissée : l'hérésie napoléonienne.

Assise derrière le bureau sur l'estrade, ses petites lunettes en demi-lune en suspension au bout de son nez pointu, sœur Esther ressemblait à une grosse chouette. Préceptrice en charge des cours d'histoire religieuse et profane, elle mêlait volontiers les deux matières pour donner aux pensionnaires son interprétation des grands événements de ce monde. En l'occurrence, elle considérait feu Napoléon comme l'Antéchrist, ne lui pardonnant pas d'avoir fait enlever le pape à Rome pour le séquestrer à Fontainebleau pendant près de cinq années. Louis XVIII, Charles X et, tout récemment, Louis-Philippe, trois rois s'étaient succédé en une quinzaine d'années sur le trône de France, sans parvenir à effacer le souvenir de l'empereur déchu, de sinistre mémoire pour les ursulines.

– Nous allons lire, cet après-midi, un passage de Chateaubriand. François René de Chateaubriand.

Sœur Esther avait cette bizarre manie de toujours citer le nom des grands auteurs en deux fois : d'abord le patronyme, puis le nom complet. Était-ce par souci pédagogique, une technique de répétition pour faire entrer un semblant de culture dans les esprits les plus récalcitrants ?

– L'un de nos plus illustres écrivains vivants ! s'enflamma sœur Esther en saisissant les bords de son bureau à deux mains, pour ne pas chavirer à l'évocation de tant de grandeur. L'auteur du *Génie du christianisme*, ce chef-d'œuvre qui prouve qu'à notre époque encore on peut écrire de grands textes religieux. Et surtout, l'un des plus farouches adversaires de Napoléon ! Aujourd'hui, nous allons étudier un extrait de son pamphlet intitulé *De Buonaparte et des Bourbons*, publié il y a vingt ans, en 1814, au crépuscule de la dictature napoléonienne. Sophie Adélaïde, voulez-vous bien prendre ce livre et l'ouvrir à la page quarante-deux ?

– Tout de suite, sœur Esther.

Le chignon tiré à s'en arracher les cheveux, la robe lissée sur ses genoux serrés, Sophie Adélaïde de Roballe était de loin l'élève la plus appliquée de la classe. Elle comptait également, avec Blonde et Bérénice, parmi les cadettes à approcher l'âge limite de dix-huit ans ; pour elle, la sortie du couvent était proche.

Tandis que Sophie Adélaïde recherchait l'extrait prescrit par sœur Esther, Blonde repensa au dossier cramoisi. Elle se souvenait que Gabrielle de Brances avait mentionné Chateaubriand dans son message – elle avait même laissé entendre que c'était son auteur préféré. Blonde, elle, n'avait jamais osé emprunter de roman dans la bibliothèque des sœurs. Ce genre de lecture était interdit aux pensionnaires, et relégué dans les plus hautes étagères, au-dessus des rayonnages remplis de traités religieux, de manuels de vertu et d'un bataillon de guides apprenant aux futures épouses comment exceller dans les fonctions ménagères.

– Ce texte salutaire énumère les innombrables péchés de

Napoléon, précisa sœur Esther, au premier rang desquels les campagnes militaires par lesquelles il a saigné la France. Et la pire de toutes, la plus meurtrière, la plus terrible est incontestablement la campagne de Russie. L'extrait que nous allons étudier raconte la fin de cette sinistre aventure. Alors que Napoléon a réussi à conquérir Moscou, les Moscovites mettent le feu à leur propre ville, obligeant les envahisseurs à battre en retraite. S'abat alors sur eux l'hiver le plus terrible qui soit : l'hiver russe. C'est une hécatombe. Prise dans la tourmente, pourchassée par les ennemis, la Grande Armée est décimée. Les hommes meurent par dizaines de milliers. Pour cet empereur impie, c'est vraiment le début de la fin.

« Et pour Gabrielle et sa famille, c'est le début du retour en France », songea Blonde.

Ayant enfin trouvé sa page, Sophie Adélaïde s'éclaircit la voix et entama sa lecture : « La plume d'un Français se refuserait à peindre l'horreur de ces champs de bataille ; un homme blessé devient pour Bonaparte un fardeau : tant mieux s'il meurt, on en est débarrassé. Des monceaux de soldats mutilés, jetés pêle-mêle dans un coin, restent quelquefois des jours et des semaines sans être pansés : il n'y a plus d'hôpitaux assez vastes pour contenir les malades d'une armée de sept ou huit cent mille hommes, plus assez de chirurgiens pour les soigner. Nulle précaution prise pour eux par le bourreau des Français : souvent point de pharmacie, point d'ambulance, quelquefois même pas d'instruments pour couper les membres fracassés. Dans la campagne de Moscou, faute de charpie, on pansait les blessés avec du foin ; le foin manqua, ils moururent. On vit errer cinq cent mille guerriers, vainqueurs de l'Europe, la gloire de la France ; on les vit errer parmi les neiges et les déserts, s'appuyant sur des branches de pin, car ils n'avaient plus la force de porter leurs armes, et couverts, pour tout vêtement, de la peau sanglante des chevaux qui avaient servi à leur dernier repas. De vieux capitaines, les cheveux et la barbe hérissés de glaçons, s'abaissaient jusqu'à caresser le soldat à qui il était resté quelque nourriture, pour en obtenir une chétive partie : tant ils éprouvaient les tourments de la faim ! Des escadrons entiers, hommes et chevaux, étaient gelés pendant la nuit ; et le matin on voyait encore ces fantômes debout au milieu des frimas. Les seuls témoins des souffrances de nos soldats dans ces solitudes étaient des bandes de corbeaux et des meutes de lévriers blancs demi-sauvages, qui suivaient notre armée pour en dévorer les débris. »

À la fin de la leçon, Blonde alla trouver sœur Esther à son bureau.

– Excusez-moi, ma sœur…

Surprise, cette dernière sursauta. Elle n'avait guère l'habitude que les élèves s'attardent dans la salle de classe après que la cloche eut sonné.

– *René*, est-ce bien le titre d'un autre livre de M. de Chateaubriand ?

La préceptrice observa la jeune fille d'un regard scrutateur par-dessus ses bésicles.

– Oui, en effet, dit-elle finalement. L'un de ses premiers, et pas le meilleur, si vous voulez mon avis. Trop d'exaltation, trop d'énergie désordonnée : les débordements habituels de la jeunesse. Pourquoi cette question ?

Blonde se mordit l'intérieur des lèvres. Il n'était pas envisageable de révéler à la religieuse qu'elle avait vu mentionner ce livre dans un témoignage écrit par une jeune femme aussi exaltée et débordante d'énergie que le grand auteur lui-même.

– Eh bien… il est important d'avoir vos lumières sur les livres à rechercher et sur ceux à éviter, ma sœur.

6

INTRUSION

LE SOIR APRÈS LES VÊPRES, juste avant le souper, les cadettes avaient pour habitude de se retirer une heure à la bibliothèque pour y réviser leurs leçons.

Blonde tourna plusieurs minutes dans la vaste pièce imprégnée d'une odeur de papier humide, jusqu'à ce qu'elle repère la fine reliure dorée de *René*. Heureusement, l'étagère où il était rangé se trouvait tout au fond, à l'abri des regards. Après s'être assurée que nul ne pouvait la voir, ni à droite ni à gauche, la jeune fille monta sur un tabouret et s'empara de l'ouvrage. Elle le glissa sous la reliure du *Traité de l'éducation des filles* de Fénelon, dont la bibliothèque comptait dix exemplaires bien mis en évidence, puis elle alla s'installer à une table isolée en feignant de parcourir l'assommant traité sous le regard approbateur de la sœur bibliothécaire. Sœur Scholastique eût sans doute fait une autre tête si elle avait pu voir ce que Blonde lisait vraiment...

René racontait plus ou moins l'histoire de Chateaubriand lui-même – en fait, ce n'était pas vraiment une histoire, plutôt la succession d'états d'âme d'un jeune homme tourmenté, qui passait son temps à errer à travers les plaines et les forêts en quête d'un ailleurs introuvable. La notice rédigée au dos de la couverture stipulait que le roman avait connu un immense succès lors de sa publication, trente ans plus tôt. La jeunesse de toute l'Europe s'était enthousiasmée pour René, avait souffert avec lui.

Et Blonde s'enthousiasmait et souffrait à son tour, frappée autant par ce qu'elle lisait que par la conscience de succéder à Gabrielle de Brances dans la longue lignée des lecteurs de ce livre.

Oui, c'était tout à fait cela : en lisant les premières pages de *René*, Blonde avait l'impression de devenir Gabrielle, de la sentir vivre en elle.

*

– Miaooo !

– C'est moi, Brunet.

Blonde, en pénétrant dans sa chambre après le souper vérifia immédiatement que le loquet de la fenêtre était bien fermé. Elle retira ses souliers, déposa dans un coin de la pièce les miettes de carpe qu'elle avait conservées dans un mouchoir pour Brunet. Puis elle se jeta sur son lit et elle rouvrit le dossier du commissaire Chapon, remettant sa toilette du soir à plus tard.

Ce fut ainsi qu'elle pénétra dans la chaumière de la forêt à la suite de Gabrielle de Brances…

L'intérieur de la bâtisse était plongé dans l'obscurité.

Aussi, la première chose que je perçus fut l'odeur. C'était une odeur douceâtre qui réveillait en moi d'imprécis souvenirs. D'un seul coup, la sensation de la faim m'assaillit, me mordit les tripes comme un renard enragé. D'une main fébrile, j'écartai les rideaux crasseux pour laisser un peu de lumière pénétrer dans cet antre.

Une table m'apparut sur le sol de terre battue, entourée de trois chaises faites de rondins.

Je frémis : le couvert était mis ; trois bols de terre cuite, flanqués chacun d'une cuiller en bois.

Quand avait-on mangé dans ces bols pour la dernière fois ? Depuis combien de temps la grosse chandelle écrasée au centre de la table était-elle éteinte ? J'avais la désagréable impression que cet endroit avait été habité dans un passé moins lointain que ce que je m'étais imaginé de prime abord...

– Y a-t-il quelqu'un ?...

Ma propre voix me déchira les oreilles, elle me parut aussi aiguë et chevrotante que la voix de cette vieille mendiante qui venait demander l'aumône tous les matins devant notre maison en Prusse.

Tiraillée par la faim, je m'approchai de la table.

La fatigue pesait sur mes épaules de tout son poids de plomb.

Je me hissai en chancelant sur la chaise la plus haute. Mais son bois mal dégrossi m'égratigna les chairs à travers l'étoffe trop fine de ma robe. Je reposai pied à terre, et je m'apprêtai à me laisser tomber sur la deuxième chaise. Je me retins au dernier moment : des chaînes aux maillons rouillés pendaient lugubrement le long de son dossier...

Je me rabattis sur la troisième chaise ; sa surface était douce sous mes doigts : avec soulagement, je me rendis compte qu'elle était polie.

Alors seulement, après m'être assise, je m'autorisai à reprendre conscience de mes jambes. Je me souvins de mes chevilles tordues dans mes escarpins aux talons cassés ; des entailles que les ronces avaient creusées dans mes mollets nus ; des bleus dont mes cuisses s'étaient couvertes chute après chute. J'étais brisée mais, plus encore, j'étais affamée.

Un vieux briquet était posé sur la table, un modèle rudimentaire au silex usé, à l'étoupe d'amadou presque entièrement consumée. Je passai dix bonnes minutes à le frotter pour en tirer des étincelles, et allumer la chandelle. Puis je tirai à moi le plus grand bol, et c'est ainsi que je reconnus la source d'où émanait l'odeur familière : le fond était tapissé d'un reste de gruau bouilli. À l'instar de nombreux enfants, j'avais été nourrie avec semblable mixture dans mes premières années – et mon nez s'en était souvenu.

Je saisis une cuiller et je la plongeai dans le bol. Mais, au lieu de s'enfoncer dans la bouillie, elle heurta une surface dure, cartonneuse : le gruau avait séché. Depuis combien de temps ? Un jour, un mois, un an ?

Je m'emparai du deuxième bol, et je fus aussitôt prise d'un haut-le-cœur. Là encore, le gruau était dur ; il était aussi imprégné d'une substance rouge, qui avait noirci sur les bords du bol. Du sang ?

Dégoûtée, je faillis me lever et partir, m'éloigner le plus possible de la chaumière. Mais la faim fut la plus forte : je tirai à moi le troisième bol.

À la différence des deux premiers, le fond de gruau qu'il contenait était encore humide – sans doute avait-il été plus mêlé d'eau que les autres. Je rassemblai les flocons d'avoine du bout de ma cuiller et je les portai à ma bouche. Ils étaient râpeux, et pourtant j'eus l'impression de n'avoir jamais rien mangé de meilleur.

Telle était la mesure de mon appétit.

Je finis le bol jusqu'au dernier flocon.

Dès cet instant, rassasiée, j'aurais pu décider de fuir. Mais c'était comme si le gruau, en apaisant ma faim, avait endormi mon inquiétude.

La langueur me gagnait.

À travers les carreaux sales, il n'y avait plus que du noir. Le soir était en train de tomber, de remplir la combe de son encre épaisse. Je ne me sentais point la force d'affronter la forêt sauvage et ses fauves pour une deuxième nuit consécutive. Non vraiment, il n'y avait pas d'autre salut : je me convainquis que la chaumière était mon seul rempart. Ses habitants ? Qui qu'ils fussent, ils l'avaient désertée. Je n'avais aucun moyen de savoir s'ils allaient y revenir – il fallait que je compte sans eux…

Je me levai de table et marchai jusqu'à la porte. Je fis tourner deux fois le verrou, puis je poussai la barre de fer dans les arceaux rouillés. Elle était lourde : ni homme ni bête ne pourrait forcer le passage. Quant aux fenêtres, même en les brisant, elles étaient trop étroites pour laisser passer un corps plus gros que celui d'un chat.

Qu'en pensez-vous, lecteur ?

Ne sommes-nous pas des pantins aveugles entre les doigts du destin ? Des souris pareilles à celles qu'on lâche dans des labyrinthes miniatures pour amuser les enfants ? Je croyais avoir dressé autour de moi une forteresse, mais en réalité je venais de refermer sur moi un piège sans issue…

Croyant être en sécurité, j'arrachai la chandelle du centre de la table et je partis explorer le reste de la chaumière. La salle à manger s'ouvrait sur une petite cuisine au mobilier tout aussi pauvre. Quelques pots de fer et des bocaux remplis d'un liquide jaunâtre se serraient les uns contre les autres sur une étagère branlante, au-dessus d'une pierre creuse qui devait servir d'évier. Au fond de la pièce se dessinait la porte d'un cagibi, bloquée par de grands sacs en toile de jute. Je m'approchai du premier, qui était ouvert : il était rempli de flocons d'avoine. Il y avait là de quoi nourrir une famille complète pendant des mois ! Après les reliefs abandonnés sur la table, ces provisions constituaient une preuve de plus que la chaumière n'était point abandonnée. Avais-je bien fait de barricader la porte de l'intérieur ?

Je n'eus guère le loisir de réfléchir à cette question, car à ce moment précis le sol se mit à vibrer – c'était le même son, le même grondement que celui qui avait fait fuir les loups !

Prise de panique, je lâchai la chandelle, qui s'éteignit en touchant la terre battue.

Il n'y eut plus que les ténèbres, et l'œil noir de la fenêtre de la cuisine qui me regardait fixement. Les rideaux de dentelle tremblaient autour de cet œil comme des paupières épileptiques. J'avais l'impression atroce que c'était la nuit elle-même qui me scrutait – ou pis, que c'était la chose qui se cachait au fond de la nuit !

Puis, d'un seul coup, le grondement cessa, les rideaux retombèrent mollement de part et d'autre de la fenêtre.

Je restai un moment immobile dans le noir, tous mes sens aux aguets.

Le silence de mort qui avait succédé au grondement se remplit peu à peu de hululements, de craquements et grognements lointains : la rumeur nocturne de la forêt vivante.

Je ramassai le bout de chandelle éteint et je le fourrai dans ma besace sans tenter de le rallumer. Je voulais que rien, ni lueur ni indice, ne signale que la maison était occupée. Il n'était plus question de lever la barre sur la porte, ça non ! J'étais maintenant persuadée que les habitants de la chaumière ne reviendraient jamais. Ils avaient quitté ce coin de forêt maudit depuis des jours, tant qu'il en était encore temps. Ils étaient partis en catastrophe, sans rien emporter, laissant tout en plan. Ils avaient fui pour sauver leur âme.

Hagarde, je me traînai jusqu'à la dernière pièce sans oser regarder à travers les fenêtres.

C'était une chambre – pourvue de trois lits, bien sûr, tout comme les chaises, tout comme les bols… Je tâtai le premier lit dans la pénombre. Il était complètement écrasé, si aplati que le matelas touchait le sol à travers le sommier défoncé. Celui qui avait dormi ici devait être énorme pour avoir causé de tels dégâts.

À l'inverse, le deuxième lit était aussi dur que de la pierre ; il comportait une épaisse planche de bois en guise de matelas. En passant dessus, ma main rencontra quelque chose de froid, de lourd… encore des chaînes, semblables à celles qui lestaient la deuxième chaise de la salle à manger !

Le troisième lit était le seul qui fût pourvu de draps. Je m'y recroquevillai le plus étroitement possible, ma besace serrée entre mes mains, me promettant de veiller jusqu'au matin.

Je crois que je ne mis guère plus d'une minute pour m'endormir.

Blonde leva les yeux.

Elle était persuadée d'avoir entendu quelque chose. Elle tendit l'oreille : oui, quelqu'un venait dans le couloir !

Elle rangea précipitamment le manuscrit dans le dossier cramoisi et fourra le tout sous son oreiller, juste au moment où l'on frappa doucement à la porte.

– Oui ? dit-elle en essayant de deviner laquelle des sœurs venait lui rendre visite.

Habituellement, sœur Marie-Joseph entrait sans frapper, et sœur Félicité cognait aussi fort que sur son battoir à linge.

Pour toute réponse, quelques coups résonnèrent encore, à peine plus sonores qu'un grattement.

Un peu inquiète, Blonde rechaussa ses souliers et alla entrouvrir la porte.

Elle faillit la refermer aussitôt : dans le couloir enténébré se trouvait le jeune tailleur de pierre, vêtu de son tablier de travail, les yeux grands ouverts comme ceux d'un cerf aux abois.

– Je vous en prie ! chuchota-t-il. Je dois repartir à la ville avec mon maître dans quelques minutes...

– Vous n'avez pas le droit d'être ici !

Blonde jeta un regard apeuré dans l'ombre du couloir, tremblant à l'idée du châtiment si les sœurs apprenaient qu'elle avait adressé la parole à un garçon, pour la deuxième fois et après le coucher du soleil de surcroît !

– Ne me chassez pas, supplia l'apprenti à voix basse.

– Pourquoi me poursuivez-vous ? Vous voulez que je sois punie, c'est cela ?

Une ombre passa sur le visage du jeune homme :

– Punie ? Oh, non, jamais de la vie ! Sinon, je n'aurais pas ramassé votre écritoire, hier dans le cloître.

– Alors pourquoi ne partez-vous pas ?

– Parce que c'est au-dessus de mes forces. Je… j'avais besoin de vous voir.

Un craquement résonna quelque part dans le couvent, faisant sursauter les deux jeunes gens. Quelqu'un montait dans l'escalier.

Prise de panique, Blonde ouvrit en grand la porte de sa chambre et fit signe au visiteur d'entrer.

7

LES HABITANTS DE LA CHAUMIÈRE

BLONDE AVAIT ÉTEINT LA LAMPE À HUILE. Le tailleur de pierre et elle restèrent debout derrière la porte de la chambre pendant de longues minutes, tous leurs sens en éveil.

Ils entendirent un pas lourd gravir les dernières marches de l'escalier, traverser le couloir, passer devant la porte close. Blonde retenait son souffle. Elle était certaine de reconnaître la démarche de sœur Marie-Joseph, et cette idée l'emplissait d'épouvante. Mais la prieure ne s'arrêta pas ; elle continua son chemin jusqu'à ce que l'écho de son pas se noie dans la rumeur de la nuit.

Alors seulement Blonde s'autorisa à respirer.

Et à regarder le jeune homme, sur lequel tombait un pâle éclat de lune à travers le carreau. Elle s'aperçut qu'il n'avait pas cessé de la dévisager depuis qu'il était entré dans la chambre.

– Vous devez partir maintenant, lui intima-t-elle.

Sa propre voix ne lui parut pas assez ferme, et elle s'en voulut. L'être qui se tenait à quelques pouces d'elle représentait le danger, l'interdit, tout ce contre quoi les bonnes ursulines l'avaient mise en garde depuis toujours. Pourtant, elle ne parvenait pas à se persuader que ces grands yeux vibrants pussent lui vouloir du mal.

– Encore une minute, rien qu'une minute…, implora le jeune homme. Dites-moi au moins votre nom.

Sa voix était chaude et profonde comme le brun de ses yeux, comme le cuivre de ses cheveux.

– Blonde…

– Blonde ! répéta-t-il avec émerveillement. Ça vous va drôlement bien !

La jeune fille se demanda un instant s'il plaisantait. Mais l'enthousiasme dans sa voix n'avait rien à voir avec l'ironie de quelqu'un qui se moque.

– Aucune autre ne devrait être autorisée à porter ce nom après vous !

C'était la première fois que Blonde entendait parler de sa chevelure sur un ton qui ne relevait ni de la suspicion des sœurs, ni du persiflage de Bérénice. Cela lui fit peur, le pouvoir de cette chose qu'elle avait sur la tête, qui faisait briller les yeux de l'apprenti. Tout un cortège de damnées séductrices jaillit dans son esprit.

– Partez maintenant, s'il vous plaît.

– Je le ferai, si vous me demandez mon nom à votre tour.

– Soit. Je vous le demande.

Le jeune homme sourit, dévoilant des dents blanches comme la pierre à laquelle il avait dédié sa vie. Blonde eut l'impression que la chambre en fut illuminée, même si la lampe à huile restait éteinte.

– Je m'appelle Gaspard, dit-il en s'effaçant déjà dans le couloir sombre.

Blonde ne ressentit aucun soulagement en refermant la porte. C'était comme si le jeune homme avait laissé quelque chose de lui dans la chambre. Elle eut l'intuition que désormais, où qu'elle fût, les yeux de Gaspard seraient dans sa tête, le nom de Gaspard serait sur ses lèvres.

Elle demeura quelques minutes immobile avant de rallumer la lampe.

Quand elle fut certaine d'être à nouveau plongée dans le silence et la solitude, elle souleva son oreiller.

En rouvrant le dossier cramoisi sur sa paillasse, elle réalisa qu'il ne restait plus que deux pages couvertes de la petite écriture fiévreuse – l'appel au secours de Gabrielle de Brances touchait à sa fin…

Comment vous expliquer, lecteur, ce qui s'est passé ce soir-là, quand je ne me l'explique pas à moi-même ? Il ne me reste que des impressions confuses, des choses à demi vues, à demi entendues – et la peur, la peur !

Je m'étais donc endormie sur le troisième lit. Je me souviens que les draps sentaient la menthe, et leur fraîcheur douce m'accompagna dans mes songes. Je rêvais que j'étais au plus profond d'une mer inconnue. Dans les eaux où je flottais, la gravité et le temps n'existaient plus. Mon corps ne pesait plus rien. Il dérivait lentement à travers l'immensité bleue ; devant mon visage, mes longs cheveux blonds ondulaient comme les filaments d'une méduse.

Et puis soudain, succédant au silence, des bruits se mirent à résonner dans les abysses ; des bruits sourds et profonds, évoquant des cornes de brume ou des chants d'animaux marins.

De plus en plus forts.

De plus en plus proches.

Depuis le fond de mon sommeil, ces sons semblaient s'étirer infiniment. Certains d'entre eux ressemblaient à des syllabes, et les syllabes semblaient former les mots d'une langue inconnue.

Tout d'un coup, je me sentis soulevée.

Rendu à la gravité, mon corps cessa de flotter pour retrouver sa masse.

L'illusion de l'océan s'évanouit, la menthe quitta mes narines pour être remplacée par une autre odeur – violente, musquée, animale.

Mes yeux s'ouvrirent : le sol de la chaumière fusait sous moi dans l'obscurité. Quelqu'un ou quelque chose m'avait jetée sur son épaule. Quelle que fût cette créature, elle devait être immense, à en juger par l'éloignement de la terre battue. Je sentais des poils drus me piquer la peau comme mille aiguilles acérées. Et tout mon corps vibrait jusqu'à mes os, à chaque fois que la créature grondait.

Il n'y avait pas de doute possible, c'était le grondement que j'avais entendu sur le chêne, et qui avait fait trembler les rideaux de la chaumière !

Incapable de me redresser, la tête toujours dirigée vers le bas, je vis rouler sur le sol les sacs d'avoine : nous étions dans la cuisine, et quelqu'un dégageait l'accès au cagibi.

Un grincement m'indiqua l'ouverture de la porte.

L'instant d'après, j'étais jetée dans le réduit avec ma besace.

La dernière chose que je vis, au moment où la porte se referma sur moi, fut l'ombre de la créature. D'aspect humain, elle était encore plus colossale que je ne l'avais imaginé. Sa tête frottait le plafond ; ses épaules étaient larges comme mes bras déployés, hérissées d'un pelage hirsute. Je n'en distinguai pas davantage.

Mais je vis que deux autres silhouettes se tenaient dans les ténèbres de la pièce.

Comme les chaises, comme les bols et comme les lits, les habitants de la chaumière étaient au nombre de trois.

Blonde marqua une pause avant d'entamer la dernière page du manuscrit.

Elle se rendit compte que son cœur battait la chamade.

Roulé en boule au bout du lit, Brunet l'observait avec de grands yeux fixes. Plus que jamais, Blonde avait l'impression que cet animal était doué d'intelligence, et qu'il voulait lui dire quelque chose. À moins que ce ne fût elle qui devînt plus animale à mesure qu'elle se laissait posséder par sa lecture. Elle sentait chaque poil de sa peau se hérisser, ses narines se dilater comme celles d'une bête.

– Pourquoi cette histoire incroyable a-t-elle atterri entre mes mains ? Tu le sais, toi ?

Des sentiments contradictoires tourbillonnaient dans l'esprit de Blonde : l'excitation et la méfiance, l'angoisse et la suspicion.

Et si le manuscrit était un faux ?

Et si tout ceci n'était qu'une farce, un canular ?

Et si le vieillard au manteau noir s'était moqué d'elle en lui remettant le dossier ?

Ce récit était si fantasmagorique, et pourtant… pourtant, il semblait si *réel.*

– Miaooo ! miaula Brunet.

– Continuer de lire ? Après tout, au point où j'en suis…

Blonde attaqua la dernière page.

Cela doit faire douze heures maintenant que je croupis dans ce cagibi.

C'est une pièce minuscule où s'entassent des bouteilles vides et toujours plus de sacs d'avoine. J'ai essayé de gratter les murs, de forcer la porte verrouillée, de desceller les barreaux de l'étroite lucarne, mais je sens bien que mes efforts sont dérisoires : je n'ai aucun espoir de m'échapper.

La nuit a passé à toute allure.

Au petit matin, la terre a tremblé et j'ai su que les créatures s'étaient réveillées.

Des créatures qui s'assoient sur des chaises, qui mangent dans des bols et qui dorment dans des lits comme des hommes, mais qui ne sont pas des hommes…

Les hommes ne font pas trembler le sol en marchant.

Les hommes ne font pas vibrer les murs quand ils parlent.

Et lorsqu'ils crient, les hommes ne font pas s'entrechoquer les bouteilles vides.

Car les créatures se sont mises à crier, de l'autre côté de la porte du cagibi. Je me suis bouché les oreilles des deux mains pour ne pas laisser leurs vociférations me vriller la cervelle. Mais mes mains n'y ont rien fait, ni les sacs d'avoine sous lesquels j'ai enfoui ma tête.

À un moment, le verrou de la porte a commencé à tourner, mais un coup violent suivi d'un hurlement de douleur a stoppé net la tentative d'ouverture. J'ai supposé que l'une des créatures voulait s'introduire dans le réduit, mais que les autres s'y opposaient.

Et puis, peu à peu, les cris ont décru.

Les pas se sont éloignés ; la terre a cessé de trembler, et tout est redevenu silencieux.

Ils étaient partis.

Dès qu'il y a eu assez de jour, je me suis hissée sur un sac d'avoine pour scruter la combe à travers la lucarne.

C'est ainsi que j'ai vu le ruisseau qui coulait juste derrière la chaumière. À côté, il y avait un tas d'os, dont certains étaient encore rouges de sang frais. Ce macabre spectacle m'avait échappé en descendant le talus la veille, car il était dissimulé par la chaumière. Si je l'avais vu alors, serais-je entrée malgré tout ? Serais-je tombée dans ce piège ? Je ne le saurai jamais…

J'ai vite fait le compte de mes chances de m'en sortir. Elles se résumaient au contenu de ma besace et à ce maigre ruisseau qui était le seul fil – combien ténu ! – rattachant la combe au monde extérieur. Il ne me restait que cinq feuilles dans mon carnet à dessin, à peine de quoi raconter mon incroyable histoire avec suffisamment de détails pour qu'elle passe pour autre chose que le délire d'une folle. Je ne savais pas combien de temps les créatures me laisseraient seule avant de revenir, sans doute pour me tuer et ajouter mes os à ceux du tas derrière la chaumière. Je ne devais pas perdre une minute.

Avant de commencer à écrire, je me suis entraînée à lancer quelques bouteilles à travers les barreaux, pour être sûre de pouvoir atteindre le ruisseau sans qu'elles se brisent – je savais que je n'aurais droit qu'à une tentative, une seule, lorsqu'il s'agirait de la bouteille contenant le message.

À présent, je m'apprête à glisser ces feuilles dans le goulot, et à le sceller avec le bout de chandelle que j'ai gardé dans ma besace depuis hier soir.

Si vous êtes arrivé jusqu'au bout de ce message, lecteur, c'est que sans doute vous m'avez crue. Et s'il vous reste le moindre doute, je vous en conjure : allez trouver les Brances, demandez mon fiancé Charles de Valrémy à Épinal, enquérez-vous de cette demoiselle disparue un soir de mai dans la forêt vosgienne.

Ce n'est pas du papier que vous tenez entre les mains.

C'est une vie.

Ma vie.

Gabrielle de Brances

8

LA NUIT DU 21 MAI 1814

CE MATIN-LÀ, BLONDE TROUVA UN GOÛT DIFFÉRENT AU PAIN NOIR que les sœurs servaient pour le déjeuner des pensionnaires.

La mie épaisse lui semblait avoir une saveur de mousse, d'humus, comme si elle avait été conservée pendant longtemps au fond d'une forêt profonde, dans une chaumière perdue…

– Il paraît que les artisans vont réparer la statue de sainte Ursule…

Blonde leva le nez de sa tranche de pain.

En face d'elle, plusieurs demoiselles s'étaient groupées autour de Sophie Adélaïde, qui, en sa qualité d'élève favorite des sœurs, avait souvent la primeur des informations nouvelles touchant à la vie du couvent.

– Ce sont deux compagnons, un maître et son apprenti, continua Sophie Adélaïde. Ils travaillent gracieusement en échange du couvert.

– Je me disais aussi ! s'exclama Bérénice. Les sœurs sont bien trop pingres pour débourser un centime pour l'entretien de ce couvent croulant. Vivement la fin de l'été, que je quitte une fois pour toutes ce terrier humide où je me serai gelé les os pendant trois ans. Dans mon futur hôtel particulier, les cheminées flamberont nuit et jour, sans interruption !

Bérénice ne cachait à personne qu'elle était promise à un banquier parisien de quarante ans son aîné, dont l'immense richesse compenserait bien le manque de verdeur. C'était lui qui lui envoyait de la capitale ces parfums et ces crèmes, cette précieuse eau de la reine de Hongrie et cette eau d'Égypte plus précieuse encore, sur lesquelles les sœurs fermaient les yeux avec une indulgence à la mesure de la pension versée par les parents de la demoiselle.

Quant à elle, elle compensait la perspective d'une nuit de noces peu exaltante par des accès de grivoiserie à en faire rougir les moins prudes des couventines.

– En attendant, je suis sûre que ces deux bougres sont aussi transis que nous le sommes, et qu'ils donneraient cher pour se réchauffer contre nous !

Les allusions de Bérénice déclenchèrent un rire étouffé.

– Silence, mes filles ! gronda la semainière depuis l'autre bout du réfectoire.

Les pensionnaires se remirent à mâcher, mais le silence ne dura guère.

– Il n'empêche que le plus jeune est bien fait de sa personne, murmura Bérénice entre deux bouchées.

– Il est en train d'achever son tour de France, comme tous les apprentis, affirma doctement Sophie Adélaïde. Il a passé deux ans et demi à parcourir le pays pour apprendre toutes les techniques de son métier, et dans six mois il sera reçu compagnon.

– Pendant que nous autres, les cadettes, nous passions tout ce temps à apprendre des psaumes entre les murs étroits du couvent !

Tous les regards se tournèrent vers Blonde, qui venait de parler.

Elle-même paraissait interloquée de sa saillie, et de la révolte qui l'inspirait. Cela ne lui ressemblait guère. Était-ce la lecture de *René* qui lui donnait soudain la soif des grands espaces, à moins que ce ne fût l'esprit frondeur de Gabrielle qui eût déteint sur elle ?

– Comment ça, « nous autres les cadettes » ? reprit Bérénice en haussant son sourcil épilé. Vous avez vite fait de vous inclure parmi nous. Dois-je vous rappeler que vous ne quitterez jamais ces murs ? Il est fort dommage que vous les trouviez trop étroits, car ils ne risquent guère de s'agrandir au cours des longues années qu'il vous reste à y passer.

Blonde sentit la crampe qui l'avait fait souffrir la veille se réveiller au creux de son estomac. Seulement, cette fois-ci, elle ne pouvait plus accuser le jeûne. Il lui fallut se rendre à l'évidence. Elle expérimentait un sentiment nouveau, qu'elle s'était toujours interdit de ressentir : la colère.

Le déambulatoire était le seul chemin permettant d'accéder à la salle de classe, aussi les cadettes furent-elles bien obligées de l'emprunter en sortant de la chapelle pour se rendre à la leçon du matin.

Afin de ne pas reproduire la pagaille de la veille, la prieure avait décidé d'accompagner les pensionnaires en personne. Sous sa houlette, elles longèrent en silence le jardin du cloître, où Gaspard et son maître étaient occupés à sculpter une nouvelle paire de mains pour la protectrice du couvent. Les langues ne s'agitaient plus, mais les paupières avaient pris la relève, papillonnant de mille œillades en direction du jeune homme.

Remontant son châle sur ses joues, Blonde fut la seule à baisser les yeux pour ne pas croiser son regard.

*

Blonde n'alla pas au réfectoire ce midi-là. Elle n'avait pas faim – ou plutôt, elle n'avait faim que d'une chose, de la suite du dossier du commissaire Chapon. Aussi prétexta-t-elle un malaise afin de pouvoir se retirer dans sa chambre pendant l'heure du repas.

Assise sur son lit, elle ouvrit la chemise et en tira le rapport.

Derrière les feuilles froissées sur lesquelles Gabrielle avait couché son témoignage se trouvait un document d'une tout autre nature. Il s'agissait de grandes pages blanches où courait une écriture ample, à la plume d'oie. La même écriture que sur la couverture du dossier, l'écriture du commissaire Chapon :

RAPPORT SUR LES ÉVÉNEMENTS DE LA NUIT DU 21 MAI 1814
Dépositions de l'homme Bouffard, de M. Charles de Valrémy
et de Mlle Gabrielle de Brances,
recueillies par Edmond Chapon, commissaire de police

Blonde faillit crier de joie à la lecture de ces premières lignes. *Gabrielle, libre, vivante ! Elle avait donc été retrouvée !*

Mais aussitôt, la jeune fille se souvint de la notice rédigée par le même commissaire Chapon, un an plus tard, sur la couverture du dossier : en mai 1815, il écrivait que Gabrielle avait disparu à nouveau, et il avouait que tous ses efforts pour la retrouver n'avaient abouti à rien…

Blonde reprit la lecture du rapport de juillet.

Elle ne souriait plus, et ses sourcils étaient froncés derrière ses lunettes.

CONTEXTE AU 22 MAI 1814

Ce matin, le 22 mai, nous avons été informé d'une rixe survenue en forêt vosgienne, à sept lieues d'Épinal. Elle a provoqué la mort de trois hommes appartenant à la suite de Charles de Valrémy. Nous étant rendu sur place dans la journée, nous avons pu constater :

1. l'état de délabrement de la maison forestière où a eu lieu l'affrontement, témoin de sa violence : porte défoncée, murs endommagés, carreaux brisés ;

2. la présence de mobilier et de provisions de bouche (sacs de gruau d'avoine et pots de miel) dans ladite maison, laissant penser qu'elle était habitée au moment des faits;

3. le caractère des blessures ayant entraîné la mort de Jean Dulac, Marcel Lefort et Jacques Verbeck, évoquant une attaque d'une extrême violence par des animaux sauvages de grande taille : griffures profondes, visages lacérés, os brisés aux articulations et à la nuque.

De retour au commissariat d'Épinal, nous avons procédé au relevé des dépositions des principaux témoins de cette affaire, que nous reproduisons ci-dessous.

DÉPOSITION DE GUSTAVE BOUFFARD,
SOIXANTE-DEUX ANS, CHASSEUR

Présentez-vous.

G. B. : Je m'appelle Bouffard, Gustave, j'ai soixante-deux années bien comptées. Dont quarante que je passe tous les étés en forêt, à taquiner le lapin et la martre. Avant la Révolution, j'étais qu'un simple braconnier, vu que nous autres roturiers z'avions pas le droit de giboyer. Mais depuis l'abolition des privilèges, je suis chasseur de plein droit, hein ! J'ai rien fait d'illégal !

Ce n'est pas pour cela que nous vous interrogeons aujourd'hui. Racontez-nous comment vous êtes entré en possession de la bouteille contenant le message de Gabrielle de Brances.

G. B. : Ben voilà, cette année le gibier est fichtrement rare dans la forêt. Comme si les petiotes bêtes avaient déguerpi, ou comme si une plus grosse qu'elles les avait boulottées. Vindieu ! j'ai à peine de quoi faire un demi-manteau avec les fourrures que j'ai récupérées depuis le début du printemps ! Sans parler du manger – pensez que ces jours-ci, j'étais obligé de pêcher dans le ruisseau derrière ma cabane, moi qui déteste le poisson ! Pour parler vrai, le matin où j'ai attrapé la bouteille dans mes filets, j'étais sur le point de plier les gaules pour regagner la plaine, et me faire embaucher comme travailleur agricole pour les moissons.

Le matin du 21 mai, vous avez trouvé ces feuilles de papier roulées dans la bouteille. Le confirmez-vous ? (Nous présentons au témoin le manuscrit retrouvé dans la bouteille.)

G. B. : Vouais, c'est bien ça.

Vous les avez immédiatement portées au château de Valrémy, près d'Épinal. Vous savez donc lire ?

G. B. : J'ai pas beaucoup d'instruction, mais je déchiffre quelques mots. Notamment le nom des Valrémy, vu toutes les années que j'ai couru le lièvre sur leurs terres.

Vous n'aviez pas peur d'être mal reçu en frappant à leur porte ?

G. B. : Eh quoi ! elle a eu lieu cette fichue Révolution, oui ou non ? On est point tous égaux maintenant ? Le nouveau Louis, là-haut à Paris, il a pas intérêt à remettre nos droits en cause, sinon c'est la guillotine qui lui pend au nez, comme à son frangin ! En allant trouver les Valrémy, j'espérais bien être récompensé pour ma peine. Ça se pourrait bien que j'aie eu raison, du fait qu'ils m'ont donné un franc-or en échange que je les conduise au ruisseau !

Déposition de Charles de Valrémy, vingt-neuf ans, fils du comte de Valrémy

Gustave Bouffard est venu vous apporter le message de Gabrielle de Brances le 21 mai dans l'après-midi. Pourquoi n'avez-vous pas averti la police ?

C. de V. : Sauf votre respect, commissaire, ma famille et moi-même n'avons guère confiance dans la police de cet ignoble M. Fouché, après les massacres d'aristocrates qu'il a conduits aux heures les plus sanglantes de la Révolution. Vous-même, vous avez été nommé à votre poste au temps de l'Empire, peut-être même de la République ? Vous m'excuserez de penser que vous n'êtes pas la personne la plus indiquée pour venir en aide à des nobles loyalistes de retour d'exil. Voilà pourquoi, en accord avec mes parents et avec ceux de Gabrielle, nous avons décidé de faire justice nous-mêmes.

Notez que je réponds à vos questions aujourd'hui uniquement parce qu'il y a eu mort d'hommes, et que la loi m'y oblige.

(S'ensuit une altercation que nous ne reproduisons pas ici.)

Veuillez nous détailler le déroulement de la nuit du 21 au 22 mai.

C. de V. : Mes trois hommes et moi, nous nous sommes mis en route le soir même avec nos chevaux et nos chiens. Je savais que chaque heure, chaque minute comptait. J'estime qu'il devait être près de minuit lorsque nous sommes arrivés à la cabane du père Bouffard. Après quoi nous avons mis quatre bonnes heures à remonter le cours du ruisseau où il avait pêché la bouteille. Cette partie de la forêt était particulièrement escarpée et broussailleuse ; le vieux Bouffard lui-même ne s'y était jamais aventuré, et il a refusé de nous suivre. Il disait qu'il y avait là-haut du trop gros gibier pour un petit trappeur comme lui. J'avoue que, sur le moment, j'ai considéré ses réticences comme de la pusillanimité de vieillard – je ne savais point encore que son instinct de chasseur était juste…

Il était donc quatre heures du matin lorsque nous sommes parvenus à la combe. La chaumière était là, telle que Gabrielle l'avait décrite dans son message, très faiblement éclairée par un rayon de lune. La porte était déjà défoncée – sans doute par les créatures contre lesquelles Gabrielle avait tenté de se prémunir en la barricadant.

Nous avons laissé les chevaux attachés à des troncs en haut de la combe. Les yeux révulsés, les naseaux dilatés, ils tiraient sur leurs cordes comme des forcenés. Les seules fois où je les avais vus ainsi auparavant, c'était à la chasse, à l'approche des sangliers qui peuvent leur lacérer le ventre d'un coup de tête.

Munis de nos lampes à huile mises sous couvert, nous avons descendu les pentes de la combe le plus silencieusement possible, manquant de glisser vingt fois sur la terre humide. La chaumière était-elle vide ou occupée ? Gabrielle y était-elle toujours retenue prisonnière ? Était-elle seulement vivante ?

J'ai demandé à mes hommes de monter la garde avec les chiens devant la porte défoncée, et j'ai fait le tour de l'horrible masure. Tout était comme Gabrielle l'avait décrit : le ruisseau poussant des toussotements de tuberculeux ; le tas d'os à demi rongés derrière ; la lucarne étroite, plantée de barreaux.

Le cœur battant, je m'en suis approché, murmurant doucement le nom de Gabrielle.

J'ai augmenté la flamme de ma lampe pour éclairer le réduit.

Mais, mis à part les sacs d'avoine, il était vide.

Sa porte béait sur les profondeurs ténébreuses de la chaumière ; elle était encore battante, grinçant sur ses gonds : on venait de l'ouvrir !

En un éclair, j'ai compris que les habitants de la chaumière nous avaient entendus venir, et qu'ils avaient précipitamment tiré Gabrielle de sa prison.

J'ai ouvert la bouche pour crier, pour avertir mes gens – les aboiements des chiens, de l'autre côté de la chaumière, ont couvert ma voix.

Des coups de feu ont retenti, tandis que je me ruais à la rescousse ; mais, au détour de la façade, quelque chose m'a percuté de plein fouet. Quelque chose de rapide comme un serpent, de lourd comme un boulet de canon. En tombant face contre terre, j'ai immédiatement compris que mon épaule était brisée…

Mes cris de douleur se sont joints à ceux de mes hommes. C'était horrible de les entendre hurler comme des porcs que l'on saigne ! Mais le pire… le pire, c'était le *grondement.*

Il était plus glaçant que tout ce que j'avais imaginé à la lecture du message de Gabrielle. J'aurais voulu pouvoir me couvrir les oreilles pour ne point l'entendre, mais mon épaule broyée m'en empêchait.

Vous n'êtes plus un jeune homme, commissaire. Vous avez dû être témoin de spectacles atroces au cours de votre carrière, de crimes révoltants qui reviennent vous hanter la nuit, longtemps après la fin de l'enquête. Mais je doute que vous ayez jamais été confronté à *ça.*

(Charles de Valrémy se tait pendant plusieurs minutes, visiblement bouleversé.)

C'était un cri animal, mais c'était un cri humain en même temps. Comme si l'on avait cousu la langue d'une bête dans la bouche d'un homme. Une bouche qui ne serait plus capable de parler, mais juste de vociférer, de hurler sa haine, sa frustration et sa souffrance. Avec quelle puissance ! La terre en tremblait sous moi, secouait tous mes membres.

Lorsque j'ai enfin réussi à relever la tête, à essuyer la boue tombée dans mes yeux, j'ai vu les trois hommes et les deux chiens étendus sans vie sur le sol. Tout là-bas, à l'autre bout de la combe, des silhouettes noires remontaient le talus avec une agilité diabolique. L'une d'entre elles tenait un corps dans ses bras, dont les longs cheveux blonds accrochaient les gouttes de lumière lunaire – des cheveux que j'avais déjà vus sur le médaillon représentant ma promise : c'était Gabrielle !

J'ai alors commis un acte fou, désespéré.

J'ai armé mon fusil, et j'ai dirigé le canon vers les fuyards, tremblant sous l'effet de la douleur.

Au risque de toucher Gabrielle, j'ai tiré.

Pourquoi ?

Parce que mon instinct me l'ordonnait.

Parce qu'il me disait que, si je la laissais emmener, je ne la reverrais plus jamais…

Continuez. Que s'est-il passé ensuite ?

C. de V. : La balle a atteint la créature qui tenait Gabrielle, en pleine cuisse. Elle a laissé tomber le corps, qui est allé rouler jusqu'au fond de la combe.

Pendant un instant, j'ai senti que la créature hésitait à rejoindre les deux autres en haut du talus, ou à revenir sur ses pas pour reprendre Gabrielle qui se relevait déjà de sa chute.

Tandis que je réarmais mon fusil, je fouillais furieusement l'obscurité du regard pour tenter de mieux voir la chose – et pour l'abattre cette fois-ci. Elle avait l'apparence d'un homme de grande taille : elle se tenait sur ses deux jambes, les contours de son torse nu, musculeux, se dessinant faiblement dans les ténèbres. Mais la toison claire et rase qui couvrait son ventre et ses pectoraux évoquait davantage le pelage d'un animal. Quant à sa tête noyée dans les ombres, je n'ai pu en distinguer les traits ; seuls ressortaient les yeux, deux reflets bleu de glace qui m'ont semblé percer jusqu'au fond de mon âme.

Au moment où j'ai appuyé sur la détente, l'une des deux créatures en haut du talus a balancé vers ma cible un bras épais comme ma jambe, et l'a tirée violemment à elle. La balle est allée se perdre dans les branches, déclenchant un concert de hululements et de battements d'ailes.

Lorsque la forêt est redevenue silencieuse, les habitants de la chaumière avaient disparu.

Voilà, vous savez tout. Si cela n'avait tenu qu'à moi, je ne vous aurais jamais raconté tout cela – à quoi bon ? Mais je savais que les veuves de mes hommes tombés dans la forêt viendraient de toute façon vous trouver. J'ai simplement voulu les devancer. Puis-je partir à présent ?

Je dois soigner mes blessures, et j'ai un mariage à préparer !

9

CONVOCATION

BLONDE ÉTAIT TELLEMENT ABSORBÉE PAR SA LECTURE qu'elle n'entendit pas sonner la cloche appelant les couventines à la leçon.

Le dernier témoignage du rapport était celui de Gabrielle de Brances. Blonde tremblait d'impatience de retrouver celle qui s'était livrée dans le manuscrit gondolé, et qu'elle avait un moment cru perdue.

Mais en même temps, elle sentait remonter du fond de son cœur une vague appréhension…

Déposition de Gabrielle de Brances,
dix-huit ans, fille du baron de Brances

(Mlle de Brances étant encore visiblement sous le choc de sa détention, nous nous livrons à un interrogatoire court et directif.)

Êtes-vous bien l'auteur du message découvert dans la bouteille par Gustave Bouffard ?

G. de B. : Oui.

Confirmez-vous avoir été retenue prisonnière dans la chaumière de la forêt pendant sept jours, du 15 au 21 mai ?

G. de B. : Oui.

Avez-vous la moindre idée de l'identité de vos ravisseurs?

G. de B. : Non, aucune.

Votre message et le témoignage de M. de Valrémy laissent à penser qu'il pourrait s'agir d'autre chose que des hommes.

G. de B. : Je… je ne sais point. Je ne suis sûre de rien. Je les ai entendus parler entre eux à travers la porte du cagibi, dans cette langue gutturale qui est la leur…

Êtes-vous certaine qu'il ne s'agissait pas de grognements animaux?

G. de B. : Oui. Leurs conversations étaient courtes, violentes, mais articulées.

Avez-vous une intuition quant à l'objet de ces conversations?

G. de B. : Je crois… qu'ils se disputaient pour avoir accès au cagibi. C'était à chaque fois la même chose. Des pas faisaient trembler le sol, de plus en plus proches; morte de peur, je m'enfouissais dans les sacs d'avoine et j'essayais d'y disparaître. Mais, avant que la porte ne s'ouvre, d'autres pas se précipitaient; des grondements s'élevaient, à m'en faire éclater la tête; des coups pleuvaient. Puis le calme revenait, me laissant les nerfs à vif, les ongles plantés dans la toile de jute des sacs.

Je ne saurais l'expliquer, mais j'avais l'impression que c'était toujours le même qui tentait de forcer la porte du réduit, et les deux autres qui venaient l'en empêcher de justesse. Comme s'ils voulaient me protéger du plus dangereux d'entre eux.

Vous protéger? Voilà un mot étrange, pour parler des êtres qui vous ont séquestrée!

G. de B. : Je sais. Mais j'ai l'impression que les habitants de la chaumière étaient aussi embarrassés que moi par ma présence parmi eux. Mon intuition me dit que je n'aurais simplement *pas dû* découvrir leur repère. Je n'aurais pas dû m'asseoir sur leurs chaises, manger dans leurs bols, dormir dans leurs lits. Dès lors que j'ai découvert leur présence, leur secret, ils n'ont su que faire de moi ; ils ne pouvaient ni me laisser partir, ni se résoudre à me tuer – ou du moins, deux d'entre eux ne le pouvaient point.

En attendant de décider de mon sort, je crois qu'ils s'occupaient de moi du mieux qu'ils pouvaient. L'un des habitants s'est défait de ses draps – ceux qui sentaient la menthe – pour me les glisser sous la porte. Tous les matins, lorsque je m'éveillais, une cruche d'eau claire, un bol de fruits des bois avec du miel et une bassine pour me laver m'attendaient devant la porte du réduit. Par deux fois, mes étranges geôliers m'ont même déposé pendant la nuit une cuisse de faisan grillée. Je crois qu'ils allaient à la chasse pendant la journée. Ces os, derrière la chaumière…

En effet. Il s'agissait de restes animaux : daims, faisans, tétras. Voilà pourquoi le père Bouffard trouvait le gibier si rare cet été. En revanche, nous n'avons retrouvé aucun ossement humain.

G. de B. : Ah ! j'en suis soulagée.

Mais les habitants de la chaumière n'en restent pas moins des meurtriers, qui ont abattu de sang-froid les hommes venus vous libérer. Quels sont vos souvenirs de cette nuit ?

G. de B. : Mes souvenirs sont très confus. Je dormais à poings fermés, quand je me suis senti arrachée à mon matelas de sacs. C'était l'une des créatures qui m'emportait dans ses bras. Mais son odeur était différente de celle qui m'avait jetée dans le cagibi le premier soir – non point musquée, mais mentholée comme le parfum des draps. Ses poils n'étaient point piquants contre ma peau, mais soyeux…

Avez-vous vu ses traits?

G. de B. : Non. Il faisait trop sombre, j'avais le visage plaqué contre son épaule. Et puis, tout s'est passé si vite... Il y a eu les aboiements, les coups de feu ; avant que je me rende compte de ce qui se passait, j'étais déjà en train de rouler en bas du talus.

(Nous ne pouvons poursuivre plus avant la déposition, Charles de Valrémy exigeant de mettre fin à l'interrogatoire pour ménager sa fiancée. N'ayant aucun chef d'accusation permettant de les retenir, nous les laissons tous deux aller.)

Blonde poussa un soupir en reposant la page. C'était la fin du témoignage de Gabrielle de Brances. Un témoignage qui jetait bien peu de lumière sur les événements de la nuit du 21 mai 1814.

Pendant un instant, la jeune fille imagina quelle avait dû être la frustration du commissaire Chapon, face à si peu de faits concrets, à des preuves si ténues. Trois hommes étaient morts sans que l'on sût ce qui les avait tués ; pire : les assassins couraient toujours, quelque part dans cette forêt profonde, prêts à frapper à nouveau...

Mais pour l'heure, ce fut à la porte de la chambre que l'on frappa.

Blonde sursauta.

Elle leva brusquement la tête, et eut un instant l'impression de se retrouver nez à nez avec Gustave Bouffard. Mais ce n'était que la grosse face lunaire de sœur Félicité.

– Blonde ! Que faites-vous ici ? La leçon de couture a commencé depuis dix minutes !

– Je... je suis désolée, bafouilla Blonde en enfouissant le rapport d'enquête sous son oreiller. Je descends à la salle de classe tout de suite.

– Ce n'est plus la peine, ma pauvre enfant...

La bonne sœur Félicité avait l'air sincèrement désolée.

– La mère supérieure me fait dire qu'elle vous convoque dans son bureau. Immédiatement.

Sœur Félicité accompagna Blonde à travers les couloirs obscurs du couvent, jusqu'aux quartiers où résidaient les religieuses. C'était là, derrière une porte aux clous rouillés par les ans, que se situait le bureau de la mère supérieure.

L'officière des chambres frappa au panneau, plus timidement que Blonde ne l'avait jamais entendu faire.

Une voix sépulcrale filtra du bureau :

– Entrez !

Sœur Félicité entrouvrit la porte pour que la pensionnaire pût se glisser dans la pièce, où elle-même ne souhaitait manifestement pas mettre les pieds.

Ce fut ainsi que Blonde pénétra dans le bureau. Au cours des années qu'elle avait passées au couvent, elle pouvait compter sur les doigts d'une main le nombre de fois où elle y avait pénétré. Si vieille que nul ne pouvait plus lui donner d'âge, mère Rosemonde était un personnage taciturne, pour ne pas dire ténébreux. Elle passait son temps recluse dans ce local, déléguant toute son autorité à la prieure.

Aussi Blonde ne fut-elle pas surprise de reconnaître sœur Marie-Joseph, debout à côté du vaste bureau de chêne derrière lequel disparaissait la petite forme recroquevillée de la mère supérieure. En revanche, elle ne s'attendait pas à la présence du maître Compagnon dans la pièce. Il était là, se tenant aussi droit que la prieure, regardant fixement Blonde sous ses sourcils gris broussailleux. Son visage massif, tout en angles et en arêtes, paraissait avoir été taillé de sa propre main dans un bloc de marbre.

– Blonde…, chevrota la voix de mère Rosemonde.

Reprenant soudain conscience de la raison pour laquelle elle croyait être là, la jeune fille tomba à genoux sur le sol de pierre, les mains jointes, dans la posture seyant aux réprimandes.

– Cela fait bien longtemps que vous êtes parmi nous, continua la mère supérieure.

Elle avait le physique de sa voix. C'est-à-dire qu'elle était aussi frêle qu'un courant d'air. Son visage était tellement strié de rides que les yeux y disparaissaient presque complètement. Son voile noir semblait flotter sur son corps décharné, et le crucifix de bois qui pendait à son cou donnait l'impression de peser aussi lourd que s'il avait été en fonte.

– Nous nous sommes chargées de votre éducation sans jamais rien demander en retour, la somme qui nous fut accordée à votre arrivée au couvent n'assurant que votre gîte et votre couvert.

En entendant ces mots, Blonde sentit son cœur se serrer. La directrice spirituelle de Sainte-Ursule allait-elle lui demander de rembourser les frais de cette éducation qui lui avait si mal profité, elle qui ratait les cours et les offices, passant son temps à dérober des romans et à parler aux garçons ? Et avec quel argent pourrait-elle s'acquitter de sa dette ?

– Aujourd'hui, continua la supérieure, c'est à moi de vous demander un service. Maître Gregorius, ici présent, n'est pas qu'un simple tailleur de pierre, il a aussi de grandes qualités de sculpteur. Il nous fait la grâce de réparer l'effigie de Sainte-Ursule, que ces vandales de révolutionnaires ont profanée – que le Seigneur les pardonne. Notre chère protectrice aura bientôt de nouvelles mains. Mais pour que toute sa dignité lui soit rendue, il faut encore remplacer le visage qu'un piolet sacrilège a fendu. Or, pour une opération si délicate, maître Gregorius et son jeune apprenti ne peuvent œuvrer sans modèle.

Blonde avait du mal à en croire ses oreilles. Ce n'était donc pas pour la gronder de son manque d'assiduité aux cours que la mère supérieure l'avait convoquée ?

– Vous comprendrez aisément que les ursulines ne peuvent prêter leurs traits à leur sainte patronne, ce serait tout à fait inapproprié. Quant aux pensionnaires qui paient *vraiment* leur éducation à Sainte-Ursule, il est de notre devoir de protéger leur réputation. Imaginez qu'un futur époux vienne à apprendre que l'une d'entre elles a posé comme une… comme une vulgaire actrice ! Non vraiment, ce n'est pas envisageable. Mais vous, Blonde ; vous qui n'êtes ni religieuse ni promise à un hymen prochain, vous n'avez rien à perdre. Aussi, je vous le demande comme une faveur : acceptez de poser pour maître Gregorius et son élève.

*

Il fut décidé que la séance de pose aurait lieu le lendemain matin au point du jour, pendant que les autres cadettes seraient en cours.

C'était trop peu dire que les camarades de Blonde étaient vertes de jalousie. Mais si la plupart d'entre elles firent un effort pour dissimuler leur frustration tout au long de l'après-midi, Bérénice ne se gêna pas pour dévoiler le fond de sa pensée à l'issue de la leçon de morale :

– Les sœurs ne sont pas folles, s'exclama-t-elle à voix haute devant Blonde, au moment de quitter la classe. Elles vous jettent en pâture à ces hommes parce qu'elles savent que vous êtes une fille perdue. Il n'y a qu'à voir comment vous les avez aguichés : une vraie catin !

En un instant, la crampe se réveilla dans le ventre de Blonde, plus fulgurante que jamais.

C'était injuste, injuste !

Elle n'avait rien fait pour attirer l'attention sur elle, quand les autres demoiselles, Bérénice la première, n'avaient pas hésité à brader leur modestie pour se faire valoir.

Blonde se leva brusquement de son pupitre, manquant de renverser sa chaise.

Que son ventre lui faisait mal ! Et ses yeux… un voile rouge était tombé devant eux, empourprant son cahier sur le pupitre, et la face éberluée de sœur Prudence qui demeurait seule dans la salle de classe.

Ivre de colère et de peur, Blonde se rua hors de la pièce et remonta dans sa chambre en se cognant contre les murs suintant d'humidité – rouge elle aussi, comme si la pierre transpirait du sang !

Elle se jeta sur son lit rouge, au milieu de ses draps rouges, et lorsqu'elle ferma les yeux elle vit avec horreur que l'intérieur de ses paupières était rouge également.

10

LA DEUXIÈME DISPARITION DE GABRIELLE

IL FALLUT VINGT BONNES MINUTES À BLONDE POUR RETROUVER SON CALME.

Lentement, sa respiration s'apaisa, le voile rouge se dissipa devant ses yeux et la chambre autour d'elle reprit une apparence normale.

Que s'était-il donc passé ?

Ce n'était pas la première fois qu'elle était victime des brimades de Bérénice, et jamais encore elle n'avait réagi d'une telle manière. D'habitude, elle prenait sur elle.

Mais là…

Blonde posa le dos de sa main sur son front ; il était brûlant. Elle avait de la fièvre, elle était sans doute malade. Voilà qui expliquait les maux de ventre, la vision rougie. Fallait-il en parler à la sœur infirmière ?

– Miaooo !

– Ah ! tu es là, toi !

Brunet bondit sur le lit et se roula en boule au bout de la paillasse. Blonde sentit la fourrure de l'animal contre ses jambes, sur lesquelles sa robe s'était relevée. Elle qui était d'habitude si frileuse, elle se rendit compte que même sans son châle elle n'avait soudain plus froid.

– Je suppose qu'il ne me reste qu'une chose à faire…, déclara-t-elle, autant pour elle que pour Brunet.

Elle glissa sa main derrière son oreiller et en sortit le carton cramoisi. C'est ainsi qu'elle attaqua la troisième et dernière partie du dossier d'enquête, une liasse sur laquelle courait l'écriture désormais familière du commissaire Chapon :

Rapport sur la deuxième disparition de Gabrielle de Valrémy,
née de Brances, survenue le 10 mars 1815
Dépositions de M. Charles de Valrémy et de la femme Ernestine Planchet, recueillies par Edmond Chapon, commissaire de police

Contexte au 17 mars 1815

Aujourd'hui, M. Charles de Valrémy est venu nous signaler la disparition de son épouse, Gabrielle, née de Brances. Nous reproduisons ci-dessous l'intégralité de sa déposition, ainsi que celle d'Ernestine Planchet, femme de chambre de la disparue.

À noter que nous n'avons guère trouvé d'autres témoins à interroger au château de Valrémy, la plupart des habitants ayant déjà quitté les lieux lorsque nous nous y sommes rendu. Le comte et la comtesse de Valrémy eux-mêmes sont retournés en exil en Angleterre il y a deux jours. Depuis la nouvelle que Napoléon Bonaparte a quitté l'île d'Elbe et a reposé le pied sur le sol français le 1er mars, nombreux sont les aristocrates qui émigrent à nouveau au-delà des frontières du pays.

Ces conditions turbulentes rendent l'enquête difficile. Quant à nous, commissaire de la République, du Royaume ou de l'Empire, nous tâchons de nous acquitter de notre tâche du mieux possible…

Déposition de Charles de Valrémy, trente ans,
fils du comte de Valrémy

Pourquoi sollicitez-vous les services de police aujourd'hui ? Lors de notre dernier entretien il y a près d'un an, vous nous avez fait comprendre que vous ne les teniez pas en haute estime…

C. de V. : En toute franchise, commissaire, vous êtes mon dernier recours. Voilà une semaine maintenant que Gabrielle a disparu. Les recherches que j'ai organisées pour la retrouver n'ont abouti à rien, et maintenant je n'ai plus assez d'hommes pour battre la campagne. Il ne reste plus à Valrémy qu'une poignée de vieux domestiques trop âgés pour refaire le voyage jusqu'en Angleterre. Mes parents ont même emmené ma fille avec eux…

Votre fille ?

C. de V. : Celle à qui Gabrielle a donné le jour il y a un mois. Vous n'allez tout de même pas me reprocher de ne point vous avoir envoyé de faire-part pour la naissance de Renée !

Monsieur de Valrémy, il va falloir vous montrer plus coopératif si vous voulez que nous vous aidions.

C. de V. : Soit. Veuillez m'excuser, commissaire. C'est que… je suis un homme brisé.

Commencez par nous détailler les circonstances de cette deuxième disparition.

C. de V. : Détailler… C'est bien cela le problème. Je n'ai aucun détail, aucune piste ! C'est arrivé il y a une semaine, mardi après-midi. Après avoir donné le sein à Renée, Gabrielle s'est retirée dans son boudoir pour se reposer. Sa grossesse l'a beaucoup fatiguée, et les préparatifs du déménagement n'ont rien arrangé. Le château était sens dessus dessous : il fallait décrocher de nouveau les tableaux qui avaient retrouvé leurs places sur les murs seulement quelques mois plus tôt, réemballer l'argenterie, rouler les tapis. Gabrielle était épuisée, elle avait souvent besoin de s'isoler de tout ce vacarme.

Mais ce soir-là, lorsque je suis descendu la chercher pour le souper, le boudoir était vide, la fenêtre béait sur le parc. Ma chère épouse avait tout simplement disparu.

Disparu, dites-vous ? Pas de signe d'effraction ?
C. de V. : Non. La fenêtre avait été ouverte de l'intérieur.

Avez-vous relevé des traces dans le parc ?
(À l'énoncé de cette question, le témoin se tait quelques instants, visiblement troublé.)
C. de V. : Oui… des traces d'escarpins… les escarpins de Gabrielle.

La fenêtre ouverte de l'intérieur… Les traces de votre propre épouse dans le parc… Il semblerait qu'elle soit partie de son plein gré, ne croyez-vous pas ?
C. de V. : Jamais ! Gabrielle n'aurait jamais agi de la sorte ! Elle m'aimait comme je l'aimais, et elle aimait notre enfant. Ma famille l'avait accueillie à bras ouverts, elle était réellement devenue l'une des nôtres, une vraie Valrémy. Elle n'a pas *pu* quitter tout cela, vous m'entendez ? Ou alors, c'est qu'on l'y a forcée…

Peut-être… Mais qui, et pour quel motif ?
C. de V. : Je ne sais point. Des bonapartistes, sans doute, jaloux de la bonne fortune des Valrémy ?

Laissez donc Bonaparte là où il est. En ce moment, ses partisans et lui ont d'autres préoccupations que d'enlever une demoiselle de province. Mon intuition me porte plutôt vers la chaumière où l'on a retrouvé Gabrielle il y a dix mois de cela. Y êtes-vous retourné ?
C. de V. : Bien sûr. C'est le premier endroit où j'ai mené mes gens, le soir même de la disparition de Gabrielle. Mais la chaumière était déserte, dans l'état exact où nous l'avions laissée l'été dernier.

Quel mystère ! Nous n'avons jamais retrouvé la trace des habitants de la chaumière. Nous avons conclu qu'ils étaient allés se faire pendre ailleurs. Est-ce que votre épouse évoquait parfois sa détention ?

C. de V. : Non. Elle n'en parlait jamais, et je la comprends. Quelle expérience atroce cela a dû être pour une douce personne comme elle ! De toute manière, je suis convaincu qu'elle ne savait rien de plus que ce qu'elle vous a déjà révélé.

Et vous, vous avez repensé à tout cela ? Je veux dire, à la chaumière et à ses habitants ?

C. de V. : Parfois. Je crois que nous avons eu affaire à des bandits, à des crapules qui pensaient pouvoir tirer une rançon de Gabrielle. Sans doute nous ont-ils attaqués avec des molosses, à en croire les grondements et les blessures qui ont entraîné la mort des malheureux qui m'accompagnaient – il faisait si noir, ce soir-là…

Pourtant, ils n'ont pas demandé de rançon. Et à l'époque du massacre, les seules empreintes de chiens que nous avons relevées autour de la chaumière étaient celles de vos propres bêtes.

C. de V. : Et alors ? Qu'est-ce que cela signifie, d'après vous ?

Je ne sais pas. Pas encore. Vous parliez de quelques domestiques restés au château de Valrémy. Y en a-t-il qui connaissaient bien votre épouse ?

C. de V. : La vieille Ernestine, peut-être. Elle appartenait à la maison des Brances, mais elle a voulu suivre sa maîtresse à Valrémy après le mariage.

Déposition d'Ernestine Planchet, soixante-deux ans, femme de chambre

Depuis combien de temps connaissiez-vous Gabrielle de Valrémy ?

E. P. : Bonne mère ! Depuis sa naissance ! Telle que vous me voyez, j'ai été au service de Mme la baronne de Brances pendant plus de quarante ans, avant d'entrer au service de Mme la comtesse de Valrémy.

Vous deviez avoir pour Gabrielle une affection particulière, pour choisir de changer de maison si tard dans votre existence.

E. P. : Eh oui, j'ai toujours chéri la petite demoiselle. Pour moi qui n'ai point eu d'enfant, elle était un peu comme ma fille. Ça m'aurait déchiré le cœur de la laisser partir toute seule dans cette famille inconnue – surtout après le drame de la forêt.

De votre point de vue, Gabrielle a-t-elle été bien accueillie chez les Valrémy ?

E. P. : Bien accueillie ? Je dirais que oui. Mais aussi, cette petite est si charmante, je ne vois pas qui pourrait avoir le mauvais cœur de mal l'accueillir !

Alors, elle était heureuse ?

(Le témoin réfléchit quelques instants à la question.)

E. P. : Heureuse… J'ai connu Mlle Gabrielle heureuse en Prusse, ça oui. Son sourire, c'était comme un soleil, et son rire, comme une fontaine, vous voyez ce que je veux dire ? Dieu m'en soit témoin, elle m'en a fait voir de toutes les couleurs, avec ses espiègleries ! Elle m'a joué bien des tours ! Mais je ne me plains point : elle a illuminé chaque jour de ma vie.

Mais chez les Valrémy ?

E. P. : À dire vrai, en devenant Mme de Valrémy, c'est comme si Mlle Gabrielle s'était un peu… éteinte. Ne vous méprenez pas, hein, elle restait souriante comme toujours ! Mais son sourire n'était point si gai qu'avant. Oui, maintenant que j'y repense : il y avait de la tristesse dans son sourire.

Charles de Valrémy nous a dit que la grossesse de son épouse l'avait beaucoup fatiguée.

E. P. : Il faut dire que le jeune comte n'a guère attendu pour la mettre grosse, sitôt qu'elle a été libérée de ces diables de la forêt, sans même lui laisser le temps de reprendre ses esprits !

La traitait-il mal ?

E. P. : Je n'ai point dit ça ! Il l'aime plus que n'importe qui, je crois. Presque trop.

Trop ?

E. P. : Comment vous dire… Il était si inquiet de ses langueurs, si soucieux du bon déroulement de sa grossesse. Il avait bien des attentions, bien des prévenances ! Il surveillait chaque bouchée qu'elle avalait, la faisait coucher au moindre bâillement, interdisait qu'on parle trop fort en sa présence. Mais Mlle Gabrielle, c'est une fleur qui a besoin d'air, vous comprenez ? D'air, de soleil et de liberté pour s'épanouir.

Justement, pensez-vous que Gabrielle de Valrémy ait pu quitter le château pour retrouver – comment dire – sa liberté ?

E. P. : Retrouver sa liberté ? Vous vous moquez, commissaire ! Il n'y a point de liberté hors du mariage pour les personnes de notre sexe, vous le savez aussi bien que moi, et Gabrielle le savait aussi. Et d'abord, où serait-elle allée ? Non, ma Gabrielle n'était point si folle. Sa liberté, elle la trouvait dans ses rêveries, lorsqu'elle restait des heures à la fenêtre de son boudoir à regarder le ciel.

Le ciel… Êtes-vous sûre que c'est cela qu'elle regardait ?

E. P. : Quoi d'autre ? Je vous le demande. Au bout du parc, il n'y a que la forêt et les montagnes.

Blonde retourna la feuille pour accéder à la dernière page du dossier avec lequel elle avait vécu pendant ces dernières quarante-huit heures.

Il n'y avait que deux jours que l'homme au manteau noir le lui avait apporté, et pourtant c'était comme si Gabrielle de Brances faisait partie de sa vie depuis toujours. Blonde avait l'impression que la petite Renée, nommée sans doute d'après le livre de Chateaubriand, était sa propre fille.

Gabrielle était comme une sœur jumelle écartée à la naissance, mais qui avait toujours été là, en creux.

Maintenant que Blonde l'avait retrouvée, comment supporterait-elle de la perdre à nouveau ?

Durant un court moment, la jeune fille ressentit l'envie de ne pas lire l'ultime paragraphe, d'en rester là, de laisser le destin de Gabrielle dans les brumes du doute.

Mais l'envie de savoir fut la plus forte : elle attaqua les dernières lignes.

Contexte au 27 mai 1815

Voilà deux mois et demi que Gabrielle de Valrémy a disparu pour la deuxième fois.

Le 20 mars, peu après sa déposition et alors que Napoléon Bonaparte rentrait dans Paris, Charles de Valrémy a dû émigrer à son tour pour l'Angleterre. À l'heure où j'écris ces lignes, le château de Valrémy est totalement déserté depuis des semaines.

Autriche, Prusse, Russie : à présent, les armées des puissances alliées contre l'Empire ressuscité se pressent à nos frontières. La guerre qui s'annonce est sans doute la plus terrible, la plus effroyable de toutes celles que nous avons connues au cours des dernières années. Des centaines de milliers de soldats vont à nouveau marcher au combat, et des dizaines de milliers vont à nouveau mourir. Que vaut la vie d'une demoiselle disparue face à ces multitudes de vies sur le point de s'éteindre ?

À part moi, qui se souvient de Gabrielle de Valrémy ?

Aucune battue, aucune recherche n'a pu nous donner le moindre indice sur ce qui est advenu de la jeune femme, ni sur l'endroit où, morte ou vive, elle se trouve à présent.

Aujourd'hui, tous mes hommes ont été mobilisés dans l'armée de l'Empereur, et je m'apprête à les rejoindre.

Je crains qu'avec tous les morts à venir dans la guerre qui s'annonce, la disparition de Gabrielle de Valrémy ne tombe définitivement aux oubliettes. Au cours de ma carrière, je crois pouvoir dire que j'ai bien servi la France. Quels qu'aient été les régimes, je n'ai toujours obéi qu'à un seul maître : la Loi. Cependant, il y a une tache sur mon bilan. Une tache sombre, indélébile, noire comme cette nuit du 21 mai 1814 où trois hommes sont morts sans que l'on sache ce qui les a tués.

J'ai constitué ce dossier pour pouvoir reprendre l'enquête à mon retour – ou bien, si je ne reviens pas, pour que mon successeur au commissariat d'Épinal puisse s'y plonger.

Edmond Chapon

11

UN VIEUX SOUVENIR

LE PÈRE MATTHIEU SORTIT DE LA SACRISTIE où il venait de ranger les objets du culte, après avoir célébré la messe du matin.

Vidée des couventines et des religieuses, qui, quelques instants plus tôt, l'avaient peuplée de cantiques divins et de chaleur humaine, la vieille chapelle était rendue au silence et au froid. Tout n'était pourtant point immobile en ce mausolée des siècles : là-bas, tout au fond, le rideau du confessionnal ondulait doucement.

Comme il n'y avait pas un souffle d'air dans la chapelle, le père Matthieu sut que c'était son devoir qui l'appelait, la mission d'alléger une conscience trop lourde.

Il prit sa place dans l'isoloir et découvrit la grille qui permettait de communiquer avec la pénitente.

– Je vous écoute, ma fille, dit-il. Que vous reprochez-vous ?

– Bénissez-moi, mon père, parce que j'ai péché. Je confesse à Dieu tout-puissant, je reconnais devant vous que j'ai vraiment péché.

Le bon père sursauta sur son banc en reconnaissant la voix de la prieure, quand il s'était attendu à entendre celle d'une jeune couventine toute prête à sangloter sur quelque larcin mineur, bout de pain dérobé au réfectoire ou roman emprunté en cachette à la bibliothèque.

– Sœur Marie-Joseph ? balbutia-t-il, si surpris qu'il en oubliait momentanément l'anonymat de la confession.

– C'est bien moi...

– Mais comment donc avez-vous péché, ma fille ?

– Par cupidité et par orgueil, je le crains.

– Par cupidité et par orgueil ? Vous qui êtes un parangon de vertu, un modèle vivant d'humilité pour toutes ces jeunes demoiselles qui...

– De grâce, mon père, n'en jugez point avant de m'avoir entendue.

– Soit, soit, mais tout de même !

Le prêtre tenta d'apercevoir le visage de la pénitente à travers la grille, mais il faisait trop sombre dans le confessionnal.

– C'était un matin de mai il y a treize ans, dit la prieure en baissant la voix – précaution inutile dans la chapelle déserte, mais qui traduisait assez le trouble de son âme. À l'époque, nous étions plus libérales qu'aujourd'hui avec les pensionnaires, nous allions jusqu'à leur autoriser l'usage de quelques jouets pour la récréation – depuis, Dieu merci, un vent de juste rigueur est venu balayer ces lubies qui ne servent qu'à exciter les sens et à échauffer les esprits. Bref. Au temps dont je parle, le cerceau avait la faveur des demoiselles, des minimes surtout. En ce matin-là, deux d'entre elles étaient trop jeunes pour suivre la classe, aussi jouaient-elles dans le jardin sous ma surveillance, tandis que leurs camarades recevaient la leçon. La première de ces petites demoiselles a quitté nos murs avant que vous ne veniez y officier, aussi son nom ne vous évoquera aucun souvenir ; âgée de cinq ans, elle s'appelait Angélique. Quant à la seconde... c'était Blonde, et elle n'avait que quatre ans.

– Votre pensionnaire permanente, cette chère enfant ! s'exclama le père Matthieu avec toute la bonhomie qui le caractérisait.

Son enthousiasme fut rabattu par la voix de la prieure, qui

claqua avec la sécheresse qu'elle employait habituellement pour rappeler à l'ordre les pensionnaires :

– Attendez, vous dis-je, avant d'absoudre à tout bout de champ ! Attendez de savoir, et vous vous prononcerez ensuite…

Blonde à l'époque était bien différente de la jeune fille taciturne que vous connaissez. Débordante d'énergie et d'espièglerie – de malice ? – elle ressemblait à un tourbillon doré. Ce matin-là, il m'en souvient, elle riait à gorge déployée en courant à en perdre haleine dans les allées du jardin. Tenant une baguette dans sa petite main, elle faisait rouler devant elle le cerceau de bois. Sa chevelure, étonnamment longue pour ses quatre ans, se soulevait derrière elle, tel un étendard cousu de fils d'or. Elle avait déjà une densité, une consistance remarquables, à un âge où les cheveux des enfants sont généralement fins comme du duvet. Les rayons du soleil printanier la faisaient briller de mille feux. On avait l'impression que, dans sa course folle, le cerceau était parti pour aller jusqu'au bout du monde !

Vint le moment où je dus m'absenter pour aller entendre les doléances de la sœur boursière qui réclamait une réfection du toit du réfectoire, abîmé par une infiltration d'eau. Ne s'étant guère remis des exactions de la Révolution, le couvent était à l'époque dans un état pire encore que celui où vous le voyez aujourd'hui. Le besoin de réparation se faisait sentir chaque jour davantage ; mais notre budget n'augmentait pas pour autant…

Soudain, j'entendis des cris en provenance du jardin : « À moi ! À moi ! » C'était la voix d'Angélique, que j'avais laissée seule avec Blonde. Regagnant précipitamment le jardin, j'y découvris les deux petites demoiselles en lutte ; elles tenaient chacune une extrémité du cerceau et tiraient dessus comme si leur vie en dépendait. Le visage d'Angélique était dur comme un poing serré, celui de Blonde était baigné de larmes.

« Que signifie ce vacarme ? » m'écriai-je, contrariée par cette attitude si peu chrétienne.

En me voyant surgir du cloître, Angélique lâcha le cerceau, ce qui constituait déjà en soi l'aveu qu'elle avait commencé la querelle. De surcroît, les cheveux dorés qui restaient entortillés entre ses doigts indiquaient qu'elle avait rudoyé sa cadette. Elle cacha ses mains derrière son dos et se mit à pleurnicher, peut-être parce qu'elle croyait sa cause perdue et qu'elle voulait adoucir sa sentence.

« C'est mon tour », plaida Blonde d'une voix pleine d'espoir, qui résonne encore dans mes oreilles en cet instant où je vous parle.

Je savais qu'elle avait raison, qu'elle était dans son droit, car sa camarade avait déjà joui du cerceau pendant tout le début de la matinée. Cependant, je savais aussi que les parents d'Angélique versaient chaque mois une somme sonnante et trébuchante pour régler la pension de leur fille, alors que notre pensionnaire permanente ne nous rapportait plus rien... Fut-ce le démon qui me dicta mes paroles, ou plus prosaïquement le souci de ne pas mettre en péril une entrée d'argent vitale pour la survie du couvent ? Je décidai d'accéder à la demande de la spoliatrice.

« Lâchez cela, Blonde », murmurai-je.

D'abord, elle ne parut point comprendre. Elle pensait sans doute à une méprise, cette pauvre enfant qui avait une telle foi en mon jugement !

« Entendez-vous ce que je vous dis ? Lâchez ce cerceau tout de suite ! »

Je me souviens d'avoir saisi le bras de la fillette sans ménagement, et de l'avoir traînée à ma suite dans l'allée.

« Les parents de Mlle Angélique paient sa pension assez cher pour que leur fille puisse utiliser le cerceau lorsqu'elle en a envie. Vous n'avez qu'à réciter dix Ave en attendant le dîner. »

Je fourrai un chapelet dans les mains de Blonde, et je m'en retournai vaquer à mes occupations dans le couvent. Mais tandis que sœur Geneviève me montrait une flaque couvrant toute la largeur du réfectoire, un hurlement en provenance du jardin nous interrompit à nouveau.

Excédée, j'abandonnai la sœur boursière pour me précipiter à l'extérieur.

« Blonde, je croyais vous avoir dit de… »

Je ne terminai point ma phrase. Là-bas, au milieu de l'allée, gisait Angélique. Blonde se tenait debout à côté, le cerceau dans une main et le chapelet dans l'autre, si parfaitement immobile dans le soleil qu'on eût dit une statue couronnée d'or.

Ses yeux fixes étaient injectés de sang.

Sœur Marie-Joseph marqua une pause dans son récit. Elle avait parlé d'une traite, prenant à peine le temps de souffler ; à présent, le sifflement de sa poitrine filtrait à travers la grille du confessionnal. Apercevant une statue de saint Michel dans une niche à travers le rideau, le père Matthieu eut l'impression d'entendre respirer le dragon de pierre sous les pieds de l'archange.

– Seules la mère supérieure, la sœur infirmière et moi-même sommes au courant de l'épisode que je viens de vous narrer, reprit finalement sœur Marie-Joseph. Lorsqu'elle émergea des limbes de l'inconscience, la petite Angélique ne se souvenait plus des circonstances de l'accident – aussi fut-il tranché qu'elle avait chu toute seule. À peine prévenus, ses parents vinrent la chercher. Ils menacèrent de dénoncer le couvent à l'épiscopat pour négligence ; mais nous n'entendîmes plus jamais parler d'eux. Pour prix de la cupidité qui m'avait poussée à commettre une injustice, je n'étais parvenue qu'à supprimer cette pension que j'avais voulu si maladroitement assurer. Eh oui, mon père, je ne suis pas le parangon de vertu que vous croyiez…

Quant à Blonde… en dépit de l'état de prostration dans lequel je l'avais trouvée, j'étais certaine que c'était elle qui avait assommé sa compagne de jeu. Oh mon père, ses yeux ! Si vous aviez vu le rouge de ses yeux ! La sœur infirmière n'avait jamais été confrontée à quelque chose de tel. Faute de mieux, elle a conclu à une dégénérescence nerveuse causée par un trop-plein d'air et de soleil, chez une nature chétive destinée aux endroits clos et confinés. Nous décidâmes que Blonde ne devait plus jamais voir la lumière du jour.

La prieure poussa un profond soupir. C'était elle à présent qui recherchait les ombres ; il lui avait fallu la nuit du confessionnal pour trouver le courage de raconter cette histoire qui la hantait depuis si longtemps.

– Pendant des années, j'ai cru que l'éducation que nous donnions à Blonde suffirait à nous l'attacher pour toujours. Je me suis persuadée que mon « modèle d'humilité », comme vous le dites si bien, l'inciterait à m'imiter – oui, vraiment : qu'elle se résoudrait à prendre le voile en sa dix-huitième année. N'est-ce pas là le comble de l'orgueil, mon père ? Croire que son propre exemple peut servir d'inspiration pour le service de Dieu ? C'est oublier que Dieu seul a la voix qui porte assez loin dans les âmes pour lancer Son appel et créer les vocations...

Le père Matthieu toussota derrière la grille du confessionnal, abasourdi par cette avalanche de souvenirs et de culpabilité.

– Mais qu'est-ce qui vous assure que Blonde ne va point prendre le voile ? se risqua-t-il. Le lui avez-vous simplement demandé ?

– Maintes fois, et elle est toujours parvenue à me fournir des demi-réponses, dans lesquelles seul mon maudit orgueil pouvait me donner un motif d'espérer. Mon projet de lui faire épouser le Christ était fou, je m'en rends compte sur le tard. Hier, lorsque mère Rosemonde a annoncé à Blonde qu'elle poserait pour les tailleurs de pierre, cette dernière m'est apparue absolument changée. J'ai vu s'épanouir sur son visage un sourire resplendissant, aussi éblouissant qu'un soleil. L'espace d'un instant, j'ai revu la petite fille bouillonnant de cette vitalité que nous avions tenté de contenir derrière des lunettes et des murs. Ce sourire m'a fait peur, je l'avoue. Il m'a fait comprendre que Blonde ne serait jamais complètement des nôtres. Quel que soit le chemin que le Seigneur a tracé pour elle, il ne s'achève point à Sainte-Ursule. Il ne fait qu'y débuter. Un jour prochain, je le sens, Blonde prendra son essor et personne ne pourra la retenir – pas même moi.

La prieure se tut de manière aussi abrupte qu'elle avait commencé.

Comprenant avec un temps de retard que c'était à lui de parler, le prêtre balbutia ces mots :

– Au nom du Père et du Fils et du Saint-Esprit, je vous pardonne tous vos péchés. Allez dans la paix du Christ, priez et accomplissez votre pénitence…

DEUXIÈME PARTIE

Matins de lumière

Un jour qu'elle folâtrait de-ci, de-là, Boucle d'or se trouva soudain dans une forêt étrange et solitaire. Lorsqu'elle voulut revenir sur ses pas, elle s'aperçut qu'elle s'était perdue. C'est alors qu'elle vit une petite chaumière, enfoncée dans un creux d'ombre. Mais ce que Boucle d'or ignorait, c'est que trois ours vivaient là…

BOUCLE D'OR ET LES TROIS OURS

1

GASPARD

CE MATIN-LÀ, SŒUR FÉLICITÉ VINT TOQUER À LA PORTE DE BLONDE PEU AVANT SIX HEURES.

– La mère supérieure m'a demandé de m'assurer que vous vous rendiez bien à votre séance de pose, dit-elle en souriant gentiment. Vous êtes dispensée de l'office. J'ai pensé qu'il serait plus commode pour vous de déjeuner dans votre chambre.

La religieuse posa sur la petite table une grosse tranche de pain blanc, celui qui était habituellement réservé au déjeuner des sœurs les plus avancées dans la hiérarchie du couvent. C'était une faveur exceptionnelle d'en faire bénéficier une pensionnaire.

Elle laissa aussi sur le sol de la chambre une grosse casserole fumante qu'elle avait remontée des cuisines, pour que Blonde pût se laver à l'eau chaude.

– Merci, ma sœur !

– Vous avez le temps de vous préparer, les artisans ne vous attendent pas avant sept heures et demie. Ah, oui, et encore une chose : je vous accompagnerai pendant toute la séance.

Blonde se doutait bien que les religieuses ne l'auraient pas laissée sans chaperon – tant qu'à faire, elle aimait autant que ce fût sœur Félicité.

Avoir une heure et demie devant soi pour se préparer constituait un luxe peu commun pour une pensionnaire de Sainte-Ursule.

Après avoir dégusté son pain blanc, Blonde accorda à sa toilette plus de temps qu'elle n'y avait jamais consacré. Le fait de pouvoir se laver sans ressentir la morsure du froid aidait beaucoup. En versant l'eau brûlante sur sa peau et sur ses cheveux, la jeune fille expérimentait des sensations inconnues, un bien-être que sœur Marie-Joseph eût sans doute jugé diabolique, mais qui était tellement réconfortant !

Au moment de se coiffer, elle jeta un regard timide sur le petit miroir accroché au mur.

La créature qui la regardait lui fit un peu peur, avec ses cheveux encore humides retombant sur ses épaules, son bras passé devant la poitrine dans un geste de statue antique.

Elle s'empressa d'enfiler sa chemise de dessous et sa robe de serge pour couvrir sa nudité. Puis, par réflexe, sa main attrapa son châle rêche. Mais elle se ravisa au dernier moment. Avait-elle vraiment besoin de cet accessoire qui lui donnait une allure de grand-mère ? Elle n'en ressentait plus la nécessité. En revanche, elle ferma plus étroitement autour de sa taille mince la ceinture de cuir noir qui complétait l'uniforme des couventines, faisant ressortir par contraste les courbes de ses hanches et de sa poitrine.

Enfin prête, elle s'assit sur son lit pour terminer la lecture de *René* en attendant que sœur Félicité vînt la chercher. Depuis qu'elle avait deviné que Gabrielle avait donné le nom de ce livre à sa fille, il était devenu encore plus précieux à ses yeux.

En lisant les tribulations du jeune Chateaubriand, Blonde essaya de se mettre dans la peau de la jeune femme qui l'avait précédée de deux décennies, d'éprouver les sentiments qu'elle avait éprouvés. Le roman tout entier ne parlait que d'une envie d'ailleurs, d'un désir de changement d'autant plus douloureux que son objet était imprécis : « Levez-vous vite, orages désirés qui devez emporter René dans les espaces d'une autre vie ! »

Le monologue de René, c'était celui de Gabrielle, c'était celui de Blonde – et de toutes les âmes qui refusent de se contenter du monde réel. Car Blonde était persuadée que Gabrielle n'avait pu se contenter de son mariage arrangé avec Charles de Valrémy, de cette vie prévue d'avance, vécue d'avance. Son instinct lui disait que le commissaire Chapon avait eu raison de supposer qu'elle avait quitté le château de Valrémy de son plein gré.

Oui, vraiment, elle en était convaincue : Gabrielle s'était bel et bien enfuie.

*

– Vous avez lâché vos cheveux !

Ce furent les premières paroles de sœur Félicité lorsqu'elle entra dans la chambre.

Pour la première fois, Blonde avait oublié d'enfermer sa chevelure dans un chignon…

– Est-ce ce Gregorius qui vous l'a demandé, pour les besoins de la séance de pose ?

La jeune fille se garda de détromper l'officière des chambres. Elle aimait le contact nouveau de ses boucles épaisses contre ses épaules ; elle ne s'était jamais rendu compte que ses cheveux étaient si lourds, si soyeux.

– Oui, répondit-elle. Je vais prendre mon ruban dans ma poche, pour renouer mes cheveux plus tard.

Les cadettes étaient déjà en salle de classe lorsque sœur Félicité et Blonde pénétrèrent dans le cloître, au-dessus duquel le toit du ciel s'éclaircissait à vue d'œil.

Maître Gregorius et son apprenti étaient occupés à fixer de nouvelles mains aux poignets de la statue, jointes en oraison, comme il sied à une abbesse. La lampe-tempête qu'ils avaient posée contre la poitrine de la sainte pour y voir plus clair correspondait moins aux critères de la statuaire catholique…

Sœur Félicité toussota pour signaler leur arrivée aux deux hommes.

Gaspard se retourna d'un bond.

Un sourire illumina son visage concentré, qu'il réprima aussitôt – mais pas assez vite pour échapper à la vigilance de sœur Félicité.

– Eh bien, messieurs, nous voici, dit-elle en s'asseyant au pied d'une colonne à la lisière du cloître. J'ai l'impression que j'ai bien fait de venir…

La sculpture du nouveau visage de sainte Ursule débuta quelques minutes plus tard, pendant que prenait le ciment liant ses nouvelles mains.

– Mon apprenti Gaspard est très doué pour ses dix-neuf ans, expliqua maître Gregorius. C'est la raison pour laquelle je me fatigue à le former, à mon âge où je pourrais tranquillement attendre à l'atelier que les clients viennent sonner à ma porte…

Bien qu'elle n'eût jamais quitté l'enceinte du couvent, Blonde pouvait déceler une pointe d'exotisme dans la voix bourrue du maître compagnon. Quelque chose qui roulait, qui chantait, qui parlait d'un autre pays que la froide vallée de la Moselle.

– … Je tiens à ce qu'il réalise lui-même le visage de la statue. Ce sera une bonne préparation au chef-d'œuvre qui lui permettra de gagner officiellement le titre de compagnon.

Sœur Félicité fit la moue ; manifestement, elle estimait que la sainte méritait l'attention d'un artiste achevé, et non d'un débutant. Cependant, elle se garda de tout commentaire, car après tout, les caisses du couvent étaient vides et les deux sculpteurs œuvraient gracieusement.

Maître Gregorius fit asseoir Blonde sur un petit tabouret, devant un étau enserrant un bloc de pierre récupéré au cours de la réfection du grand escalier du couvent.

De quelques gestes secs et sûrs, accompagnés de peu de mots, il guida le burin de son apprenti pour dégrossir la pierre. De temps à autre, il demandait à Blonde de tourner légèrement la tête pour mieux accrocher la lumière. À deux reprises il souleva même les boucles qui lui retombaient sur le front, avec une délicatesse que ses grosses mains calleuses n'auraient jamais laissé soupçonner. Surtout, il lui retira ses lunettes aux verres teintés. Dans un premier temps, la lumière du matin aveugla Blonde si fort qu'elle faillit protester – c'est qu'elle avait vécu tant d'années dans le halo azuré ! Mais peu à peu, ses yeux surmontèrent la douleur de l'éblouissement. L'émerveillement de découvrir les véritables couleurs du cloître, qui lui était si souvent apparu noyé dans un bleu indistinct, l'emporta sur l'inconfort.

Elle ne réclama pas ses lunettes.

Durant de longues heures, ni le modèle ni le sculpteur n'échangèrent la moindre parole. Pourtant, il se jouait entre eux deux un dialogue muet, dont les mots se réduisaient à des battements de cils, à la dilatation infime d'une pupille, au frémissement d'une narine parfois. Blonde sentait le regard de Gaspard l'effleurer tel un vol de papillon, à la fois timide et audacieux. Elle le sentait passer sur son corsage, sur sa taille prise dans la ceinture, le long de ses jambes enserrées dans la robe de serge grise, pour revenir toujours à ses yeux sans oser les croiser plus d'un instant.

Sœur Félicité s'en serait sans doute offusquée, si elle n'avait été assise à contre-jour, éblouie par la luminosité matinale. Après des mois de grisaille, le soleil avait pour la première fois percé les nuages ; en ce matin de mars, c'était comme si le ciel était complice de Blonde et de Gaspard.

Lorsque enfin sonna la cloche de midi, les grandes lignes du visage de la jeune fille s'étaient transposées dans le bloc de pierre. Maître Gregorius paraissait satisfait, mais Blonde, pour sa part, était persuadée que Gaspard avait tout fait pour ralentir l'avancée de son ouvrage... et multiplier les séances de pose à venir.

Blonde dîna au deuxième service, à une heure, avec les deux tailleurs de pierre et sœur Félicité.

En pénétrant dans le réfectoire au moment où les autres pensionnaires le quittaient, elle eut l'impression de traverser un nuage de jalousie. Cependant nulle n'osa élever la voix, car la prieure veillait sur la migration de son œil attentif.

La semainière servit aux convives de grandes plâtrées de lentilles au lard. Sœur Félicité s'empressa de réchauffer ses mains frigorifiées contre l'assiette de terre cuite. Mais Blonde, elle, n'avait à aucun moment senti la morsure du froid, bien qu'elle fût restée immobile pendant des heures.

Pour la première fois, elle eut le privilège de pouvoir manger sans avoir à supporter la lecture du *Traité de l'éducation des filles*, ni d'aucun ouvrage du même genre. Au lieu de quoi l'officière des chambres, réjouie par la potée fumante, relâcha un instant la posture sévère à laquelle sa fonction de chaperon l'incitait, et se mit à interroger maître Gregorius sur la vie des compagnons.

– Notre existence ne diffère guère de la vôtre, ma sœur, déclara-t-il en sauçant son assiette. Nous aussi, nous dédions notre existence à un idéal. Celui du travail bien fait. C'est pourquoi nous sillonnons le pays pendant nos jeunes années, afin de parfaire notre art en étudiant les pratiques des gens d'ici et de là-bas.

– Mais dites-moi, votre accent… de quelle région de France est-il ?

– D'aucune, ma sœur. Je suis né à Rome, avant de venir dans votre pays pour m'y faire compagnon.

– À Rome ! s'exclama sœur Félicité en oubliant qu'elle avait la bouche pleine.

La simple évocation de la Ville Éternelle, de la cité où le

Saint-Père résidait, suffisait à nimber le maître d'un prestige sans égal.

Tandis que la bonne Félicité continuait à presser sa nouvelle idole de questions, Blonde et Gaspard délaissaient tous deux leur repas pour se dévorer du regard.

Ils n'avaient presque pas touché à leurs assiettes lorsque vint l'heure de reprendre le travail.

Durant tout l'après-midi, le cloître resta inondé de soleil.

Au pied de la statue, la nature qui avait été si durement éprouvée par l'hiver reprenait ses droits dans ce bain de lumière et de vie. Les herbes se dressaient, les fleurs s'ouvraient, toute l'humidité de la morte-saison semblait s'évaporer de la terre pour monter vers le ciel.

Et puis subitement, sans prévenir, Gaspard se mit à fredonner tout en continuant à cisailler la pierre.

Sœur Félicité, qui digérait ses lentilles en somnolant adossée à sa colonne, sursauta. Elle ouvrit la bouche pour demander à l'impudent de se taire et de respecter la tranquillité d'un lieu consacré, mais ses remontrances restèrent coincées dans sa gorge. La voix du jeune homme était si douce, si accordée au bourdonnement de la nature s'éveillant de son sommeil, qu'il eût paru sacrilège de lui imposer le silence. Du reste, il ne prononçait aucune parole que l'on eût pu juger profane, étant donné qu'il chantait la bouche fermée. Aussi la religieuse décida-t-elle de s'assoupir à nouveau, et de se laisser bercer par la mélodie.

Elle ne se doutait pas que le fredonnement, s'il touchait toutes les oreilles, était destiné à une seule personne : Blonde.

La jeune fille s'en délectait comme elle le faisait de la chaleur du soleil contre sa nuque, de l'air chaud qui réveillait la senteur de ses cheveux, de la clarté qui filtrait à travers ses cils blonds. Après la toilette du matin, elle avait l'impression de découvrir plus que de nouvelles sensations : son corps même, enfin sorti du cocon d'humidité, de froid et de ténèbres que les sœurs avaient tissé autour de lui. Elle ne pouvait pas croire que ce soleil qui la faisait renaître pût être mauvais pour elle. En vérité, elle ne s'était jamais sentie si vivante.

Lorsque le soir tomba, le visage de la sainte était à moitié achevé, et déjà il ressemblait à s'y méprendre à son modèle. Les artisans commencèrent à ranger leurs outils, car ils avaient du chemin à faire pour regagner le logis de la dame hôtesse chez qui ils logeaient à la ville, avant de revenir le lendemain pour achever leur travail.

Rendue à son statut de couventine, Blonde gagna, quant à elle, le réfectoire pour y souper avec les autres.

*

Une rumeur fiévreuse accueillit Blonde à son entrée dans la pièce.

La plupart des demoiselles étaient déjà assises.

– Regardez-la ! s'exclama Bérénice. Elle se prend déjà pour Vénus descendue de son piédestal. Étrange qu'elle ait gardé sa robe sur le dos !

Blonde remarqua que la semainière et les sœurs chargées de faire respecter la discipline pendant le repas la regardaient elles aussi bizarrement.

Soudain, elle réalisa qu'elle n'avait toujours pas rechaussé ses lunettes teintées, et surtout que ses cheveux étaient encore lâchés, ce qui constituait une entorse considérable aux règles du couvent. Elle fourra sa main dans la poche de sa robe, à la recherche du ruban qu'elle y avait mis au matin lorsqu'elle avait quitté sa chambre. Elle ne le trouva point.

– Excusez-moi…, murmura-t-elle, sans que l'on sût si ces

excuses s'adressaient aux religieuses ou aux pensionnaires. J'ai égaré mon ruban sur mon chemin.

Avant qu'on eût pu la retenir, elle s'esquiva dans le couloir et courut jusqu'au cloître – certainement que le ruban y était tombé durant la séance de pose.

Après l'explosion multicolore de la journée, Blonde trouva le cloître rendu aux teintes bleues et vertes de la nuit, qui étaient les véritables couleurs du couvent. Baignée par la lune, la statue de la sainte aux mains jointes mais aux traits encore effacés lui parut ressembler à une divinité archaïque et capricieuse ; son nouveau visage à demi formé attendait à côté d'elle, toujours enserré dans son étau. Troublée de s'y reconnaître, Blonde se figea un instant.

C'est alors que Gaspard surgit de derrière la statue.

Il tenait dans sa main le ruban noir, doucement agité par l'haleine de la nuit.

– Vous avez trouvé mon ruban ? chuchota Blonde.

– Non. Je l'ai pris dans votre poche ce midi au réfectoire.

Blonde sentit les battements de son cœur s'accélérer. N'importe qui pouvait les surprendre. Pourtant, elle ne bougea pas d'un pouce lorsque Gaspard s'approcha d'elle.

– Je voulais que vous imprimiez votre marque à celle qui désormais portera votre visage, dit l'apprenti, énigmatique.

Il sortit un burin et un maillet de la poche de son tablier et s'approcha de Blonde. Passant dans son dos, il plaça les deux outils dans les mains de la jeune fille, et l'entraîna doucement vers le bloc à moitié sculpté.

– Est-ce difficile ? murmura-t-elle.

En guise de réponse, Gaspard guida la main de Blonde vers la masse brute qui entourait le visage, d'où la chevelure n'avait pas encore jailli.

La jeune fille avait l'impression que son bras ne lui

appartenait plus. Elle le voyait bouger devant elle comme le bras d'un mannequin de bois, soutenu par le poignet solide de Gaspard. Elle percevait la chaleur de son torse contre son épaule, la caresse de sa respiration sur sa nuque. Et elle sentait son odeur, une odeur de miel et de menthe – le miel dont la dame hôtesse nourrissait chaque matin les compagnons pour leur donner du cœur à l'ouvrage ; la menthe avec laquelle les ouvriers frictionnaient chaque soir leurs bras fourbus par le travail de la pierre.

Le burin n'en finissait pas de danser devant Blonde, dessinant dans la pierre des boucles de cheveux. Sans effort. Sans limite.

– Percevez-vous la texture de la pierre ? murmura la voix de Gaspard. Maître Gregorius dit que c'est comme le grain d'une peau.

La pierre en effet était bien plus tendre que Blonde ne l'avait imaginé, elle semblait amortir les chocs pour que nulle oreille ne les perçût au-delà du cloître.

Là où la lame repassait, les cheveux s'entremêlaient. Bientôt le côté droit de la tête fut peuplé de lianes, d'arabesques, d'une forêt de ronces.

Obscure.

Humide.

Froide.

En un clignement d'œil, Blonde eut l'impression de voir la chaumière au fond de la pierre, minuscule carré au cœur du maelström de cheveux. Elle se rappela que l'odeur de la menthe, c'était celle de la créature qui avait prêté ses draps à Gabrielle, qui l'avait portée contre sa poitrine hors de la chaumière la nuit du 21 mai 1814 ; elle se rappela les offrandes de miel que cette même créature avait faites à sa captive tout au long de sa détention.

La menthe et le miel…

La glace et le feu…

– Assez !

Surpris, Gaspard lâcha brusquement la main de Blonde, qui laissa échapper le maillet et le burin. Un écho sinistre résonna au moment où ils percutèrent le sol.

La crampe s'était réveillée sous le sternum de Blonde, lui coupant presque la respiration. Devant ses yeux, le blanc de la pierre n'était plus blanc mais commençait à prendre une teinte rougeâtre.

« Oh non, pensa-t-elle. Pas encore ! Pas maintenant ! »

Elle ferma les yeux en se concentrant de toutes ses forces pour chasser l'image de la chaumière de son esprit.

Lorsqu'elle les rouvrit, la pierre avait repris sa couleur normale.

Elle tourna vivement son visage vers celui de Gaspard. Jamais elle ne l'avait vu d'aussi près. Mille détails lui apparaissaient, qu'elle n'avait pas remarqués jusqu'à présent : le piqué de la peau ; la courbure des narines frémissantes comme les naseaux d'un cheval ; la vraie couleur des iris qui n'étaient pas seulement bruns, mais aussi verts, ocre et parsemés d'éclats dorés comme un fleuve des Indes charriant des pépites par milliers.

Blonde savait qu'elle n'aurait jamais pu percevoir tant de richesses, tant de couleurs, si elle avait conservé les lunettes qui la maintenaient dans une nuit bleutée. Au fond d'elle-même, elle s'en rendait compte maintenant, elle avait toujours su qu'elle n'avait pas besoin de verres teintés, ni de quelque filtre que ce fût pour la protéger de la lumière du monde. Les lunettes n'avaient été pour elle qu'un masque, de la même manière que le châle n'avait été qu'un déguisement. Un travestissement : telle avait été sa vie jusqu'à présent. Ses paroles n'avaient pas été des paroles, mais des tirades écrites à l'avance. On lui avait donné un rôle à jouer, celui de la pauvre recluse chétive et malade, et cela avait été facile – tellement facile de se glisser dedans !

Mais ce rôle touchait à sa fin.

Mais la pièce était terminée.

Elle saisit le ruban des mains de Gaspard, et s'en fut en courant dans le déambulatoire.

2

EDMOND CHAPON

BLONDE AVAIT DE LA CHANCE QUE LA PRIEURE N'ASSISTÂT PAS AU SOUPER CE SOIR-LÀ. Peut-être parce qu'elle était nimbée du prestige d'avoir servi de modèle pour la nouvelle sainte Ursule, aucune sœur ne lui fit de réflexion pour sa longue absence lorsqu'elle regagna le réfectoire.

Elle noua ses cheveux en chignon, remit ses lunettes pour donner le change, et s'efforça de faire profil bas jusqu'à la fin du repas.

Le moment du coucher ne tarda pas à sonner.

En remontant à sa chambre, Blonde se retourna par dix fois pour voir si Gaspard ne la suivait pas. Mais par dix fois, elle ne vit derrière elle que les ombres du couvent ; sans doute le jeune apprenti avait-il fui en même temps qu'elle, pour rejoindre son gîte à la ville.

En se glissant dans ses draps après avoir fait un brin de toilette, c'était à Gaspard encore que Blonde songeait. Elle se demandait s'il soupait en cet instant, à quelle heure il se coucherait, s'il frotterait ses bras de menthe ce soir aussi, après avoir battu la pierre toute la journée, s'il...

Un bruit sec contre le carreau coupa court au fil des pensées de la jeune fille.

Elle se redressa brusquement.

Cette fois-ci, elle ne pensa pas un seul instant à un écureuil ou à un oiseau de nuit, ni même au vieillard au manteau noir; c'était Gaspard, ce ne pouvait être que Gaspard qui était resté à l'attendre au pied du couvent!

Elle se leva et marcha vers la fenêtre.

Elle ouvrit le battant en grand.

Mais elle eut beau scruter les ombres, elle ne vit rien à la ronde que les silhouettes des arbres nus qui se balançaient sous les étoiles...

... et puis soudain, une forme sphérique jaillit de la nuit, fusant droit sur la fenêtre.

Blonde eut juste le temps de s'écarter pour ne pas se faire percuter par la chose, qui retomba sur le sol de la chambre avec un bruit mat.

C'était une balle de jeu de paume à laquelle était ficelé un morceau de papier.

Le souffle court, Blonde fouilla encore les ténèbres pendant une longue minute, mais elle ne parvint pas à identifier d'où le projectile était venu, ni qui l'avait envoyé.

Elle finit par refermer la fenêtre, pour défaire la balle de ses ficelles. En dépliant le morceau de papier, elle reconnut immédiatement une écriture bien connue désormais : celle de l'auteur du rapport d'enquête de 1815.

Mademoiselle,

J'espère que vous avez lu jusqu'au bout le dossier que je vous ai remis. J'espère surtout qu'il vous a captivé mieux qu'un vieil homme n'aurait su le faire s'il vous avait raconté tout cela de vive voix. Il faut néanmoins que j'utilise cette voix, je le crains, pour vous narrer la fin de mon enquête...

Il y a une fissure, à l'est, dans le mur qui ceint le jardin du couvent – point assez large pour que l'on puisse s'y glisser, mais point trop fine que l'on ne puisse converser à travers elle.

J'y serai demain lorsque j'entendrai sonner la récréation de midi. Retrouvez-moi là-bas si vous voulez savoir pourquoi je vous ai remis le rapport d'enquête, et ce que vous est Gabrielle de Brances.

Edmond Chapon

Blonde dut se retenir à sa chaise, tant la tête lui tournait.

L'homme au manteau noir et Edmond Chapon ne faisaient qu'un ! Elle n'aurait su dire comment elle s'était imaginé le commissaire au cours de sa lecture, mais certainement pas sous les traits de ce vieillard à tête de squelette qui semblait tout droit surgi des limbes où errent les âmes en peine.

À présent, l'évidence qu'elle n'avait pas voulu voir lui sautait au visage.

Le dossier avait le même âge qu'elle, que diable !

L'enfant de Gabrielle avait le même âge qu'elle !

Se pouvait-il qu'avant d'avoir été baptisée Blonde par les sœurs elle eût, durant quelques semaines ou quelques mois, porté le prénom de Renée ?

Taraudée par la curiosité et par l'angoisse, Blonde ne put fermer l'œil cette nuit-là. Elle avait l'impression de penser plus clairement et plus vite que jamais.

C'était comme si quelque chose s'était débloqué en elle.

Comme si, en ôtant ses lunettes couleur de nuit, elle avait soulevé une chape de plomb qui étouffait son cerveau depuis toujours.

Jusqu'à l'aube, elle repassa dans sa tête les différents éléments du dossier de 1815. Elle ne l'avait lu qu'une seule fois, mais elle avait vécu cette unique lecture si intensément qu'elle avait l'impression de le connaître par cœur. Elle n'avait parcouru que quelques pages écrites de la main de Gabrielle, et pourtant sa personnalité, sa voix lui paraissaient aussi proches que celles d'une sœur… d'une mère.

*

– Ma pauvre enfant ! Vous êtes bien pâle !

Blonde s'empressa de rassurer sœur Félicité :

– Ne vous inquiétez pas, ma sœur. J'ai juste eu un peu de mal à trouver le sommeil.

Après le départ de l'officière, la jeune fille s'immergea le visage dans la casserole que cette dernière avait apportée. Tout comme la veille, elle sentit la chaleur l'emplir d'énergie, dissiper sa fatigue. Elle dévora sa tranche de pain blanc en quelques bouchées, surprise par son propre appétit.

Dans le cloître, maître Gregorius et Gaspard étaient déjà au travail.

Blonde sentit le jeune homme frémir à son approche. Ce matin-là toutefois, il n'osa pas sourire en la voyant ; Blonde remarqua que le regard du maître pesait lourdement sur son apprenti. Il passa sur elle avec la même sévérité, avant de se poser sur les cheveux esquissés de la statue.

Elle devina qu'il savait.

Il avait compris ce qui se tramait entre les deux jeunes gens. Il n'avait pas besoin de parler pour leur proposer un marché : il ne dirait rien aux sœurs de la rencontre du cloître, en échange de leur conduite irréprochable dorénavant.

Le soleil ne brilla guère de la matinée, et Gaspard ne fredonna pas. Il travaillait vite sous la surveillance de son maître, beaucoup plus vite que la veille en réalité. À ce train, l'ouvrage fut achevé peu avant midi.

– Nous n'avons pas besoin des cheveux, dit maître Gregorius. La statue est voilée.

Il saisit un ciseau à la lame aussi large que celle d'une hache et, d'un coup de marteau qui fit vibrer tout le cloître, il trancha le bloc de pierre à la lisière des cheveux pour ne conserver que le visage.

La séance de pose était terminée.

Blonde se leva lentement de son tabouret.

Pour la première fois depuis le début de la matinée, ses yeux rencontrèrent ceux de Gaspard. Elle y lut une détresse et un désir sans fond, le miroir du gouffre qu'elle sentait aussi en elle.

– Au travail, mon gars ! tonna le maître. Il faut maintenant poncer l'ancien visage de la statue avant d'y fixer le nouveau.

Sœur Félicité accompagna Blonde au réfectoire. La jeune fille n'avait plus de raison de prendre ses repas au deuxième service avec les hommes.

Une rumeur méchante, orchestrée par Bérénice, l'accueillit à son entrée dans la pièce. Mais elle n'y prêta guère attention. Les pensées qui l'obsédaient l'emmenaient bien au-dessus des sarcasmes, loin, très loin derrière les murs du couvent. Combien de temps Gaspard allait-il encore demeurer à Sainte-Ursule, à présent que son ouvrage touchait à sa fin ? À l'idée qu'elle ne le reverrait peut-être jamais plus, Blonde sentit ses yeux la piquer. Elle porta sa main à ses paupières, fut presque surprise de ne pas rencontrer le contact froid de ses lunettes.

Lorsque sonna l'heure de la récréation précédant la reprise des cours, Blonde demanda à sœur Félicité l'autorisation de se rendre au jardin plutôt que d'attendre en salle de classe comme à son habitude.

– Mais votre faiblesse… protesta la sœur.

– J'ai bien supporté dix heures de pose en plein air, hier et ce matin.

Ne trouvant rien à répondre à cela, l'officière laissa aller la jeune fille.

Une fois dans le jardin, cette dernière n'eut guère de difficulté à s'isoler. Les autres pensionnaires s'étaient massées contre le muret ouest, par-dessus lequel elles pouvaient entrevoir les fenêtres du réfectoire et les hôtes qui y dînaient.

Si Blonde n'avait écouté que son cœur, elle les aurait rejointes pour tenter d'apercevoir Gaspard. Mais en même temps, elle savait que cela n'aurait servi à rien. Si elle devait un jour revoir le jeune tailleur de pierre, elle voulait que ce fût en femme libre et non en recluse. Or, le chemin de sa liberté, seul le commissaire Chapon pouvait le lui montrer.

Blonde longea la haute muraille qui fermait le jardin à l'est, jusqu'à ce qu'elle rencontre une faille tapissée de mousse.

Elle se figea.

L'ouverture était large comme deux doigts, et profonde des deux pieds que mesurait l'enceinte du couvent. Derrière elle, on pouvait apercevoir les membres squelettiques des grands arbres qui commençaient à peine à bourgeonner.

Soudain, l'œil laiteux du vieillard apparut dans la brèche.

Surmontant un premier mouvement de recul, Blonde fit signe qu'elle voulait parler la première. Elle embrassa la faille, et chuchota au creux de la muraille une question dont elle anticipait la réponse :

– Suis-je la fille de Gabrielle ?

Puis elle s'empressa de presser sa joue contre la pierre pour entendre la confirmation de son intuition :

– Si je vous l'avais soutenu, l'autre soir dans votre chambre, vous ne m'auriez pas cru, n'est-ce pas ? murmura la voix rauque du vieillard.

Quelque chose, au plus profond de Blonde, lui hurlait de tourner les talons tant qu'il en était encore temps, tant qu'elle pouvait encore demeurer dans l'ignorance – cette chose, c'était sans doute un instinct de conservation. Mais une autre force aussi primitive, aussi puissante luttait dans le cœur de la jeune fille : un besoin de savoir viscéral, quel qu'en fût le prix. Elle garda l'oreille collée à la faille.

– Vous êtes bien la fille de Gabrielle, en effet. Née Renée de Valrémy. C'est votre père, Charles de Valrémy, qui vous a placée dans ce couvent peu après votre naissance.

Blonde resta bouche bée, pesant de tout son poids contre la muraille qui la soutenait à présent, telle une béquille.

Elle ne comprenait pas.

Comme s'il devinait le tourbillon de doutes qui s'agitait dans la tête de la jeune fille soudée à la pierre, le vieux commissaire reprit la parole :

– Je n'ai jamais pu découvrir la raison pour laquelle votre père vous avait abandonnée. Lorsque je regagnai Épinal après la défaite de Waterloo, il n'y avait plus de place au commissariat pour un vieux soldat napoléonien. Moi qui avais réussi à me maintenir à travers tous les régimes, la seconde Restauration me fut fatale. Victime du démantèlement de la police d'Empire, je fus mis à la retraite forcée à cinquante ans, avec une maigre pension pour toute consolation – j'en ai soixante-sept aujourd'hui.

À quoi occupai-je toutes ces années ? À tout et à rien, à la pêche, aux cartes, à la boisson un peu, à ma chère pipe, bien sûr, car c'est elle, je le sais, qui finira par avoir ma peau. Sans doute serais-je déjà mort d'ennui si une frustration ne m'avait maintenu en vie pendant tout ce temps : celle de n'avoir jamais élucidé la disparition de Gabrielle de Brances. Peu après la guerre, j'étais allé trouver le jeune comte Charles, de retour d'exil, pour lui proposer de reprendre l'enquête à titre personnel ; mais il m'avait fait jeter dehors tel un malpropre. Comme si le sort de celle qui avait été son épouse ne lui importait plus. À peine un an plus tard, il se remariait avec une certaine Mlle de Champromont, jeune aristocrate de la région.

À cette occasion, je parvins à cuisiner suffisamment le prêtre de la paroisse pour apprendre que ce deuxième mariage avait été rendu possible par l'invalidation du premier…

Cette fois-ci, Blonde n'y tint plus.

C'en était trop d'apprendre que, après avoir abandonné sa fille, Charles de Valrémy avait renié sa femme.

La jeune fille décolla son oreille de la faille pour y écraser ses lèvres. Elle cria presque à travers la muraille, afin d'obliger le vieillard à l'entendre :

– C'est impossible ! L'Église interdit de trancher les liens du mariage !

Aussitôt, effrayée d'avoir haussé la voix, elle se retourna d'un bond vers le jardin.

Les couventines étaient toujours agglutinées au muret ouest, malgré les efforts des sœurs qui tentaient de les arracher au spectacle du réfectoire. Le babillage des demoiselles avait couvert le cri de Blonde. Elle reposa doucement sa joue sur la muraille, comme si elle craignait à présent que le moindre son n'attirât l'attention des ursulines.

– Gardez votre calme, que diable ! gronda sourdement la voix d'Edmond Chapon. Et ne hurlez pas si je vous dis que c'est le pape en personne qui a annulé le mariage de Charles et de Gabrielle !

Le pape…

Le Saint-Père vers lequel montaient les prières des ursulines chaque matin aux laudes et chaque soir aux vêpres…

Cette révélation semblait si irréelle que cette fois-ci, Blonde n'eut même pas la tentation de crier. Elle laissa Edmond Chapon poursuivre son récit sans émettre le plus petit gémissement.

– J'ignorais l'argument qui avait convaincu le souverain pontife d'accéder à la demande de Charles de Valrémy. Mais vous pouvez imaginer que ma curiosité était piquée au vif ! Je me souvins alors de l'enfant que Charles avait eu avec l'épouse dont il voulait si ardemment effacer la mémoire. Je me renseignai auprès des domestiques du château de Valrémy : personne n'avait vu Renée depuis l'automne précédent. Le bruit courait qu'elle avait été placée chez une nourrice, quelque part en Lorraine.

Ainsi commença la plus longue enquête de ma vie, une enquête qui devait s'étaler sur plus de quinze années. Saison après saison, j'allai de village en village, frappant aux portes des femmes qui faisaient commerce de leur lait et de leur affection pour élever la progéniture des grands de ce monde. Aucune n'avait reçu en pension un nourrisson de quelques mois au cours de l'automne 1815. Au terme de ces recherches infructueuses, je me rendis à l'évidence : ou bien l'enfant était morte, ou bien elle avait été placée dans une institution.

Ma croisade recommença. Mais l'énergie et le souffle me manquaient, et les portes des couvents ne s'ouvraient pas aussi facilement que celles des nourrices. Ne pouvant pénétrer en ces lieux interdits, je glanai des informations auprès des seuls hommes autorisés à y entrer : les fournisseurs, les ouvriers, les commerçants achetant les broderies que les sœurs produisaient parfois. Lors de leurs courtes visites, la plupart d'entre eux ne voyaient jamais les pensionnaires, traitant exclusivement avec la portière et la boursière. Pourtant, je rencontrai un jour un marchand de semailles qui me parla d'un couvent perdu au creux d'une vallée humide, où coulait un petit affluent de la Moselle. L'endroit, qui se nommait Sainte-Ursule, n'était plus que l'ombre de ce qu'il avait été sous l'Ancien Régime. Les sœurs continuaient toutefois d'accueillir quelques demoiselles issues de familles prisant les valeurs du temps jadis. Pour les approvisionneurs de Sainte-Ursule, le jeu consistait à tenter d'apercevoir une jeune fille que l'on disait vouée à terminer ses jours au couvent. Ceux qui avaient eu la chance de la voir prétendaient qu'elle était belle comme le jour, et aussi blonde que lui.

La pudeur de Blonde se troubla à l'évocation de toutes ces

années où elle s'était crue invisible, alors que des yeux indiscrets n'avaient cessé de l'épier.

Elle songea à Gaspard et à son maître : avaient-ils eux aussi été appâtés par la réputation de la recluse de Sainte-Ursule ?

– Pendant plusieurs semaines, je guettai la nuit les fenêtres du couvent, reprit Edmond Chapon. Je tentai d'entrevoir chacune des couventines avant qu'elle n'éteignît sa lampe. Ce fut ainsi que je vous vis pour la première fois, vous étiez telle que le marchand de semailles vous avait décrite.

La suite, vous la connaissez. Je suis monté à votre fenêtre pour vous remettre le dossier que j'avais moi-même constitué dix-sept années auparavant. Je savais qu'il serait meilleur orateur que moi – que les mots de votre mère surtout sauraient vous parler mieux que les miens…

Là-bas, venant de la chapelle, retentit le tintement de la cloche marquant la fin de la récréation. Edmond Chapon dut l'entendre lui aussi, car il se fit bref :

– Maintenant, le choix vous appartient. Je ne suis plus qu'un vieil homme dont la mission et la vie s'achèvent. J'ai le sentiment d'avoir rendu quelque justice à Gabrielle de Brances en vous transmettant son témoignage – que dis-je, son héritage !

Soudain, Blonde sentit son cœur se figer. Une silhouette voilée regardait dans sa direction, là-bas, sur le perron du couvent où se rassemblaient les couventines.

C'était sœur Marie-Joseph.

Une pulsion douloureuse ordonna à la jeune fille de quitter la muraille et de rejoindre les rangs tant qu'il en était encore temps ; mais le besoin de savoir fut le plus fort : elle garda son oreille collée à la faille.

– Vous pouvez décider de demeurer parmi les ursulines, tandis que je rentrerai à Épinal. Mais si vous voulez vous confronter avec votre père, alors je vous aiderai, car j'aimerais bien connaître le dénouement de ma dernière affaire avant de mourir…

La prieure accourait à présent de l'extrémité du jardin, son voile se soulevant comme deux ailes noires, ses joues tremblant d'indignation :

– Blonde ! N'avez-vous pas entendu la cloche ?

Mais la pensionnaire restait obstinément appuyée au mur, redoublant la colère de sœur Marie-Joseph.

– Cette nuit, quand tout le couvent dormira, souffla enfin Edmond Chapon, agitez votre lanterne à la fenêtre si vous souhaitez fuir. Sinon, si vous préférez demeurer dans la tranquillité de ces lieux, je vous promets que vous n'entendrez jamais plus parler de moi.

La voix se tut au moment précis où la main de la prieure se referma sur le bras de la pensionnaire récalcitrante.

– Êtes-vous donc devenue sourde, ma fille ?

Poussant Blonde sans ménagement, la religieuse plaqua son œil contre la brèche, avec la même vivacité qu'elle avait employée à scruter la nuit, deux soirs plus tôt, dans la chambre de la jeune fille.

Mais de l'autre côté du trou, il n'y avait plus que la forêt silencieuse.

– C'est ce garçon, n'est-ce pas ? aboya sœur Marie-Joseph, le visage empourpré par la frustration de n'avoir pu surprendre celui dont elle avait imaginé la présence derrière le mur.

– Que dites-vous, ma sœur ?

– Ne faites pas l'innocente. J'ai bien vu la manière dont ce vaurien vous regardait, pendant que vous posiez pour lui. Je ne suis pas aussi facile à berner que cette pauvre sœur Félicité ! J'avais pourtant bien averti la mère supérieure que c'était une mauvaise idée de vous désigner comme modèle. Mais maintenant, ce jeune faune est parti pour de bon, grâces en soient rendues au Seigneur !

Parti !

Le mot résonna dans la tête de Blonde comme un coup de tonnerre. Elle s'efforça de dissimuler sa détresse à la prieure, qui crut que la jeune fille baissait les yeux pour se soumettre à son autorité ; pas un instant elle n'imagina que c'était pour cacher ses larmes.

3

RETOUR AU PÈRE

CE SOIR-LÀ, BLONDE SE GLISSA DANS SES DRAPS TOUT HABILLÉE. Elle attendit que Sainte-Ursule sombre dans les brumes du sommeil, l'oreille attentive, les yeux grands ouverts sur le plafond noir au-dessus d'elle. Quiconque l'eût surprise dans cette position de gisant l'eût cru morte. Et elle avait l'impression de mourir au fond d'elle-même en effet, de mourir au couvent, aux sœurs, à tout ce qu'avait été son existence jusqu'alors. Certes, elle avait souvent été malheureuse à Sainte-Ursule. La sévérité des religieuses et les brimades des demoiselles l'avaient maintes fois fait souffrir. Mais en même temps, elle gardait quelques souvenirs joyeux des dix-sept premières années de sa vie, d'autant plus lumineux qu'ils étaient charriés par ce fleuve de ténèbres ; elle gardait dans son cœur le sourire maternel de sœur Félicité, le ronronnement de Brunet à ses pieds, les rares amies qu'elle avait connues parmi les pensionnaires successives. À présent que sonnait l'heure de quitter le couvent, c'étaient ces souvenirs-là qui remontaient du fond de sa mémoire, éclipsant presque les vexations, les doutes et les longs moments de solitude.

Cependant, la résolution de Blonde était inébranlable.

Elle se voulait aussi ferme, aussi courageuse que sa mère, Gabrielle, l'avait été.

Il fallait qu'elle aille voir cet homme, Charles de Valrémy, et qu'elle apprenne de sa bouche pourquoi il avait voulu effacer avec tant d'acharnement toute souvenance de celle qui avait été son épouse, et toute trace de celle qui était toujours sa fille.

De surcroît, Blonde avait le sentiment qu'aucun instant de bonheur ne l'attendait plus entre les murs de Sainte-Ursule, à présent que Gaspard les avait quittés pour toujours. Si elle y demeurait, tout lui rappellerait le passage fulgurant du jeune tailleur de pierre – le cloître, le réfectoire, sa propre chambre resteraient marqués par cette étoile filante disparue à jamais.

Soudain, Blonde interrompit le cours de ses pensées : le couvent était parfaitement, totalement silencieux. Quelle heure était-il ? Habituée à vivre sans horloge ni aucun appareil indiquant l'heure, la jeune fille avait développé une conscience interne de l'écoulement du temps. Elle estima qu'il était près de minuit ; nul ne veillait si tard à Sainte-Ursule.

Elle se leva lentement et alluma sa lampe à huile.

– Miaooo !

Brunet émit un miaulement étouffé, comme s'il avait lui aussi conscience qu'il ne fallait pas faire de bruit.

– Adieu, mon ami, murmura Blonde.

Elle décrocha le petit miroir du mur de sa chambre, dans lequel elle s'était vue grandir durant dix-sept années, et elle le glissa dans la poche de sa robe. Elle déposa délicatement les rameaux séchés sur la table, hésita à emporter aussi l'image colorée de Marie Madeleine fixée au-dessus de son lit. Elle y renonça finalement : elle préférait savoir la sainte à l'abri de ces murs sanctifiés, plutôt que de l'entraîner avec elle dans une aventure qui sentait le souffre.

Blonde alla à la fenêtre et y décrivit des cercles avec la lampe pendant une bonne minute.

Puis elle attendit, et cette attente lui parut la plus longue de toute son existence.

Et si Edmond Chapon n'était pas là, dans les ombres du bois ?

Et s'il s'était lassé ?

Et si...

Un bruit sourd résonna contre le carreau.

D'une main fébrile, Blonde se dépêcha de soulever le loquet. Les montants de l'échelle reposaient sur l'appui, comme l'autre soir lorsque le vieillard était venu lui rendre visite. Mais cette fois-ci c'était en bas, au pied de l'échelle, qu'il l'attendait.

Sans un mot, il lui fit signe de descendre.

Blonde jeta le dossier cramoisi préalablement ficelé devant elle ; il atterrit au sol sans un bruit, amorti par la mousse. Puis elle agrippa le chambranle à deux mains. Tâchant de ne pas se prendre les pieds dans sa robe trop longue, elle enjamba la fenêtre et posa ses souliers plats sur les barreaux de l'échelle.

Tout au long de la descente, elle sentit le vent de la nuit siffler dans ses oreilles, soulever ses cheveux tout autour de son visage. Elle ne pouvait s'empêcher de songer que si elle avait gardé les maudites lunettes qui l'aveuglaient à moitié, elle aurait sans doute perdu l'équilibre...

Enfin, elle sentit l'humus spongieux sous ses semelles.

C'était la première fois de sa vie qu'elle foulait une autre terre que celle du couvent.

Dès que Blonde eut posé ses deux pieds au sol, Edmond Chapon jeta une grande cape noire sur ses épaules, dont il rabattit la capuche sur sa tête. L'ayant ainsi transformée en ombre parmi les ombres, il replia son échelle avec la même force qui avait déjà surpris la jeune fille deux nuits plus tôt. Puis il l'entraîna à travers le bois, jusqu'à un petit chemin de terre où attendait un vieux cheval fatigué, attelé à une carriole.

Pendant que le vieil homme rangeait l'échelle à l'arrière du véhicule en soufflant, Blonde jeta un dernier regard à la grosse masse noire du couvent, déchirée entre les griffes des arbres sans feuilles. Elle reconnut le clocher fendu de la chapelle, le toit défoncé de l'aile où logeaient les sœurs, les cheminées à demi effondrées : ce monde qui tentait tant bien que mal de survivre dans un temps qui n'était déjà plus le sien.

Puis elle monta sur la banquette de bois à côté d'Edmond Chapon, et la carriole lentement se mit en marche.

Blonde n'avait guère dormi la nuit précédente, et elle n'était point habituée à veiller. Le doux cahotement de la carriole ne tarda pas à la bercer, tant et si bien qu'elle s'assoupit sur l'épaule d'Edmond Chapon.

Son sommeil fut peuplé de songes étranges, qui avaient la couleur verte de la mer avant la tempête, et l'odeur piquante des mousses au cœur des forêts profondes.

Blonde commença par y entendre un roulement, sans doute inspiré par la carriole. Elle crut que c'était celui d'une onde invisible.

Jusqu'à ce qu'une petite forme apparaisse.

C'était une enfant, vêtue d'une robe de serge grise à la mode des minimes de Sainte-Ursule. À l'aide d'une baguette, elle poussait devant elle un grand cerceau de bois, qui crissait en roulant sur le gravier de l'allée.

Soudain, Blonde sentit son ventre se contracter.

Un voile rouge tomba sur le vert du rêve, comme tombe le rideau au théâtre après la représentation. Sauf qu'elle voyait à travers ce rideau.

Elle voyait que ce cerceau, c'était le sien.

Elle voyait que la petite demoiselle n'était qu'une voleuse, une usurpatrice.

Elle voyait son sourire vicieux, qui la narguait avec quelle insolence !

« À moi ! À moi ! », répétait-elle d'une voix caverneuse, qui ne ressemblait pas du tout à celle d'une enfant de six ou sept ans.

Et plus elle le répétait, plus son visage prenait l'apparence d'un visage de démon aux yeux noirs, sans pupilles…

Plus ses dents s'aiguisaient…

Plus sa mâchoire s'allongeait, et son nez, et ses pattes aussi…

Ses pattes ?

Avec horreur, Blonde détailla les poils qui poussaient en accéléré sur les mains de la petite demoiselle ; ses ongles se changeaient en griffes, s'enfonçaient dans le bois de la baguette ; sa bouche n'était plus capable d'articuler le moindre mot, il n'en sortait qu'un grognement inintelligible :

« Aôua ! Aôua ! »

Bientôt, il n'y eut plus la moindre parcelle de son visage qui ne fût couverte de poils.

Ce n'était plus une enfant d'homme.

C'était une petite d'ours, affublée d'habits humains comme on en met aux animaux savants dans les cirques.

Affolée, Blonde détourna le regard et poussa un cri de terreur en se trouvant nez à nez avec son propre reflet dans un miroir.

Elle avait l'impression effrayante que c'était à la fois elle et une autre qui la regardaient à travers le verre. Il lui semblait que les yeux du reflet étaient plus ouverts, que sa bouche était plus rouge, que ses cheveux surtout étaient plus épais, foisonnant comme une crinière fauve.

Blonde approcha lentement son doigt du miroir, et son double en fit autant ; mais au lieu de s'arrêter derrière la surface polie, la main du reflet la traversa soudain et, d'un geste brusque, agrippa la chevelure de Blonde de toutes ses forces !

« N'aime jamais ! murmura le reflet d'une voix sépulcrale. Car tu es née pour tuer, et ton amour n'apportera que la mort à tous ceux vers qui il se dirigera ! »

Edmond Chapon rattrapa sa passagère de justesse au moment où elle allait tomber de la banquette.

Blonde ouvrit les paupières, et le soleil lui envahit les yeux. Prise de vertige, elle faillit glisser à nouveau : jamais encore elle n'avait vu autant d'espace devant elle. Jusqu'à présent, sa perspective avait été bornée par les murs du couvent, ou par ceux que les bois dressaient devant sa fenêtre. Les vastes champs s'étendant de part et d'autre de la route sur laquelle progressait la carriole lui faisaient le même effet que l'océan pour celui qui n'a jamais quitté la terre. Il lui semblait voir les collines et les combes onduler comme les vagues d'une mer infinie, et sa tête lui tournait de tant d'immensité.

– Vous avez fait un cauchemar ? marmonna le vieil homme sans ôter sa pipe de sa bouche.

– Oui, mais ça va mieux maintenant.

Comme l'autre jour dans le cloître, Blonde sentait les rayons réchauffer son corps, baigner sa peau laiteuse d'être si longtemps restée enfermée au creux des ombres. Dissipé par tant de lumière, le cauchemar était déjà oublié, remplacé par le souvenir éblouissant du visage de Gaspard.

Il lui sembla percevoir l'éclat de ses yeux…

Entendre le bruit de sa respiration…

Sentir le contact de sa main contre la sienne, tandis qu'il l'aidait à manier le burin.

Un sentiment de perte irrémédiable lui fendit le cœur, à l'en faire crier de douleur.

Peut-être fut-ce pour ne pas hurler qu'elle se mit à fredonner. La mélodie qui naquit sur ses lèvres était tout ce qui lui restait de Gaspard, c'était la mélodie avec laquelle il l'avait caressée toute une matinée durant en l'aimant du regard.

Peu à peu, la souffrance de Blonde s'apaisa.

La longueur du voyage agissait comme un baume.

Edmond Chapon voulait parvenir à Valrémy avant les émissaires de Sainte-Ursule, qui s'étaient peut-être mis en route après avoir découvert la disparition de la pensionnaire permanente. Blonde en doutait, car le couvent ne possédait ni cheval, ni mule, ni aucun moyen de communiquer avec le monde extérieur ; du reste, le vieux roussin attelé à la carriole avançait d'un pas si lent qu'il aurait déjà été rattrapé si l'on s'était lancé à sa poursuite.

Derrière chaque tournant de la route, la jeune fille s'étonnait de découvrir un nouvel horizon, de voir le pays continuer à se déployer comme un immense accordéon. Parfois, elle apercevait la Moselle qui coulait en contrebas de la route, en sens inverse. D'autres fois, c'étaient les toits de maisons minuscules qui surgissaient au loin, et Blonde se mettait à imaginer les gens qui vivaient là-bas. Elle se rendait compte que le monde n'était pas seulement riche de milliers de paysages, mais aussi de milliers de visages qui lui restaient à découvrir.

Le vieux commissaire ne parla presque pas tout au long du trajet, tirant sur sa pipe avec la régularité d'une machine à vapeur. C'était un homme de peu de mots. Ce qu'il avait à dire, il l'avait déjà écrit dans le rapport d'enquête. À peine daigna-t-il mettre son brûle-gueule de côté pendant quelques minutes au moment de manger ; sa passagère dévora le pain et le fromage qu'il lui offrait avec ce nouvel appétit qu'elle s'était découvert.

Le soleil avait dépassé son zénith lorsque la carriole arriva enfin en vue des toits du château où, dix-sept ans auparavant, Blonde était venue au monde…

Le château de Valrémy était situé à une lieue du village du même nom, au bout d'une longue allée de peupliers à l'entrée de laquelle Edmond Chapon arrêta sa carriole.

– Vous devez continuer seule maintenant, dit-il à Blonde. Je ne suis pas le bienvenu en ces lieux. Prenez ceci…

Il sortit de l'arrière de la carriole un grand sac en peau de veau, muni d'une paire de bretelles.

– C'était mon havresac de fantassin, dans la Grande Armée. J'y ai glissé le dossier d'enquête : vous pourriez en avoir besoin. Il y a cela aussi…

Il désigna le sifflet de cuivre accroché aux courroies du havresac.

– Si le danger devient trop grand, soufflez là-dedans. Je doute que je puisse vous être d'une grande aide, mais je vous promets de faire de mon mieux.

– Merci… pour tout.

Le vieil homme esquissa un sourire, puis il remit sa pipe dans sa bouche et remonta sur la banquette de la carriole.

Blonde traversa l'allée de peupliers en silence. Elle avait décidé de laisser ses cheveux lâchés ; sans qu'elle pût l'expliquer, le fait de les sentir flotter autour d'elle la rassurait.

La cour bordée de buis taillés était déserte lorsque Blonde y parvint. L'ombre du château s'y étirait dans la lumière de l'après-midi. Au premier coup d'œil, on pouvait voir qu'il était constitué des apports de différentes époques. Le Moyen Âge guerrier lui avait légué un grand donjon fortifié, auquel la Renaissance avait accolé un corps de logis garni de tourelles, de lucarnes et de corniches ouvragées ; un goût plus récent avait ménagé de hautes baies sur toute la longueur du rez-de-chaussée, pour que la clarté puisse pénétrer le château de part en part. Il ressortait de l'ensemble une impression d'ampleur, d'ouverture et d'opulence – tout le contraire en somme de Sainte-Ursule, ce vestige gothique et sombre à demi écroulé sur lui-même.

Blonde gravit les marches qui menaient à la grande porte vernie. Sans doute était-elle vieille de plusieurs siècles, et pourtant elle paraissait flambant neuve, jusqu'à son heurtoir de cuivre étincelant.

Blonde sortit de la poche de sa robe le petit miroir qu'elle avait emporté de sa chambre au couvent, et vérifia qu'elle n'était pas décoiffée. Elle sursauta presque en découvrant son reflet sans ses lunettes – elle n'était pas encore habituée. Puis elle souleva le heurtoir, et le laissa retomber dans un bruit sourd.

Au bout de quelques secondes, la porte s'ouvrit sur une grande femme maigre entre deux âges, arborant de petites lunettes rondes et un tablier noir.

– Madame de Valrémy ? balbutia Blonde, prise de court.

– Je suis Madeleine, la gouvernante. Mme la comtesse est en visite à Épinal.

– Pardonnez-moi. J'ai... euh... je souhaiterais parler à M. de Valrémy.

La gouvernante toisa la jeune fille des pieds à la tête, détaillant les souliers crottés, les pans de la cape noire, la robe de tissu grossier, la ceinture en cuir raide. Son regard s'arrêta sur les cheveux, rendus plus dorés encore par la lumière du jour en sa dernière heure.

Se sentant ainsi jaugée, Blonde réalisa qu'elle ne connaissait rien aux usages de ce monde dans lequel elle n'avait jamais vécu. Comment avait-elle pu prendre cette femme pour la maîtresse des lieux ? Et comment pouvait-elle espérer qu'on la crût si elle s'annonçait comme étant la fille du comte ?

– Qui êtes-vous ? demanda finalement la gouvernante. Vous semblez sortir d'un couvent...

Blonde sauta sur l'occasion :

– Tout à fait ! Je suis... envoyée par ma congrégation pour entretenir M. de Valrémy de ses bonnes œuvres.

– Bonnes œuvres, dites-vous ? Ce n'est guère le genre de M. le comte... Vous devez faire erreur.

– Non, non, je vous assure ! Dites-lui que ce sont les sœurs de Sainte-Ursule qui m'envoient, je suis certaine qu'il daignera me recevoir.

La gouvernante fronça les sourcils, mais ne protesta point. Elle fit entrer Blonde.

– Attendez-moi là, lui ordonna-t-elle. Qui dois-je annoncer ?

– Sœur… Marie-Joseph.

4

LES YEUX ROUGES

UNE ODEUR DE CIRE FRAÎCHE RÉGNAIT DANS LE HALL DU CHÂTEAU.

Blonde profita de l'attente pour observer les portraits qui en ornaient les murs. Les plus anciens représentaient des hommes en armure et des femmes aux coiffures compliquées, piquées de perles et de joyaux, tandis que les plus récents montraient des personnages en costume de ville. Mais tous semblaient poser sur Blonde un regard réprobateur. Tous ces gens étaient-ils donc ses ancêtres ? Il fallait bien le croire…

Son regard s'arrêta sur le personnage représenté sur le dernier tableau au-dessus de la porte d'entrée. À sa mise moderne et à son haut-de-forme, elle sut aussitôt qu'il s'agissait de Charles de Valrémy. Il était grand et bien fait, la poitrine bombée dans sa redingote ajustée. Son sourire rayonnait d'assurance, et son regard était tel que Blonde l'avait imaginé à la lecture du message de Gabrielle : aussi perçant que celui d'un aigle.

À force de détailler la toile, la jeune fille finit par remarquer le tronc de l'arbre dans l'ombre du sous-bois, tout contre l'épaule du jeune comte. Entre les branches et les feuilles de lierre qui le recouvraient, on pouvait deviner une forme humaine, pareille à une nymphe figée à jamais…

– Monsieur le comte va vous recevoir dans son bureau.

Blonde sursauta ; elle n'avait pas entendu la gouvernante arriver dans son dos.

– On dirait… qu'il y avait un autre personnage dans ce tableau, que le peintre a recouvert, murmura Blonde.

– Vous êtes décidément une drôle de religieuse, vous qui ne portez pas de voile et qui épiez les intérieurs des honnêtes gens comme une voleuse préparant un cambriolage…

Blonde frémit : sa supercherie était-elle déjà découverte ?

– … mais je suppose que c'est à force de sonder les âmes que vous avez développé ce sens aigu de l'observation. Vous avez raison : il y avait naguère une femme, à l'endroit où l'artiste a placé un arbre. Ce portrait a été peint quelques jours après le mariage de M. le comte avec sa première épouse, Gabrielle. C'était à l'origine un portrait de couple, mais M. le comte a ordonné que l'on repeigne le tableau pour camoufler la présence de sa femme après sa disparition.

– Disparition ?

– Nul n'a jamais revu Mme Gabrielle. Mais elle était bonne et charitable, et son souvenir demeure dans cette maison. Voilà sans doute la raison pour laquelle je vous raconte tout cela : pour raviver la mémoire de cette chère disparue…

Le visage de la gouvernante, qui s'était un instant ouvert, se figea à nouveau dans le masque de l'austérité.

– Ne dites pas au comte que je vous ai parlé du tableau. Maintenant, si vous voulez bien me suivre…

Les deux mains agrippées aux bretelles de son havresac, Blonde s'engagea à la suite de la gouvernante dans un grand escalier, suivi d'une série de couloirs trois fois larges comme la chambre qu'elle occupait à Sainte-Ursule. Jamais l'ancienne pensionnaire n'eût imaginé qu'une seule demeure pût contenir tant de richesses. Les somptueuses tapisseries qui pendaient aux murs, les lustres majestueux qui brillaient aux plafonds : chaque objet participait à une étourdissante symphonie de luxe et de raffinement.

– C'est ici.

Madeleine s'arrêta devant une porte au double battant capitonné de cuir luisant, si brusquement que la jeune fille faillit la heurter.

Elle frappa à la porte et précéda la visiteuse dans la pièce.

– M. le comte : sœur Marie-Joseph ! annonça-t-elle.

Bien que la silhouette de la gouvernante lui masquât la vue de l'ensemble de la pièce, Blonde remarqua immédiatement que cet endroit était encore plus somptueusement décoré que le reste du château. Les murs étaient couverts de vitrines dans lesquelles étincelaient des fragments de quartz rares, des coquillages exotiques, des papillons aux ailes chamarrées : les souvenirs merveilleux d'un monde que Blonde ne soupçonnait même pas.

– L'accord passé avec mère Rosemonde était pourtant clair ! grinça une voix grave, en provenance de l'angle de la pièce caché par Madeleine. En aucun cas les ursulines ne doivent venir ici, seul le courrier est…

La gouvernante s'écarta soudain, et referma la porte derrière elle.

Blonde resta figée sur place, incapable de saluer, de faire la révérence ou de prononcer quelque civilité qu'on lui avait enseignée à Sainte-Ursule. Elle ne pouvait détacher ses yeux du personnage derrière le secrétaire en bois de rose, sous la fenêtre, enveloppé dans un long manteau doublé de chinchilla. On reconnaissait les traits du jeune homme peint sur le grand tableau du hall – mais changés, ô combien ! D'après les dates mentionnées dans le rapport d'Edmond Chapon, Charles de Valrémy n'avait pas plus de cinquante ans à présent. Son apparence pourtant était déjà celle d'un vieil homme. Sa chevelure était entièrement grise ; son visage était marqué de rides profondes au front, aux coins de la bouche, à tous les endroits où l'amertume laisse habituellement son poinçon.

En découvrant la visiteuse, ses lèvres sèches s'arrondirent : il paraissait encore plus surpris qu'elle.

– Vous n'êtes pas sœur Marie-Joseph ! s'exclama-t-il.

Il se leva brusquement, les yeux révulsés, le souffle rauque.

– Vous ressemblez à… Vous êtes…

– Oui, répondit Blonde d'une voix que l'angoisse rendait trop aiguë. Votre fille.

Le comte abattit son poing sur le secrétaire avec une telle violence que la liasse de papier qui s'y trouvait tressauta.

– Non ! tonna-t-il. Cela ne peut être ! Celle dont vous parlez est recluse loin d'ici !

Tandis que le comte prononçait ses paroles, son regard tomba sur l'uniforme de pensionnaire que portait Blonde sous sa cape.

Il poussa un gémissement semblable au son d'un violon désaccordé.

– Je suis bien votre fille…, répéta Blonde.

Elle se découvrait le réflexe de parler le plus fort possible, afin de feindre l'assurance qu'elle n'avait pas et de faire refluer sa peur.

– … Celle que vous avez eue avec Gabrielle de Brances, et que vous avez placée chez les ursulines. Vous l'avez dit vous-même : l'accord passé avec mère Rosemonde ! Les sœurs m'ont baptisée « *Blonde* », mais mon premier prénom fut Renée, si j'en crois le témoignage laissé par ma mère.

Elle saisit le dossier cramoisi dans son havresac en s'efforçant de maîtriser le tremblement de sa main, et elle en extirpa le message rédigé par Gabrielle dans la chaumière de la forêt.

L'œil du comte étincela.

Manifestement, il reconnaissait le manuscrit.

– Que… Comment êtes-vous entrée en possession de ce document ? Rendez-le moi immédiatement !

– Il m'appartient tout autant qu'à vous.

– Rien ne vous appartient, m'entendez-vous ? Rien ! Pas la

moindre parcelle des biens des Valrémy, car vous n'êtes pas ma fille !

La crampe.

Elle se referma sur le ventre de Blonde aussi rapidement qu'un piège à loup.

Elle s'était attendue à tout, sauf à cela. L'idée qu'elle pût prétendre à l'héritage des Valrémy ne lui avait pas effleuré l'esprit ; la pensée qu'on la crût capable de s'être présentée au château uniquement par cupidité lui donnait envie de vomir.

– Donnez-moi ce dossier, sale petite intrigante ! vociféra le comte en se jetant de l'autre côté du secrétaire.

Il attrapa violemment le bras de Blonde.

Aux yeux de la jeune fille, le bureau commença à rougir, comme si la cheminée crachait ses braises dans toute la pièce. La marée bleue de la peur refluait en Blonde, pour laisser la place à la marée pourpre de la colère.

– Je ne suis pas une intrigante ! Lâchez-moi !

– Maudite engeance ! C'est cet acharné de Chapon qui t'envoie, n'est-ce pas ? Je le lui ferai payer ! Quelle erreur a été la mienne, de ne pas te tuer lorsque tu étais dans tes langes !... Aïe !!!

Le talon de Blonde était parti tout seul.

Droit dans l'estomac du comte, qui s'effondra contre le secrétaire, le souffle coupé.

Éperdue, Blonde se précipita pour l'aider à se relever.

– Père, pardonnez-moi !

Mais avant qu'elle l'eût rejoint, le comte attrapa une clochette sur le secrétaire et l'agita de toutes ses forces.

Une porte de service s'ouvrit en claquant en face du secrétaire ; deux hommes en gilet et bras de chemise, le crâne rasé comme ceux des bagnards, déboulèrent dans la pièce.

– Ambroise ! Alphonse ! Emparez-vous d'elle !

Tout le champ de vision de Blonde était saturé de rouge vif à présent.

Hagarde, elle tournoya sur elle-même, ses longs cheveux blonds cinglant l'air comme des fouets. Au moment où son regard croisa celui des deux hommes, ces derniers s'arrêtèrent brusquement dans leur course, les yeux écarquillés par la stupeur.

La jeune fille profita de cet instant d'hésitation pour bondir vers la fenêtre.

Mais, au moment où elle posa sa main sur la poignée, son reflet lui apparut dans le carreau.

Elle poussa un cri strident.

Ses yeux n'étaient plus que deux trous rouges de part et d'autre de son visage.

Manquant de trébucher, elle se rattrapa de justesse au secrétaire. Son regard tomba sur la liasse de papiers que le maître des lieux était occupé à lire quand elle était entrée dans le bureau ; à côté, il y avait une grande enveloppe décachetée où courait une écriture que Blonde aurait reconnue entre mille, l'écriture de Gabrielle :

À l'attention de Charles de Valrémy

– Saisissez cette démone ! glapit le comte.

Surmontant leur première surprise, les deux hercules se ruèrent en avant.

Blonde empoigna la liasse, la fourra dans le havresac avec le dossier cramoisi ; puis, d'un coup de pied formidable, elle renversa le secrétaire sur ses assaillants.

Elle ouvrit la fenêtre et grimpa sur le chambranle.

Le ciel, les peupliers et la cour douze pieds plus bas : tout était emporté dans un tourbillon rouge. Si Blonde sautait, elle était sûre de se casser le cou.

Elle entendit les hommes de main se relever en vociférant derrière elle.

Elle ferma les yeux et elle sauta.

*

Lorsque Blonde rouvrit les yeux, elle était installée sur un banc.

La position assise la perturba tant qu'elle faillit perdre l'équilibre, et glisser sur le plancher vibrant.

Comment se faisait-il ?...

Elle jeta un regard autour d'elle.

Assis deux par deux sur une demi-douzaine de bancs, les autres passagers la dévisageaient avec un mélange de colère et d'effroi. Stupéfaite, Blonde réalisa qu'elle était embarquée sur un petit bateau à vapeur – ou sur une barge améliorée, équipée d'une roue à aubes rudimentaire. Entre les montants qui soutenaient l'auvent, elle pouvait voir défiler les berges de la Moselle rosies par le soir.

– Ça va pas la tête ? beugla le marinier debout près de la chaudière, en se frottant l'épaule. Z'êtes malade ? Faut vous faire soigner !

Juste derrière Blonde, une paysanne endimanchée, fichu sur la tête et bas de laine, commenta à sa commère :

– T'as t'y donc pas vu comment qu'elle lui est rentrée dans le lard ! Et pis regarde ses yeux, on dirait qu'elle est possédée du démon !

Peu à peu, Blonde prit conscience que tous les regards étaient braqués sur elle. Elle prit conscience de la petite vieille sur le banc d'en face, cramponnée à son cabas comme si elle craignait que la jeune fille le lui arrache ; du garçon vacher en salopette, l'harmonica aux lèvres, qui s'était arrêté en plein refrain ; du bébé pleurant de terreur dans ses langes à l'autre bout du bateau.

Lorsque le sifflement strident de la cheminée retentit, Blonde était tout à fait rendue à elle-même.

– Qu'est-ce que j'ai fait ? demanda-t-elle d'une voix blanche.

La paysanne eut un rire nerveux.

– Elle demande ce qu'elle a fait ! chuchota-t-elle à l'oreille de sa voisine, suffisamment fort toutefois pour que toute la barge pût entendre. Elle a juste sauté de la berge comme une folle, en bousculant tout le monde. Le marinier a raison : c'est une malade ! Sa place, l'est à l'asile.

Le marinier toussota :

– J'espère que vous avez de quoi payer, ma petite demoiselle, sinon je vous jette à l'eau !

Payer ?

De sa vie, Blonde n'avait jamais eu un sou vaillant. Elle n'avait aucune idée de la façon dont elle était arrivée sur la barge, ni de la destination vers laquelle celle-ci allait.

– Où que vous voulez descendre, d'abord ?

– Je... je dois rentrer à Sainte-Ursule.

Les mots avaient jailli de la bouche de Blonde comme une évidence. Elle ne savait pas où était Edmond Chapon à présent, ni où il habitait dans la ville d'Épinal. Quant à Gaspard, qui pouvait dire dans quelle nouvelle région la fin de son tour de France allait le mener ? Sainte-Ursule était le seul endroit que Blonde connaissait sur terre. De surcroît, les sœurs lui devaient des explications. Mère Rosemonde en particulier, elle qui avait passé ce mystérieux accord avec Charles de Valrémy seize ans auparavant.

– Sainte-Ursule ? marmonna le marinier. Jamais entendu parler !

– Moi, je connais.

Blonde tourna le regard vers la petite vieille au cabas.

– C'est un vieux couvent perdu dans les bois, dit-elle dans un filet de voix. On peut y arriver en remontant le Durbion à pied depuis Châtel.

Le marinier émit un sifflement sonore :

– Châtel ! C'est bien le plus loin que je pousserai ce soir, on n'y sera guère avant trois heures. Ça fera trois francs pour la demoiselle, payables à l'arrivée.

Blonde baissa le regard sans oser préciser que, pour elle, c'étaient trois francs de trop. Elle sortit son petit miroir de sa poche et elle alluma la lampe-tempête suspendue à l'auvent, sans faire attention au marinier qui lui criait :

– Pour la lumière, ce sera un franc de plus !

Il n'était pas étonnant que la paysanne eût affirmé qu'elle avait des yeux de démone : le blanc était encore troublé – non plus rouge vif comme elle l'avait vu dans le carreau du bureau, mais d'un rose clair qui pâlissait rapidement. Était-ce du sang ? Une hémorragie passagère des globes oculaires, qui aurait coloré et ses yeux et sa vision ? Une réaction spectaculaire, peut-être due à l'absence de ses lunettes teintées ? Après tout, c'était depuis qu'elle les avait ôtées qu'elle avait commencé à voir rouge, comme si le bleu des verres n'avait été là que pour prévenir cet étrange symptôme…

Voir rouge.

À peine la jeune fille eut-elle pensé ces mots que leur signification la frappa. Elle avait souvent entendu prononcer l'expression « voir rouge », et sans doute l'avait-elle elle-même utilisée plusieurs fois. Mais jamais encore elle ne l'avait prise au pied de la lettre. Pourtant, n'était-ce pas ce qui était en train de lui arriver ? Les occasions où elle avait vraiment *vu rouge*, ces derniers jours, avaient été des moments de grande colère. Une colère qu'elle avait tout fait pour contenir, elle s'en rendait compte à présent – oui, elle se rendait compte que les crampes à l'estomac, c'était en réalité tout son corps qui se contractait pour retenir la colère !

Mais cet après-midi-là, dans le château, elle n'y était pas parvenue.

En sautant par la fenêtre du bureau, elle avait perdu le contrôle.

Et elle avait perdu connaissance.

Que s'était-il passé entre le moment où ses pieds avaient décollé du chambranle, et celui où ses fesses s'étaient posées sur le banc de la barge ? Blonde n'en avait aucune idée.

Aucune idée.

Un instant, Blonde se demanda si elle n'avait pas tout rêvé. Elle jeta un coup d'œil furtif à l'intérieur du havresac : la liasse de papiers y était toujours, et elle était toujours parcourue par l'écriture de Gabrielle.

La jeune fille avait bel et bien dérobé ce document, une lettre que Charles de Valrémy avait sans doute ressortie de ses archives personnelles pour la relire lorsqu'on lui avait annoncé la visite de sœur Marie-Joseph.

Et maintenant, qu'allait-il se passer ? Le comte allait-il déclarer le vol de la lettre à la police ? C'était peu probable, car alors il aurait dû justifier la raison pour laquelle il avait fait enfermer sa propre fille au couvent sous un faux nom. Quels mots avait-il prononcés, au comble de sa colère ? N'avait-il pas regretté de ne pas avoir tué Renée lorsqu'elle était encore dans ses langes ?

En repensant à ces paroles, Blonde sentit sa gorge se nouer.

Mais elle ravala ses sanglots, et força ses yeux à se poser sur les premières lignes de la lettre dans le halo de la lampe-tempête. L'explication de la haine que lui vouait son père se trouvait là, elle en avait la conviction.

5

AVEUX

Le 21 mars 1815, forêt des Vosges

Charles,

J'ai hésité à vous écrire cette lettre.

Au début, je pensais que le silence valait mieux que la vérité. Qu'il serait plus aisé à supporter.

Mais vous avez refusé cette solution trop facile. Vous ne vous êtes pas satisfait du silence. Vous vous êtes acharné, en bon militaire que vous êtes. À l'heure où j'écris, cela fait plus d'une semaine que vos parents sont repartis en Angleterre, emmenant Renée avec eux. Chaque jour depuis ma disparition, je le sais, vous avez battu la forêt. D'abord avec une poignée de domestiques, puis avec les agents du commissaire Chapon. Et puis hier, cela a été votre tour de prendre la route de l'exil. On dit que Bonaparte est rentré dans Paris ; vous avez tenu votre place forte jusqu'au bout, et j'aurais aimé que vous partiez plus tôt. À présent, je prie pour que vous parveniez à gagner Londres sans être arrêté par les forces impériales. Je sais que si vous tombez entre leurs mains, ce sera ma faute, et je ne me le pardonnerai jamais.

Neuf mois.

C'est le temps qu'a duré ma grossesse.

C'est aussi celui que j'ai passé auprès de vous, depuis la première nuit où je vous ai vu, dans cette forêt obscure où vous m'avez secourue.

C'est beaucoup et c'est peu. C'est assez pour que le ventre d'une femme fabrique un petit être, c'est peu pour cerner toute la complexité d'une personne achevée. Vous ai-je suffisamment connu pendant ces neuf mois ? Je suis sûre que si j'avais décidé de passer le restant de mes jours à Valrémy, vous m'auriez révélé des facettes que je ne puis soupçonner. Je n'aurais manqué de rien à vos côtés, Charles, cela ne fait pas l'ombre d'un doute dans mon esprit. Je sais que votre amour pour moi est sincère, que vous auriez toujours fait passer mes intérêts avant les vôtres, et mon bien-être avant toute chose. Vous êtes aimant, protecteur, fougueux : toutes les jeunes femmes rêveraient d'un époux tel que vous. Et moi, je n'aurais pas rêvé mieux si je n'avais connu que vous.

Mais ce n'est pas le cas.

Le destin a mis cette chaumière maudite sur le chemin qui allait de la Prusse à Épinal, de moi à vous.

Et ce que j'y ai vécu m'a marquée à jamais.

Vous l'avouerai-je ?

Je n'ai pas tout dit au commissaire Chapon le jour de ma libération.

Je ne vous ai pas tout dit à vous.

Parce que je pensais que cette page de ma vie était tournée à jamais. Que le songe était fini, et que je me réveillais pour ne plus me rendormir, pour vivre l'existence à laquelle j'étais destinée : châtelaine, épouse d'un comte, mère de ses fils. La perspective de n'être qu'un maillon dans la longue lignée des Valrémy me semblait si rassurante, tout d'un coup !

Je me voyais déjà vieillir entourée d'honneurs et d'enfants, sans jamais devoir raconter à qui que ce soit ce qui s'était réellement *passé dans la chaumière de la forêt.*

Je me trompais.

À présent, le moment est venu de tout vous dire.
Parce que je vous le dois.
Parce qu'il faut que vous cessiez de me chercher. Il faut que vous abandonniez cette quête sans issue à votre retour de Londres, dans quelques mois ou dans quelques années, lorsque vous trouverez cette lettre que je vais faire déposer dans votre château déserté.
Je sais que vous appartenez à la race de ceux qui n'aiment pas renoncer, et c'est cela qui me fait peur…

Blonde s'aperçut que la lettre tremblait entre ses mains, et que ce tremblement n'était pas seulement dû à celui du moteur à vapeur de la barge. Ainsi, son intuition ne l'avait pas trompée : Gabrielle avait bien quitté le château de Valrémy volontairement. Et elle allait enfin savoir pourquoi.
Elle étira trois fois ses doigts pour les détendre, puis elle saisit la lettre de nouveau et reprit sa lecture.

J'ai menti dans ma déposition.
J'ai prétendu n'avoir jamais vu mes geôliers, et ne rien savoir d'eux.
C'est faux.
Mais c'était tellement plus facile de dire cela. Du reste, je ne crois pas que qui que ce soit m'aurait crue ; et si l'on m'avait crue, cela aurait été pire encore, car les battues ne se seraient pas limitées à quelques hommes : c'est toute l'armée du roi qui aurait ratissé la forêt, puis les troupes de l'Empereur auraient pris leur relais !
*Et dans ces conditions, comment aurait-*il *pu s'échapper ?*

Je le vis pour la première fois pendant la quatrième nuit de ma détention.
J'ai dit dans ma déposition que, chaque matin, je trouvais à l'entrée du réduit où j'étais tenue prisonnière de l'eau claire, des fruits et du miel – cela était vrai.

La quatrième nuit, donc, peu avant l'aube, j'entendis jouer le verrou du réduit et je feignis aussitôt d'être endormie. Les yeux fermés, j'entendis des pas prudents glisser sur la terre battue.

Au moment où je sentis le sol vibrer sous le poids de la bassine que l'on y déposait, j'ouvris brusquement les paupières.

Il dut sentir que je le voyais ; il se figea, telle une statue, dans le rayon de lune filtrant à travers la lucarne.

Comment le décrire ?

Il semblait humain, plus que je ne l'avais espéré. Il avait pour toute vêture une culotte de toile blanche sans guêtres, et une veste militaire bleue portée à même la peau, sans gilet. Une courte toison blonde remontait sur son torse entre les pans de la veste, d'où émanait la fraîche odeur de menthe que j'avais sentie sur les draps ; ses cheveux et sa barbe, tondus au plus près, arboraient la même teinte dorée. S'il avait le corps d'un athlète accompli par des années d'exercice, son visage était doux comme celui d'un jeune homme – il ne semblait guère plus âgé que moi.

Il se tenait parfaitement immobile, à l'exception de ses yeux, dont l'iris bleu tremblait comme une onde sur un lac.

Nous restâmes quelques instants ainsi, l'un en face de l'autre, sans esquisser un geste, sans dire un mot. Mais dans mon esprit, les idées fusaient à toute vitesse. Il était impossible de ne pas reconnaître dans ces habits les restes d'un uniforme de soldat de la Grande Armée napoléonienne.

Un déserteur !

Voilà ce qu'il était, et ceux qui vivaient avec lui l'étaient certainement aussi !

Cela expliquait tout : leur existence recluse au sein de cette forêt inhospitalière, la raison pour laquelle ils me retenaient prisonnière. Ils devaient vivre dans la hantise d'être découverts. En temps de guerre, le sort qui attend les déserteurs est le peloton d'exécution…

« Les pauvres hères ! me dis-je. Ils ont si bien réussi à se couper

du reste du monde qu'ils ignorent la chute de Napoléon et son exil à l'île d'Elbe !» Maintenant que Louis XVIII était rentré à Paris, tous ceux qui avaient déserté les rangs de l'Empereur allaient être graciés, cela ne faisait aucun doute. Les habitants de la chaumière n'avaient plus de raison de se terrer dans la forêt, ni de m'y tenir prisonnière.

– Napoléon…, dis-je enfin. Il a perdu la guerre.

Je m'avançai d'un pas vers le déserteur.

Il frémit, pareil à une bête sauvage peu habituée au contact des hommes.

– Vous n'avez plus à vous cacher. C'est fini.

Je tendis la main dans un geste d'apaisement. Mais le jeune homme saisit la cuiller de bois qu'il avait apportée avec le bol de baies, et la brandit entre lui et moi comme une arme.

Ce n'était plus une onde qui passait dans le bleu de ses yeux, mais une tempête : il semblait terrifié.

– Vous ne comprenez pas ce que je vous dis ?

Je me souvins alors des bribes de conversation que j'avais perçues à travers la porte du réduit, toujours dans une langue étrangère.

– Vous ne parlez peut-être pas le français ? Sprechen Sie Deutsch ?

Mais le jeune homme ne réagit pas plus à mon allemand.

Je répétai plus fort :

– Sprechen Sie D…

Il lâcha la cuiller et tendit le bras vers moi, si brusquement que je ne pus l'esquiver.

Sa main se plaqua contre ma bouche. Elle était si large que la moitié de mon visage y tenait ; je sentais que, s'il l'avait voulu, il aurait pu briser mon menton aussi facilement que l'une des tasses en porcelaine de ma mère.

Mais il se contenta de chuchoter quelques mots, les yeux tremblants à quelques pouces des miens :

– Parle pas… Garde silence…

Malgré la rudesse de son accent, sa voix était douce.

Je battis des paupières en signe d'assentiment, et il retira sa main. C'est à cet instant que je le vis sourire pour la première fois, avant qu'il ne disparaisse derrière la porte du réduit.

Le même rituel se reproduisit la nuit suivante.

Une heure avant l'aube, le jeune homme se présenta avec ses offrandes. Cette fois-ci, il souriait dès son entrée dans le réduit. Et il posa sur son sourire un doigt m'invitant au silence.

J'avais compris la leçon de la veille : ses visites étaient secrètes, elles ne devaient pas éveiller l'attention de ceux avec qui il partageait la chaumière. Mais lui, était-il mon allié ? M'aiderait-il à m'échapper de ma prison ?

À l'époque où, jeune fille, j'accompagnais ma mère dans ses visites de charité, j'avais plusieurs fois été à l'institution des enfants muets de Potsdam. Là-bas, j'avais longuement observé le langage que les précepteurs inculquaient à leurs élèves, un langage fait de gestes et de signes. Je m'en inspirai ce matin-là pour communiquer avec mon étrange visiteur.

Je me frappai d'abord la poitrine, puis j'indiquai la forêt derrière les barreaux.

Le jeune homme parut comprendre. Le sourire quitta son visage, et il secoua tristement la tête en désignant du doigt le fond de la chaumière, du côté de la chambre que j'avais explorée quatre jours plus tôt. J'en déduisis qu'il craignait que ses acolytes ne me laissent pas fuir si facilement.

Puis, souriant à nouveau timidement, il poussa le bol de fruits vers moi. Mais je le repoussai.

– Je ne peux pas rester ici, vous comprenez ? chuchotai-je. Je préfère encore mourir de faim.

Une expression de désespoir passa sur son visage lisse, laissant penser qu'il entendait au moins en partie le sens de ma menace.

Néanmoins, il poussa à nouveau le bol dans ma direction, le regard implorant ; cette fois-ci, je donnai un coup de pied dedans, répandant son contenu sur la terre battue.

Le jeune homme sursauta comme si c'était lui que j'avais frappé. Il ramassa fébrilement les baies engluées de miel, et je compris que c'était pour éviter que les deux autres déserteurs ne découvrent mon traitement de faveur au matin.

Puis il se retira sans plus oser croiser mon regard.

Après mon geste d'humeur, je n'attendais plus d'aide de la part de mon étrange visiteur.

À dire vrai, je ne m'attendais même plus à la moindre visite. J'étais persuadée que mon impatience m'avait fait perdre mon seul allié – si tant est qu'un animal sauvage pût constituer un allié. Car plus j'y songeais, plus le jeune homme me faisait penser à un animal. Sa timidité, ses gestes brusques et maladroits, son regard fuyant – et si intense quand on parvenait enfin à le capter… Il n'y avait pas que la barrière de la langue qui nous séparait. Il y avait aussi un instinct. L'instinct du monde sauvage en présence de la civilisation.

Moi qui m'étais toujours sentie libre, bravant les règles et les consignes au grand dam de ma mère et de ma pauvre Ernestine, voilà que j'incarnais à présent pour cet être la société et ses lois. Des lois que les reclus de la forêt avaient définitivement refusées, du jour où ils avaient déserté. Leur liberté était inconditionnelle, c'était pour eux une question de vie ou de mort ; en regard, les petites libertés dont j'avais joui jusqu'à présent me semblaient soudain bien mesquines. Le jeune homme représentait le risque, l'imprévisible, l'incertain ; et moi je me débattais pour retrouver la sûreté, la prévoyance, la certitude.

Car c'était cela qui m'attendait à Épinal, je le mesurais tout d'un coup.

Tout comme je mesure à présent combien mes mots doivent

vous paraître durs, Charles. Je vous en supplie : n'y voyez pas le signe de ma cruauté, mais celui de la confiance que j'ai en vous. La trahison est une charge lourde à porter dans le silence d'une âme ; cependant l'aveu de la trahison est plus douloureux encore.

La décision de vous quitter a été la plus difficile de toute ma vie. Mais je crois que j'avais déjà commencé à m'y résoudre avant même de vous avoir rencontré. Quelle sinistre ironie ! C'est dans ma prison de la forêt que j'ai entrevu pour la première fois la prison qui m'attendait lorsque je serais libérée.

Celle où notre mariage arrangé allait me précipiter.

6

DÉCHAÎNÉS !

BLONDE INSPIRA LONGUEMENT.

Elle était tellement prise par sa lecture qu'elle ne s'était guère aperçue de la tombée de la nuit sur la Moselle. La lueur de la lampe-tempête accrochée au-dessus de sa tête se reflétait dans les eaux noires et mouvantes.

Les émotions les plus contradictoires tournoyaient dans le cœur de la jeune fille. D'un côté, elle souffrait de la trahison de Gabrielle, dont elle avait été la victime autant que Charles ; mais de l'autre côté, combien elle comprenait la révolte de sa mère !

Les ursulines avaient souvent répété à leurs ouailles que leur seul avenir était de trouver un mari. À Gabrielle aussi, on avait dit que le mariage était l'unique salut.

Mais elle avait refusé.

Mais elle s'était cabrée.

Mais elle avait choisi la liberté, quelles qu'en fussent les conséquences.

J'avais tort.

Tort de penser que le jeune homme ne viendrait plus.

Il se représenta à nouveau le lendemain, peu avant l'aube du sixième jour.

Vous avouerai-je aussi cela, Charles ? – mon cœur bondit de joie à sa vue, et je me rendis compte que j'avais craint de ne plus jamais le revoir ailleurs que dans mes songes. Je me jurai d'être plus sage cette fois-ci, plus patiente, de prendre le temps de l'apprivoiser et d'accepter sa nourriture sans le vexer.

Mais ses bras étaient vides cette nuit-là.

Et son visage était grave.

Il me tendit la main, et je compris qu'il avait décidé d'accéder à ma requête.

Il était venu m'aider à fuir.

Je posai mes doigts tremblants dans sa paume. Je sentais mes jambes flageoler sous mon corps tout d'un coup. En cinq jours de quasi-immobilité dans ma geôle, c'était comme si elles avaient perdu toute la vigueur générée par dix-huit années de marche à travers les bois de Potsdam.

Je franchis néanmoins la porte du réduit.

Une pâleur fantomatique filtrait à travers les vieux rideaux de la cuisine, préludant au matin à venir. Des ronflements sonores émanaient de la porte de la chambre entrouverte. Ils s'arrêtaient par moments, et mon cœur s'arrêtait avec eux ; je frémissais à chaque borborygme, au moindre raclement de gorge. Il n'y avait que quelques pieds à parcourir pour gagner la salle à manger, et pourtant ce trajet me parut durer un siècle.

Lorsque nous y parvînmes enfin, mon regard tomba sur la deuxième chaise, la chaise au dossier garni de chaînes. Elles pendaient lourdement, semblables aux tentacules d'une pieuvre morte. Cette vision m'emplit d'une horreur plus violente que je ne saurais dire. La première fois que je les avais vues, ces chaînes m'avaient inquiétée ; mais en cette aube sépulcrale, dans cette masure perdue où retentissait la respiration laborieuse du danger, elles me terrifièrent.

Toute la tension accumulée au cours de ma détention me tomba d'un seul coup sur les épaules, telle une chape de plomb.

Je trébuchai et, par réflexe, je me rattrapai au dossier de cette chaise maudite pour ne pas tomber.

Les chaînes tintèrent plus affreusement que le glas le plus funèbre.

Le jeune homme me lâcha la main et se retourna d'un bond vers le fond de la chaumière.

Comme s'il savait qu'il ne servait à rien de courir.

Comme s'il n'avait pas d'autre solution que d'encaisser ce qui allait venir, avec son corps dressé devant l'ouverture de la cuisine.

Il était grand, plus que je ne l'avais estimé lors de ses visites dans le réduit, où il était obligé de se tenir recroquevillé. La largeur de son dos me bouchait toute la vue.

Aveugle, je ne percevais qu'un martèlement s'approchant à grande vitesse, de plus en plus fort, de plus en plus près, les chaînes tressautant le long du dossier de la chaise : quelque chose courait vers la salle à manger !

Le choc fut terrible.

Projeté au sol, le jeune homme retomba sur le dos, manquant d'écraser mes jambes. Une forme noire, énorme, était renversée sur lui – et qui grondait, qui grondait !

J'avais l'impression que mes tympans allaient se déchirer, que tout mon cerveau était sur le point de se liquéfier. Ce grondement, Charles, vous l'avez entendu dans la combe la nuit du 21 mai ; aussi, je crois que vous m'approuverez si je prétends que c'est la voix du diable. Une voix qui remplit de terreur et de désespoir chaque particule de votre corps, qui fige chaque fibre de vos muscles. Une arme de grand prédateur, capable de paralyser ses proies avant qu'il ne fonde dessus.

Mais le jeune homme n'était pas paralysé.

Il n'était pas proie, mais prédateur lui aussi.

Poussant un cri rauque, il ceintura son adversaire et roula avec lui sur la terre battue, tandis que je me réfugiais sous la table. C'est ainsi que l'assaillant entra dans la pâle lumière de l'aube…

À l'exception de sa culotte de toile rêche déchirée au-dessous des genoux, il était nu. Mais sa nudité n'était pas celle des hommes – c'était celle des bêtes. Ses mollets, son échine, ses épaules étaient couverts d'un pelage noir et dru, hérissé comme un tapis d'épines. Les poils couraient encore sur ses bras, sur ses mains, sur chacun des doigts griffus avec lesquels il se cramponnait à mon protecteur.

Soudain, il tourna la tête et plongea son regard dans le mien.

Lorsqu'elle atteint son degré ultime, la peur tend à s'annuler.

Ou plutôt, elle mute, elle se transforme en autre chose.

Le corps cesse de trembler.

La gorge cesse de hurler.

Le cœur cesse de battre.

Dans cet état de stupeur, c'est comme si l'on était déjà mort…

La créature avait beau avoir deux bras et deux jambes pourvus de mains et de pieds, elle ne méritait pas le nom d'« homme ». Et ce qu'il y avait au bout de son cou plus épais que celui d'un taureau ne méritait pas le nom de « visage ». C'était une gueule velue, envahie de poils noirs du front au menton. La mâchoire pendait, haletante, plantée de dents d'apparence odieusement humaine.

Mais le pire…

… le pire était les yeux.

Là où ils auraient dû se situer, il n'y avait que deux trous rouges noyés de sang.

Blonde lâcha la lettre comme si elle lui brûlait les doigts, et fouilla fébrilement dans sa poche. Le petit miroir faillit lui glisser des mains lorsqu'elle le saisit.

Ses globes oculaires avaient repris leur teinte normale, pour autant qu'elle pût en juger à la lumière de la lampe-tempête.

Mais cela la rassura à peine.

Car, désormais, elle savait que ce répit n'était que momentané ;

tôt ou tard surviendrait une nouvelle hémorragie – ce n'était qu'une question de temps.

« Qu'est-ce qui m'arrive ? » pensa-t-elle en scrutant dans son propre reflet le début d'une réponse.

Mais le bleu de ses iris restait insondable.

Celle qui la dévisageait à travers le miroir ne cillait pas.

« Gabrielle ?… »

D'un geste sec, Blonde écarta le miroir, coupant le contact avec cette autre elle-même qui à toute force voulait remonter à travers le gouffre du temps.

– Hé alors, la demoiselle, ça ne va pas ?

Hagarde, Blonde tourna la tête. C'était le marinier qui la hélait de la chaudière.

Il n'y avait plus que la petite vieille et lui dans la barge, tous les autres passagers étaient déjà descendus.

– Vous êtes toute pâle !

– Je… Ça va, je vous assure.

Elle s'efforça de sourire, mais elle eut l'impression de grimacer.

Elle se rendit compte qu'elle avait froid.

Après s'être emmitouflée davantage dans sa cape, elle reprit sa lecture.

Le jeune homme profita du fait que le monstre me regardait pour tenter de le maîtriser.

Il immobilisa sa main droite en la plaquant au sol ; mais il ne put retenir à temps sa main gauche, qui fusa comme une flèche jusqu'à sa poitrine exposée entre les pans de la veste entrouverte. Elle y creusa cinq profonds sillons rouges, du sternum au nombril.

Puis, hurlant son chant d'enfer, le monstre se redressa.

Je voyais les masses de muscles jouer sous son pelage hideux, une machine de destruction faite de chair et de sang. En un instant, il reprit le dessus ; il leva à nouveau sa main – ou sa patte. Cette fois-ci, c'était la carotide du jeune homme qu'il visait…

Mais les griffes n'atteignirent jamais leur cible.

Le troisième habitant de la chaumière les en empêcha.

Par quel miracle s'interposa-t-il entre les lutteurs ? Je ne saurais le dire. L'instant d'avant il n'y avait qu'eux deux ; l'instant d'après il se dressait entre eux, retenant le bras meurtrier dans l'étau de son poing.

Car ses poings étaient des étaux ; ses jambes, des troncs ; son corps, une montagne.

Si les deux premiers habitants de la chaumière étaient très grands, le troisième était tout simplement colossal, à tel point qu'il devait se tenir courbé pour ne pas crever le plafond de son énorme tête. Cette dernière était encadrée par une épaisse chevelure rousse, qui se prolongeait par une barbe de la même couleur ; je cherchai aussitôt les yeux au milieu de cette jungle…

Ils n'étaient pas rouges, mais bruns.

Voilà qui était d'un maigre réconfort – car pour le reste, ce géant ressemblait davantage au monstre hirsute qu'au jeune homme. Une forêt de poils mangeait son torse nu et ses épaules. Ses ongles étaient aussi épais que de la corne.

Je les vis s'enfoncer dans le cou du monstre au moment où il l'enserra à deux mains. En quelques instants, le grondement s'étrangla dans la gorge comprimée, se changea en un gargouillis ignoble.

Le monstre lâcha le jeune homme.

Enragé, il cinglait les airs de ses griffes, claquait des dents dans le vide.

Mais le colosse roux était plus fort. Il aboya quelques ordres dans cette langue gutturale que je ne comprenais pas ; aussitôt, le jeune homme se releva et disparut dans les profondeurs de la chaumière. Il en revint les bras chargés de chaînes – sans doute celles que j'avais vues posées sur le deuxième matelas, dans la chambre, le soir de mon arrivée.

À eux deux, le colosse et le jeune homme entravèrent le monstre, si fermement que je vis les maillons s'enfoncer dans ses poils, s'incruster dans sa chair. Je n'oublierai jamais son regard tandis qu'on le ligotait, ces deux braises rouges qui me brûlaient les yeux, qui brillaient de l'instinct du meurtre !

Lorsque la créature fut parfaitement immobilisée, le jeune homme esquissa un mouvement vers la table sous laquelle je me terrais toujours, pour m'aider à me relever. Mais le colosse lui attrapa le bras et l'envoya s'écraser contre le mur au fond de la pièce. Puis il renversa la table d'un coup de poing et se jeta sur moi.

Ignorant mes hurlements, il me souleva de terre et me transporta jusqu'au réduit, où il me jeta sans ménagement.

La porte se referma dans un claquement sinistre.

Le grondement du démon enchaîné cessa, et la chaumière replongea dans le silence du petit matin.

J'aurais voulu croire à un cauchemar, le plus atroce que j'eusse jamais fait ; mais l'odeur musquée, animale, du colosse roux imprégnait encore mes narines.

C'était la même odeur que celle du monstre.

Et la même que celle du jeune homme aussi, je le comprenais maintenant.

Je comprenais que c'était pour la dissimuler qu'il se frottait le corps avec des feuilles de menthe.

– Tenez, mademoiselle.

Surprise, Blonde leva les yeux de la lettre.

La petite vieille se tenait debout sur le plancher de la barge, serrant son cabas dans une main et tendant l'autre main vers la jeune fille. Au creux de la paume tannée brillaient quatre pièces de monnaie.

– Va, c'est pour le trajet et la lumière, dit-elle. J'ai bien compris que vous aviez guère d'argent. Et si vous êtes en route pour Sainte-Ursule, c'est que vous devez pas être une mauvaise personne. Moi, mon voyage se finit ici.

L'aïeule désigna une maisonnette sur la berge, à la hauteur de laquelle l'embarcation s'était arrêtée.

Blonde recueillit les pièces une à une dans sa main.

– Je ne sais comment vous remercier, murmura-t-elle.

– C'est rien, que je vous dis. À moins que…

– Oui ?

La petite vieille parut gênée en disant :

– Ben, y a mon homme qu'est malade depuis deux semaines. Un mauvais coup de froid, à son âge… Si vous pouviez avoir la gentillesse de demander aux sœurs de dire une messe pour lui. Pour qu'il aille mieux, quoi. C'est Paulin qu'il s'appelle.

7

LE CHOIX DE GABRIELLE

APRÈS AVOIR PROMIS À LA PETITE VIEILLE DE PRIER POUR SON MARI, Blonde replongea dans la lettre.

Elle était seule dans la barge à présent.

Seule avec Gabrielle et la nuit.

La suite, Charles, vous la connaissez.

La nuit suivant ma tentative d'évasion, vos gens et vous-même êtes venus me libérer. À la lecture de ce qui précède, vous comprenez sans doute mieux ce qui a causé la mort de trois valets dans la force de l'âge, et de tous vos chiens.

Ceux qui se cachaient dans la chaumière n'étaient pas vraiment des hommes, n'étaient pas vraiment des bêtes. Ils étaient les deux à la fois. Des créatures impossibles, défiant toutes les lois de la nature et de la religion. Des aberrations vivantes, qui fuyaient au fond des forêts le regard des gens et le jugement de Dieu. Peu importait l'armée qu'ils avaient désertée, peu importait le gouvernement qu'ils avaient trahi : jamais la société ne les accueillerait dans son sein. Pour ces bannis, il n'y avait pas d'autre horizon que la clandestinité, à vie.

L'être qui m'emmenait en haut du talus, sur lequel vous avez tiré, c'était le jeune homme – si je puis encore le nommer ainsi, tout en sachant qu'il est autre chose qu'un homme. Lorsque vous l'avez touché à la cuisse, il m'a lâchée. J'entendais le colosse roux rugir en haut de la combe, lui ordonner de les rejoindre, le monstre et lui. Mais déjà, il commençait à redescendre le talus où j'avais glissé, pour revenir me chercher. Il l'aurait fait si je ne l'avais pas arrêté.

Ne m'avez-vous pas entendu crier, Charles ?

Ne m'avez-vous pas vue renvoyer le jeune homme vers son salut d'un geste de la main ?

Il est vrai qu'il faisait très sombre.

Mais il m'a obéi. Il est parti avant que vous puissiez tirer une deuxième fois.

Comprenez-vous, Charles ? Ce n'est pas pour me sauver que je lui ai demandé de faire demi-tour.

C'est pour le sauver, lui – pour le sauver de vos balles !

Ensuite, tout s'est passé très vite.

Les retrouvailles avec mes parents éplorés au château de Valrémy, ma présentation à vos propres parents, notre mariage enfin, qui a été célébré les jours suivants.

Pourquoi une telle impatience ? Nous ne nous étions jamais rencontrés, Charles ! J'avais l'impression de moins vous connaître que le jeune homme de la forêt ! Cela faisait des années que nos familles s'entretenaient de notre union, par missives interposées entre la Prusse et l'Angleterre ; n'aurions-nous pas pu attendre quelques semaines de plus avant de prononcer nos vœux ? Peut-être alors aurais-je trouvé la force de vous parler, de tout vous dire. Et de vous dissuader d'épouser une femme qui n'était pas faite pour vous.

Je suis devenue grosse peu de temps après ma libération.

C'était une bonne excuse à ma mélancolie ; personne n'a essayé de chercher plus loin, une cause plus profonde. Mes parents sont repartis pour leur province, me laissant la bonne Ernestine. Vos médecins m'ont prescrit des infusions d'herbes et des émétiques. Ils ont décrété que l'esprit d'une femme fonctionne au ralenti lorsque son corps travaille à donner la vie, et que j'avais besoin de beaucoup de repos.

Mais la vérité, c'était que mon esprit fonctionnait à plein régime.

À longueur de journée, je me souvenais de chaque détail de ma détention.

Je me souvenais de son *odeur, et du goût du miel des forêts, ce miel qui avait la couleur de* ses *cheveux.*

Et surtout, j'inventais de nouveaux stratagèmes pour réussir à le *voir à l'insu de tout le monde.*

Car je l'ai revu.

J'ai revu le jeune homme de la forêt.

Plus d'une fois.

Plus de dix.

Voici venu le moment de mon aveu le plus terrible, qui fait de moi une femme adultère en plus d'une ingrate : durant les premières semaines de mon séjour au château de Valrémy, je retrouvais mon ravisseur presque toutes les nuits.

C'était tantôt dans le verger, tantôt derrière l'écurie. Mais le plus souvent à l'orée du bois, au bout du parc.

Je savais d'instinct quand il était là, à m'attendre. Je me glissais alors hors de nos draps, sans vous réveiller, et je passais dans les couloirs silencieux du château comme un fantôme.

J'entendais les chiens grogner lorsque je longeais le chenil ; j'avais beau savoir que c'était l'odeur du jeune homme qu'ils sentaient malgré la menthe, je ne pouvais m'empêcher de songer qu'ils en avaient après moi, la traîtresse, la félonne introduite au sein de cette maison.

Le premier soir où je vins à lui, le jeune homme avait encore sur la poitrine les blessures fraîches que le monstre lui avait infligées, quelques nuits plus tôt. Il m'attendait sous un grand chêne, l'œil inquiet, la paupière frémissante. Mais lorsque je parus, son sourire d'ivoire illumina son visage, et la lune elle-même sembla pâlir.

– Pourquoi êtes-vous venu ? demandai-je. Ils vous tueront s'ils l'apprennent.

Mais le jeune homme se contenta de sourire davantage. Il posa sa main sur son torse et prononça le nom sous lequel je devais désormais le connaître :

– Sven.

Pourquoi vous raconter tout cela, Charles ?

Point pour vous faire souffrir. Mais pour vous décourager de vous lancer à ma poursuite. Vous ne me retrouveriez pas, vous ne feriez qu'y gaspiller votre existence et le bonheur auquel vous avez droit. De la même manière que, si j'étais restée à Valrémy, j'aurais sacrifié et mon existence et mon bonheur.

Je ne vis, je ne respire qu'en présence de Sven. C'est absurde, je le sais, la raison y achoppe et la morale aussi. Dans cet amour contre la nature et contre la loi, je sais que je me damne. Mais je n'y puis rien, Charles ! Je n'y puis rien… et vous non plus.

J'ai essayé de combattre mes sentiments, je vous le jure. Et j'en ai souffert plus que je n'avais jamais souffert dans ma vie.

En voulez-vous la preuve ? La voici.

À la fin du mois de juillet, Sven me fit comprendre qu'il devait quitter la forêt, et il me demanda de le suivre.

– Sven, Oluf et Baldur partons demain. Forêt pas sûre. Hommes nous cherchent. Devons partir très loin.

Au cours de nos rencontres nocturnes, j'avais compris qu'Oluf était le nom du colosse roux, et Baldur désignait la chose aux yeux de sang. Les battues organisées par le commissaire Chapon les obligeaient chaque jour à trouver un nouveau refuge, une nouvelle grotte où se cacher. Et chaque nuit, Sven parcourait des lieues pour revenir à Valrémy au mépris du danger.

Mais à présent, toutes les cachettes avaient été découvertes, toutes les tanières avaient été dénichées. La forêt n'offrait plus un asile sûr. Oluf avait décidé qu'ils devaient partir tous les trois.

– Gabrielle… part avec Sven ?

Ses iris clairs tremblaient comme au soir de notre première rencontre. Je sentais qu'un orage était en train de se déchaîner sous ses traits faussement calmes. Voyez-vous, Sven a ceci de commun avec les animaux que ses émotions se lisent avant tout dans ses yeux.

– Je ne peux pas partir. Je porte l'enfant de Charles de Valrémy. Comprends-tu ? Un enfant…

– Comprends. Peux protéger l'enfant.

– Le protéger, peut-être. Mais l'élever ? Lui donner un endroit chaud où dormir, des habits propres, une éducation digne d'un être humain ?

Les narines de Sven se gonflèrent. Il passa nerveusement sa main sur sa nuque rase.

– Suis un être humain. Suis un homme. Peux élever l'enfant !

Sa voix roulait comme le tonnerre à présent. J'avais peur qu'il ameute les chiens, qu'il réveille les dormeurs du château.

Telle était sa fierté, sa raison d'être : s'arracher à l'animalité où sombraient ses deux compagnons, pour revendiquer tous les attributs de l'humanité. C'était la raison pour laquelle il tondait soigneusement sa barbe et ses cheveux, lavait ses vêtements à l'eau claire des ruisseaux, frottait sa peau d'herbes odorantes – pour tuer l'odeur animale.

– Je ne peux pas te suivre, répétai-je le plus calmement possible, en m'efforçant de dissimuler le déchirement de mon âme.

À peine eussé-je prononcé cette phrase que le bleu des yeux de Sven s'injecta de rouge. Pour la première fois, son beau visage se déforma dans une expression de rage qui n'était pas sans rappeler celle de Baldur. Il brandit le poing, et l'abattit de toutes ses forces sur le tronc derrière ma tête. Lorsqu'il retira sa main, je vis qu'elle dégouttait de sang.

Puis il s'enfuit dans la forêt.

Je ne le revis point pendant sept mois.

Plus mon ventre s'arrondissait, et plus je sombrais dans l'asthénie. Vous souvenez-vous des cauchemars atroces qui me faisaient me réveiller en pleine nuit? Une fois encore, vos médecins les attribuèrent à ma grossesse. Mais en réalité, je rêvais de Sven, et du dernier regard qu'il m'avait lancé.

J'étais pétrie de peur et de regrets. De peur en repensant à ce regard de fauve chargé de sang; de regrets en me souvenant de ce sourire lumineux, de cette peau au parfum sauvage, de ce corps vaste comme un navire et protecteur comme une forteresse.

J'ai honte de le coucher par écrit : la première angoisse qui me vint, lorsque l'enfant naquit, fut de ne pas trouver une nouvelle excuse à ma mélancolie, à présent que ma grossesse était terminée.

Je décidai de nommer notre fille Renée, en hommage à mon cher Chateaubriand et à toutes les âmes romantiques qui veulent renaître une deuxième fois dans le rêve et dans les livres.

Mais, à l'intérieur de moi-même, j'avais l'impression d'être morte deux fois...

Et puis, un soir de mars, j'ai senti qu'il était revenu.

Je m'étais retirée dans mon boudoir après avoir allaité Renée, prétextant de fuir le déménagement en préparation depuis que l'on avait appris le retour de Napoléon sur le sol français.

*J'étais plongée dans les pages d'*Atala*, tentant vainement de trouver dans la lecture un dérivatif à ma tristesse. Sans savoir pourquoi, j'ai brusquement levé la tête, et plongé le regard à travers la fenêtre donnant sur le parc. Les premières ombres de la nuit commençaient à s'y déposer, et l'orée de la forêt, tout au bout, était déjà noire. Pourtant, j'étais sûre qu'il était là, à m'attendre.*

À partir de cet instant, tout s'est déroulé très vite et très facilement, comme une évidence. Je me suis sentie soudain plus légère, délestée d'un poids que la fin de ma grossesse n'avait pas suffi à m'ôter. J'ai ouvert la fenêtre et j'ai enjambé le chambranle. Puis j'ai marché vers la forêt sans me retourner.

Il était là en effet, sous le chêne même où nous nous étions retrouvés le premier soir.

Les blessures sur sa poitrine étaient complètement refermées.

Il avait rasé ses joues, et sa peau glabre lui donnait un air plus jeune encore.

– L'enfant…, murmura-t-il, et ce furent ses premiers mots. L'enfant est né ?

Je hochai la tête.

– Gabrielle peut partir avec Sven maintenant. Si le veut. Et sinon, reverra jamais Sven.

Je hochai la tête une seconde fois.

Je comprenais et j'acceptais. J'acceptais tout.

Nous marchâmes pendant près d'une heure avant d'arriver au campement.

Il était installé au creux d'une grotte. Ces dernières semaines, la forêt était redevenue un endroit sûr. Les battues avaient cessé, toutes les attentions étant désormais tournées vers Napoléon, et vers sa course inexorable jusqu'à Paris.

Sven me fit comprendre que, pendant les mois d'hiver, ses compagnons et lui s'étaient retirés dans une caverne aux confins des montagnes. Chaque année à la morte-saison, une torpeur inexorable les gagnait, ralentissant leurs pensées et leurs gestes ; pareils à des animaux, ils entraient dans un état d'hibernation d'où ne les tiraient que les premiers dégels.

Lorsqu'ils s'étaient éveillés de leur long sommeil, au début du mois de mars, ils s'étaient rapprochés des villages montagnards pour attaquer les troupeaux et assouvir leur faim. C'est ainsi qu'ils avaient appris que l'Empereur était rentré en France, que la guerre menaçait à nouveau.

Mais il y avait plus grave encore… À mesure que passaient les semaines et les mois, les trois fugitifs se sentaient régresser vers un état sauvage d'où bientôt plus rien ne pourrait les sortir ; Baldur avait déjà dépassé le point de non-retour, lui dont le regard restait injecté de sang en permanence. Un seul moyen existait pour échapper à ce destin funeste, un seul remède, que Sven appelait « l'eau-lumière ». Je n'ai pas bien compris ce dont il s'agissait, simplement qu'elle se trouvait tout là-haut, dans les brumes du Nord… C'était pour s'en abreuver qu'Oluf avait décidé qu'ils devaient se mettre en route. Le colosse était parti avec Baldur, deux jours plus tôt. Vers leur terre d'origine, vers le Danemark – ils avaient le temps d'y arriver avant que le prochain hiver ne les jette à nouveau dans les limbes de l'hibernation.

Car c'était du Danemark que les reclus étaient descendus, trois ans auparavant.

– Vivions au Manoir sur la lande. Là que sont venus nous chercher. Nous ont emmenés de force, dans des cages.

– Mais qui ça, Sven ? Qui est venu vous chercher ?

– Hommes qui portent cet habit.

Il désigna sa veste bleue aux épaulettes et aux parements rouges, dans laquelle j'avais reconnu dès le premier soir l'uniforme des soldats de Napoléon.

– Les soldats impériaux vous ont enlevés ? Mais pourquoi ?

– Pour se battre. Pour se battre contre hommes de l'Est, au son des tambours qui saoulent.

Tandis que Sven me parlait, mes pensées s'enchaînaient à toute vitesse. Je ne pouvais ignorer que, dès les premiers jours de l'Empire, le roi du Danemark s'était allié à Napoléon. Il avait même mobilisé des soldats pour venir renforcer les rangs de la Grande Armée, au moment où elle s'apprêtait à déferler sur la Russie, en 1812. Était-il possible qu'il n'eût pas fourni à son allié que des hommes ? Mais aussi des créatures issues d'un passé immémorial, que le monde avait oubliées depuis des siècles, à l'exception d'un petit royaume perdu tout en haut des cartes géographiques ?

– Ils vous ont enrôlés de force dans la Grande Armée, murmurai-je. Vous avez connu l'hiver russe… l'incendie de Moscou… la débâcle de la Berezina…

Les images de feu et de sang fusaient dans mon esprit. La campagne de Russie avait été la plus vaste et la plus meurtrière de toutes les aventures militaires de Napoléon. Des centaines de milliers d'hommes étaient morts de froid, de faim ou de maladie. À l'époque, les émigrés de Potsdam et de toute l'Europe se réjouissaient de chacune des défaites de l'Empereur sur le sol russe – et je me souviens de m'être réjouie avec eux. Mais à présent, je savais que Sven avait connu cet enfer. Je savais qu'il avait été traîné jusqu'à Moscou pour se battre dans une guerre qu'il ne comprenait pas. Et je savais qu'il faisait partie des quelques poignées qui en étaient revenues, survivant à la terrible retraite de Russie. C'était ainsi qu'ils avaient échoué dans la forêt des Vosges, Oluf, Baldur et lui, avec quelques sacs d'avoine volés dans les stocks de l'armée pour assurer leur subsistance.

Vendus par leur propre pays.

Déserteurs d'une armée qui n'était pas la leur.

Pire que des exilés : des proscrits.

Mais maintenant, ils voulaient rentrer chez eux.

Maintenant, ils voulaient oublier la guerre, le sang et la peur, et se soigner de leur bestialité avant qu'il soit trop tard.

– Je ne te l'ai jamais demandé, finis-je par dire. Qui êtes-vous vraiment, toi et les tiens ?

Ma voix n'était plus qu'un chuchotement. Je me rendais compte qu'il y avait une raison pour laquelle je n'avais jamais posé cette question auparavant. C'était que j'en redoutais la réponse.

Sven ne répondit pas tout de suite.

Il passa de longues minutes à attiser le feu qu'il avait allumé au fond de la grotte, à la manière d'une sorte de devin cherchant ses mots dans les braises.

– Sais pas…, finit-il par dire.

En cet instant, malgré sa force et ses muscles, malgré les cicatrices qui lui barraient la poitrine, il avait l'air d'un petit enfant perdu dans la nuit.

– Ai pas connu mes parents. Me souviens que du Manoir sur la lande. Est là que vivaient tous ceux comme moi, comme nous. Tous ceux…

– Tous ceux ?

– … Tous ceux nés sous le signe de l'Ours. Maintenant, Sven doit retourner au Manoir sur la lande si veut pas devenir comme Baldur. Si veut pas… tuer celle qu'il aime plus fort que tout au monde.

En butant sur les mots, sans oser croiser mon regard, Sven m'apprit la tragique histoire de son compagnon de misère. À l'origine, Baldur était pourtant le plus doux de ceux qui allaient devenir les trois habitants de la chaumière – le plus fragile aussi. Parfois les soldats le laissaient sortir des grands fourgons noirs dans lesquels ils maintenaient les autres hommes-ours enfermés comme des bêtes, entre les batailles. C'était ainsi que sur la route de Moscou, au début de la campagne de Russie, Baldur était tombé amoureux d'une paysanne ignorant tout du mal qui le frappait. Sous le regard amusé des soldats, les amants maudits s'étaient juré de se prendre pour époux à la fin de la guerre. Mais lorsque l'heure de la retraite avait sonné, une créature irrémédiablement changée était revenue de Moscou incendié – c'était juste trop de morts, trop de fureur, trop d'angoisse pour Baldur… et une trop longue privation de cette mystérieuse eau-lumière. Les soldats horrifiés l'avaient retrouvé au matin, sortant de la ferme où vivait sa fiancée. Ses mains étaient couvertes de sang, et ses yeux aussi, remplis d'une hémorragie qui ne devait plus jamais s'étancher. Baldur avait définitivement basculé dans l'animalité, en assassinant la jeune fille qui lui était promise…

Voilà ce qui terrorisait Sven, ce qui le persuadait de me quitter à jamais si je refusais de le suivre.

J'en ai fini.

Vous en savez désormais autant que moi sur les habitants de la chaumière, et sur ce qui s'est passé la nuit du 21 mai 1814.

Demain, je pars pour le Nord, sur les traces d'Oluf et de Baldur. Je n'en reviendrai peut-être pas. Mais c'est là que se trouve l'eau-lumière qui permettra de soigner Sven, d'éviter qu'il ne sombre dans un état de folie sauvage dont il ne se relèverait jamais.

Le Manoir sur la lande renferme la clé de son destin, et du mien aussi désormais.

Je me doute que le monde ne me pardonnera pas d'avoir abandonné un mari et une fille. Mais vous, Charles, après avoir lu cette lettre, peut-être comprendrez-vous ?

Peut-être comprendrez-vous que je suis plus nécessaire à Sven qu'à Renée et à vous. Vous n'aurez guère de difficulté à trouver une femme qui vous mérite, pas une ingrate comme moi ; je sais que Renée pourra compter sur Ernestine, et sur les nourrices que vous lui donnerez. Mais Sven ? Il est à la fois un compagnon et un enfant, il a doublement besoin de moi. Quel que soit le sort qui l'attend, là-haut dans les brumes du Nord, je dois être à ses côtés pour l'affronter.

Il me reste une dernière requête à vous faire, à laquelle vous accéderez peut-être. Je glisse dans cette enveloppe une mèche de mes cheveux – une de mes « boucles d'or », comme dirait Ernestine. Donnez-la à notre fille quand elle vous demandera qui était sa mère.

Adieu.

Je vous souhaite tout le bonheur que vous méritez.

Gabrielle

La cheminée de la barge émit un long sifflement au moment précis où Blonde acheva sa lecture.

Elle rangea soigneusement la lettre dans son havresac, et éteignit la lampe-tempête au-dessus de sa tête. La nuit l'enveloppa comme un manteau.

Pour la première fois depuis le début de cette aventure, elle avait l'impression d'avoir une longueur d'avance sur Gabrielle. Car elle savait une chose que la jeune femme ignorait au moment où elle avait rédigé sa lettre d'adieu : l'atavisme des yeux rouges s'était perpétué jusqu'à ce jour. Blonde en était l'héritière, elle qui était porteuse de la malédiction, elle qui était née sous le *signe de l'Ours.*

« Vous n'êtes pas ma fille ! », avait rugi Charles de Valrémy lorsqu'elle s'était présentée à lui.

Il avait raison.

Contrairement à ce qu'avait cru Gabrielle, le sang des Valrémy ne coulait pas dans les veines de Blonde.

Son père n'était autre que le déserteur aux cheveux blonds.

8

LE SECRET DE MÈRE ROSEMONDE

LA FIN DU VOYAGE SE DÉROULA DANS LE SILENCE.

Le regard rivé sur la nuit, Blonde tenait entre ses doigts la mèche de cheveux recueillie au fond de l'enveloppe. Des cheveux si semblables aux siens, de même que ses yeux étaient si semblables à ceux de Sven.

Quel étrange héritage que ces cheveux et que ces yeux !

L'or et le sang : voilà ce que les amants maudits avaient légué à leur fille par-delà le temps. Et la promesse aussi qu'un havre existait quelque part pour ceux de son espèce : ce Manoir sur la lande où Sven était né et où il avait grandi, jusqu'à ce que les soldats de Napoléon viennent le capturer.

Quel était l'énigmatique remède dont Sven avait parlé à Gabrielle ?

Cette eau-lumière constituait-elle véritablement la seule échappatoire à la malédiction du signe de l'Ours ?

Blonde elle-même était-elle atteinte de ce mal qui lui ferait inexorablement dévaler la pente de l'humanité, pour la précipiter dans l'animalité ?

Elle avait quelque difficulté à le croire ; malgré sa perte de conscience momentanée dans le bureau de Charles de Valrémy, il lui semblait qu'elle avait repris tous ses sens, et qu'elle en garderait le contrôle, à présent qu'elle savait à quoi s'en tenir. Oui, la prochaine fois elle saurait déceler les signes avant-coureurs de la crise, et réagir en conséquence.

Elle était certaine qu'elle pourrait vaincre par la force de sa volonté la malédiction du signe de l'Ours.

Lorsque la barge parvint en vue des lumières de la commune de Châtel, le marinier toussota.

– Hé, la demoiselle ! C'est ici que le Durbion se jette dans la Moselle, si ça vous intéresse toujours…

Après avoir reversé dans la grosse pogne du marinier les pièces que la petite vieille avait tenues une heure plus tôt, Blonde mit pied au sol.

Le rivage accueillit son soulier en émettant un borborygme. En cette période de l'année, les rivières de la région débordaient fréquemment de leur lit, gorgeant les terres d'eau et de limon. Heureusement, le ciel était dégagé et la lune était pleine, ce qui permit à Blonde de progresser en évitant les flaques et les trous.

Elle remonta ainsi le Durbion pendant près de deux heures, ignorant la faim qui lui taraudait l'estomac et le froid qui lui hérissait l'échine. La plupart du temps, le cours serpentait parmi des prairies et des bosquets. Par trois fois, il traversa des hameaux aux volets clos et aux cheminées fumantes, devant lesquels Blonde passa telle une ombre, la capuche de sa cape rabaissée sur son visage.

Enfin, elle parvint à un bois plus dense que ceux qu'elle avait traversés jusqu'alors. Quelque chose dans l'air, une odeur d'encens et de vieille pierre, lui indiqua qu'elle avait atteint sa destination.

En effet, la silhouette du couvent ne tarda pas à émerger de la nuit.

La porte s'ouvrit en grinçant sur la silhouette râblée de sœur Bienvenue, le cerbère qui présidait aux entrées et aux sorties de ce petit monde clos qu'était Sainte-Ursule.

– Qui êtes-vous, pour réveiller la maison de Dieu à une telle…

De surprise, la religieuse laissa choir son trousseau de clés lorsque Blonde souleva sa capuche.

Le bruit du métal contre la pierre résonna comme un ruissellement de pièces.

– Vous ! s'écria la portière. Vous étiez partie !

– Et maintenant je suis revenue.

Blonde vit la sœur prendre une grande inspiration, et plaça son index sur sa bouche avant qu'elle ne hurle.

– C'est vous qui allez réveiller la maison de Dieu pour rien, dit-elle. Croyez-vous vraiment que je me livrerais ainsi, si c'était pour m'échapper à nouveau ?

Le cri d'alerte resta coincé dans la gorge de sœur Bienvenue.

« Il n'y a qu'une seule personne à tirer du sommeil, dit Blonde d'une voix calme. La mère supérieure. »

*

– Malheureuse enfant, quel démon vous a inspiré de nous fuir ainsi ! Dieu vous pardonne…

– Puisse-t-il vous pardonner d'abord de m'avoir menti.

Une grimace passa sur le visage de mère Rosemonde, ajoutant quelques rides aux milliers qui le sillonnaient déjà. Elle avait paru dans son bureau quelques minutes à peine après que Blonde se fut annoncée, telle une momie sortant des catacombes. À son grand âge, peut-être dormait-elle tout habillée, ou peut-être ne dormait-elle plus du tout.

– Quel manque de respect ! s'écria la prieure, qui assistait elle aussi à l'entretien.

Contrairement à sa supérieure, elle gardait les stigmates du sommeil auquel on l'avait arrachée. Une grande marque d'oreiller barrait sa joue droite, et un bonnet de nuit pendouillait sur sa tête en lieu et place de son voile habituel.

– Rasseyez-vous, ma sœur, dit mère Rosemonde en levant ses doigts fins comme des baguettes. Laissez-la s'exprimer. Et vous, Blonde, répondez : comment prétendez-vous que je vous ai menti ?

– Par omission, ma mère. Vous m'avez caché le secret de ma naissance.

La mère supérieure hocha la tête. Pour la première fois, Blonde eut l'impression d'apercevoir ses yeux entre les replis de chair qui constituaient ses paupières. Ils étaient vifs comme ceux d'une jeune fille.

– Ce n'est point un péché que de protéger une enfant des misères du siècle, dit-elle. Le monde au-delà des murs du couvent n'a rien à vous offrir, j'espère que votre escapade vous aura au moins aidée à vous en apercevoir. Me reprochez-vous de vous avoir caché l'identité de l'homme qui vous a déposée sur les marches de notre institution, voilà seize années ? À quoi cela vous aurait-il avancée de la connaître, puisque cet homme ne voulait plus de vous ? Le mariage de Charles de Valrémy et de Gabrielle de Brances annulé, vous êtes passée du statut d'enfant légitime à celui de bâtarde. Telle est la cruauté du monde, et telle fut notre bonté de vous cacher cette triste vérité.

– Aussi, ce n'est point ce secret-là que je vous reproche.

– Lequel, alors ?

– Pourquoi m'avoir privée de grand air et de lumière pendant toutes ces années, si ce n'est pour me faire dépérir ? Pourquoi m'avoir affublée de ces lunettes inutiles, si ce n'est pour m'aveugler ? Pourquoi ne m'avoir point donné un nom chrétien, si ce n'est pour me discréditer aux yeux de tous ?

La mère supérieure se dressa derrière son bureau.

Sa frêle silhouette tremblait si fort qu'elle semblait sur le point de se briser à chaque instant.

– Je ne saurais vous tenir rigueur de m'avoir caché l'identité du comte de Valrémy, continua Blonde, puisqu'il n'est point mon père.

– Nous nous en doutions : un homme n'abandonne pas ainsi sa propre chair, et l'Église n'annule pas un mariage sans adultère avéré.

– Il aura fallu davantage qu'un simple adultère pour convaincre le pape d'annuler ce mariage. Ce n'est pas à un autre homme que ma mère s'est donnée avant d'épouser le comte : c'est à un démon. La créature qui m'a engendrée n'est pas totalement humaine.

Mère Rosemonde saisit le crucifix qui pendait à son cou, s'y accrocha comme à une bouée de sauvetage.

– Pour votre salut et pour le nôtre, gémit-elle, vous n'auriez jamais dû apprendre cela, et vous n'auriez jamais dû nous en parler…

– Que parlez-vous de votre salut. C'est de ma vie qu'il s'agit ici, entendez-vous : *de ma vie !*

Incapable de tenir debout plus longtemps, mère Rosemonde s'effondra sur sa chaise.

– Dites-lui, Marie-Joseph, lâcha-t-elle dans un souffle. Dites-lui tout, puisque l'heure a sonné…

La prieure se leva à son tour.

Son visage n'était plus seulement sévère ou grave, il était tragique.

– Au début, nous avons cru que vous étiez née de la faute de votre mère avec un seigneur très puissant, un roi peut-être, dit-elle sans oser croiser le regard de Blonde. Oserai-je vous l'avouer ? Nous avons imaginé que, dans la tourmente de la guerre, Gabrielle avait commis le péché de chair avec un prince d'Empire, avec Napoléon peut-être même ! Le comte de Valrémy avait payé si cher pour que vous n'ayez point de descendance… Quant au rapport des autorités ecclésiastiques, il stipulait que vous étiez le fruit d'un adultère fort grave, qu'il valait mieux pour la marche du monde et la paix des hommes que vous ne sortiez jamais des murs de ce couvent.

Nous avons commencé à vous élever comme les autres couventines. La seule différence était que vous resteriez toujours parmi nous, car aucune situation, aucun parti ne vous attendait dans le monde. Pour le reste vous jouiez, étudiiez, priiez selon la règle commune. Vous vous appeliez encore Renée, Blonde n'était que le surnom par lequel nous vous nommions parfois.

Et puis un jour, un drame est arrivé. Vous ne vous en souvenez sans doute pas – vous aviez quatre ans à peine ! Un accident…

– Un accident ?

Blonde sentait son cœur battre à cent à l'heure dans sa cage thoracique soudain trop étroite.

– C'était dans le jardin. Une autre pensionnaire a voulu vous prendre votre cerceau. J'aurais dû surveiller vos ébats, mais j'étais occupée à constater une fuite dans le réfectoire. Il y a eu un cri. Quand je suis retournée au jardin, votre compagne de jeu gisait face contre terre.

– Morte ?… murmura Blonde, le souffle court.

– Simplement assommée. Mais vos yeux… vos yeux ! Ils étaient rouges de sang ! Lorsque vous êtes revenue à vous, vous ne vous souveniez de rien.

Blonde eut un haut-le-cœur.

« Animal sauvage ! » hurlait une voix dans sa tête. « Bête féroce ! Monstre ! »

Pour la première fois, elle sentait peser sur ses épaules tout le poids de la mystérieuse malédiction évoquée dans la lettre de Gabrielle, ce fardeau composé des centaines de cadavres laissés par Sven et ses semblables sur leur chemin.

– L'accident n'avait eu d'autres témoins que mère Rosemonde, la sœur infirmière et moi-même, reprit sœur Marie-Joseph, et nous avons décidé que cela devait rester ainsi. La victime ne se souvenait plus de rien. Nous avons dit à ses parents qu'elle était tombée accidentellement. Nous savions que si nous vous avions dénoncée, vous nous auriez été enlevée pour toujours. C'est idiot à dire mais... nous nous étions attachées à vous.

Jamais Blonde n'avait vu la prieure dans un tel état. Ses yeux semblaient avoir fondu comme deux morceaux de glace, et à présent on sentait qu'elle retenait ses larmes, elle, la plus intransigeante des ursulines !

– La sœur infirmière a essayé toutes sortes de traitements, sédatifs et émétiques. Mais il est impossible de trouver le remède quand on ne connaît point le mal ! Vous ayant mise temporairement en quarantaine pour préserver les autres pensionnaires, nous n'avons pu constater qu'une chose : l'ombre, l'humidité et le froid semblaient vous plonger dans un état comateux, dans une torpeur proche de l'hibernation. Aussi avons nous résolu de vous préserver à jamais des rayons du jour.

« Comme un ours ! » songea Blonde avec effroi. Elle réalisa que, durant seize années, les sœurs avaient reconstitué autour d'elle un hiver permanent, faisant du couvent la caverne dans laquelle elle avait passé son enfance à hiberner !

– Pour renforcer encore votre apathie et vous protéger davantage de la lumière, la sœur infirmière a prélevé les fragments de vitraux les plus sombres qu'elle a pu trouver ; elle vous a confectionné les lunettes que vous avez docilement portées pendant si longtemps, et que j'ai été si mécontente de vous voir délaisser il y a quelques jours – vous comprenez maintenant pourquoi ! Les lunettes, les châles, les récréations passées à l'intérieur pendant que les autres jouaient dehors, tout cela, c'était pour vous protéger, et pour protéger le couvent ! Quant au surnom de Blonde... peut-être vous est-il resté, parce que nous pressentions déjà que vous n'étiez point vraiment humaine, et point autorisée à porter un nom qu'une sainte aurait porté avant vous.

Mais peut-être aussi voulions-nous vous protéger de ceux qui, un jour prochain, viendraient chercher Renée de Valrémy pour nous l'arracher…

Tout en écoutant la prieure, Blonde revoyait défiler son enfance.

Les sœurs, qu'elle avait jugées si dures parfois, n'avaient jamais cessé de la garder d'elle-même. Elles avaient tout fait pour mettre en veilleuse la folie qui sommeillait dans le sein de cette petite fille blonde à la peau pâle.

– Les années succédant aux années, nous avons fini par croire que votre mal était passé, conclut sœur Marie-Joseph. Nous avons espéré que vous deveniez l'une des nôtres, pour que le voile vous garde du soleil un peu plus et du monde totalement. Mais vous en avez décidé autrement. Montrez-moi vos yeux, s'ils ne sont pas rouges ? Dites-moi, avez-vous eu une… crise, récemment ?

– Non, mentit Blonde.

Elle se laissa patiemment observer par la prieure – elle savait que ses yeux avaient repris leur teinte normale, elle l'avait vérifié dans son petit miroir, plusieurs heures auparavant dans la barge.

Lorsque sœur Marie-Joseph eut achevé son examen, Blonde avait pris sa décision : à son tour, elle devait une explication aux religieuses.

Elle leur raconta le contenu des documents qui avaient projeté son existence dans une dimension inconnue – le message enfermé dans la bouteille, les rapports du commissaire Chapon, la lettre d'adieu de Gabrielle, ces morceaux de papier qui avaient changé à jamais sa vision de l'existence. Elle leur parla de la visite d'Edmond Chapon, de sa fuite à ses côtés jusqu'à Valrémy, de sa rencontre avec l'homme qu'elle avait cru être son père.

Tout en l'écoutant, les deux femmes poussaient des exclamations, puis elles fondaient en larmes et en prières. La créature qui avait ensemencé le ventre de Gabrielle de Brances avait à leurs yeux tous les attributs du démon !

Minées par ces révélations qui ébranlaient leur foi, comment auraient-elles réagi si Blonde leur avait appris que les crises de fureur lui étaient revenues ? Comment, sans les jeter dans un état de terreur, la jeune fille aurait-elle pu leur expliquer les pertes de conscience qui la frappaient depuis quelques jours, le voile rouge qui tombait devant ses yeux, si semblables à ceux du monstre de la chaumière ?

Elle décida de passer tout cela sous silence.

De la même manière, elle tut le caractère évolutif de la malédiction du signe de l'Ours, tel qu'il était décrit dans la lettre de Gabrielle – un peu parce qu'elle ne voulait pas effrayer les religieuses, surtout parce qu'elle n'y croyait pas vraiment elle-même. Il lui était impossible d'imaginer perdre le contrôle de ses sens au point de devenir ce… *cette chose* qu'était devenu Baldur.

La nuit mourait lorsque les religieuses eurent fini d'entendre tous les échos du passé, de pleurer toutes les larmes de leurs corps.

– Et maintenant, demanda mère Rosemonde à Blonde, que comptez-vous faire, mon enfant ? Les portes de ce lieu vous demeureront toujours ouvertes.

– Je vais rester un moment parmi vous, puisque vous m'y autorisez. Les ursulines ont toujours été ma vraie famille, mais je ne m'en aperçois que maintenant. Un jour pourtant, il faudra que je parte en quête du Manoir sur la lande, car c'est là-bas, je le sens, que se cache la clé de mon passé.

« C'est là-bas surtout que mon père est allé chercher le remède destiné à le sauver de lui-même, songea-t-elle. Je dois savoir s'il a finalement trouvé l'eau-lumière. »

– Qu'il en soit ainsi. Le fait que vous n'ayez plus connu de crise depuis treize années est rassurant. Nos prières ont sans doute porté leurs fruits, extirpant le mal qui sommeillait en vous. Notre mission s'achève, vous voilà guérie et maîtresse de vous-même. Le jour où vous voudrez nous quitter, sachez que nous prendrons ce qu'il faut dans le fonds de la boursière pour vous doter convenablement. En attendant, vous faites pleinement partie des nôtres.

Pour la première fois, mère Rosemonde accueillit Blonde dans ses bras, et la serra aussi fort que ses membres chétifs le lui permettaient. La jeune fille frémit en songeant qu'elle ne méritait pas cette étreinte, car c'était elle à présent qui avait menti par omission.

Dehors, on entendit chanter le coq du poulailler.

9

NOUVELLE DONNE

LE COUVENT S'ÉVEILLAIT LORSQUE BLONDE GAGNA SA CHAMBRE.

Elle s'effondra sur sa paillasse, trop fatiguée pour caresser Brunet qui se réjouissait de la voir déjà de retour. Elle sombra dans un sommeil lourd, au bout duquel se dressait la silhouette fantomatique d'un Manoir qu'elle ne parvenait pas à atteindre…

Quand elle ouvrit les yeux, il faisait grand jour à travers la fenêtre, et son esprit lui parut plus limpide que jamais.

Elle savoura un instant le plaisir de percevoir le monde clairement et dans toutes ses couleurs, sans le filtre assombrissant des lunettes qui lui avaient gâché la vie pendant si longtemps. Avaient-elles réellement contribué à la maintenir dans un état d'hébétude constant ? – il fallait bien le croire. Couplées à l'atmosphère claustrale du couvent, elles avaient tiré Blonde vers le bas comme un boulet. Tout ceci lui paraissait évident, avec le recul. Au long de son séjour parmi les sœurs, le même scénario s'était répété inlassablement : à chaque automne, elle s'était lentement enfoncée dans la torpeur de l'hibernation, pour n'en émerger vaguement qu'à l'approche de l'été.

Toujours la même histoire, toujours la même rengaine, année après année…

Mais à présent, cette vie de cloporte était terminée. En ôtant ses lunettes, en retirant ses châles, en entrant dans la lumière du jour, Blonde avait l'impression de devenir qui elle était vraiment. Il lui serait impossible de retourner à son existence d'avant. Impossible.

Le printemps qui arrivait serait *son* printemps.

Et la vie qui s'étendait devant elle serait *sa* vie.

Après s'être lavée et habillée, Blonde descendit directement au réfectoire.

Les autres pensionnaires étaient en classe depuis longtemps déjà, mais une grosse tranche de pain attendait la jeune fille sur la table desservie. Luxe suprême en ces lieux, il y avait même un pot de miel à côté !

Blonde se jeta sur la pitance. Cela aussi avait changé : son appétit. Elle se sentait des envies de sucre, de nourritures énergétiques, comme si son corps tout entier, après s'être longtemps assoupi, était passé à la vitesse supérieure.

Elle s'émerveilla du goût du miel. Jamais elle ne s'était rendu compte qu'elle aimait tant cela ; à chaque bouchée, c'était toute une nature qui jaillissait en elle, des champs de fleurs multicolores, des forêts de sapins aux odeurs de résine. Elle dévorait véritablement sa tartine avec tous ses sens.

Lorsque sonnèrent onze heures enfin, Blonde descendit pour la dernière leçon de la matinée. Par souci des convenances, elle avait rattaché ses cheveux, mais elle se sentait rayonner néanmoins d'une assurance qu'elle ne s'était jamais connue.

Des exclamations sonores saluèrent Blonde lorsqu'elle pénétra dans le déambulatoire, par lequel les pensionnaires rejoignaient la salle de classe après une courte récréation.

D'habitude, Blonde avait du mal à se frayer un chemin à travers ce bruyant troupeau ; mais ce matin-là, les conversations cessèrent comme par magie, et les demoiselles s'écartèrent pour la laisser passer. Pour la première fois, la pensionnaire permanente de Sainte-Ursule ne faisait plus partie des meubles, elle ne rasait plus les murs mais marchait bien au milieu du déambulatoire, laissant les têtes se retourner sur son passage. Elle avait l'impression de vivre un rêve, comme dans ces contes de fées où la souillon devenue princesse apparaît soudain dans sa gloire nouvelle.

Elle entendait des voix chuchoter autour d'elle :

– Regardez, c'est Blonde !

– Elle est revenue !

Le petit groupe des aînées était attroupé devant la salle de classe où allait avoir lieu la leçon d'histoire. Comme à l'accoutumée, Bérénice était le centre de toutes les attentions – du moins jusqu'à ce que Blonde parût. Là encore, le charme fonctionna : les langues cessèrent de s'agiter comme par magie, et la nouvelle venue magnétisa les regards.

– Bonjour, dit simplement Blonde. De quoi parliez-vous ?

– Eh bien... nous parlions des romans que nous lisons en cachette, balbutia Sophie Adélaïde.

– Ah oui ? Et vous, qu'avez-vous lu de beau, Sophie Adélaïde ?

– Moi ?

L'élève modèle rougit, comme si une préceptrice lui avait posé une question à laquelle elle n'aurait pas su répondre.

– À dire vrai... rien du tout. Je n'ai pas osé prendre de roman dans la bibliothèque, étant donné que les sœurs l'interdisent...

Un ricanement méprisant secoua le groupe.

Mais Blonde, elle, ne ricana pas. Elle avait trop souffert de ce genre de sarcasmes pour s'y adonner à son tour.

Elle posa sa main sur l'épaule de Sophie Adélaïde.

– Vous ne devriez pas toujours écouter les sœurs, lui conseilla-t-elle. Ce sont de saintes femmes, mais en voulant trop nous protéger elles nous étouffent parfois.

Les ricanements cessèrent instantanément, tandis que Blonde

sortait un fin livre des plis de sa robe : l'exemplaire de *René* qu'elle avait emprunté à la bibliothèque.

– Tenez, dit-elle en le tendant à Sophie Adélaïde. Je l'ai terminé. Qu'il en fasse rêver une autre à présent.

Sophie Adélaïde prit le livre d'une main tremblante. Toutes celles qui étaient là ce matin eurent l'impression d'assister à un petit miracle, de la voir respirer pour la première fois, comme si on lui avait retiré une corde du cou. Plus personne n'avait envie de se moquer.

Ce fut à ce moment précis que Blonde le vit.

Là, derrière les colonnes, au milieu du cloître : Gaspard.

Lui aussi était revenu.

Aidé par son maître, il était occupé à hisser une lourde couronne de pierre sur le front de sainte Ursule.

Blonde allait se détacher du groupe pour marcher à sa rencontre, quand une voix la retint :

– Ne nous faites pas languir, Blonde. Racontez-nous pourquoi vous avez aimé ce livre.

C'était Bérénice.

– Pourquoi ? répéta Blonde d'une voix lointaine, sans pouvoir détacher son regard du cloître.

Elle se hissa sur la pointe des pieds au moment où Gaspard releva la tête. Leurs regards se croisèrent, et Blonde fut presque sur le point de crier son nom ; mais, au dernier moment, le jeune homme détourna les yeux.

– Eh bien, dites-moi, quelle éloquence ! railla Bérénice. On se demande si vous avez vraiment lu ce roman…

Des sourires narquois se peignirent sur un ou deux visages.

– … ou si la coquetterie qui vous fait enlever vos lunettes vous a rendue incapable de déchiffrer une seule ligne !

Quelques rires se mêlèrent à la cloche marquant le début de

la leçon ; mais ils n'étaient déjà plus si nombreux qu'à l'époque où Bérénice régnait toute-puissante sur les cadettes.

Le vent était en train de tourner.

*

Blonde avait senti la pression désormais familière au creux de son estomac.

Le visage hilare de Bérénice avait commencé à virer au rouge devant ses yeux.

Mais la sonnerie avait brusquement rendu au monde ses couleurs normales.

Entraînée par le groupe, Blonde pénétra dans la salle de classe sans opposer de résistance.

Pourquoi Gaspard avait-il détourné les yeux ?

Par habitude, les pas de la jeune fille se dirigèrent vers le dernier rang, là où elle avait croupi pendant tant d'années.

– Blonde… Il y a une place à côté de moi, si vous voulez…

C'était Sophie Adélaïde, sagement assise en face de l'estrade, comme de coutume.

Blonde n'hésita pas longtemps :

– Merci, c'est gentil à vous.

Jamais auparavant – *au grand jamais !* – elle n'aurait osé s'asseoir au premier rang, laissant sa chevelure exposée aux commentaires de tout le reste de la classe derrière elle. Mais à présent, cela ne la dérangeait plus. Une seule chose lui importait : pouvoir continuer à observer le cloître à travers l'imposte de la porte. Qu'était devenu le garçon qui l'avait dévorée du regard, l'avant-veille, pendant qu'elle posait pour lui ? Pourquoi s'obstinait-il à garder les yeux rivés sur la statue à présent ?

– Bien, dit sœur Esther en s'installant à son bureau. Reprenons les choses où nous les avions laissées. Chateaubriand.

François René de Chateaubriand. Nous avions lu ensemble un extrait du pamphlet où l'auteur raconte la retraite de Russie. Vous deviez rédiger une composition sur cet épisode, je vais passer dans les rangs pour la récupérer.

Le terrible texte de Chateaubriand revint soudain à la mémoire de Blonde – le froid, la faim, la peur de ces milliers de soldats jetés dans la débâcle. La jeune fille savait que, parmi eux, se traînaient trois combattants qui n'étaient pas des hommes. Trois créatures qui n'avaient pas même le souvenir d'un foyer pour se réchauffer au creux des nuits glacées ; pas même la promesse d'une médaille pour les faire avancer vers l'horizon. Des bêtes de guerre, sans passé et sans avenir. La désertion avait été leur seule échappatoire, et la chaumière de la forêt, leur seul refuge...

– Eh bien, Blonde : votre composition ?

Blonde leva les yeux.

Campée devant son pupitre, la préceptrice la dévisageait derrière ses besicles en demi-lune. Autant que les élèves, elle semblait marquée par la transformation physique de la jeune fille.

– J'ai... oublié de la faire. Mais je vous la remettrai demain sans faute.

Ce fut à ce moment précis que Bérénice choisit de frapper. Sa voix aiguë fusa dans le dos de Blonde :

– C'est plutôt ses lunettes qu'elle a oubliées. Ce n'est guère commode pour écrire une composition, quand on est myope comme une taupe !

Puis, sans reprendre son souffle, elle lança à la cantonade :

– Mesdemoiselles, connaissez-vous l'histoire de cette écervelée qui va chez le lunetier ? Elle dit : « j'ai besoin de lunettes, monsieur... »

– Ça suffit, Bérénice ! gronda sœur Esther.

Mais rien ne pouvait arrêter la diablesse :

– « C'est pour la myopie ? » demande le lunetier. Et vous

savez ce que l'écervelée répond ? « Non, non, monsieur, c'est pour moi ! »

Jamais encore Bérénice n'avait été si agressive. Était-ce parce qu'elle se sentait menacée par la nouvelle apparence de Blonde ? parce qu'elle voulait ravaler au rang d'objet de moquerie celle que les autres pensionnaires commençaient à regarder avec admiration ?

Dans sa perfide exaltation, elle s'était dressée au-dessus de son pupitre, s'attendant à sentir pleuvoir sur son visage les éclats de rire de toute la classe.

Elle n'en recueillit pas un seul, pas le plus petit embrun.

Pour la première fois de sa vie, la superbe de Bérénice était rabattue.

Et, pour la première fois, Blonde sentit qu'elle aurait pu répondre à la provocation de son ennemie – rien n'est plus facile que d'enfoncer celui ou celle qui n'a plus la faveur populaire, elle était mieux placée que n'importe qui pour le savoir. Elle s'abstint cependant, car son tempérament n'était pas celui d'un vautour charognard, mais d'un aigle qui croise loin au-dessus des charniers ; la hauteur de son silence édifia davantage la classe que toutes les reparties.

Sœur Esther profita de cette accalmie pour rappeler ses élèves à l'ordre.

– Allons, allons : qui veut lire à voix haute sa composition ?

Bérénice quitta la salle en trombe dès la fin du cours, le visage empourpré.

Blonde crut pouvoir en profiter pour se rapprocher de Gaspard sur le chemin du réfectoire, mais un étau de filles se referma autour d'elle.

– Vous avez bien fait de ne pas vous abaisser à répondre, Blonde !

– J'ai toujours pensé que cette Bérénice était d'un vulgaire…

– Vous auriez vu sa tête !

Telle était la classe des cadettes, semblable à toutes les masses humaines qui fluctuent au gré des bons mots et des fours. Blonde s'aperçut qu'elle ne leur en voulait pas d'avoir été les complices de son martyre pendant si longtemps ; elle savait qu'elles aussi, elles devaient encore grandir.

Mais lorsque la jeune fille parvint enfin à se frayer un passage à travers le raz de marée soulevé par sa soudaine popularité, Gaspard avait quitté le cloître...

Quant à Bérénice, elle reparut quelques minutes plus tard à l'entrée du réfectoire. Elle semblait plus sereine, presque détendue, comme si elle avait profité de son absence pour passer ses nerfs.

– Excusez-moi, pour tout à l'heure, dit-elle à Blonde. Ma saillie n'était pas drôle. Dites, accepteriez-vous de dîner avec moi ?

Blonde était désarçonnée par le culot de cette fille. *L'excuser ?* Après tout ce qu'elle lui avait fait endurer ?

– Que manigancez-vous à présent ? Vous me rendez la vie impossible pendant des années, et tout à coup vous voulez que nous dînions ensemble ? Me prenez-vous pour l'écervelée de votre plaisanterie ? Les gens ne changent point comme cela, du jour au lendemain.

– Pourtant, regardez-vous. Vous vous êtes transformée en deux jours. Vous êtes resplendissante ! Alors qu'avant...

– Avant ?

– Ne faites pas attention. Tout ce que je veux dire, c'est que maintenant j'ai envie d'être votre amie.

Blonde sourit tristement.

Tant d'inconséquence la navrait. Elle avait de la peine pour cette fille qui, après l'avoir honnie pendant si longtemps, semblait prête à mendier les miettes de son amitié. À supposer que Bérénice fût sincère, elle lui en demandait trop, trop vite.

– Un autre jour peut-être, Bérénice, murmura-t-elle. Un autre jour.

À l'heure de midi, Blonde dîna en face de Sophie Adélaïde. Pendant tout le repas, elle répondit distraitement aux questions dont la pressait sa camarade. Son esprit était ailleurs. Elle ne pouvait s'empêcher de se demander où étaient les ouvriers, s'ils viendraient dîner au réfectoire ce jour-là. La froideur inattendue de Gaspard avait laissé un morceau de glace dans sa poitrine, que ni la soupe brûlante, ni le babillage enthousiaste de Sophie Adélaïde ne parvenaient à réchauffer.

10

FURIE

BLONDE SENTIT SON CŒUR S'ARRÊTER EN SORTANT DE TABLE.

Gaspard et son maître arrivaient en sens inverse dans le couloir, fendant les rangs des couventines, escortés par la prieure. À peine eurent-ils aperçu Blonde que leur conversation cessa.

Ils passèrent devant elle sans un mot, et s'engouffrèrent dans le réfectoire. La semainière referma la porte sur eux avant que la jeune fille eût pu prononcer une parole.

Ivre d'inquiétude, Blonde se jeta sur Bérénice qui demeurait dans le couloir, tandis que les dernières pensionnaires descendaient pour la récréation dans l'escalier menant aux jardins.

– Bérénice..., murmura-t-elle, j'ai réfléchi à votre proposition. De vraies amies sont censées tout se dire, n'est-ce pas ?

– Je suppose. Mais pourquoi me posez-vous cette question, puisque vous ne me jugez pas digne d'être votre amie ?

– Je n'ai pas dit cela – enfin, pas tout à fait. Tout reste envisageable. Mais pour le moment, vous avouerez que nous ne sommes pas quittes...

– Pas quittes ?

Blonde s'impatienta. Elle n'était plus prête à jouer à ces petits jeux du chat et de la souris.

Elle saisit le bras de Bérénice :

– Vous savez très bien ce que je veux dire. *La prieure et les deux ouvriers*. Ils sont passés à quelques pieds de vous, vous avez certainement ouï leur conversation. Pourquoi se sont-ils brusquement tus en m'apercevant ?

– Mais qu'est-ce que j'en sais, moi ? Je ne suis point dans leur tête.

– Vous ne pouvez pas ne pas les avoir entendus !

– Ils ont juste demandé depuis quand vous étiez rentrée au couvent, c'est tout. Je suis désolée de ne rien pouvoir vous dire d'autre.

Blonde détourna le regard, incapable de savoir ce qu'elle devait penser des paroles de Bérénice.

– Alors c'est ça ? fit cette dernière. Vous me faites miroiter la possibilité d'une amitié simplement pour essayer d'en apprendre plus sur ce garçon – car c'est lui qui vous intéresse, n'est-ce pas ? Et maintenant que vous savez que je ne puis vous aider, est-ce que vous *envisagez* encore que nous soyons amies ?

Blonde soupira.

– L'amitié... Je ne suis même pas sûre que nous mettions le même sens derrière ce mot. Quand je vois toutes ces demoiselles qui vous tournent autour, et qui vous reviennent toujours malgré les piques que vous leur lancez... Pourquoi faut-il que vous rabaissiez tout le monde en permanence ?

– Pourquoi ? *Pourquoi ?* C'est vous qui me posez la question ? Vous, la grande blonde aux yeux bleus ? Quand je disais que vous ressembliez à une vénus, l'autre jour, je le pensais vraiment. Regardez un peu comment sont les filles qui réussissent dans le monde. Vous n'ignorez pas que l'on me destine à un vieux barbon, mais qui d'autre pourrait bien vouloir d'une petite brune ronde aux yeux noirs, qui parvient à peine à entrer dans son corset ?

– Voyons, ne dit-on pas que les hommes apprécient les rondeurs ?

Si l'on avait un jour dit à Blonde qu'elle prononcerait ces mots, qu'elle essaierait de réconforter celle qui l'avait tant fait souffrir !

Pourtant… pourtant l'aveu de Bérénice semblait donner un certain sens à sa méchanceté. Et si toute cette agressivité, et si toutes ces attaques n'avaient été que des réflexes de défense ?

– J'en ai soupé, quand j'étais plus jeune, avant d'arriver comme cadette à Sainte-Ursule, continua Bérénice. « Boulotte, Boulottin, Porcette » : j'ai eu droit à tout un tas de quolibets, tous plus effroyables les uns que les autres. J'ai vite compris que personne ne me ferait de cadeau, que ce n'était que le commencement. Alors, j'ai décidé de contre-attaquer. D'arrêter de traîner mes formes comme des boulets de forçat, et d'en faire plutôt des boulets de canon. De mettre tous les hommes à mes pieds, et toutes les femmes à ma botte. Pour que personne, jamais, n'ose plus se moquer de moi.

Bérénice plongea son regard fardé dans celui de Blonde. Une pellicule brillante recouvrait ses prunelles couleur de nuit.

– Dès que je vous ai vue, en entrant au couvent il y a trois ans, j'ai eu peur. J'ai senti que face à vous, tous mes onguents, mes poudres, mes crèmes de beauté risquaient de ne pas suffire. Vous étiez différente des autres filles. Quelque chose vous empêchait d'être complètement vous-même, mais le jour où cette chose disparaîtrait, plus rien ni personne ne vous résisterait. Et ce jour-là, moi, je cesserai d'avoir le premier rôle.

Alors j'ai décidé de faire en sorte que ce jour n'arrive jamais. Je me déteste de devoir avouer cela, mais j'ai déployé tous les efforts pour vous enfoncer. Parce que j'étais terrifiée, Blonde. Terrifiée à l'idée de me trouver reléguée au second plan, de redevenir la petite « Boulotte » que j'avais été. Cela, je ne l'aurais pas supporté…

– Mais il y avait la place pour nous deux dans la classe, Bérénice. Je ne comprends pas que vous ayez pu penser le contraire. Toutes ces stupides plaisanteries sur mes cheveux…

– Je les trouvais stupides, moi aussi. Mais vos cheveux justement… c'était cela le plus menaçant, c'était cela qu'il fallait neutraliser en premier. Je n'ai jamais vu des cheveux pareils de toute ma vie, même dans les gravures du *Journal des dames et des modes*. Si brillants, si dorés, si… lumineux. Je dois vous avouer que dès mon plus jeune âge, j'ai toujours rêvé d'être blonde…

Blonde en eut le souffle coupé.

C'était la confession ultime, la plus inattendue de toutes.

Blonde mesurait tout le courage qu'il fallait à Bérénice pour arriver à la formuler, après les milliers de fois où elle avait moqué la blondeur de son ennemie.

– Maintenant que je vous ai dit tout cela, je doute que vous daigniez jamais accepter mon amitié. Pourtant, si j'osais, j'aurais une faveur à vous demander…

Bérénice prit une profonde inspiration. Le masque plein de morgue de la « presque dame » était soudain tombé, pour ne laisser que la petite fille complexée.

– J'ai toujours voulu toucher vos cheveux, dit-elle d'une voix timide. Depuis le premier jour où je les ai vus. S'il vous plaît…

Blonde hocha doucement la tête, et au même instant la voix d'une sœur courroucée résonna du bas de l'escalier :

– Mesdemoiselles ! Que faites-vous à l'étage ? Rejoignez immédiatement les autres pensionnaires au jardin !

Le bruit d'un pas lourd s'engagea dans l'escalier.

Tandis que Bérénice s'approchait d'elle, Blonde repensait à toutes les vexations que cette dernière lui avait fait endurer, et elle songeait que c'étaient là les fruits amers de la peur.

Aussi ne vit-elle pas la petite brune plonger discrètement la main dans la poche de sa robe.

Elle ne la vit pas en sortir un flacon bleu d'apothicaire, celui là même qu'elle était remontée chercher dans sa chambre avant le repas, sur lequel une main experte avait tracé ces lignes :

Eau d'Égypte

Dissolution de nitrate d'argent à usage d'épilation immédiate, pour faire les jambes lisses et fines comme celles des Égyptiennes. Utiliser avec parcimonie.

Et elle n'entendit pas immédiatement le bruit du bouchon qui sautait.

Mais elle finit par sentir le contact froid du liquide contre son cuir chevelu.

– Que…, s'écria-t-elle en se retournant d'un bond.

Le visage de Bérénice n'était plus qu'une grimace de froide jubilation.

Blonde sentit la haine refermer ses mâchoires d'acier sur son estomac.

– Harpie, qu'est-ce que vous m'avez mis dans les cheveux ?…

– De quoi supprimer une fois pour toutes la source de mes complexes ! répondit Bérénice en laissant choir le flacon vide par terre.

Elle se retourna vers l'escalier sans s'apercevoir que les beaux yeux bleus de Blonde avaient changé de couleur, et elle s'apprêta à descendre vers le jardin.

Elle n'y parvint jamais.

*

Lorsque Blonde revint à elle, elle était perchée sur le toit du couvent.

La vision du sol tout en bas faillit lui faire perdre l'équilibre ; elle vacilla sur les tuiles glissantes, se rattrapa de justesse à la cheminée.

Après la vue, tous ses sens se réactivèrent un par un.

D'abord, une odeur douce et piquante à la fois vint lui chatouiller les narines : le tout premier parfum des toutes premières fleurs. Puis elle sentit le goût du sang contre sa langue, et elle se remit à entendre. La première chose qu'elle perçut fut les cris des pensionnaires agglutinées dans le jardin inondé de soleil ; les sœurs s'efforçaient de les faire rentrer dans le couvent pour les soustraire au spectacle.

Alors seulement elle sentit le souffle du vent sur son visage… et sur son crâne.

Elle y porta lentement la main.

Sa peau était nue, à l'exception de quelques touffes qui s'y accrochaient encore. Elle referma ses doigts sur l'une d'entre elles, qui se détacha du cuir chevelu aussi facilement que si elle n'y avait été que posée. Blonde ouvrit ses doigts, et les restes de cheveux dorés s'envolèrent dans le vent comme des aigrettes de pissenlit.

Tout lui revint à l'esprit.

La conversation avec Bérénice en haut des escaliers…

Les remords apparents de sa rivale, qui n'avaient été qu'un prétexte pour endormir la méfiance de Blonde…

L'eau d'Égypte !…

Tandis qu'elle se remémorait cela, Blonde vit deux religieuses sortir du couvent chargées d'une civière où était allongé un corps.

« Oh mon Dieu ! balbutia-t-elle. Qu'est-ce que j'ai fait ? »

Comment avait-elle pu croire que la vie du couvent reviendrait à la normale, après les événements de ces derniers jours ? Quelle folle arrogance avait pu lui laisser imaginer qu'elle serait la seule à échapper au signe de l'Ours, à briser la malédiction des siècles ? Prédatrice, sa place n'était pas parmi les brebis ; elle était au Manoir sur la lande, là où viennent se réfugier les bêtes sauvages et les monstres.

Il n'y avait qu'un havre au monde pour elle, et qu'un seul remède !

Blonde sentit sa tête lui tourner à nouveau, et elle s'agrippa plus fermement à la cheminée.

Depuis la première fois où elle avait vu rouge, deux jours plus tôt, elle était passée de la peur à la stupeur, puis de la stupeur au soulagement. Car il y a un soulagement à découvrir l'origine de sa différence. Il y a un soulagement à apprendre enfin pourquoi l'on a souffert pendant toute son existence, et surtout que l'on n'en est pas responsable, que l'on doit juste vivre avec.

Mais à présent, les craintes de mère Rosemonde et de sœur Marie-Joseph prenaient tout leur sens. Treize années après le jour où elle avait failli tuer, leur protégée venait de frapper à nouveau.

Combien de temps Blonde était-elle restée dans cette transe étrange, inconsciente de ses actes ?

Qu'avait-elle fait avant de rejoindre le toit du couvent ?

Avait-elle assassiné Bérénice ?

La terre du jardin, cinquante pieds plus bas, apparut soudain à la jeune fille comme une promesse. La promesse de ne pas affronter une existence de fuite et de dissimulation, telle qu'avaient été les existences d'Oluf, de Baldur et de Sven ; la promesse de ne pas épuiser son âme à rechercher ce Manoir sur la lande qui n'était peut-être qu'un mirage ; la promesse de mourir sans descendance, et de briser une lignée maudite.

C'était possible.

Ici et maintenant.

Blonde sentit ses doigts se desserrer autour de la cheminée.

Comme dans un songe, elle vit ses pieds s'avancer vers le vide.

En bas, les religieuses avaient enfin réussi à faire refluer les pensionnaires. Le vent rendant impossible toute communication articulée, elles attendaient, priant déjà pour l'âme de celle qui s'apprêtait à commettre un péché capital.

Mais Blonde n'avait pas l'impression de s'engager sur le chemin de l'enfer ; au contraire, il lui semblait que son corps ne pesait plus rien, n'était déjà plus rien : qu'il s'envolerait vers le ciel sitôt qu'elle aurait atteint le bord du toit…

Soudain, une mélodie infime se propagea jusqu'à elle, lui fit reprendre conscience d'elle-même.

Elle hésita un instant.

Il aurait été plus facile d'ignorer cette vibration sonore et de faire quelques pas supplémentaires, juste quelques pas…

Mais il faut croire que son heure n'était pas encore venue.

Campée sur ses jambes, luttant de tout son poids contre les bourrasques qui tentaient de la faire basculer, elle rattrapa la cheminée et se pencha de l'autre côté du toit, sur le versant qui donnait sur le cloître.

C'était là la source de la mélodie, une musique que Blonde eût reconnue entre toutes.

Seul au milieu du cloître, Gaspard se tenait debout à côté de la sainte couronnée de pierre – et il chantait à pleins poumons, il chantait leur hymne à tous deux.

Blonde aurait voulu porter la main à sa tête pour cacher son front nu, mais alors elle aurait lâché la cheminée et le vent l'aurait emportée. Aussi resta-t-elle immobile dans le soleil, la face tournée vers ce barde sans instrument qui chantait pour une belle sans chevelure, et qui ne détournait pas les yeux de la voir ainsi dépouillée.

Les rafales avaient beau engloutir les mots, elles ne parvenaient point à éteindre la ligne de chant. La jeune fille retrouva le fredonnement dont le tailleur de pierre l'avait entourée en sculptant son visage, cette belle romance dont elle ne connaîtrait jamais les paroles si elle choisissait d'achever sa vie en ce matin de lumière et de vent.

Les yeux à demi aveuglés par le soleil du printemps nouveau, elle se hissa vers la trappe au-dessus de la cheminée, et elle se laissa glisser vers la vie.

11

RE-NÉE

LA MAJORITÉ DES RELIGIEUSES ÉTAIENT RASSEMBLÉES AU JARDIN, tandis que les autres maintenaient les pensionnaires à l'abri dans le couvent.

Lorsque Blonde s'avança sur la pelouse, les conversations fiévreuses cessèrent instantanément. Le spectacle de toutes ces femmes silencieuses avait quelque chose de vraiment solennel. Sur le visage de certaines Blonde lisait la peur, et elle devina que sa tête nue y était sans doute pour quelque chose ; mais la plupart la regardaient avec fascination.

Ainsi passa-t-elle devant sœur Esther et sœur Prudence, devant sœur Félicité et sœur Scholastique, pour s'arrêter devant sœur Marie-Joseph.

En proie à la plus vive émotion, la prieure prit ses mains dans les siennes :

– Comment vous sentez-vous, ma fille ? balbutia-t-elle.

– Ce n'est pas à moi qu'il faut le demander, ma sœur, mais à Bérénice…

Sœur Marie-Joseph poussa un soupir :

– Mlle de Beaulieu est tombée toute seule dans l'escalier, elle a dû rater une marche. Sœur Esther en a été témoin, tandis qu'elle remontait vous chercher à l'étage. Il semble qu'elle n'ait qu'une cheville de cassée.

– Tombée toute seule…, répéta songeusement Blonde.

Le soulagement de savoir Bérénice vivante le disputait dans

son cœur à la perplexité dans laquelle la plongeait l'attitude de la prieure. Plus que toute autre, cette dernière savait le danger que représentait la pensionnaire permanente, pour l'avoir vue se déchaîner treize années plus tôt dans le même jardin où elles se tenaient à présent.

– Sœur Esther dit encore que vous aviez les yeux rouges d'avoir pleuré lorsque vous vous êtes précipitée vers les combles. Après le traitement que Mlle de Beaulieu a fait subir à vos cheveux, c'est compréhensible ! Vous êtes montée sur le toit cacher votre chagrin. C'est cela qui s'est passé n'est-ce pas ?

– C'est… c'est cela.

Blonde prit conscience que la prieure lui faisait tenir cette conversation non point tant pour elles deux, que pour toutes les religieuses qui y assistaient. Pour que fût forgée une version des faits déchargeant la jeune fille d'une responsabilité trop lourde à porter.

Ainsi son dernier accès de folie fut-il interprété comme le résultat d'une simple dispute, et la fureur qui rougissait ses yeux, comme l'affliction d'une fille blessée par Bérénice.

– Blonde ?

La jeune fille se retourna.

C'était mère Rosemonde, accompagnée de deux sergents de ville en redingotes bleu marine à col droit, le sabre au ceinturon. Suivait un personnage ventripotent portant le même uniforme, complété d'un bicorne à cocarde qui lui tombait sur les yeux.

– L'inspecteur Vacheux, du commissariat d'Épinal, demande à vous interroger, dit la mère supérieure. Je lui ai dit que ce n'était pas le moment, que vous deviez vous reposer après les terribles événements qui…

– Ne vous inquiétez pas, ma mère. Je vais très bien.

Puis, se tournant vers l'inspecteur, elle ajouta :

– Je suis à vous.

*

– Savez-vous pourquoi nous sommes venus vous trouver aujourd'hui, mademoiselle ?

Mère Rosemonde avait mis son bureau à la disposition des officiers pour l'interrogatoire de Blonde. L'inspecteur Vacheux s'était installé à la place de la révérende après avoir chassé les religieuses de la pièce, dont il faisait garder l'accès par les deux sergents.

La jeune fille avait découvert un quatrième homme en entrant dans le bureau, qui, quant à lui, ne portait pas d'uniforme de police, mais un gilet de velours à raies de satin gris, avec foulard et pochette assortis. Un haut-de-forme en feutre posé sur ses genoux et de fines moustaches soigneusement gominées venaient compléter cette panoplie de parfait dandy.

– Pourquoi vous êtes venus…, répéta Blonde, songeuse.

Elle aurait voulu répondre : « Parce que c'est le sens de l'histoire.

Parce qu'il faut que la boucle soit bouclée.

Parce que je ne peux pas impunément feindre d'ignorer que je suis marquée du signe de l'Ours. »

Mais elle savait que l'inspecteur n'aurait pas compris. L'œil inquiet avec lequel il louchait sur la tête nue de la suspecte montrait suffisamment son malaise.

Alors, elle lui fit une réponse plus immédiate :

– À cause de la lettre que j'ai volée chez M. de Valrémy.

– Tout juste ! C'est bien, au moins vous reconnaissez les faits.

Satisfait de cet interrogatoire qui s'annonçait plus facile que prévu, l'inspecteur se tourna vers l'homme au gilet gris :

– Je vous présente maître Ferrière, avocat au barreau d'Épinal. Il est ici mandaté par le comte de Valrémy pour le représenter dans cette affaire.

L'avocat inclina galamment la tête en signe de salutation.

– Cette jeune personne vient de reconnaître son forfait, commenta inutilement l'inspecteur. Finissons-en : mademoiselle, voulez-vous bien restituer cette fameuse lettre ?

– Je serai dans l'obligation de vérifier qu'il ne manque aucune page, précisa l'avocat.

Blonde ouvrit le havresac qu'elle avait fait apporter de sa chambre.

– Ne vous inquiétez pas, cher maître, dit-elle. Je vais tout vous rendre. Mais dois-je aussi dire à l'inspecteur que le comte de Valrémy a menacé de me tuer ? Qu'en pensez-vous ?

L'homme de loi blêmit.

– Je ne vois pas quel témoin pourrait prouver…, balbutia-t-il.

– Mais la tête que vous faites, elle, prouve bien des choses ! Elle prouve que vous avez peur, aussi peur que celui qui vous mandate, que je revendique une part de son héritage.

– Le mariage dont vous êtes issue a été annulé ! Vous n'êtes pas la fille du comte de Valrémy !

Blonde sortit la lettre du havresac, et la posa sur le bureau de l'inspecteur.

– Ne vous inquiétez pas, cher monsieur, et dites à votre employeur de ne point s'en faire. Je vous assure qu'il n'y a pas une goutte de son sang dans mon corps. Il peut dormir sans crainte que je vienne lui réclamer ce qui ne m'appartient pas. En contrepartie, un homme de loi comme vous confirmera sans doute qu'en l'absence de lien de parenté le comte de Valrémy n'a plus aucun droit sur ma personne.

L'inspecteur toussota :

– Bon, alors tout est bien qui finit bien, n'est-ce pas ? La demoiselle a rendu la paperasse. Étant donné qu'elle n'a pas d'antécédents, voulez-vous tout de même maintenir votre plainte ?

Maître Ferrière serra la mâchoire. Blonde pouvait voir le doute plisser les lignes de son front, les agiter comme une onde. De toute évidence, il aurait voulu en découdre avec la jeune fille. Mais la raison lui dictait sans doute que le statu quo était préférable à un procès hasardeux.

Un son vague vibra entre les lèvres pincées de l'avocat.

– Pardon ? fit l'inspecteur. Pouvez-vous articuler ?

Maître Ferrière fut bien obligé de desserrer les dents :

– Je renonce aux poursuites.

Il ajouta aussitôt quelques mots en se tournant vers Blonde, mais elle eut l'impression qu'il cherchait surtout à se rassurer lui-même :

– Si vous cherchiez de nouveau à nuire au comte, nous aurions bien des moyens de prouver que vous n'avez aucune prétention à sa fortune.

Mais la jeune fille n'écoutait plus.

Elle se leva pour mettre fin à cette discussion qui n'avait plus d'intérêt.

L'inspecteur la raccompagna jusqu'à la porte.

– Je ne vous crée pas de casier judiciaire, puisqu'il n'y a plus de plainte. Mais à l'avenir, abstenez-vous de lire le courrier qui ne vous est pas destiné ; ce n'est pas très poli.

Blonde sourit, et sortit de la pièce.

Derrière la porte du bureau, le couloir était envahi de religieuses et des pensionnaires.

Le visage déformé par l'angoisse, sœur Félicité fut la première à se précipiter sur Blonde.

– Oh, ma fille ! Vos cheveux ! Est-ce pour cela que vous avez voulu vous jeter du toit ?

La petite officière tremblait de tous ses membres.

– Ne vous en faites pas, ma sœur, dit Blonde en serrant la brave femme dans ses bras. Je n'aurais jamais sauté.

Elle se sentait forte, plus qu'elle ne l'avait jamais été.

– C'est fini maintenant. Tout est rentré dans l'ordre.

En se dégageant de l'étreinte, Blonde reconnut maître

Gregorius, qui attendait à quelques pas de là, aux côtés de la mère supérieure et de la prieure. Gaspard était là aussi, les cheveux emmêlés par le vent, le regard aussi perçant que lorsqu'il l'avait attendue au crépuscule dans le cloître.

– Je suis heureux que vous n'ayez point sauté, mademoiselle, dit le maître compagnon. Et heureux également que vous soyez revenue au couvent. Il reste quelques retouches à apporter au visage de sainte Ursule. Mon apprenti était très contrarié d'avoir perdu son modèle avant d'avoir achevé son œuvre. Le pauvre garçon est tellement absorbé par son art qu'il parlait même de trahison !

Gaspard ne pouvait évidemment pas se déclarer en présence des sœurs, mais ses yeux brûlants parlaient pour lui, pressaient Blonde de questions muettes. Elle comprit soudain l'attitude distante qui avait été la sienne depuis le matin. Il avait beau paraître un homme, il n'était encore qu'à l'aube de sa vie, comme elle, comme toutes les pensionnaires de Sainte-Ursule, avec ses peurs et ses doutes.

Il s'était cru abandonné d'être resté sans nouvelles, ne fût-ce que vingt-quatre heures, tandis que le couvent bruissait de la rumeur de l'évasion.

– Que votre apprenti se rassure, répondit Blonde sans détacher ses yeux de ceux de Gaspard. Je suis revenue. Il pourra terminer son ouvrage, à condition qu'il accepte un modèle sans cheveux.

Gaspard n'y tint plus :

– Si vous me permettez une réflexion purement artistique, mademoiselle, les cheveux sont comme un flou qui gomme les défauts des visages imparfaits, mais qui voile aussi la perfection des visages sans défauts.

La mère Rosemonde toussota, indiquant qu'elle trouvait le compliment déplacé. Elle mit fin à l'entretien, sans se rendre compte que Gaspard avait rougi de son audace jusqu'aux oreilles, et elle invita les deux hommes à entrer dans son bureau pour parler des dernières réparations à apporter au couvent.

– Moi, je trouve que le jeune homme a raison ! s'exclama Sophie Adélaïde en se faufilant jusqu'à Blonde. Cette toilette vous donne un côté divinement sauvage, un peu comme une antique guerrière amazone.

Blonde attrapa son reflet dans le carreau d'une fenêtre.

Curieusement, la première chose qui la frappa ne fut pas son front nu, ni l'ovale dégagé de son visage, ni même son cou gracile délesté des lourdes boucles blondes.

Ce furent ses yeux.

Ils lui paraissaient plus grands, plus profonds, plus bleus que jamais.

En réalité, ce n'étaient pas seulement *ses* yeux.

C'étaient aussi les yeux de Sven.

C'étaient les yeux de tous les êtres nés sous le signe de l'Ours, et qui renaissaient en elle. Comme le René de Chateaubriand, comme le premier prénom qu'elle avait porté, elle était née et re-née, elle était née deux fois : le jour de sa venue au monde et celui où elle avait pris conscience de son sang.

Elle se souvint alors de l'intuition qu'elle avait eue sur le toit du couvent. Non, sa vie ne serait pas une mer calme. Non, elle ne connaîtrait jamais l'existence tranquille et étriquée d'une pensionnaire permanente, sans aucun risque et sans frissons. Elle savait que son destin la jetterait au cœur de la fureur du monde, là où il avait jeté tous les natifs du signe de l'Ours avant elle…

Il lui fallait remonter à la source du mal.

Jusqu'au pays de Sven, d'Oluf et de Baldur.

Jusqu'au Manoir sur la lande.

Jusqu'à l'eau-lumière.

Ce serait ainsi, et non en se donnant la mort, qu'elle mettrait fin à la malédiction.

Mais, pour le moment, Blonde était encore une jeune fille au seuil de l'âge adulte, avec les préoccupations de ses dix-sept ans. En remontant vers sa chambre, elle ne pensait déjà plus qu'à une chose, la prochaine occasion qu'elle aurait de retrouver Gaspard.

– Miaooo !

Surgissant au détour du couloir, Brunet se frotta contre ses chevilles. Il leva sur elle ses grands yeux dorés, et elle aurait juré qu'il lui souriait de cet air narquois dont il avait le secret.

– Oh, ça va, toi ! fit-elle en ouvrant la porte de sa chambre.

Le félin se glissa dans l'embrasure sans se départir de son sourire ; il y avait une feuille de papier posée sur le lit de fer, couverte de l'écriture trop appliquée de ceux qui n'écrivent pas souvent.

La belle, si tu voulais
Nous dormirions ensemble, Lonla
Dans un grand lit carré
Couvert de teille blanche, Lonla
Et nous y dormirions
Jusqu'à la fin du monde, Lonla
Jusqu'à la fin du monde

Blonde sut qu'elle pourrait désormais mettre des mots sur le fredonnement de Gaspard, et sur la petite musique qui résonnait au creux de son cœur depuis que s'étaient croisés leurs regards.

12

PRÉSAGES

CELA FAISAIT DEUX SEMAINES QUE BÉRÉNICE SE MORFONDAIT dans sa chambre de l'hôpital Saint-Maurice, à Épinal. On l'y avait emmenée en diligence pour qu'elle y fût soignée par les sœurs hospitalières de l'ordre de charité de Saint-Charles, réputées pour leur savoir-faire médical. Le diagnostic avait été vite posé : triple fracture de la cheville; il avait fallu fixer une attelle avant de plâtrer.

Bérénice s'était attendue à ce que certaines de ses « amies » du couvent obtinssent une permission spéciale pour venir la visiter, mais aucune n'était venue. L'essaim dont elle avait été constamment entourée depuis son arrivée à Sainte-Ursule s'était soudainement envolé. Au bruissement incessant des flatteries avait succédé un silence de mort.

Aussi Bérénice était-elle tout entière livrée au démon qu'elle avait passé sa vie à exorciser, quitte à prononcer les paroles les plus terribles, à commettre les actes les plus cruels : la peur de la solitude. Il n'y avait plus que cette peur à présent, qui remplissait toute la chambre, qui pesait de tout son poids sur la convalescente. Bérénice ne pouvait songer à son retour au couvent, prévu la semaine suivante, sans frémir d'effroi. Les autres filles lui adresseraient-elles encore la parole ? Les artisans de passage continueraient-ils de la regarder avec passion ? Ou bien n'y en aurait-il plus que pour *l'autre* ?

Pour la millième fois, le visage de Blonde ressurgit dans

l'esprit tourmenté de Bérénice, tel qu'il lui était apparu en haut de l'escalier du couvent. L'eau d'Égypte avait déjà commencé à dissoudre la crinière blonde ; et déjà, Bérénice avait deviné son échec. Elle avait deviné que sa rivale ne serait pas moins belle ni moins désirable sans ses cheveux – juste plus étrange et, peut-être aussi, plus fascinante. Ce sentiment de frustration était la dernière chose dont Bérénice se souvenait avec certitude. Après, tout était aussi confus, aussi flou que dans un cauchemar.

Bérénice avait-elle été le jouet de son imagination ?

Avait-elle tellement voulu rendre Blonde monstrueuse… au point de prendre ses désirs pour des réalités et de l'imaginer en train de se métamorphoser en monstre ?

Ces yeux remplis de sang…

Ces veines gonflées comme des serpents au front et sur les tempes…

Ces lèvres grimaçantes, retroussées sur ces dents mordant le vide…

Bérénice s'aperçut que ses doigts battaient nerveusement la mesure contre le sommier de fer – la mesure des mâchoires qui depuis deux semaines claquaient dans sa tête nuit et jour.

« Une hallucination…, murmura-t-elle comme pour s'en persuader. Ce n'était qu'une hallucination… »

Mais assez crédible pour lui faire perdre le contrôle d'elle-même, et se jeter éperdument dans l'escalier où elle s'était brisé la cheville.

Trois coups résonnèrent soudain, arrachant Bérénice à ses réflexions.

Une sœur infirmière entièrement vêtue de blanc ouvrit la porte de la chambre, laissant y pénétrer deux hommes. L'un portait une blouse de médecin et des lunettes rondes à monture d'écaille ; le second arborait une redingote de satin gris parfaitement coupée, avec foulard et pochette.

– Bonjour, mademoiselle, dit l'homme à la blouse. Je suis le professeur Diogène, directeur de l'hôpital. Et voici maître Ferrière, avocat.

Bérénice se raidit à la mention du mot « avocat ».

– Je ne parviens pas à y croire ! Ne me dites pas que cette garce de Blonde veut me faire un procès. Je préfère vous dire tout de suite que c'est elle qui a commencé ; et puis les cheveux de toute façon, cela repousse !

Maître Ferrière sourit :

– Un procès ? Non, non. Une enquête, plutôt. Une enquête privée. Pourriez-vous nous raconter ce qui s'est exactement passé en haut de l'escalier du couvent Sainte-Ursule, lundi dernier ?

– Mais j'ai déjà tout raconté ! Si c'est pour qu'on me traite de folle à nouveau…

– Ne vous inquiétez pas. Nous avons de bonnes raisons de penser que vous n'êtes pas du tout folle.

Bérénice leva son sourcil épilé d'un air suspicieux.

– Ah oui ? Et on peut savoir quelles raisons ?

Maître Ferrière adressa un signe de tête au professeur Diogène, et Bérénice remarqua à quel point le médecin paraissait préoccupé. Il glissa la main dans la poche de sa blouse et en sortit une éprouvette, au fond de laquelle reposaient quelques cheveux blonds.

– Qu'est-ce que… ? murmura Bérénice d'un air dégoûté. Pouah ! encore cette affreuse tignasse qui me poursuit !

– Ces cheveux ont été ramassés par maître Ferrière sur les marches du couvent, dit le professeur Diogène.

– C'est dégoûtant !

– Peut-être. Mais, sur le conseil de maître Ferrière, je me suis permis de les examiner au microscope.

– Au microscope ? Quelle idée saugrenue ! Qu'allez-vous me dire, qu'ils sont tissés d'or fin ?

– Pas vraiment…

Le médecin était blême.

– … leur moelle compacte et dense… leurs cuticules longues et résistantes… Ils ont plutôt l'aspect extérieur de poils animaux… euh… ceux des grands mammifères carnivores, plus exactement : loup, lynx ou ours.

Bérénice resta sans voix, ne parvenant pas à décider si ces deux personnages se moquaient d'elle. Ils avaient l'air si sérieux…

Ce fut maître Ferrière qui reprit la parole.

– La dangereuse maladie dont souffre la prénommée Blonde légitime qu'on l'interpelle au nom de la Science, et qu'on l'emprisonne au nom de la Sûreté. Il suffirait d'un témoignage… Mademoiselle, êtes-vous prête à collaborer avec nous ? Êtes-vous prête à déposer plainte contre cette jeune personne pour coups et blessures ?

Bérénice sourit pour la première fois depuis deux semaines. À présent, elle sentait la haine sous-tendant chaque parole de l'avocat – une haine vivante, palpable, qui lui faisait chaud au cœur.

– Déposer plainte ? s'exclama-t-elle. Bien sûr ! Après tout, cette extravagante a essayé de me tuer. Voulez-vous que je vous fasse une confidence ? C'est elle qui m'a écrasé la cheville d'un coup de pied.

Maître Ferrière sourit à son tour à ce mensonge.

Il sentait qu'il pouvait s'entendre avec cette fille-là. Elle était de la même race que lui, de cette espèce qui ne pardonne jamais, qui s'acharne jusqu'au bout. Pour épuiser un gibier, les chiens les plus efficaces ne sont pas les plus forts, ni les plus braves ; ce sont les plus teigneux.

– Je déclare la chasse ouverte, déclara l'avocat. *La chasse à l'ours !*

*

Une nappe de brouillard blanche et fine comme un linceul recouvrait la campagne romaine; au-dessus, l'aube était aussi transparente que du cristal. En cette première heure du matin, le monde semblait plongé dans un sommeil éternel.

Le vieillard resta un long moment immobile, à contempler l'horizon derrière la fenêtre de sa maison. C'était une masure minuscule, perchée sur une colline au cœur du Latium, à des lieues de tout village habité. Le vieillard vivait là depuis des années, dans la solitude et le silence. Et, depuis des années, il regardait chaque matin la nuit rendre son dernier souffle. Cet évanouissement doux et progressif lui semblait être une manière parfaite de quitter le monde, une mort idéale. Lorsque son heure sonnerait, il souhaitait lui aussi se dissoudre dans l'éther, se vaporiser dans les rayons du jour. Et oublier, tout oublier...

Ce matin-là, cependant, les astres lui parurent s'attarder plus que de coutume dans la voûte céleste que le soleil naissant rosissait déjà. Une étoile en particulier refusait de pâlir, se maintenait obstinément au-dessus de l'horizon, nette et claire.

L'étoile Polaire, bien sûr.

Elle étincelait tel un œil unique, pointé sur la petite fenêtre de la petite maison, sur le vieillard lui-même. Aucune paupière de nuage ne venait fermer cet œil, aucun cil de brume n'en venait ternir l'implacable éclat.

Le vieillard eut la tentation furtive de refermer le volet par-dessus le carreau, et de retourner s'enfouir sous ses draps. Mais il devina aussitôt que cela n'aurait servi à rien, que l'étoile Polaire n'en brillerait pas moins fortement – elle avait projeté ses feux au plus profond de sa conscience, illuminant sa mémoire, le souvenir de ce Grand Nord d'où il était redescendu des années auparavant.

À travers l'étoile, le ciel lui adressait un signe, lui annonçait que l'heure était venue de rendre compte du passé, de le racheter peut-être. Ce serait l'ultime épreuve, le dernier affrontement – et ensuite, le vieillard pourrait s'enfoncer tout entier dans les eaux tièdes de l'oubli.

– Venez..., murmura-t-il sans vraiment savoir à qui il s'adressait. Je vous attends. Depuis tout ce temps, je n'ai rien fait que de vous attendre.

L'étoile Polaire, les champs enveloppés de brouillard, le rose du ciel : tout cela se fondit dans le flou, tandis que le regard du vieillard se focalisait sur son propre reflet dans le carreau.

À la place de son visage, il n'y avait qu'une boursouflure de chairs violacées.

TROISIÈME PARTIE

Jours de colère

– Quelqu'un s'est couché dans mon lit ! gronda le premier ours.

Sa voix était assourdissante à en ébranler les montagnes.

– Quelqu'un s'est couché dans mon lit ! mugit le deuxième ours.

Sa voix était cruelle à en glacer les rivières.

– Quelqu'un s'est couché dans mon lit, dit le troisième ours.

Sa voix n'était ni assourdissante ni cruelle.

Elle était émue.

– C'est une fille d'homme, et elle y dort encore.

BOUCLE D'OR ET LES TROIS OURS

1er AVRIL

(sept heures du soir)

1er AVRIL : ÉTRANGE DATE POUR ENTAMER UN JOURNAL INTIME...

Pour un peu, cela ressemblerait à une farce.

À dire vrai, c'est toute ma vie qui ressemble à une farce depuis quelques jours – une farce noire, qui n'a guère l'innocence des poissons de papier que nous nous amusions à nous coller dans le dos, lorsque j'étais minime.

Ce qui m'arrive est si extraordinaire que je n'en puis parler à personne si ce n'est à mère Rosemonde et à sœur Marie-Joseph, mes seules confidentes. Mais quatre oreilles ne suffisent pas à absorber tout ce qui bout en moi et déborde. Il faut que je trouve un autre réceptacle, sinon je crois que je vais exploser.

Alors, il me reste le papier.

Nuls autres yeux que les miens ne devraient se poser sur ces pages – jamais journal intime n'aura si bien mérité son nom.

Si cela devait arriver un jour toutefois, je supplie le lecteur indiscret de ne pas me prendre pour une folle. Je m'engage à n'écrire ici que la vérité, rien que la vérité, toute la vérité. Pour commencer, j'ai glissé dans la couverture de ce cahier neuf les documents que m'a remis un certain Edmond Chapon. Que celui qui parcourt ces lignes cesse sans délai, et ne lise pas un mot de plus avant d'avoir pris connaissance de ces archives.

Ce sont, en effet, les seules preuves que je ne suis pas démente.

Et ce sont les seuls éléments qui viennent étayer cette incroyable histoire… *mon histoire.*

Je me suis appelée Renée il y a longtemps, mais je m'appelle Blonde aujourd'hui. J'ai dix-sept ans et, il y a trois semaines encore, je croyais être une fille comme les autres.

Enfin, pas tout à fait en réalité…

Il y avait cette fatigue qui me minait depuis l'enfance, cette impression d'être tout le temps exténuée, à bout de nerfs – surtout à la morte-saison. Il faut dire que les lunettes teintées que l'on m'avait imposé de porter n'arrangeaient rien : elles me faisaient voir le monde comme à travers un aquarium. En classe comme à la récréation, au réfectoire comme à la prière, j'avais l'impression d'être toujours en retard, de courir constamment après mes mots. Et, pour comble de malheur, j'étais blonde comme les blés.

S'il faut un jour écrire la somme de tous les préjugés, sottises et racontars accablant celles qui ont hérité de la chevelure d'Ève et de Marie Madeleine, je me porte volontaire. On ne m'a rien épargné, j'ai tout entendu à ce sujet. Les sœurs n'ont cessé de me mettre en garde contre ce panache à leurs yeux trop voyant, et j'avoue avoir eu parfois l'impression qu'elles m'en tenaient pour personnellement responsable. Je soupçonne encore ma blondeur d'avoir mis de vilaines plaisanteries dans la bouche des autres pensionnaires, qu'elles fussent inspirées par la jalousie ou par le simple rejet de ce qui est différent.

Oui vraiment, je pourrais coucher ici la liste des tracas que mes cheveux m'ont valus.

Mais je n'ai point l'esprit à ces bagatelles.

Je plains de tout mon cœur le prochain inconscient qui prononcera devant moi de telles inepties.

La tête de linotte dont tout le monde se gaussait a changé. *J'ai changé.* Les brumes qui m'obscurcissaient l'esprit se sont envolées comme par magie au moment où j'ai enlevé mes lunettes couleur de nuit. Moi qui avais tout le temps froid, voilà maintenant que j'ai tout le temps chaud. Auparavant, lorsqu'on me harcelait, je me tourmentais en silence ; mais maintenant... *maintenant, ce sont les autres que je tourmente.*

Je suis un monstre.

C'est aussi simple, aussi fou que cela.

Je suis un monstre et mes ancêtres l'étaient aussi avant moi.

Mon père, Sven, était un monstre, mon grand-père était un monstre, mon arrière-grand-père était un monstre...

Nés sous le signe de l'Ours.

Nous sommes tous nés sous le signe de l'Ours.

Qu'est-ce que cela signifie ? Que nous sommes très fatigués en hiver, et qu'il vaut mieux ne pas nous contrarier le reste du temps. La moindre provocation peut nous jeter dans une rage *aveugle* (ce n'est pas un effet de style pour étrenner ce journal : nous devenons *réellement aveugles*, comme si le sang nous coulait du cerveau pour déborder dans nos yeux, et ensuite nous ne nous souvenons plus de rien, de rien du tout.)

Le pire, c'est que cette condition s'aggrave au fil du temps. Au début je ne voulais pas le croire, et aujourd'hui encore j'ai du mal à m'en persuader. Mon esprit me paraît si clair, alors que j'écris ces lignes ! Mais l'expérience m'a prouvé que cette clarté est trompeuse. Les crises peuvent survenir à n'importe quel moment, et elles sont à chaque fois plus longues, plus violentes.

Je me fais peur.

Bien trop peur pour m'en ouvrir à mon futur époux.

Moi qui étais destinée à vieillir au couvent, vierge et intouchée, vais-je faire fuir l'homme qui se destine à moi en lui révélant mon secret ? Ce serait folie. Mais ne rien dire, n'est-ce pas péché ?

Gaspard…

Est-ce trop précipité de se promettre à un homme que l'on connaît depuis quelques semaines à peine ? Mais j'ai l'impression de n'avoir attendu que Gaspard pendant toutes ces années ! Ni la jeunesse de nos âges, ni celle de notre rencontre ne nous ont fait hésiter un seul instant ; nous nous sommes fiancés la semaine dernière. Il est des évidences qui ne laissent aucune place au doute. En prévision de notre union prochaine, les sœurs ont même commencé à me constituer un trousseau : des robes de serge teinte, des brosses et des peignes, des dentelles et des rubans, les draps de coton blanc qui nous envelopperont Gaspard et moi, pour notre nuit de noces.

J'avoue qu'à plusieurs reprises j'ai failli tout lui raconter.

Je ne sais pas comment l'expliquer, mais, à chaque fois qu'il est venu me voir au couvent, je me suis sentie en sécurité, j'avais l'impression que rien de grave ne pouvait plus m'arriver.

Oui, vraiment, j'aurais pu tout lui dire, mais je n'ai rien révélé. Au cours de nos entrevues, je me suis fait l'excuse de la présence d'un chaperon pour me taire. Au fond, c'est mieux ainsi.

Dans moins d'une semaine, Gaspard partira accomplir les six derniers mois de sa formation de sculpteur – on ne peut plus parler de « tour de France », car cette ultime étape se déroulera au-delà de nos frontières…

Maître Gregorius est particulièrement satisfait du travail effectué par son élève sur la statue de sainte Ursule. Il pense que Gaspard a la capacité de devenir davantage qu'un excellent artisan : un grand artiste. Aussi a-t-il obtenu de l'Ordre compagnonnique l'autorisation d'emmener Gaspard à Rome pour qu'il y parachève sa technique, et qu'il y réalise le chef-d'œuvre grâce auquel il sera reçu Compagnon. Cette opportunité extraordinaire ne se serait jamais présentée si maître Gregorius n'avait été lui-même italien de naissance, dans les meilleurs termes, de surcroît, avec le directeur de la Villa Médicis (d'après ce que j'en ai compris, une institution qui accueille dans la Ville Éternelle les jeunes espoirs des arts français, pour qu'ils y copient les modèles légués par les Anciens). Né sans patrimoine, ne pouvant se prévaloir d'aucun passe-droit, Gaspard ne peut laisser échapper une telle occasion de briller, et de défricher le chemin de sa carrière future. Je l'ai poussé à accepter la proposition de son maître, quand, à l'écouter, il aurait refusé pour rester auprès de moi. Mais je ne veux pas qu'il me sacrifie son talent, lui qui m'a déjà offert son amour sans conditions.

À vrai dire, il y a une autre raison qui m'incite à presser Gaspard de partir achever son apprentissage en Italie, même si cela me déchire…

L'histoire de Baldur ne cesse de me hanter. Il n'est pas une nuit où je ne rêve du compagnon de mon père, et du crime affreux qu'il a perpétré sous l'emprise de sa fureur animale. Meurtrier de celle qu'il aimait : quelle abominable destinée ! J'ai beau me jurer que je ne ferai jamais de mal à Gaspard, je ne réussis pas à m'en convaincre tout à fait. Qu'est-ce qui s'est passé dans l'esprit torturé de Baldur lorsqu'il a tué sa promise ? Comment être certaine que le même vent de folie ne soufflera pas sur mon front, lorsque mon époux me serrera contre lui ? Les bêtes sauvages ne supportent pas d'être entravées, ni dans des cages ni dans des bras… Aussi ne m'autoriserai-je pas à retrouver Gaspard sans avoir consommé le remède au mal qui me ronge, cette « eau-lumière » qui jaillit quelque part tout là-haut, dans les brumes de la Scandinavie. En guise d'indice, je ne dispose que d'un nom qui sonne comme une légende : le Manoir sur la lande.

Durant ce printemps et cet été où Gaspard sera loin de moi, j'aurai tout loisir d'effectuer le périple que je ne puis plus différer. Ma résolution est arrêtée : dès que mon fiancé quittera la Lorraine, je gagnerai Épinal pour y chercher la seule personne capable de m'aider : Edmond Chapon. Je sais qu'il ne me refusera pas son secours. Ensemble, nous profiterons des beaux jours pour remonter vers le nord, vers la terre de mes ancêtres. Ainsi referons-nous le voyage effectué par mes parents voilà dix-sept ans. Tandis que Gaspard me croira occupée à coudre nos initiales sur les draps de mon trousseau, à l'ombre du couvent, j'arpenterai la lande danoise avec le commissaire, à la recherche du Manoir.

En attendant, je dois continuer de me taire.

Et continuer de m'épiler.

Car c'est cela aussi, la malédiction du signe de l'Ours.

Je m'en suis rendu compte peu de temps après ma première crise, en passant ma main sur mes jambes après ma toilette du matin. Le contact en était rugueux, différent de la douceur à laquelle j'étais habituée.

Des poils !

Plein de poils blonds, point trop visibles à l'œil nu, mais bel et bien perceptibles au toucher.

J'étais transie de honte, mais que pouvais-je faire ? Je ne m'imaginais guère parler de ce problème aux autres pensionnaires, et aux sœurs moins encore… Ma timidité a eu pour conséquence de me faire commettre l'erreur de ma vie : j'ai emprunté une lame affûtée en cuisine et j'ai rasé (aïe !).

Une erreur de débutante, sans doute, mais je ne m'en suis aperçue qu'après coup, quelques jours plus tard, quand le poil a repoussé. Deux fois plus dense, deux fois plus rugueux. Et il était bien visible cette fois-ci, je puis l'assurer !

Depuis, je me suis ouverte de cette calamité qui m'afflige à celle des ursulines avec qui je suis la plus intime : l'officière des chambres, sœur Félicité. Sans chercher à comprendre la raison de cette pilosité extravagante, elle m'a fait bénéficier d'une recette que je n'aurais jamais cru apprendre de la bouche d'une fille de Dieu.

Il s'agit d'un mélange d'eau, de sucre et de miel chauffé à feu doux, lequel forme une mélasse épaisse que l'on roule sur la peau pour en arracher le duvet disgracieux. Combien de fois la bonne Félicité m'a-t-elle remonté des cuisines une pleine casserole de cette mixture ! Le problème, c'est que le poil continue de repousser plus dru à chaque fois...

Je donnerais cher aujourd'hui pour mettre la main sur un flacon de cette fameuse eau d'Égypte, avec laquelle Bérénice de Beaulieu a fait tomber mes cheveux, avant qu'une chute malencontreuse ne la précipite dans un lit d'hôpital.

Une chute malencontreuse...

C'est du moins la version officielle, celle à laquelle tout le couvent croit. Moi seule connais les événements qui ont précédé cette chute – ou plutôt je ne les connais pas, étant donné que j'ai perdu conscience au moment où Bérénice m'a aspergée de son odieuse lotion.

J'ai menti à mère Rosemonde et à sœur Marie-Joseph en prétendant que je n'avais plus jamais connu de crise, depuis ce funeste jour de ma petite enfance où la fureur m'a fait commettre l'irréparable...

La vérité, c'est que mes yeux n'ont cessé de rougir depuis que j'ai ôté mes lunettes.

La vérité, c'est que Bérénice a été confrontée à mon vrai visage.

La malédiction du signe de l'Ours ne va qu'en empirant : la voilà, la vérité !

Mais cela, je ne peux l'avouer à personne, pas même à la mère supérieure. Je ne veux point l'accabler de soucis qui ne sont déjà plus les siens. Quant à la prieure, peut-être se doute-t-elle de quelque chose, mais il semble qu'elle ait choisi de fermer les yeux.

Désormais, mon avenir s'étend au-delà des murs de Sainte-Ursule. Lorsque Gaspard aura pris la route, je la prendrai à mon tour. Quand nous nous retrouverons en septembre à Sainte-Ursule, alors je serai guérie. Je lui avouerai tout puisque la malédiction sera brisée. Le père Matthieu nous mariera dans la chapelle du couvent, et nous pourrons nous jurer fidélité éternelle en toute transparence, sans avoir de secret l'un pour l'autre.

6 AVRIL

(trois heures du soir)

J'AI APPRIS IL Y A QUELQUES MINUTES QUE J'ÉTAIS CONVOQUÉE CHEZ LA MÈRE SUPÉRIEURE.

On m'a dit d'emporter avec moi une robe de rechange et mon nécessaire de toilette. Je vais prendre ma cape de laine aussi. Sans doute la sainte femme veut-elle me faire une surprise, me proposer d'aller au village où loge Gaspard pour lui faire mes adieux, au soir où il va quitter le pays pour six mois pleins. Mère Rosemonde a déjà béni nos fiançailles, n'émettant aucune des réserves que lui dicte habituellement la prudence. Elle a consenti à me laisser quitter le couvent à l'automne, pourvu que ce soit en femme mariée.

Elle ne sait pas encore que j'ai décidé de le quitter dès demain, en célibataire.

Je vais profiter de cette excursion pour fausser compagnie aux sœurs.

Sur le chemin du retour, lorsque nous regagnerons Sainte-Ursule, c'est à ce moment-là que je m'enfuirai pour Épinal.

Lorsque je reviendrai au couvent en septembre, je n'aurai plus besoin de miel chauffé pour venir à bout de ma pilosité, car je serai libérée de la malédiction du signe de l'Ours. Je veux que, pour notre nuit de noces, ma peau soit douce aux doigts de Gaspard comme le marbre des statues qu'il a coutume de caresser.

Mes cheveux repoussent lentement mais sûrement, un casque

d'or qui me donne un air de garçonne – Gaspard dit en riant : « de Diane chasseresse ». Lorsqu'il soulèvera mon voile à l'autel, dans six mois, je compte bien qu'il découvre des boucles longues de cinq pouces au moins !

Mais voilà que l'on frappe à la porte pour venir me chercher…

6 AVRIL

(au cœur de la nuit)

ÇA Y EST.

Ça a recommencé.

Plus tôt que prévu, et dans des circonstances plus dramatiques que toutes celles que j'aurais pu imaginer.

Ils savent qui je suis.

Ils savent *ce que* je suis.

J'aurais dû m'en douter dès que je suis entrée dans le bureau de la mère supérieure. Elle affichait un air désespéré. À ses côtés se tenait un médecin, un homme au visage aussi blanc que sa blouse.

– Le professeur Diogène, de l'hôpital Saint-Maurice, a déclaré mère Rosemonde d'un ton grave. Il nous a fait la grâce d'accompagner le convoi ramenant Bérénice dans nos murs depuis Épinal.

Le sang s'est glacé dans mes veines.

Pourquoi me présenter à cet homme ?

C'est à peine s'il m'a saluée du bout des lèvres. J'ai d'abord pris son attitude pour de la suffisance, avant de réaliser que c'était la peur qui figeait les traits de son visage.

– Êtes-vous bien la dénommée Blonde ? m'a-t-il demandé.

– Oui.

– On me dit que vous êtes sujette à des moments… d'absence.

J'ai adressé un regard plein de détresse à la révérende,

l'implorant de toute mon âme à travers mes yeux. Pourquoi m'avait-elle trahie ? Est-ce que sœur Marie-Joseph s'était ouverte de ses doutes sur « l'accident » de l'escalier ?

– Ma mère…

– Je suis sincèrement désolée, mon enfant. Vous nous aviez assuré ne plus avoir connu de crise. Le témoignage de Bérénice n'abonde pas dans ce sens. Vous êtes encore dangereuse. Mon devoir est de vous livrer pour que vous puissiez être prise en charge.

Dès cet instant, la blouse du professeur a commencé à changer de couleur à mes yeux.

À rosir.

– Mademoiselle de Beaulieu nous a donné sa version de ce qui s'est passé le jour où elle a chuté dans l'escalier, a-t-il commencé à expliquer d'une voix de fausset. J'aurais besoin d'entendre la vôtre… pour établir le bon diagnostic, bien sûr.

Je me suis levée en serrant contre moi le havresac dans lequel j'avais rassemblé mes affaires de voyage, pensant qu'on m'emmenait voir Gaspard alors que l'on m'arrachait à lui, peut-être pour toujours.

Je sentais la crampe, là, au creux de mon ventre, la terrible crampe qui m'avait déjà tordu les tripes par trois fois – dans le réfectoire lorsque Bérénice m'avait accusée d'avoir vilement séduit Gaspard, au château des Valrémy et en haut de l'escalier du couvent. Mon instinct me hurlait que si je me laissais emporter à l'hôpital, je ne foulerais jamais le plancher du Manoir sur la lande, et que je sombrerais dans une rage qu'aucune cure humaine ne parviendrait à soigner.

Le professeur s'est dressé à son tour, renversant sa chaise.

Il tremblait comme une feuille.

Il s'est mis à crier, mais je n'entendais déjà plus rien – ou plutôt si, j'entendais un mélange de sons inarticulés qui sortaient de sa bouche comme de la bouillie.

Une porte s'est ouverte au fond du bureau, et trois hommes ont bondi dans la pièce. Le premier n'était autre que l'inspecteur Vacheux, son bicorne enfoncé sur le front ; il était revenu avec les sergents de ville qui l'accompagnaient déjà deux semaines auparavant. Je n'ai pas reconnu le bleu marine de leurs uniformes : autour de moi, tout était déjà rouge, rouge, rouge !

J'ai fermé les paupières.

Quand j'ai rouvert les yeux, je me trouvais dans le petit cimetière où depuis des siècles étaient enterrées les sœurs de Sainte-Ursule, au milieu du bois derrière le couvent.

Comme à chaque fois que je reprends brutalement conscience, j'ai failli perdre l'équilibre, je me suis rattrapée de justesse à une pierre tombale. J'étais hors d'haleine, aussi essoufflée que le messager de Marathon ; et surtout, je me sentais trempée de la tête aux pieds sous mes vêtements.

J'ai baissé les yeux sur ma robe de serge, entre les plis de ma cape.

Une grande tache rouge me couvrait toute la poitrine.

Je n'ai pas saisi tout de suite.

Il m'a fallu regarder le vert de la mousse à mes pieds et le bleu du ciel au-dessus de ma tête, avant de comprendre que ma vision était revenue à la normale.

Alors seulement j'ai compris que le sang était *sur ma robe* et non plus dans mes yeux.

S'il m'était resté un souffle d'air dans les poumons, je crois que j'aurais hurlé, et tout se serait arrêté là, car, ainsi, j'aurais signalé ma position ; mais je ne suis parvenue à émettre qu'un gémissement étranglé.

J'ai entendu des cris et des craquements de brindilles foulées, quelque part dans le bois derrière le cimetière.

J'ai arraché le col de ma robe et j'ai passé la main dans mon

corsage, en priant pour que mes doigts rencontrent une blessure ; mais ma peau était lisse et intacte. J'étais indemne.
Le sang qui me couvrait, ce n'était pas le mien.

J'aurais pu me rendre.

J'aurais pu rebrousser chemin jusqu'au couvent et me livrer à l'inspecteur Vacheux.

Mais je ne l'ai pas fait.

Si fort que fût mon sentiment de culpabilité, il y avait quelque chose de plus fort encore. Comme une voix intérieure, qui me disait que tout ceci était un piège. Ces gens n'étaient pas là pour m'aider. Si telles avaient été leurs intentions, ils ne m'auraient pas tendu une embuscade, comme à un animal sauvage. Mes yeux n'auraient pas viré au rouge, la crampe ne m'aurait pas serré l'estomac.

Je commence seulement à prendre toute la mesure de la malédiction du signe de l'Ours. Je n'ai pas hérité uniquement des accès de rage de mon père ; il m'a aussi légué un irrésistible instinct de conservation. C'est cela le plus terrible, cet instinct qui m'empêche de retourner à Sainte-Ursule, d'implorer le pardon de mère Rosemonde. C'est comme si je n'étais plus moi-même, comme s'il y avait une conscience au-dessus de ma conscience, qui décidait pour moi.

Mon Dieu, que suis-je devenue !

Il fait nuit depuis plusieurs heures maintenant.

Personne ne m'a débusquée dans l'ombre du caveau où je me suis glissée, soulevant une grille à moitié envahie par les ronces.

Nul écho de battue dans le silence du bois, peuplé seulement des cris des chouettes, des frôlements des proies et des prédateurs invisibles au fond de l'obscurité.

On ne viendra pas me chercher dans ce trou humide qui sent l'humus et la décomposition, pas cette nuit en tout cas. Si les hommes de Vacheux avaient pu remonter ma piste, ils seraient déjà là.

Quant à Gaspard, sans doute est-il loin à présent, peut-être a-t-il même quitté la Lorraine, chevauchant avec le sourire confiant de ceux qui ne doutent pas de retrouver leur bonheur au retour. Du reste, même si je savais comment le rejoindre, me permettrais-je de l'entraîner dans le cauchemar que je suis en train de vivre ? Je ne le crois point.

Je griffonne ces lignes dans le rayon de lune qui filtre à travers la grille, appuyée sur la dalle froide d'un tombeau, avant de m'accorder quelques heures de sommeil.

Mais demain ?

Demain, mon instinct se sera-t-il suffisamment apaisé pour que je trouve la force de le surmonter et d'assumer mes responsabilités ? Aurai-je le courage de soulever le heurtoir du couvent et de demander qui a versé le sang qui macule ma robe ?

Je ne sais pas.

Je ne sais plus rien.

Je crois que je préférerais ne jamais me réveiller.

10 JUIN

(à l'aube)

C'EST LA PREMIÈRE FOIS DEPUIS PLUS DE DEUX MOIS que je trouve le cœur d'écrire dans ce journal, profitant des premiers rayons du jour, tandis que tous les autres dorment encore.

J'ai essayé à plusieurs reprises auparavant, mais à chaque fois je fondais en larmes au moment où ma plume touchait le papier. C'était juste trop – trop de peur, trop de désespoir, trop de dégoût de moi-même.

Mais l'on s'habitue à tout, même au pire.

Ce n'est pas si terrible qu'on le prétend, le pire.

Cela peut même être réconfortant, quand on se dit qu'on ne peut plus tomber plus bas.

Il y a deux mois, donc, je me suis réveillée dans le caveau des sœurs ursulines peu avant l'aube.

En relisant les lignes que j'avais écrites alors, je me rends compte à quel point mon espoir était vain, de croire qu'une nuit de sommeil suffirait à me faire entendre raison et à puiser en moi la volonté de me livrer.

Au contraire !

Mon corps reposé débordait d'énergie, et cette énergie était tout entière dirigée vers la fuite. Il n'y avait que cela qui occupait mon esprit : l'obsession de quitter le bois, de partir le plus vite possible. Après tout, n'était-ce pas ce que j'avais projeté de faire depuis le début ? L'irruption de l'inspecteur Vacheux et de ses hommes n'avait fait que précipiter un plan qui était déjà bien établi dans mon esprit.

Épinal.

C'était la destination vers laquelle convergeaient toutes mes pensées, toute ma volonté, toutes mes forces animales.

Il fallait que je gagne Épinal en remontant la Moselle, que j'y épie à travers chaque fenêtre, que j'en retourne chaque pavé, jusqu'à ce que je déniche le domicile du commissaire Chapon. Le moment était venu, croyais-je, de reprendre l'enquête qu'il avait commencée des années auparavant. De retrouver le Manoir sur la lande, et cette médication qui n'existait ni à Saint-Maurice ni dans aucun hôpital au monde : l'eau-lumière.

Forte de cette résolution, j'ai laissé mon instinct prendre le contrôle de mon corps.

Je me suis vue arracher mes habits couverts de sang séché, et revêtir la robe propre que j'avais dans mon havresac. Comme en dehors de moi-même, j'ai observé l'être furtif que j'étais devenue se glisser sous la grille du caveau, ramper le long des tombes, se fondre derrière les troncs d'arbres.

Passant d'ombres en creux, enveloppée dans la nuit de ma cape, j'ai traversé le bois sans rencontrer âme qui vive – jusqu'à ce que je le voie, au détour d'un bosquet desséché : un loup efflanqué à quelques pieds de moi, si proche que je pouvais sentir son odeur, entendre le grondement de son ventre vide. Il se tenait là, immobile, à me fixer de ses yeux couleur de lune gibbeuse. Sans doute était-ce la faim, attisée par un trop long hiver, qui l'avait poussé à descendre des montagnes vosgiennes si bas dans la vallée. Pendant une longue minute, je me suis sentie aussi vulnérable que l'avait été Gabrielle dix-huit ans plus tôt, lorsque les loups de la forêt l'avaient assaillie. Et puis, tout à coup, j'ai réalisé que ce loup-ci ne me regardait point comme une proie, mais comme un égal. Je ne sais comment l'expliquer, mais c'était cela qui se jouait dans ses yeux jaunes, c'était ce message qu'il m'adressait : « Tu marches sur mon territoire, l'amie. Traverse-le en paix, mais n'y chasse point. » Je suis passée devant le loup, surprise de sentir que toute peur m'avait abandonnée ; et lui m'a laissée aller, quand il eût pu sauter à ma gorge pour apaiser sa faim.

J'ai gagné la rive du Durbion.

J'ai refait en sens inverse l'itinéraire que j'avais emprunté deux semaines auparavant. Ainsi ai-je suivi la rivière, jusqu'à son embouchure dans la Moselle.

Il n'était plus question à présent de prendre une barge ou quelque embarcation que ce fût. Je ne pouvais plus compter que sur mes jambes, et sur mon agilité à louvoyer entre les buissons pour passer inaperçue. Alors que le soleil se levait, j'ai entrepris le plus absurde des voyages, pour aller retrouver un homme dont j'ignorais l'adresse, dans une ville que je ne connaissais pas.

Partie des environs de Châtel à l'aube, je suis arrivée à Épinal alors que le ciel revêtait sa robe vespérale.

Dès que les toits m'étaient apparus au-dessus des arbres, j'avais été saisie d'un sentiment d'angoisse qui n'avait fait que croître à mesure que je me rapprochais de ma destination. Je me rendais peu à peu compte que je m'étais lancée à l'assaut d'une *ville*, avec toute ma présomption. Une vraie ville forte de centaines de maisons, de milliers d'habitants, une énorme botte de foin dans laquelle je m'étais donné la mission de retrouver une aiguille…

Je me suis aperçue que j'avais pénétré dans les faubourgs de la cité lorsque le chemin de halage envahi de végétation bourgeonnante s'est changé en quai bordé de façades. Il n'était plus possible d'avancer sous couvert. Sans oser croiser le regard de qui que ce soit, j'ai continué à remonter la Moselle. Je m'efforçais de garder mon attention concentrée sur les vestiges du château médiéval là-haut sur la colline, en lesquels je voyais déjà le présage de ma propre ruine. J'avais l'impression d'entendre les lavandières cesser de battre leur linge à mon passage, pour lever sur moi leurs yeux suspicieux. Sans doute se demandaient-elles qui était cette jeune vagabonde encapuchonnée qui allait, le regard fixe ; peut-être la nouvelle de ma fuite était-elle déjà parvenue à Épinal.

Lorsque le sentiment d'être observée est devenu insupportable, j'ai bifurqué dans une ruelle perpendiculaire à la Moselle, qui s'enfonçait vers l'est dans le cœur de la ville. Au même instant, j'ai pris conscience de la faim qui me minait le ventre : je n'avais rien avalé depuis la veille. J'ai inspiré longuement pour calmer les convulsions de mon estomac ; mon nez s'est empli de senteurs si fortes que j'y ai porté la main comme si j'avais reçu un coup. Jamais encore je n'avais expérimenté un tel tourbillon olfactif. Était-ce seulement le sillage de la ville, ou bien mon organe lui-même avait-il développé une acuité anormale, animale ? Aujourd'hui que j'écris ces lignes, je connais la réponse.

Épinal se déployait devant moi comme un écheveau de parfums. Il me semblait voir avec mon nez le chemin qu'avait emprunté chaque pêcheur pour remonter ses prises du jour à sa boutique, chaque rôtisseur pour porter ses poulardes chez un particulier. Je percevais aussi les sillages des chiens et des chats, dont les urines se mêlaient à celles des hommes dans les coins obscurs faisant office de latrines pour bêtes à deux et quatre pattes. Parmi toutes ces émanations organiques, une odeur métallique m'a soudain attrapée par les narines ; j'ai levé les yeux : une enseigne émaillée se balançait au-dessus de ma tête, figurant un colporteur chargé d'estampes, et deux mots, *Imagerie Pellerin.*

Le doux visage de la sainte Marie Madeleine accrochée au-dessus de mon lit m'est revenu à l'esprit avec la même vivacité que les odeurs émanant de l'imprimerie. Mais la nostalgie de l'innocence perdue n'a pas eu le temps de fleurir en moi : une odeur de farine a bientôt chassé l'odeur des encres fraîches, et l'aiguillon de la faim a dissipé la langueur du souvenir. Il y avait un étal de boulanger, là, tout près, au coin de la rue, sur lequel reposaient les dernières miches cuites du matin.

L'instinct des animaux méconnaît la loi des hommes, il ne met pas de bornes à son désir et s'empare de ce qu'il convoite sans songer aux conséquences : passant devant l'étal sans m'arrêter, j'ai saisi une boule de pain que j'ai cachée dans les plis de ma cape. Moins de dix secondes plus tard, une voix stridente s'est mise à crier dans mon dos :

– La voleuse ! Arrêtez la voleuse !

Je me suis mise à courir, non point tant pour me sauver que pour sauver la boulangère. Je savais que si je la laissais me rejoindre, la peur me submergerait tout à fait et éteindrait les derniers feux de ma conscience. Je ne pouvais tout de même pas laisser cette pauvre femme se faire agresser et peut-être tuer pour une miche volée !

Ainsi ai-je battu le pavé à en perdre haleine à travers la ville que la fin du jour obscurcissait déjà, me fiant à mon odorat pour choisir les rues les moins fréquentées.

Au moment où je pensais avoir enfin semé ma poursuivante, j'ai déboulé sur une place au fond de laquelle s'élevait un grand bâtiment précédé d'un escalier où évoluaient des religieuses entièrement vêtues de blanc. De grandes lettres de fer forgé se déployaient entre les deux piliers de pierre, au pied de l'escalier : *Hôpital Saint-Maurice.*

J'ai fait un écart de côté, telle une jument piquée par un taon. J'avais failli me jeter dans la geôle même où l'on avait prétendu m'enfermer !

Hagarde, j'ai repris ma course en remontant une route de terre qui semblait s'éloigner du ventre de la ville-monstre. Les masures qui la bordaient étaient de plus en plus rares et de plus en plus pauvres; bientôt, il ne resta plus que le muret d'un cimetière derrière lequel se dressait une armée de croix en ordre de bataille.

Peut-être parce que j'avais trouvé refuge la veille en un lieu semblable, j'ai poussé la grille. Les tombes n'avaient pas grand-chose à voir avec celles des ursulines; leurs arêtes vives, leurs coins saillants témoignaient de leur jeunesse au regard des siècles.

Mordant à pleines dents dans ma boule de pain, je me suis mise à parcourir les allées en quête d'un havre où passer au moins une partie de la nuit. Mais ici, les grilles des caveaux étaient cadenassées, des stèles solides interdisaient l'entrée des mausolées.

Je me souviens parfaitement de l'instant où j'ai aperçu mon reflet dans la vitre d'une chapelle miniature, qui devait servir de sépulture à une riche famille spinalienne. Je n'ai vu qu'une silhouette encapuchonnée de noir, dans laquelle j'ai peiné à me reconnaître. Je me suis lentement approchée de la chapelle, jusqu'à ce que ma joue touche presque la vitre. Il y avait comme une ombre dorée sur mes joues, à la lisière de la capuche, que j'ai d'abord attribuée à la lumière du couchant... jusqu'à ce que je passe la main sur ma peau.

Je me suis mordu la langue pour ne pas hurler.

Les poils!

Après avoir envahi mes jambes, ils étaient remontés jusqu'à mon visage!

Ce n'était encore qu'un duvet blond, mais à quelle vitesse avait-il crû depuis la veille... et à quelle vitesse allait-il croître encore!

Je croyais toucher le fond du désespoir, et pourtant le pire était à venir. Titubant entre les tombes, je n'avais pas fait dix pas que mon regard est tombé sur le nom de celui que j'étais venu trouver dans cette ville maudite. Douze lettres fraîchement gravées dans la pierre, comme une farce du démon :

EDMOND CHAPON.

J'ai senti mes jambes flageoler sous moi.

Il ne m'était même pas permis d'espérer qu'il se fût agi d'un autre ; les dates étaient là, implacables : *1765-1832.*

Je me suis laissée glisser jusqu'au sol en bordure de l'allée. À peine avais-je touché terre que j'ai senti une main se poser sur mon épaule. J'ai lorgné par-dessous le bord de ma capuche, sans oser relever la tête, de peur que l'on découvre ma barbe naissante.

Dans la nuit tout à fait tombée se tenait une ombre noire, penchée sur moi telle la mort au-dessus d'une vie qu'elle s'apprête à cueillir. Mais en réalité, ce n'était qu'une vieille femme enveloppée dans un châle.

– C'était un proche ?

– Pardon ? ai-je balbutié.

– L'homme qui est enterré ici, vous le connaissiez bien ?

Je me suis redressée lentement, tout en gardant le visage rabaissé.

– Bien ? Non…

– C'est ce qui me semblait aussi. On ne lui connaissait aucun parent. C'est la commune qui a payé mes honoraires – un ancien fonctionnaire, pensez-vous, trente ans de carrière : elle lui devait bien ça !

– Vos honoraires ?

– Je suis ensevelisseuse. Je prépare les corps qu'on veut bien me confier pour leur dernier voyage, le plus long de tous. Toiletter celui-là n'a pas été une mince affaire, pour tout vous dire. Il était plus troué qu'une passoire ! Les bandits de grand chemin qui lui ont fait la peau n'y sont pas allés de main morte ! J'ai fait mon travail comme j'ai pu, mais personne n'est venu à la mise en bière. J'avoue que j'ai de la peine pour ce pauvre bougre, alors je viens le visiter avec quelques autres abandonnés, le soir avant souper.

Des bandits de grand chemin ? Je n'y croyais guère. Je me souvenais que Charles de Valrémy avait prononcé le nom d'Edmond Chapon, lorsque j'étais venue le trouver en son château. L'ancien commissaire lui-même n'avait pas fait mystère de toutes les fois où il avait harcelé le comte de questions. N'ayant plus eu de nouvelles du vieil homme après mon retour au couvent, j'en avais déduit qu'il estimait avoir accompli sa mission en m'ouvrant les portes de mon passé, qu'il s'en était retourné à sa pêche et à sa pipe. Mais à la vérité, peut-être n'avait-il jamais quitté l'allée du château où il m'attendait lorsque la fureur m'avait surprise…

– Quand et où ? ai-je demandé d'une voix sourde. Sa mort.

– Il y a un peu plus de deux semaines maintenant, du côté de Valrémy je crois…

La vieille femme s'est éloignée parmi les ombres, allant rendre visite à d'autres défunts oubliés de tout autre qu'elle.

C'étaient les hommes du comte qui avaient assassiné Edmond Chapon, j'en étais certaine. Cette conviction m'emplissait de colère, mais la conviction tout aussi forte que je ne pourrais jamais le prouver me noyait de désespoir. Sans le savoir, la vieille femme avait fait son travail avec moi comme avec tous ceux à qui elle avait affaire : en quelques paroles, elle m'avait ensevelie.

Je suis restée longtemps ainsi, prostrée devant la tombe, la tête remplie par le bruit du vent s'engouffrant sous ma capuche. Pour la première fois, il me semblait que je comprenais pleinement le sens des mots du *René* de Chateaubriand, le sens de ces « orages désirés » qui devaient l'emporter dans une autre vie. J'aurais voulu que le vent gonfle, se change en tempête, et m'emporte moi aussi au-delà du temps…

Comment pourrais-je gagner le Manoir sur la lande sans l'aide d'Edmond Chapon ? J'avais beau être une chimère entre l'humain et la bête, j'étais aussi une jeune fille qui n'avait jamais rien connu d'autre que le couvent, qui ne savait rien du monde et de ses usages.

Et puis, tout à coup, une autre mélodie est venue se superposer à celle du vent. Quelques notes égrenées dans l'espace, toujours les mêmes, comme la rengaine d'une boîte à musique. Il y avait aussi une voix lointaine, qui disait : « Cirque Croustignon ! Dernière nuit à Épinal ! Admirez la bravoure du vaillant Angelo face à ses fauves déchaînés ! Tremblez devant les acrobaties de Sylviana, la fière amazone ! Riez aux facéties de Remus et Romulus, les hilarants bouffons jumeaux ! Et si vous en avez le courage, écoutez les prédictions très véridiques de la grande voyante astrale, l'illustre Mme Lune ! Ce soir seulement à huit heures, place des Vosges… »

Comme un pantin articulé, je me suis sentie me lever, je me suis vue quitter le cimetière, parcourir les rues de la ville en suivant cette petite musique de nuit, jusqu'à une place carrée entourée d'arcades.

Au milieu s'élevait une grande tente, ou plutôt un chapiteau, aux rayures jaunes et rouges si délavées qu'on les distinguait à peine. Cinq vieilles roulottes étaient parquées en U autour d'une cage aux barreaux rouillés, au fond de laquelle croupissaient deux formes couleur de serpillière. Un nom était peint en grandes lettres tarabiscotées à l'ancienne sur le flanc des roulottes : CROUSTIGNON.

Je suis entrée sous le chapiteau.

L'air y était humide et piquant.

Les deux hommes occupés à monter les gradins de bois se sont arrêtés net pour tenter de me dévisager sous ma capuche. Ils avaient le même crâne chauve, les mêmes poches sous les yeux, le même double menton fatigué, et j'ai deviné qu'il s'agissait de Remus et Romulus, les « hilarants bouffons jumeaux ».

– On n'est pas encore ouverts, a grogné l'un des deux.

– Je voudrais parler au directeur… s'il vous plaît.

M. Croustignon ne ressemble pas à grand-chose.

Ou plutôt si, il ressemble à son chapiteau croulant, à ses bêtes percluses de rhumatismes, à son petit monde qui pourrait avoir les couleurs vives d'une image d'Épinal, mais qui n'a que celles d'une estampe délavée. La soixantaine grisonnante, secoué de tics dans sa veste en laine élimée, il règne sur sa troupe du haut de ses cinq pieds, talonnettes comprises. Cela fait vingt ans qu'il essaye d'implanter un nouveau genre de spectacle de rue où les spectateurs ne sont plus debout en plein air, mais assis autour d'une piste circulaire comme un carrousel. Il appelle cela « le cirque », et il prétend que c'est la voie de l'avenir.

Ce soir-là, quand je lui ai dit que je voulais rejoindre les siens, il a commencé par grimacer. Mais il a poussé une exclamation au moment où j'ai abaissé ma capuche :

– Par les cornes de Satan : une femme à barbe !

J'avoue que j'ai failli lui griffer le visage à cause de sa cuistrerie, et cette fois-ci je n'avais pas besoin de voir rouge pour être en colère. Mais j'ai ravalé ma vexation, car c'était bien ma monstruosité que j'étais venue lui vendre.

– Alors, acceptez-vous de m'engager ?

– Ça dépend… Ta barbe n'est pas bien impressionnante, gamine.

– Je vous assure qu'elle poussera vite.

– Je te donne quinze jours. Si dans deux semaines les gens sont prêts à payer pour te voir, tu restes. Sinon, tu vas te faire pendre ailleurs.

Cela fait plus de deux mois maintenant que je fais partie du cirque.

Comme le rêve de gagner le Danemark me semble lointain à présent ! Jamais le Manoir sur la lande et son eau-lumière ne m'ont paru si inaccessibles. Curieusement, l'évolution de la malédiction ou de la maladie – je ne sais trop comment l'appeler – ne m'effraie plus tant. Ma bizarrerie est devenue ma raison d'être au sein du cirque ; plus mes poils poussent, plus M. Croustignon semble satisfait.

C'est vers le sud, et non vers le nord, que la caravane s'est dirigée en quittant les abords d'Épinal – vers la Franche-Comté et la Bourgogne, à des lieues et des lieues de la juridiction de l'inspecteur Vacheux. Et lorsque nous remonterons vers la Lorraine la semaine prochaine, qui se souviendra de la fugitive de Sainte-Ursule ?

L'avantage avec M. Croustignon, c'est qu'il ne pose aucune question, qu'il ne veut rien savoir de ma vie d'avant. Il a accepté que je prenne un nom de scène sans chercher à comprendre pourquoi je voulais cacher mon identité. Finalement, le monde du spectacle ressemble à celui des romans, on peut s'y inventer une nouvelle existence. Moi, j'ai vu le jour sous le nom de Renée, puis j'ai grandi sous celui de Blonde.

À présent, je suis devenue Barbaruna, la fille-fauve venue de ce Grand Nord que je ne connaîtrai sans doute jamais.

17 JUIN

(à l'aube)

LES JOURS SE SUIVENT ET SE RESSEMBLENT DANS LA VIE D'UN CIRQUE.

Il n'y a que le décor qui change, chaque semaine une ville différente, un public nouveau. Mais les numéros, eux, sont toujours les mêmes.

Contrairement à ce que son nom pourrait laisser imaginer, Angelo n'a rien d'un ange. Ses moustaches hirsutes et son visage défiguré par une vilaine balafre, souvenir d'un de ses anciens « élèves », font plutôt penser à un diable. Il a l'humeur sanguine et le crochet du droit facile, surtout quand il a bu, c'est-à-dire tous les soirs. D'habitude, il passe ses nerfs sur Chipo et Dario. La première fois que j'ai vu ces deux-là, j'ai senti mon cœur se fendre. Il m'a semblé lire dans leurs yeux noirs un désespoir que je n'avais jamais lu dans des yeux humains ; surtout, il m'a semblé voir Sven et les siens derrière les barreaux rouillés. Car Chipo et Dario sont des ours capturés dans les forêts brunes des Abruzzes, là-bas en Italie, et traînés jusque dans le bleu pays des Vosges. Le poil constamment mouillé, ils portent en permanence des muselières de cuir mal graissé, blanchies par l'humidité qui imprègne toute chose en ces lieux. Ils regardent leur maître avec un mélange de crainte et de haine, tout comme les bannis de la chaumière devaient regarder les soldats qui les ont arrachés au Manoir sur la lande pour les emmener dans des cages. Je me suis fait une promesse en arrivant au cirque : le jour où je partirai, mes frères animaux partiront avec moi.

Du reste, je soupçonne Angelo de ne pas restreindre ses coups à ses seules bêtes. Il s'en est sans doute déjà pris aux jumeaux, à la manière dont ces derniers évitent de s'aventurer du côté de sa loge à la nuit tombée. Ceux-là me font presque plus pitié que les ours, avec leurs faces de trois pieds de long sur lesquelles semble inscrite toute la misère du monde. Ils se traînent toute la journée, marmonnant et grommelant on ne sait quoi à propos d'on ne sait qui. Quand vient le soir, ils passent des heures à se peinturlurer le visage avant d'entrer en scène. Ils continuent de marmonner et de grommeler pendant leur numéro, mais beaucoup plus fort, tout en s'administrant force gifles et camouflets. Ces gesticulations grotesques font beaucoup rire les petits enfants – passé l'âge de raison, les adultes rient aussi, mais jaune.

La taille fine et le teint bistre, Sylviana se présente comme une Indienne d'Amérique – mais la vérité, c'est qu'elle est née à Nancy. Son entrée en scène est toujours marquée par des roulements de tambour, tandis que M. Croustignon tourne frénétiquement la manivelle d'une machine à lumière de son invention, censée reproduire l'effet des éclairs. Au même moment, Remus et Romulus sont chargés d'actionner de grands soufflets dans les coulisses pour faire voler les franges du costume de l'écuyère, et de faire ainsi une sorte d'hommage aux peuplades indigènes de la Nouvelle-France. La jument sur laquelle Sylviana effectue ses acrobaties n'est plus toute jeune – les soufflets, en soulevant sa crinière, servent également à créer l'illusion qu'elle galope plus vite.

C'est à moi qu'incombe la lourde tâche de succéder à l'amazone. M. Croustignon a insisté pour que je porte un habit fait de fourrures à moitié mitées, qu'il a lui-même achetées pour une bouchée de pain et cousues ensemble. Cette pelisse à haut col me remonte jusqu'aux yeux lorsque je pénètre sur la piste. Mon numéro consiste à ôter une à une les couches de peaux mortes au son du tambour, pour révéler sous elles ma peau vivante. Je commence par dévoiler ma barbe, qui ne semble pas devoir croître de plus d'un demi-pouce, mais qui gagne chaque jour en densité ce qu'elle ne gagne plus en longueur. Puis je retire les gants qui me couvrent les bras, je déchausse les bottes fourrées qui m'enserrent les jambes. Des exclamations de stupeur s'élèvent immanquablement lorsque le public finit par découvrir sur mon corps les reflets dorés de ce qui ressemble de moins en moins à des poils, et de plus en plus à un pelage. Ma prestation s'achève lorsqu'il ne reste plus sur mes épaules que ma fine chemise de dessous. Curieusement, aucune timidité ne vient freiner mes gestes au cours de cet effeuillage, moi à qui les ursulines ont pourtant inculqué la pudeur. Peut-être avaient-elles raison de se méfier de ma chevelure, d'y voir le signe de la courtisane qui sommeillait en moi… Qu'elle semble loin à présent, la petite pensionnaire myope et maladroite qui hantait les couloirs de Sainte-Ursule ! Lorsque je foule la sciure de la piste, les mouvements me viennent naturellement et sans retenue, telle une seconde nature, le rythme du tambour pénètre sous ma peau et jusqu'à mon âme : du moment où j'entre en scène à celui où je la quitte, c'est comme si je traversais une transe. Les chandelles éclairent trop faiblement pour que je puisse distinguer les visages qui me scrutent. Aussi suis-je libre d'imaginer que Gaspard est l'unique spectateur assis dans les gradins, et que c'est pour lui seul que je danse…

Le dernier numéro de la soirée est de loin le plus intéressant. Lorsqu'elle arrive sur scène, Mme Lune ne paraît pourtant guère vaillante. Tous les bateleurs du cirque sont plus ou moins décatis, mais Mme Lune, elle, semble revenue d'entre les morts. Courbée sur sa canne, avec ses grandes oreilles qui dépassent de son crâne presque chauve et son teint verdâtre, elle me fait penser au Sotré, le lutin malgracieux du folklore vosgien dont sœur Félicité peuplait les contes qu'elle me chuchotait lorsque j'étais petite fille.

M. Croustignon aime introduire Mme Lune comme une magicienne issue de l'Orient lointain, à grand renfort de superlatifs et de roulements de voix. Je ne sais s'il faut accorder foi à ces déclarations, ou bien s'il faut les considérer de la même manière que les élucubrations entourant la prétendue Indienne de la troupe. À dire la vérité, j'ai l'impression que Mme Lune ne vient pas seulement d'un autre pays, mais aussi d'une autre époque... À chaque fois qu'elle s'assoit sur son petit tabouret au centre de la piste, j'ai le sentiment qu'elle n'aura plus jamais la force de se relever, et sans doute les spectateurs ont-ils la même impression que moi.

Jusqu'à ce qu'elle ouvre les lèvres.

Le son qui sort de ce petit être tout ratatiné est simplement... extraordinaire. On s'attendrait à un filet chevrotant, mais c'est une voix ample et profonde, qui enveloppe l'auditoire comme une voix de magnétiseur. Il suffit que Mme Lune se mette à parler pour que tout son être se transforme. Ses petits yeux s'agrandissent, et l'on s'aperçoit qu'ils sont bleu saphir sous les paupières tombantes; son teint couleur de marécage semble s'illuminer de l'intérieur et devenir phosphorescent; sa bouche aux rides marquées par le rouge à lèvres devient un oracle fascinant, vers lequel tous les regards convergent.

Mme Lune commence toujours son numéro de divination par des figures classiques – par exemple, elle devine le nombre de pièces dans la bourse de la dame au premier rang, ou bien le nombre de clés sur le trousseau du monsieur tout au fond. À ce stade, les spectateurs peuvent encore se convaincre que tout est arrangé, que la voyante a des complices dans la salle. La suite cependant les contraint à réviser leur jugement. Par exemple, lorsque Mme Lune se met à appeler chacun d'entre eux par leur prénom – parce que, à la fin, ils ne peuvent tout de même pas *tous* être complices, n'est-ce pas ? Lorsqu'elle enchaîne sur les prédictions, il n'y a plus personne qui proteste sous le chapiteau.

Parfois, les révélations de Mme Lune sont anodines – « La lettre de tantine Gilberte, que vous pensiez avoir égarée, est tombée sous la commode de l'entrée » – et d'autres fois elles sont véritablement dramatiques – « Cette douleur que vous sentez au ventre depuis quelques semaines sans en parler à personne…, c'est une tumeur encore opérable, ne perdez plus un jour pour aller voir le médecin. » Elle profère tout sur le même ton, les banalités comme les tragédies, sans esbroufe et sans effets de manche. Les mots lui viennent à la bouche sans discontinuer, parfois avec un tel débit qu'elle doit s'arrêter quelques instants pour se désaltérer au goulot d'un petit flacon brun qu'elle garde dans son corsage étroit. Elle n'a guère besoin d'en rajouter : chaque soir le public est subjugué, et moi aussi, je dois l'avouer.

Telle est devenue ma vie, à faire voler mes fourrures, à me déganter et me débotter, sans créer de vagues au-delà des parois de toile du chapiteau. « Le spectacle est fini, circulez, il n'y a plus rien à voir… jusqu'à demain soir. »

Je ne manque de rien ici, bien que je ne sois pas payée pour mes prestations (il ne m'est même pas venu à l'idée de le demander à M. Croustignon). Je n'ai pas les moyens de m'acheter ni de me confectionner des produits d'épilation, mais après tout, à quoi bon livrer la guerre à sa pilosité quand elle est devenue un fonds de commerce, une identité ?

Je mange à ma faim, même si la nourriture préparée par Remus et Romulus est aussi triste que leurs grises mines. Je dors chaque nuit au chaud, même si j'ai du mal à me retourner sans me cogner dans le coin que l'on m'a accordé, au fond de la roulotte où sont entreposés les mâts du chapiteau.

Quant aux souvenirs…

Je ne cache pas que parfois, quand je soupe, la mauvaise tambouille des jumeaux me rappelle la cuisine des ursulines, qui me semblait manquer de saveur à l'époque, mais qui aujourd'hui m'apparaît comme digne d'une table princière. Certains soirs, l'étroitesse de ma couchette fait remonter du fond de ma mémoire le sac d'avoine sur lequel Gabrielle a dormi, dans un réduit plus étroit encore. Et puis, quand j'entends Angelo jurer contre ses bêtes en italien, je ne peux m'empêcher de songer à Gaspard qui doit être arrivé à Rome depuis des semaines déjà. Ces nuits-là, je sens la mauvaise conscience m'écraser la poitrine. Je m'en veux terriblement de n'avoir donné de mes nouvelles à personne.

Je me demande si mère Rosemonde et les sœurs prient pour moi.

Je me demande si Gabrielle est en vie quelque part dans le monde, si elle songe parfois à la petite fille qu'elle a abandonnée il y a dix-sept années.

Surtout, je me demande si Gaspard est au courant de ma fuite, ou s'il croit que je l'attends toujours à Sainte-Ursule…

Le simple fait de penser à lui me crucifie. Je sens mon ventre se tordre de douleur, comme si on m'arrachait une part de moi-même. Chaque fibre de mon corps réclame Gaspard, veut être avec Gaspard. Je redoute la venue de l'automne. Aurai-je la force de demeurer au cirque, quand sonnera l'heure fatidique des noces ? À chaque fois que j'en doute, j'invoque en mon esprit le souvenir du sang qui maculait ma robe lorsque je me suis réveillée dans le cimetière du couvent. Je me rappelle que je suis une tueuse, et que la crampe qui me prend quand je pense à Gaspard est aussi violente que celle qui m'a assaillie au moment où j'ai perdu conscience à Sainte-Ursule. Ma place est ici, parmi les marginaux, les phénomènes de foire, les oubliés de la vie. Le chapiteau me protège et il protège le monde : tant que je reste dessous, rien ne peut m'arriver.

Et rien ne peut arriver à Gaspard.

17 JUIN

(avant le coucher)

CE MATIN ENCORE, LORSQUE J'ÉCRIVAIS DANS CE JOURNAL, je n'aurais jamais imaginé frapper à la porte de Mme Lune. Sans doute parce que j'avais peur qu'elle me refuse son aide; mais aussi surtout parce que je n'étais pas sûre d'être prête à entendre les réponses aux questions qui me tournaient dans la tête.

À présent je n'ai plus le choix.

L'incident qui s'est produit ce soir m'a ouvert les yeux : la protection que m'offre le cirque n'est qu'une illusion. Que je le veuille ou non, un jour viendra où mon instinct prendra définitivement le dessus. Il sera alors trop tard pour réfléchir à un plan d'action, trop tard pour essayer de raisonner la bête en moi. Elle n'écoutera plus. Ce jour-là, je quitterai le cirque sans me retourner. Et j'irai droit à Gaspard, comme Baldur est allé à sa promise; affamée d'amour, mais incapable d'aimer.

J'imagine ce qui a dû se passer dans sa tête animale, lorsque les yeux de celle qui lui avait offert ses vœux l'ont dévisagé avec horreur… avec dégoût. J'imagine la peur, la honte, le sentiment d'un gouffre infini que rien ne peut combler. Et cette colère qui bout comme un magma, qui remonte jusqu'aux yeux, qui embrase le cerveau. Sans doute Baldur a-t-il voulu parler, mais seuls des grognements sont sortis de sa bouche. Et lorsqu'il a voulu étreindre la jeune fermière pour faire taire ses hurlements…

C'est arrivé il y a quelques heures, dans une petite ville au nord de Dijon.

La représentation était plus chahutée qu'à l'accoutumée. Une bande de jeunes gens visiblement éméchés, assis sur le plus haut gradin, s'étaient mis en tête de commenter à voix haute chaque numéro.

Plus le spectacle avançait, et moins ils se gênaient pour y participer à grand renfort d'éclats de voix et même de projectiles. Au moment de quitter la piste, Remus s'est pris un trognon de pomme en plein chef; les gens ont dû croire que cette sortie faisait partie du spectacle, à en juger par les applaudissements qu'elle a déclenchés. Les cris que les énergumènes se sont mis à pousser pendant le numéro de Sylviana ont tellement effrayé la jument que l'écuyère a raté son salto, terminant le nez dans la sciure...

À mon entrée en scène, M. Croustignon a déclamé, avec son emphase habituelle :

– Et maintenant, mesdames et messieurs, un phénomène qui nous vient de la nuit éternelle du Grand Nord, là où le jour ne se lève jamais. Voici la ravissante, la délicieuse, la dangereuse Barbaruna, une jeune créature au charme des plus... piquants!

Les perturbateurs ont alors donné toute leur mesure, couvrant jusqu'au son du tambour par leurs sifflements grossiers. Lors des saluts finaux, je les ai encore entendus s'exclamer bruyamment :

– La demoiselle est drôlement gironde!

– L'écuyère?

– Mais non, crétin! Pas cette vieille squaw. Je veux parler de l'autre, la sauvageonne couverte de faux poils.

Je me suis empressée de remonter mon col de fourrure sur mes joues, et j'ai quitté la piste avant la fin des applaudissements.

J'aurais mieux fait de ne pas me précipiter dehors sans escorte : les perturbateurs m'attendaient derrière ma roulotte.

Ils étaient quatre, des fils de bourgeois bien vêtus et blanchis de frais, différents de notre clientèle habituellement recrutée parmi le peuple des faubourgs. C'était l'ennui qui les avait fait venir au spectacle, et la quête aussi de divertissements que les beaux quartiers n'étaient point en mesure de leur offrir.

– Minute, ma jolie, a fait le plus grand en tendant sa canne entre la porte de la roulotte et moi. Pourquoi te hâter ainsi ?

– Laissez-moi passer, monsieur.

Les quatre ombres se sont mises à trembler d'un rire graveleux, et pour la première fois depuis ma fuite du couvent, j'ai cessé de me sentir prédateur, pour me sentir tout à fait proie.

– Vous l'entendez ? Elle me donne du « monsieur » ! Je ne savais pas que les barbaresses étaient si bien éduquées. À moins qu'elle ne soit pas si sauvage que le vieil histrion a bien voulu le prétendre...

À ces mots, le jeune homme à la canne a glissé sa main dans l'échancrure de mon col de fourrure, jusqu'à ma poitrine.

La brutalité de son geste m'a tellement surprise que je n'ai pas réagi tout de suite.

– Eh bien, messieurs, ils ont bien fait les choses ! Les poils qu'ils lui ont collés sur la peau ont la douceur du satin. Voyons si son postiche est aussi soyeux...

Il a pincé mon demi-pouce de barbe entre ses doigts, et il a tiré. De toutes ses forces.

La douleur a été si fulgurante que j'ai lâché un cri.

Mes yeux se sont remplis de larmes.

Et surtout, ils se sont remplis de sang.

Je l'ai compris en voyant que les rayures du chapiteau derrière la roulotte n'étaient plus jaunes et rouges, qu'il n'y avait plus de rayures en fait, mais juste du rouge uni, partout : sur les étoiles du ciel, sur les pavés de la place, sur le visage éberlué du jeune homme en face de moi.

– Corbleu ! Ce n'est pas un postiche...

Il restait là à me regarder bêtement, tenant quelques poils blonds dans sa main, sans se douter de l'étau qui me tordait les boyaux.

J'ai su que si je restais devant lui une seconde de plus, cette nuit serait la dernière de sa vie.

Alors je me suis dégagée de son étreinte répugnante, et je me suis projetée contre le chapiteau.

Littéralement.

Je me suis jetée contre les poteaux qui tendaient la bâche, de tout mon poids, comme un boulet de canon, avec pour seul objectif de m'assommer.

Les cris des spectateurs qui achevaient de quitter les gradins de l'autre côté ont déchiré mes oreilles, au moment où la structure s'est affaissée sur eux.

Je me suis affaissée moi aussi, empêtrée dans les mâts, les sangles, la toile cirée. J'ai deviné que j'avais gagné, que j'avais réussi à éviter le pire. Parce que j'avais mal partout, sauf au creux de mon ventre, où la douleur s'était tue. Parce que si mes yeux pleuraient encore, c'était à cause de la sciure et non plus de la rage. La toile défoncée du chapiteau, tout autour de moi, avait repris ses couleurs normales.

M. Croustignon a dû rembourser tous les spectateurs, et pleurnicher comme un enfant pour que ceux qui repartaient avec une bosse ou un hématome ne lui intentent pas un procès.

Après quoi il a ravalé ses sanglots pour déverser sur moi un torrent d'invectives, affirmant que, de sa vie entière, il n'avait vu de fille aussi maladroite, aussi lourdaude, aussi empotée. Comment avais-je pu faire s'écrouler tout le chapiteau en trébuchant, cela dépassait son entendement ! Tout à sa fureur, il a d'abord menacé de me congédier, avant de réaliser que j'étais celle qui attirait au cirque le plus de spectateurs. Quant à me faire payer pour les dégâts, il aurait déjà dû commencer par me rémunérer pour que j'aie de quoi le dédommager…

17 JUIN

Allongée sur ma paillasse, le dos en compote, je me suis contentée d'essuyer les cris et les lamentations sans protester. La gorge du vieil homme a fini par s'assécher. Alors, il a quitté la roulotte en claquant la porte, et moi j'ai pris ma plume pour écrire ces lignes.

Je sais que j'ai eu tort de me croire en sécurité au cirque. Le danger n'est pas à l'extérieur, il est en moi, prêt à exploser à la moindre étincelle. Cette fois-ci, je ne m'en suis sortie qu'avec quelques contusions, et les dégradations occasionnées par ma prétendue maladresse se sont avérées superficielles.

Mais la prochaine fois, qu'est-ce qui déclenchera ma fureur ?

La remarque déplacée d'un spectateur, ou le regard horrifié d'un amant se posant sur moi ?

Une seule personne peut m'aider à anticiper l'avenir et, peut-être, à l'éviter…

18 JUIN

(avant le coucher)

– ENTRE DONC, BARBARUNA !

La voix de la Mme Lune m'a accueillie ce matin avant même que je frappe à la porte de sa roulotte, comme si elle m'avait sentie venir…

J'ai tourné la poignée avec appréhension.

Son antre était plongé dans une demi-pénombre, éclairé seulement par une lanterne orientale aux multiples facettes. Des gouttelettes phosphorescentes pleuvaient sur le sol couvert de tapis persans et sur les murs aux étagères chargées d'une incroyable collection de boîtes. Il y en avait de toutes les tailles et de toutes les formes, en bois, en métal et en porcelaine, des plus simples aux plus richement décorées. Je n'ai pas vu de lit dans la pièce, juste un grand coffre en bois, et le fauteuil à bascule sur lequel Mme Lune se balançait, enveloppée dans son châle.

– M'attendiez-vous ? ai-je murmuré.

– Depuis plus longtemps que tu ne crois.

Les yeux de la voyante luisaient sous la lanterne. Sa peau me paraissait plus verdâtre et ridée que jamais, pareille à celle d'un vieux lézard.

– J'attends que tu viennes me voir depuis le jour où tu as rejoint le cirque.

– Et… vous saviez que ce serait aujourd'hui ? Je veux dire, vous l'aviez prévu ?

Mme Lune m'a regardée avec indulgence, comme les sœurs

préceptrices dans leurs bons jours, lorsqu'elles prenaient le parti de sourire de l'ignorance de leurs élèves.

– Je suis une *voyante*, Barbaruna, Je ne *prévois* rien, je me contente de *voir* ce qui est dissimulé au commun des mortels. C'est comme cela que je t'ai vue arriver.

– Voulez-vous dire que vous ne pouvez pas prédire le futur ?

J'étais un peu déçue. Confusément, je m'étais attendue à ce que Mme Lune me livre les clés de mon avenir, à ce qu'elle me montre la sortie au bout du tunnel. Je commençais à comprendre que ce ne serait malheureusement pas si aisé.

– Non, je ne peux pas prédire l'avenir. Mais je peux dire le présent, et c'est déjà beaucoup. Car la plus grande part du présent est tue, invisible. Elle demeure cachée sous la surface des choses, comme la partie immergée d'un gigantesque glaçon – cette image doit te parler, n'est-ce pas, toi qui viens du Grand Nord ?

Un éclat espiègle est passé dans l'œil de la vieille femme, indiquant qu'elle n'était aucunement dupe du personnage que je m'étais façonné.

– Je vois l'objet que l'étourdi pense avoir perdu à jamais. Je vois l'affection qui ronge le malade qui s'ignore. Je vois ceux qui viennent à ma loge avant qu'ils n'en poussent la porte. Ou plus exactement, il y a des milliers d'yeux qui voient toutes ces choses pour moi, et qui me les répètent.

La voyante a effectué un geste ample de son bras décharné, faisant cliqueter ses bracelets d'argent.

– Toutes ces boîtes que tu vois autour de moi renferment mes petits espions.

– Vos… espions ?

– Des esprits. Des êtres immatériels qui sont mes yeux à travers les cloisons, mes oreilles à travers les murs. Des éclaireurs, Barbaruna ! – ou plutôt devrais-je dire « Blonde », comme il est écrit dans ton journal intime ?

Instinctivement, j'ai porté la main au havresac dont je ne me départs jamais depuis mon arrivée au cirque, allant jusqu'à m'en servir d'oreiller pour dormir. Il contient ce journal, le dossier du commissaire Chapon, une mèche de cheveux de Gaspard et quelques dessins qu'il a faits de moi – tous mes pauvres secrets.

– Bah, ne t'inquiète pas. Nous avons tous des noms de scène, ici, et nous avons tous nos petites coquetteries – moi par exemple, j'ai longuement hésité entre Mme Soleil et Mme Lune, avant de me décider pour la seconde option... Si tu veux savoir, je ne suis pas allée fouiner dans tes affaires pour apprendre ton vrai nom. Je n'en ai pas eu besoin. De la même manière que je n'ai pas eu besoin d'aller jusqu'à Sainte-Ursule pour découvrir ce que tu avais laissé derrière toi : mes éclaireurs y sont allés pour moi.

À ces mots, j'ai senti mon ventre se serrer. La panique m'a assaillie sans prévenir, un instinct de bête prise au piège, prête à tout pour s'en échapper. Si Mme Lune s'était émue, si elle avait fait un geste brusque, je crois bien que rien n'aurait retenu ma férocité...

Mais elle s'est contentée de me regarder en souriant, sans autre mouvement que le léger balancement de son fauteuil.

Peu à peu, j'ai senti la crampe se relâcher.

J'ai laissé mes yeux flotter sur les rangées de boîtes, et j'ai constaté avec soulagement qu'elles n'étaient pas rougies par mon regard.

La crise était passée aussi vite qu'elle était venue.

– Crois-tu honnêtement que si je voulais te dénoncer, je ne l'aurais pas déjà fait ? De toute façon, il n'y a pas lieu de s'affoler, il n'y a pas mort d'homme...

– Que voulez-vous dire ?

– Si tu pensais avoir tué quelqu'un en t'échappant du couvent, tu peux te rassurer. L'un des hommes qui ont essayé de t'arrêter a eu le bras fracturé, l'autre l'arcade sourcilière fendue ;

à l'heure qu'il est, ils sont tous deux remis. Quant au troisième homme, l'inspecteur, il est sorti indemne de votre dernière rencontre. Les dégâts mêmes que tu as faits en brisant la fenêtre de la mère supérieure pour t'enfuir ont été réparés.

Je n'en revenais pas. Le sang dont je m'étais vue couverte dans le cimetière des sœurs n'était donc pas le signe d'un homicide, mais d'une simple blessure ! Moi qui m'étais crue meurtrière pendant toutes ces semaines, je me découvrais innocente, et cela m'emplissait le cœur de joie !

Mme Lune pouvait-elle vraiment voir *tout cela* ?

J'y repense en écrivant ces lignes, et je n'arrive pas à concevoir une autre explication : la vieille femme m'a dit la vérité. Ses boîtes contiennent réellement des choses qui lui permettent de voir à distance.

Dans quelle sorte de monde vivons-nous ? On nous enseigne que tous les pays sont marqués sur les cartes géographiques, que tous les événements sont consignés dans les livres d'histoire, que les lois de la physique et de la biologie sont incontournables. Et pourtant, c'est dans ce même monde que Gabrielle de Brances a rencontré Sven, c'est dans ce même monde que Mme Lune parle aux esprits. La voyante a raison de dire que la réalité est comme un glaçon flottant, dont seule la plus petite partie semble exister ; depuis le début du printemps, je suis en train de découvrir l'autre partie, la partie que les hommes ont enfouie au plus profond de leur être, pour mieux l'oublier. Pour mieux s'en protéger.

– Savez-vous *ce que* je suis ? ai-je demandé à brûle-pourpoint.

– Ce que tu es ? Une jeune fille charmante sans doute, quoiqu'un peu différente. Ta barbe ? Elle te va bien au teint. Ce que tu as fait à ces hommes, au couvent, mais aussi à cette Bérénice que mes éclaireurs ont vue la jambe dans le plâtre ? J'imagine que, d'une manière ou d'une autre, ils l'avaient cherché. J'ai été trop montrée du doigt moi-même dans ma jeunesse pour m'arrêter à ce genre de détails. On peut reprocher bien des choses au cirque de ce vieux grigou de Croustignon, mais au moins on n'y est point jugé. Ne compte pas sur moi pour te jeter la première pierre.

– En réalité… il n'y a pas que ma barbe. Bérénice et les autres ont essuyé davantage qu'un simple coup de colère. Je crains que vous ne soyez dans l'euphémisme en affirmant que je suis seulement « un peu différente ».

C'est ainsi que j'ai raconté mon histoire à Mme Lune.

Oh, elle en connaissait déjà les principaux chapitres, pour les avoir découverts par les yeux fantômes dans le dossier au creux de mon havresac. Elle m'a néanmoins laissée parler, car elle sentait que cet épanchement était pour moi comme un abcès que l'on perce.

Je lui ai tout narré, depuis l'intrusion d'Edmond Chapon au couvent jusqu'à ma fuite éperdue pour Épinal. Je ne lui ai rien tu, surtout pas la honte d'avoir renoncé si vite à trouver le remède à mon mal. Car j'avais honte, oui, terriblement honte ! Jusqu'à présent, je ne m'en étais pas rendu compte, pensant que l'exhibition quotidienne lors de mon numéro avait tué tout amour-propre – mais pendant tout ce temps, la honte n'avait fait que croître en moi.

Ah, comme je suis reconnaissante à Mme Lune de ne pas m'avoir interrompue, de m'avoir écoutée jusqu'au bout sans émettre un seul commentaire incrédule ! Il n'y avait aucun jugement dans ses yeux – juste une curiosité immense, et une compassion plus vaste encore.

À la fin, je l'ai implorée de tout mon cœur :

– C'est pour cela que je vous ai demandé si vous saviez *ce que* je suis, ce qu'étaient Sven et mes ancêtres avant moi. Vos esprits – comment dites-vous ? – vos… éclaireurs ont-ils la moindre idée de ma nature ? Savent-ils où se trouve le Manoir sur la lande, cet endroit mystérieux au fin fond du Danemark, où Oluf, Baldur et Sven ont grandi ?

Mme Lune a paru réfléchir quelques instants, puis elle m'a désigné une boîte sur l'étagère la plus haute. C'était une très vieille boîte à bonbons en fer, aux couleurs passées, couverte de belles inscriptions dorées dans une langue que je ne connaissais pas.

Je l'ai prise.

Elle ne pesait presque rien et, pourtant, j'ai eu peur d'écraser les genoux de la voyante sous son poids, tant ces derniers me paraissaient fragiles.

Mme Lune a pris une grande inspiration et elle a soulevé le couvercle ; j'ai eu un mouvement de recul, comme si je m'attendais à ce qu'un je-ne-sais-quoi jaillisse de la boîte.

Mais rien.

Rien que l'éclairage tamisé de la lanterne, la respiration sifflante de la voyante et, dehors, la rumeur de Remus et Romulus achevant de démonter le chapiteau que j'avais déjà à moitié mis à terre la veille.

– Non… non…

Les yeux plissés par la concentration, la bouche entrouverte, Mme Lune ressemblait plus que jamais à un reptile. L'espace d'un instant, je me suis demandé si j'avais eu raison de me confier à cette femme dont je ne connaissais finalement rien.

Mais elle ne m'a guère laissé le temps d'y songer :

– Non, je ne vois pas ce manoir. Je n'ai pas assez d'indices pour le localiser. Mais je vois tout le reste, tout ce dont tu m'as parlé. Je vois le château de Valrémy où Gabrielle a vécu, je vois la tombe luisante où le vieux Chapon est enterré. Je te crois, Blonde. Je crois chaque mot que tu as prononcé.

– Merci, c'est gentil à vous de me dire cela.

– Attends ! Il y a autre chose…

Mme Lune semblait en transe. J'aurais juré que sa peau

fripée, tannée par les ans, était desséchée jusqu'à l'os – et pourtant c'était bien de la sueur que je voyais perler sur son front.

– Il y a une lueur qui vacille dans l'obscurité... Une flammèche sur le point de s'éteindre, mais qui pourrait encore éclairer le passé si l'on s'en approchait à temps...

– Qu'est-ce que c'est ?

J'essayais de voir moi aussi ce que voyait Mme Lune à travers sa boîte entrouverte, mais, bien sûr, je n'y arrivais pas. Ce n'était pas très grave – la voyante vibrait d'une telle intensité qu'il n'y avait pas besoin de voir pour croire.

– C'est une vie, Blonde... Une vie qui a brûlé longtemps, et qui maintenant va s'éteindre sans que son témoignage ait été entendu... Dans les écuries du château de Valrémy... La dernière pièce à l'étage, au-dessus des stalles où se reposent les chevaux... La chambre est trop sombre pour que j'y voie davantage, c'est une chambre d'agonisant aux rideaux toujours tirés... Mais j'entends un filet de voix qui murmure !... Comme une prière, comme si son entrée au ciel en dépendait, à s'en brûler les lèvres ; qui répète inlassablement ces deux mots : « Gabrielle, pardon ! »

D'un seul coup, sans prévenir, Mme Lune a refermé le couvercle de la boîte aussi violemment qu'un piège à loup. Elle était en nage, agitée de tremblements nerveux de la tête aux pieds.

– Comment vous sentez-vous ?

– Ce sont les éclaireurs... Ils finiront par avoir ma peau !

Elle a souri, mais son sourire ressemblait à une grimace derrière laquelle j'entendais ses dents claquer. Je me souviens d'avoir frissonné en dépit de la chaleur qui régnait dans la loge, me demandant quel étrange tribut les esprits exigeaient de la voyante en échange des visions qu'ils lui procuraient.

– Mieux vaut que je m'arrête pour le moment, sinon je ne vais jamais avoir la force d'assurer mon numéro ce soir et Croustignon sera furieux. De toute manière, nous en savons suffisamment, n'est-ce pas ? Le cirque continue de remonter vers le nord. Il s'arrêtera dans deux jours à Girandorge, à deux lieues du château de Valrémy. Maintenant, s'il te plaît, laisse-moi me reposer.

À ces mots, Mme Lune a sorti son fameux petit flacon de son corsage, celui dont elle absorbait une gorgée chaque soir en regagnant les coulisses à la fin de son numéro. Cette fois-ci, de si bon matin, elle en a vidé tout le contenu entre ses lèvres tremblantes. Puis elle a poussé un soupir qui ressemblait à un râle de mourante, et d'un seul coup tout son corps s'est relâché dans son fauteuil à bascule, pareil à une marionnette dont on aurait brusquement tranché les fils. Quel que fût le liquide contenu dans la fiole, je comprenais que c'était bien autre chose que de l'eau…

– Vous… vous ne direz rien de tout cela à M. Croustignon, n'est-ce pas ?

Mme Lune m'a jeté un regard vitreux. Le saphir de ses yeux s'était voilé, tel un ciel qui se charge soudain de brouillard. Elle me paraissait plus vieille qu'elle ne l'avait jamais été, assommée par son breuvage après avoir été enfiévrée par ses démons.

– Tu peux aller en paix, a-t-elle balbutié dans un filet de voix. Il y a longtemps que le vieil homme et moi, nous avons trouvé notre terrain d'entente. Il ne me demande rien, et je ne lui demande rien. Il n'apprendra pas un mot de notre échange. Mais d'autres que lui mériteraient de savoir…

– Mère Rosemonde ?

– Non. Elle est encore trop bouleversée par ta fuite, et surveillée de trop près par ceux qui tentent de remonter ta trace. Le moment de l'appeler n'est pas venu. Mais le garçon, en revanche… Il peut encaisser davantage que tu ne le crois. Si lourd que soit le fardeau, il est plus facile de le porter à deux : crois-moi, cela te ferait du bien de parler à ton fiancé comme tu m'as parlé à moi.

À entendre ce mot, « fiancé », j'ai senti mon cœur se serrer.

La créature que j'étais devenue était bien différente de la jeune fille à qui Gaspard avait promis le mariage. La seule idée qu'il me revoie me remplissait d'effroi ; je rêvais de ses caresses, et en même temps je les redoutais plus que tout au monde. À présent, je ne pouvais songer sans frémir à cette nuit de noces que j'avais attendue si fort par le passé.

– Je n'ai aucun moyen de le contacter… Il ne dort même pas sous le même ciel que nous. Si par miracle je trouvais un moyen de lui écrire, ma lettre lui parviendrait à peine que nous aurions déjà gagné une autre région de France.

– La distance ne compte pas quand on pense à ceux que l'on aimc…, a murmuré Mme Lune, énigmatique.

Elle a soulevé le col de son chemisier avec une lenteur maladive, comme s'il pesait plusieurs livres. Un collier de grosses perles vertes roulait sur sa poitrine creuse. J'ai d'abord cru qu'elles étaient en jade, avant de réaliser qu'il s'agissait de petits pois séchés, percés chacun d'un crochet minuscule.

Les yeux mi-clos, la voyante a défait l'attache de sa parure. Puis elle a fait glisser dans sa main le premier des petits pois. La langueur la gagnait inexorablement, à mesure que le contenu de la fiole se répandait dans son organisme. Chaque mot qu'elle prononçait semblait lui coûter un effort terrible :

– Tiens, prends cela.

– Un… pois ?

– Oui, mais pas n'importe lequel. La cosse qui l'a donné poussait sur une terre infestée d'éclaireurs, dans une contrée lointaine où j'ai vécu il y a longtemps… Aspirés par les racines, les esprits sont remontés dans les pois où ils sont demeurés enfermés pendant des siècles. Ouvre ce pois avant de te coucher ce soir, et place-le immédiatement sous ta paillasse. Tu n'auras qu'à penser à Gaspard en t'endormant.

J'ai contemplé un instant la graine séchée sans oser la toucher.

Tout cela ressemblait fort à de la sorcellerie. Qui était réellement cette madame Lune qui faisait parler le silence, qui voyait l'invisible et qui s'abreuvait de filtres la laissant plus morte que vive ? Le chapelet de spectres qu'elle portait autour du coup sentait le soufre. Je me doutais que les ursulines auraient crié à la nécromancie... Mais n'eussent-elles pas considéré avec la même horreur leur ancienne pensionnaire, si elles avaient pu assister à sa danse sous le chapiteau du cirque ? J'ai posé ma patte de fauve dans la main de squelette, et j'ai pris le petit pois.

– Merci...

Mme Lune ne m'a pas entendue. Renversée sur le dossier de son fauteuil, elle avait sombré dans un profond sommeil. Je suis sortie sur la pointe des pieds, et j'ai refermé la porte de la roulotte sans un bruit.

La journée s'est déroulée selon la routine – les applaudissements, les sifflets, les rappels, et la révérence finale de toute la troupe avant d'aller se coucher. Pourtant, rien n'était comme d'habitude, car sous ma poitrine dorée mon cœur battait à tout rompre. *Gaspard !* Son sourire était partout, dans le ciel, sous le chapiteau, par-dessus les faces rougeaudes des spectateurs.

À présent, le silence est retombé sur le cirque.

Au fond de ma roulotte, j'ai écrit ces lignes, puis j'ai suivi les instructions de Mme Lune à la lettre.

À l'aide d'une pierre, j'ai appuyé sur le pois séché jusqu'à l'entendre craquer. J'avoue avoir été soulagée de n'en voir surgir ni spectre larvaire ni émanation rampante, rien de ce que mon imagination avait anticipé. En guise de chair, l'enveloppe ne contenait qu'une petite chose noirâtre et rabougrie – ce qui n'était guère étonnant, si cette graine avait véritablement l'âge que la voyante prétendait.

Je viens de placer le pois ainsi ouvert sous ma paillasse.

Au moment où je vais souffler la chandelle, je me trouve dans un état étrange, joyeux et inquiet à la fois. J'espère sincèrement que la magie de Mme Lune fonctionne, et en même temps je la redoute. Que vaut la promesse que je m'étais faite, de ne jamais revoir mon fiancé avant d'être libérée de la malédiction du signe de l'Ours ?

L'espoir l'a balayée.

À présent, il est trop tard pour reculer.

19 JUIN

(au réveil)

J'AI VU GASPARD !

Mon cœur exulte, tout mon corps est en fête et mes contusions sont oubliées !

J'ai vu Gaspard, et c'est grâce à Mme Lune que j'y suis parvenue. Sa magie ne peut être noire, si elle a pu produire un si grand miracle !

Tout a pourtant commencé comme dans un cauchemar, hier soir après avoir fermé les yeux… Derrière l'écran noir de mes paupières, je me suis rendu compte que mon cœur battait à tout rompre. Pour tenter de le calmer, j'ai fixé mon attention sur les sons de la nuit – le ronflement sonore d'Angelo, le frôlement de Dario et Chipo contre les barreaux de leur cage, le bruit du vent qui faisait vibrer la toile du chapiteau. Tout cela a fini par se mêler en une rumeur indistincte, comme une houle à la surface d'un océan très profond. Le cœur plein d'appréhension, j'ai invoqué de toutes mes forces le souvenir de Gaspard, et j'ai sombré dans le sommeil aussi lourdement qu'une pierre.

Lorsque j'ai ouvert les yeux, j'ai immédiatement su que je ne rêvais pas.

Il y avait comme un filtre, comme un écran de vapeur devant la pièce où je me trouvais, et pourtant j'étais convaincue qu'elle était *réelle*. C'était une chambre simple aux rideaux ouverts sur une nuit plus chaude que la nuit lorraine, et plus peuplée d'étoiles que la Voie lactée : toutes les lumières de Rome brillaient derrière la fenêtre.

J'ai eu un mouvement de panique en voyant bouger le corps qui était étendu sur les draps du lit, sous la fenêtre. Mais il était trop tard pour se replier ; Gaspard s'est relevé et a ouvert les yeux. D'un seul coup, j'ai pensé à ma barbe, à ma toison, à la monstruosité animale qui me couvrait le corps. La crampe affreuse s'est refermée sur mon estomac, tandis que le rouge des rideaux débordait sur les murs comme une flaque de sang.

Paralysée de la tête au pied, j'ai vu Gaspard s'avancer vers moi.

La peur, la honte, la colère : j'avais l'impression de ressentir ce qu'avait ressenti Baldur au moment où il était entré dans la ferme de Russie, au moment où il s'était vu reflété dans les yeux écarquillés de la jeune paysanne.

Les émotions qui me dévastaient étaient d'une violence telle que si je bougeais, le moindre de mes gestes serait meurtrier. Je m'attendais à perdre mes esprits d'un instant à l'autre ; et alors…

– Blonde ? a murmuré Gaspard.

Il n'y avait ni terreur ni répulsion dans sa voix.

Il se tenait là, devant moi, vêtu d'un simple caleçon de coton, la chaleur italienne rendant insupportable le port de tout autre habit de nuit. Le sculpteur ramené à la nudité de la statue.

– Blonde, c'est toi ?

Je n'ai pas bougé lorsqu'il a tendu son bras vers moi. Ses doigts sont passés à travers mon corps sans rencontrer de résistance, et ses yeux ont survolé mon visage sans s'y arrêter.

Alors seulement, j'ai compris que Gaspard ne me voyait pas vraiment, qu'il percevait ma présence sans pouvoir me regarder ni me palper. Du même coup, je me suis rendu compte que mon corps ne se trouvait pas à Rome dans cette chambre, mais à des centaines de lieues de là, au creux de la roulotte où je m'étais endormie. Le rouge qui recouvrait mon champ de vision n'était qu'une illusion, puisque le spectre que j'étais devenu n'avait pas d'yeux pour voir, ni aucun corps tangible. À peine en ai-je pris conscience que la chambre a retrouvé ses couleurs normales.

– C'est bien moi..., ai-je fini par murmurer.

Le visage de Gaspard s'est illuminé.

Il m'entendait ! – non point à travers ses oreilles, puisque je n'avais ni langue ni gorge pour articuler des sons, mais à travers son âme même.

Ainsi nous sommes-nous retrouvés, sur cette frontière incertaine dont ni l'un ni l'autre nous ne soupçonnions l'existence. Plus résonnait la voix de Gaspard dans mes tympans d'éther, plus s'estompaient mes craintes. Sous le couvert du rêve, nous étions en sécurité, protégés l'un de l'autre. Gaspard ne pouvait poser sur moi le regard épouvanté que j'avais tant redouté, et moi je ne pouvais poser sur lui mes griffes vengeresses.

Je me suis contentée de lui dire que j'allais bien, après avoir fui le couvent pour échapper à des médecins qui voulaient m'incarcérer au prétexte d'une affection des nerfs passagère. Gaspard se souvenait du traumatisme causé par l'agression de Bérénice, sans doute a-t-il fait le lien ; mais heureusement, il ne m'a pas demandé quels étaient mes symptômes ni comment je comptais me soigner, car j'aurais été bien incapable de lui répondre.

— Où es-tu ?

Telle a été son unique question.

– Quelque part où je ne manque de rien.

– Mais moi, je manque de toi... C'est résolu : je rentre demain en France !

– Non !

L'ombre qui est passée sur le visage de Gaspard m'a déchiré le cœur. Elle n'a duré qu'une seconde, et pourtant j'y ai tout lu : la crainte de me voir disparaître de sa vie, l'horrible supposition que je ne veuille plus de lui, la possibilité inconcevable que je sois éprise d'un autre. J'aurais voulu le serrer contre moi pour le rassurer.

Mais mes membres fantomatiques ne pouvaient rien étreindre, et ma bouche ne pouvait rien dévoiler.

– Je ne te vois pas, a-t-il dit d'une voix triste, et pourtant je sens que tu es en danger. Je ne te demande pas de m'en dire davantage que tu ne le veux – ou que tu ne le peux. Mais il y a une chose dont je suis certain, et je veux que tu en sois certaine aussi : je serai là pour toi quand tu auras besoin de moi. Que ton appel me parvienne dans mes rêves, à la patte d'un pigeon voyageur, dans le souffle du vent, j'y répondrai toujours. Mais dis-moi, au moins, je ne suis pas en train d'imaginer ta voix ?

– Non, Gaspard, c'est bien moi. Tu n'imagines rien.

En prononçant ces mots, je songeai en moi-même : « Et tu es loin d'imaginer le visage de celle qui te parle en cet instant. »

Nous sommes restés plusieurs minutes sans parler, à écouter le silence de la nuit. C'est fou comme cela m'a fait du bien, d'entendre Gaspard respirer ainsi comme s'il était à côté de moi. J'ai frissonné en me rappelant son souffle contre ma nuque, lorsqu'il m'avait pris le bras pour m'apprendre à tailler la pierre. À l'époque, ma chair s'en était hérissée, et hier soir dans mon sommeil, je suis certaine d'avoir à nouveau senti se dresser chaque poil de mon corps – le revêtement blond, brillant, qui me couvre désormais les jambes, le ventre et les bras.

Puis, tout à coup, je me suis sentie aspirée en dehors de la chambre, comme si quelqu'un me rappelait de très loin. J'ai su que le pouvoir du pois enchanté touchait à sa fin. J'ai fait jurer à Gaspard, dont la silhouette s'estompait déjà, de ne parler de notre conversation à personne ; de mon côté, je lui ai promis de le visiter à nouveau, tant que Mme Lune voudrait bien détacher les perles de son collier, jusqu'à nos noces prochaines.

Nos noces…

Cet horizon me ravit et me terrorise. Je sais à présent que je n'y échapperai pas. Mme Lune n'a peut-être pas pu voir mon avenir, mais je sais qu'il aura le visage de Gaspard. Mes pas me porteront vers lui à l'automne, tout comme les pas de Baldur l'ont porté vers sa promise. Rien ni personne ne pourra s'y opposer. Ce n'est qu'une question de temps. Le compte à rebours a commencé depuis l'instant où j'ai quitté le couvent. À présent, il me reste moins de trois mois avant que l'été ne s'achève. Moins de trois mois pour trouver l'eau-lumière, et pour nous sauver tous les deux.

La caravane s'arrêtera demain à Girandorge, où commence, je le pressens, le chemin qui me mènera au Manoir sur la lande. Les mots répétés par Mme Lune ne cessent de tourner dans ma tête, tel un refrain obsédant : « Gabrielle, pardon ! »

L'être qui se meurt là-haut est lié à Gabrielle de Brances.

Et tout ce qui est lié à Gabrielle de Brances est lié à moi.

20 JUIN

(très tard)

NOUS SOMMES ARRIVÉS À GIRANDORGE EN FIN DE MATINÉE.

J'avais plusieurs heures devant moi avant la représentation du soir. J'ai mis la cape de laine noire que je n'avais plus passée depuis des semaines, j'ai rabattu la capuche sur ma tête. Ma barbe était telle, désormais, qu'en dissimulant mes formes de femme on pouvait me prendre pour un jeune homme. Il fallait juste que j'évite de parler pour ne pas me trahir.

Rejoindre le château de Valrémy à partir de Girandorge n'a guère été difficile, il m'a suffi de suivre la grand-route pendant un peu moins de deux heures. La campagne environnante était bien différente de celle que j'avais connue trois mois plus tôt, lorsque je m'étais rendue une première fois au château, au milieu de cet hiver qui n'en finissait pas. À présent, la nature était pleinement éveillée. À l'image de mon propre corps, elle s'était couverte d'une toison dense, brillante ; les jeunes feuilles réverbéraient les rayons du soleil comme des milliers d'éclats de verre, baignant le monde dans un éclat doré et chaud. L'air était plein de bourdonnements et de senteurs, qui comblaient mon nez animal et faisaient tourner ma tête.

Cette fois-ci, je n'ai pas emprunté l'allée de peupliers filant jusqu'à la cour principale du château, au sud. J'ai contourné le domaine pour l'aborder par sa façade nord, en me glissant dans la forêt – celle-là même par laquelle Gabrielle s'était enfuie, peu après ma naissance, dix-sept ans auparavant.

J'ai longé la lisière en surveillant le château ; ses hautes fenêtres reflétant le vert profond de la forêt ressemblaient à des yeux glauques, épiant chacun de mes gestes. Je me suis empressée de gagner la bâtisse fermant le domaine au nord-est, dont la façade percée de portes basses ne pouvait être que celle des écuries où Mme Lune avait perçu la supplication.

En passant sous l'arche de pierre du porche, j'ai été saisie à la gorge par un relent de sueur, de paille et de crottin mêlés. La chaleur animale se mêlant à celle de l'été, il régnait dans l'écurie une touffeur suffocante. J'ai immédiatement perçu un bruit métallique derrière la respiration des chevaux : il y avait quelqu'un derrière la troisième stalle, un palefrenier sans doute occupé à curer les sabots d'une bête. Le souffle oppressé par l'angoisse autant que par les effluves, je me suis coulée dans la petite cage d'escalier jouxtant le porche.

« La dernière pièce à l'étage, au-dessus des stalles où se reposent les chevaux », avait dit Mme Lune dans sa transe. L'étage en question semblait servir de débarras. Un fatras hétéroclite se répandait dans le couloir : piquets de clôture, bassines, arrosoirs et râteaux divers. Le plancher couvert de poussière craquait sous mes souliers à chaque instant comme s'il allait s'effondrer ; heureusement, la rumeur des chevaux en dessous couvrait largement le bruit de mes pas. Se mêlant à leur odeur, il régnait là-haut un relent de moisi et de pourriture, à croire qu'un rongeur était allé mourir quelque part après avoir goûté aux petits tas de mort-aux-rats entassés dans des soucoupes devant chaque porte. Sauf devant la dernière.

J'ai tourné la poignée, la porte a grincé en s'ouvrant.

La pièce était plongée dans la pénombre, seul un fin rai de lumière filtrait à travers les lourds rideaux tirés à la fenêtre. Le papier peint se décollait en larges bandes sur les murs inégaux. Pour tout mobilier, la chambre comportait une armoire et un lit enseveli sous les couvertures ; là, en dessous d'un crucifix accroché au mur, frémissait une toute petite femme, si ratatinée par l'âge qu'on eût dit un enfant.

– Bernadette ?

La voix était aussi ténue, aussi fragile qu'un songe.

Je me suis approchée doucement, craignant qu'un geste trop brusque ne dissipe cette apparition à jamais.

– C'est toi, Bernadette ? a répété la vieille femme.

Son crâne était coiffé d'un bonnet de dentelle, dont la blancheur contrastait avec sa peau déjà jaunie par la lumière de l'autre rive. En m'agenouillant au pied du lit, je me suis rendu compte que les yeux de la vieillarde regardaient fixement devant elle sans rien voir ; ainsi ai-je compris qu'elle était aveugle.

Le plus délicatement possible, j'ai posé dans sa main émaciée la paume de ma main – la seule partie de mon corps qui fût encore glabre.

– Non, je ne suis pas Bernadette, ai-je murmuré. On m'appelle Blonde aujourd'hui, mais le nom que j'ai reçu en baptême était celui de Renée. Je suis la fille de Gabrielle de Brances.

La bouche de la mourante s'est ouverte pour laisser échapper un léger râle, un son aussi doux que la brise dans les feuilles lorsque le soir descend. Un instant, j'ai cru que ce serait son dernier.

Mais elle a refermé sa main sur la mienne, aussi fermement que sa faiblesse le lui permettait :

– C'est un miracle ! a-t-elle balbutié. Un miracle !

Elle a voulu toucher mon visage, mais je l'en ai empêchée ; à la place, j'ai dirigé ses doigts sur mes cheveux. Elle les a palpés en tremblant, sans chercher d'autre preuve de mon identité. Elle était persuadée que c'était la Providence qui m'envoyait à elle.

– Vos cheveux sont doux comme ceux de Gabrielle, que j'ai si souvent brossés. Mais pourquoi les porter si courts ? Est-ce que c'est donc la mode aujourd'hui, pour les jeunes femmes, d'aller coiffées comme des hommes portant pantalons ?

– Oui, ai-je menti.

– Ah, le monde a bien changé depuis que la vieillesse a éteint mes yeux. Mais je crois que Gabrielle… que votre mère aurait aimé cette mode. Elle n'était rien que liberté, légèreté, joie de vivre !

– Vous en parlez comme si vous l'aviez très bien connue.

– Je l'ai connue mieux qu'aucune autre personne sur cette terre, mon enfant. Je l'ai vue naître et je l'ai vue mourir, et j'ai porté longtemps le fardeau des circonstances de sa mort sans oser le partager avec personne…

Ces paroles murmurées à mi-voix m'ont étourdie comme un coup de tonnerre.

Je ne m'étais guère attendue à rencontrer ma mère de mon vivant ; au fond, elle n'était pour moi qu'une créature de papier, faite de bouts de lettres, de rapports d'enquête. Pourtant, la nouvelle de sa mort me pétrifiait ; elle rendait soudain concrète l'absence de cette femme à qui je n'aurais jamais l'occasion de parler, contre le sein de qui je ne pourrais jamais me blottir.

– Qui êtes-vous ? ai-je demandé en m'efforçant de maîtriser le tremblement de ma voix.

– Je m'appelle Ernestine Planchet. J'ai été la femme de chambre de votre mère depuis son plus jeune âge jusqu'à sa disparition.

Les souvenirs de mes lectures me sont revenus comme autant de flèches.

Ernestine Planchet, la bonne qui avait accompagné Gabrielle dans la forêt, le jour de mai 1814 où elle s'y était égarée !

Ernestine Planchet, la fidèle domestique qui avait suivi sa maîtresse dans le mariage, quittant les Brances pour se mettre au service des Valrémy !

Ernestine Planchet, le dernier témoin à avoir déposé dans le dossier d'enquête du commissaire Chapon, et la dernière personne à avoir vu Gabrielle vivante avant sa seconde disparition !

– J'ai eu quatre-vingts ans ce printemps, a repris la vieille femme, et je sais que ce sera pour moi le dernier. La mort vient enfin, je la sens, la faucheuse tant attendue ! Bien des vieux perdent toute leur tête à son approche et se mettent à délirer en se croyant déjà au paradis. Mais moi, je n'en ai point le droit. Point encore. Il faut d'abord que je me confesse, si je veux avoir une chance de pouvoir frapper à la porte du bon saint Pierre. Il faut que je livre ce que je n'ai pas eu le cœur de dire aux messieurs de la maréchaussée, ce que je ne pourrai pas dire à l'abbé du château quand il viendra me donner les derniers sacrements : que celui qui le loge est un tueur, un assassin.

J'ai prié, croyez-moi, j'ai prié de toute mon âme pour que quelqu'un vienne, quelqu'un à qui j'aurais la force de me confier. Il faut croire que mes prières ont été entendues là-haut, puisque le ciel vous a envoyée, vous, la propre fille de Gabrielle, l'adorable Renée que j'ai vue toute petiote avant qu'elle disparaisse à son tour !

Je ne vous demande guère qu'une chose, mon enfant : ne m'interrompez pas avant que j'en aie fini avec mon histoire. Le Bon Dieu peut me rappeler à chaque instant, et chacune de mes paroles risque d'être la dernière…

J'ai acquiescé gravement.

Ernestine Planchet a alors pris une inspiration aussi profonde que ses pauvres poumons le lui permettaient, et elle a entamé le témoignage qu'elle attendait de livrer depuis tant d'années…

– Je n'ai guère d'éloquence, et la causette n'est point naturelle pour moi. C'est que je n'ai pas eu tant d'occasions dans ma vie. Il n'y a guère que ma petite Gabrielle qui ait pris le temps de tenir des conversations avec moi, dès qu'elle a été en âge de parler, là-bas, à Potsdam. Cette chère enfant a même demandé qu'on m'apprenne à lire en même tant qu'elle – moi, une servante ! Aujourd'hui, si mon témoignage peut lui rendre ne serait-ce qu'une once des bontés qu'elle a eues pour moi, je m'en irai heureuse.

Gabrielle avait donc disparu un beau soir de mars 1815, peu après vous avoir donné la vie. Quelques jours plus tard, j'avais été moi-même contrainte de suivre mes nouveaux maîtres, les Valrémy, dans leur exil en Angleterre, fuyant le retour de ce diable de Napoléon sur le sol de France.

Vous en souvient-il, vous qui étiez du voyage ? Je gage que non. Les premiers mois de votre existence, vous les avez passés de l'autre côté de la mer.

Les émigrés tremblaient à chaque bataille, au récit de chaque victoire, de chaque défaite de l'Empereur rapportées dans les gazettes. Mais moi, il n'y avait que le souvenir de Gabrielle qui me faisait trembler. Je passais mes journées en prière, implorant la bonne Vierge Marie et tous les saints de la protéger, où qu'elle soit dans cette Europe à feu et à sang. J'étais bien trop vieille pour vous donner le sein, mais je vous consacrais tout le temps où je n'étais point occupée à prier, je vous cajolais et je vous promettais que vous reverriez bientôt votre chère maman. Vous ne pouviez guère me comprendre, bien sûr, et c'était tant mieux, car je me trompais...

Il y avait un second Français à Londres qui n'avait pas les yeux fixés sur les champs de bataille de l'autre côté de la Manche : le jeune comte Charles. Depuis qu'il avait été contraint d'abandonner les battues et de rejoindre ses parents dans l'exil, il n'était guère plus que l'ombre de lui-même. Il passait ses journées à ressasser des histoires invraisemblables de chaumière perdue avec trois bols, trois chaises et trois lits, des récits d'enlèvement par des démons à peau d'ours, des horreurs que tout le monde prenait pour des illuminations… et moi aussi à l'époque, je dois bien l'avouer.

Essoufflée par cette première partie de son récit, au cours de laquelle elle avait parlé d'une traite, la vieille servante a été prise d'une quinte de toux.

J'avais mal dans ma propre chair, à entendre sa gorge racler comme un soc sur une terre desséchée. J'ai saisi la cruche posée au pied du lit et j'ai approché de ses lèvres un verre d'eau. Mais elle a doucement écarté ma main : elle voulait aller jusqu'au bout de la mission qu'elle s'était fixée avant de s'accorder le moindre répit.

– En fin de compte, l'Ogre est tombé aussi rapidement qu'il était réapparu.

Nous avons repris la mer avec les Valrémy moins d'une semaine après la bataille de Waterloo, en juin 1815. Dans ma naïveté de vieille femme, je m'étais attendue à retrouver ma chère Gabrielle au château. Mais non, elle n'y était point. Pis : Charles de Valrémy a renoncé à organiser de nouvelles battues pour la retrouver. Il a subitement arrêté de parler d'elle, des mystérieux hommes-ours, de la chaumière, de toutes ces choses qui l'avaient tellement obsédé pendant son exil anglais. Les autres domestiques évoquaient à demi-mot une mystérieuse lettre que sa jeune épouse lui avait laissée, une lettre qui l'avait plongé dans une humeur noire, plus noire que la mort. Mais cette lettre, je ne l'ai jamais vue…

Après ça, tout est allé très vite.

Au début du mois de juillet, un huissier est venu frapper à la porte du château pour annoncer que le baron et la baronne de Brances, mes anciens maîtres, avaient péri dans l'effondrement de l'Empire. Ils avaient décidé trop tard de retourner en Prusse. Ils s'étaient trouvés pris dans les feux de la campagne de Belgique, entre les troupes impériales et l'armée alliée. Leur fille unique, Gabrielle, ayant disparu, ils étaient morts sans autre descendance que vous-même, la petite Renée. Leur demeure d'Auvergne et tous leurs biens revenaient donc pour l'instant à Charles de Valrémy, en attendant que vous soyez en âge d'en disposer.

Aujourd'hui, je sais ce que l'huissier ignorait alors, ce que le monde entier ignore encore : que le comte n'est point votre père, et qu'il n'a aucun droit sur la fortune des Brances. Une fortune au moins égale à celle des Valrémy…

La fortune des Brances?

Ces mots ne me semblaient pas aller ensemble. Peut-être parce que j'étais moi-même une orpheline sans ressources, je m'étais forgé de ma mère l'image d'une jeune femme noble mais désargentée, apportant sa grâce pour toute dot dans le foyer de son époux.

Mais à présent, je me souvenais de la liste des richesses rapatriées de Postdam, énumérées au début de la lettre de Gabrielle.

Je me souvenais aussi de l'éclair d'avarice qui était passé dans les yeux de Charles de Valrémy lorsque je m'étais présentée dans son bureau trois mois plus tôt : « Rien ne vous appartient ! s'était-il enflammé. Rien ! Pas la moindre parcelle des biens des Valrémy, car vous n'êtes pas ma fille ! »

Non, en effet, les biens des Valrémy ne m'appartenaient guère; mais ceux des Brances me revenaient de plein droit ! Je commençais à comprendre pourquoi Charles de Valrémy m'avait fait placer dans un couvent, en réglant d'avance ma pension à vie pour que je n'en sorte jamais. Il vivait dans la hantise que je vienne un jour lui réclamer la moitié de son empire. En m'enterrant à Sainte-Ursule, il avait conçu à l'insu des sœurs le plus machiavélique des pièges, se garantissant à la fois contre moi-même et contre la descendance que je ne pourrais pas avoir. Tragique ironie : à présent que je connaissais la vérité, à présent que j'aurais pu prétendre à mon héritage, la malédiction du signe de l'Ours m'avait transformée en bête traquée, en proscrite qu'aucun juge n'aurait daigné écouter.

Mais je n'eus pas le temps de ruminer davantage ces sombres pensées : déjà, Ernestine Planchet avait repris le cours de son récit.

– Tandis que le monde entier semblait se désintéresser du sort de Gabrielle, je continuais d'espérer le retour de ma chère petite, je disais chaque jour cent Ave pour qu'elle reprenne la place qui lui était dévolue au château. Mais, au début du mois d'août, j'ai appris que Charles de Valrémy avait obtenu la reconnaissance de la nullité de son mariage par le Saint-Père en personne. Cette incroyable nouvelle m'a laissée foudroyée, des nuits entières sans dormir, à essayer d'imaginer quel péché avait pu commettre Gabrielle pour mériter un tel châtiment.

Je n'avais point encore séché mes larmes qu'un deuxième coup est tombé : on vous a arrachée à moi, soi-disant pour vous placer chez une nourrice digne de votre rang. Mais je savais que la seule intention du comte était de vous éloigner le plus possible de lui.

J'ai eu beau pleurer, crier, dire que je voulais bien vous élever sur mes gages, Charles de Valrémy n'a rien voulu entendre. Il m'a reléguée à la buanderie du château, moi qui toute ma vie durant avais été femme de chambre de grandes dames. J'ai compris qu'il ne voulait plus rien avoir sous les yeux qui lui rappelle le souvenir de Gabrielle – ni fille, ni servante, ni même portrait de peinture. Et pour être sûr de l'oublier tout à fait, il s'est remarié dans l'année avec une demoiselle de la région.

J'ai vite fait le compte : il ne restait plus rien pour moi en ce bas monde. Tous ceux que j'avais aimés avaient disparu. Je me languissais au milieu des vapeurs de lessive, dans les combles d'une demeure que je connaissais à peine, entourée de gens qui m'ignoraient. Oubliée de tous et même de la mort, qui tardait à venir malgré mes vœux et mes prières. Car c'était la faucheuse qui, désormais, était l'objet de toutes mes oraisons, et non plus Gabrielle, dont j'avais cessé d'espérer le retour.

Pourtant, c'est à ce moment-là qu'elle est revenue...

Une nouvelle quinte de toux a secoué la vieille femme, plus violente encore que la première. J'ai craint que l'écho ne s'en répercute dans l'écurie en dessous. Je savais que si l'on me surprenait là-haut dans cette chambre sans issue, je n'aurais aucune chance de m'enfuir.

Pourtant je suis demeurée, pour entendre la fin du témoignage d'Ernestine.

– C'était un soir de juillet 1819, y a treize ans de ça.

J'étais occupée, comme à mon habitude, à accrocher le linge sur les cordages du grenier. En bas, les Valrémy et leurs invités du jour s'étaient retirés au salon pour une partie de cartes. Plus bas encore, dans les cuisines, les domestiques prenaient leur repas avant d'assurer le service du souper – mais moi, j'avais perdu l'appétit, je ne partageais plus leur table depuis longtemps. Tandis que j'accomplissais ma tâche, mon regard flottait à travers la lucarne en direction du parc, et de la forêt au-delà. J'avais presque oublié que, quatre ans plus tôt, c'était dans cette forêt que Gabrielle avait disparu.

Aussi, je ne l'ai point reconnue tout de suite quand je l'ai vue sortir de derrière les troncs. Il faut dire qu'il faisait sombre, la lune était déjà dans le ciel, et la petite... eh bien, elle était sacrément changée...

Elle que j'avais toujours connue dans les toilettes les plus coquettes et les mieux apprêtées, voilà qu'elle était vêtue à la sauvageonne, dans une espèce de peau de bête qui laissait voir ses bras et ses jambes jusqu'aux genoux. Elle n'en était pas moins gracieuse pour autant, bien au contraire, je dirais même. Sa peau, naguère blanche comme du lait, était devenue ambrée comme du miel. Ses cheveux paraissaient plus longs et plus dorés que jamais. Sa démarche était aussi souple que celle d'un chat. Elle me faisait penser aux gravures d'Indiennes des Amériques que j'avais vues dans un atlas de la bibliothèque de M. le baron de Brances, des années auparavant. Une créature fière et farouche, une lionne de femme – pourtant, c'était bien Gabrielle, il n'y avait point de doute là-dessus.

Lâchant mes pinces à linge, je me suis jetée dans les escaliers, au risque de me rompre dix fois le cou. « Gabrielle ! Ma Gabrielle ! De retour ! »

Je suis arrivée dans le parc par la porte de service, celle qui s'ouvre derrière la haie. Mais, au moment de la contourner, je me suis figée net.

Quelqu'un parlait, là-derrière.

C'était Charles de Valrémy, et sa voix tremblait de rage.

« Comment oses-tu revenir, disait-il, après ce que tu as fait ! » J'ai perçu des pas légers dans l'herbe – les pas de Gabrielle qui s'approchait. Et j'ai entendu la voix que je ne croyais plus jamais entendre avant d'être au ciel :

« Le seul endroit où Sven et les siens pouvaient trouver le remède à leur mal a disparu. C'est vous qui nous avez dénoncés, Charles, avouez-le. Vous êtes allé à Rome. Vous avez donné la lettre que je vous avais adressée aux agents du Vatican. Vous leur avez révélé que des êtres tels que Sven subsistaient quelque part dans le Nord. Sans quoi ils ne seraient jamais venus jusqu'à nous – sans quoi ils n'auraient jamais fait brûler le Manoir sur la lande ! »

En entendant les paroles répétées par la vieille femme, j'ai senti les battements de mon cœur se suspendre dans ma poitrine.

Brûlé, le Manoir sur la lande !

Disparu, le remède à la malédiction !

Cela signifiait-il que l'eau-lumière était perdue à jamais, et avec elle tous les espoirs que j'y avais placés ? Le portrait de Baldur que j'avais lu de la plume de Gabrielle me revenait en tête, plus précis et plus abject que jamais. Je ne pouvais ôter de mon esprit l'image du monstre émergeant de la ferme où il avait assassiné sa fiancée, les mains trempées de sang, le regard perdu dans les brumes rouges de la folie.

Étais-je vouée à devenir cela ?

Étais-je condamnée à tuer celui que j'aimais plus que tout au monde ?

Je ne pouvais pas le croire, je ne voulais pas m'y résoudre ! Incapable de lire la détresse sur mon visage, Ernestine a continué son récit, et je me suis efforcée de ravaler mes sanglots pour ne pas l'interrompre.

– Je ne comprenais pas grand-chose à ce qui passait par mes oreilles, juste qu'il était question de trahison et de sacrilège, et je me faisais toute petite derrière la haie en priant pour que personne ne remarque ma présence.

« Et pourquoi n'aurais-je pas transmis ton odieuse lettre à Rome ? a dit le comte. Il fallait que j'aie une raison valable d'annuler notre mariage, une preuve de ton abjection. Sorcière ! Sorcière qui couche avec le diable ! J'espère que le démon qui t'a engrossée a brûlé avec ce maudit manoir – et toi... toi, tu aurais dû brûler aussi ! »

C'est à ce moment que j'ai entendu le bruit d'un fusil qu'on arme. Je me suis mise sur la pointe des pieds et j'ai glissé la tête au-dessus de la haie.

Charles tenait Gabrielle en joue, à moins de cinquante pieds !

Peut-être que j'aurais dû crier, appeler à l'aide. Mais quelque chose dans l'expression de Gabrielle m'en a dissuadée. Son visage était comme transfiguré, pareil à ceux des anges sur les vitraux de la chapelle du château, débordant de joie et de gravité à la fois.

« Ainsi donc, les agents du Vatican ont dit vrai... a-t-elle murmuré. Renée n'est pas votre fille, mais celle de Sven... C'est la raison pour laquelle je suis revenue à Valrémy après toutes ces années. Donnez-la-moi, Charles. Remettez-moi Renée et je vous promets que vous ne nous reverrez plus jamais, ni l'une ni l'autre. »

Les yeux de Gabrielle brillaient comme des yeux d'animal – oui, je me souviens d'avoir pensé : « comme des yeux de louve ».

Elle a fait quelques pas de plus vers Charles, mais celui-ci s'est mis à hurler :

« Tu me l'avais déjà promis, menteuse – dans la lettre où tu avoues tes crimes – tu m'avais déjà promis que tu sortirais à jamais de ma vie. Je préfère m'en assurer moi-même ! »

Il a tiré.

La balle a atteint Gabrielle au ventre, elle est tombée à quatre pattes sur le sol.

Avant que j'eusse le temps de réagir, quelque chose est sorti des bois au bout du parc. Quelque chose de très massif, et qui courait très vite – ou qui bondissait plutôt, qui bondissait en rugissant. Est-ce que c'était un homme, une bête, ou un démon, ainsi qu'avait dit le comte ? Est-ce que c'était la chose qui vous avait engendrée, vous la si mignonne petite enfant ? Je n'ai guère eu le temps de voir : la deuxième balle a fait exploser la tête de la créature, qui s'est effondrée au sol.

Gabrielle a poussé un cri, mais un cri ! Bonne mère ! Jamais je n'avais entendu pareil cri, à en déchirer et le ciel et la terre et l'âme tout d'un coup. Elle a essayé de se relever pour se précipiter sur le cadavre de la créature, mais le sang coulait à flots de son ventre percé. Elle est retombée à terre, et Charles l'a achevée d'une balle en plein cœur. Puis il a vidé son fusil sur le visage de celle qui avait été sa femme, jusqu'à ce qu'il se transforme en une bouillie de sang méconnaissable.

Je me souviens de la nausée qui m'a attrapé les tripes.

Je me souviens d'être tombée à genoux derrière la haie en essayant de vomir sans y arriver, parce que mon estomac était vide, vide, vide !

Puis des domestiques interrompus dans leur repas par le vacarme ont déboulé dans le parc par l'entrée principale.

« Deux vagabonds, a dit le comte, qui essayaient de s'introduire dans le château pour nous dérober. Jetez leurs corps dans le marais. »

Moi, je mordais l'intérieur de mes joues pour ne pas hurler.

Il me semble que je n'ai jamais cessé de ronger mon frein depuis.

Il me semble que j'ai passé treize ans derrière cette haie, à broyer mes joues tellement fort qu'il n'en reste plus que de la charpie.

Aujourd'hui que je vous parle, c'est la première fois que je desserre les dents depuis tout ce temps. Et ça fait un bien fou, vous ne pouvez pas savoir ma chère enfant. Un bien fou…

Ernestine Planchet a poussé un profond soupir.

Quelque chose brillait sur sa joue, dans la pénombre de la chambre. En me penchant sur son visage, je me suis rendu compte qu'elle pleurait.

Elle pleurait, celle qui avait retenu ses larmes pendant si longtemps ; elle méritait enfin son repos, celle qui pendant treize années avait attendu que l'on vînt l'écouter.

J'ai senti une bouffée d'affection pure remonter du plus profond de mon être, et balayer momentanément la détresse dans laquelle les révélations de la vieille femme m'avaient plongée. J'étais pleine d'amour pour cette personne qui avait veillé sur mes premiers jours, qui avait entretenu le souvenir de ma mère au fond de son puits de solitude. Je l'ai prise dans mes bras le plus délicatement possible, de la même manière qu'elle avait dû prendre le nourrisson que j'étais, dix-sept ans auparavant.

– Merci, ai-je murmuré à son oreille, prenant juste garde que ma barbe ne frotte pas contre sa peau. Merci du fond du cœur.

– C'est moi qui vous remercie, ma petite. Ce que je vous ai dit là, je n'aurais pu le dire à personne d'autre. Quand l'abbé viendra me donner les derniers sacrements, je n'aurai pas à me torturer pour savoir si je dois lui parler ou pas. Maintenant, je n'ai plus à me préoccuper que du salut de mon âme, dans cette écurie où l'on m'a reléguée pour que j'y meure. Mais attendez avant de partir : il y a une dernière chose encore…

– Oui ?

– C'était il y a deux ans de ça, quand je n'étais point alitée et que j'y voyais encore un peu. Je suis montée au bureau du comte Charles pour en détacher les rideaux et les mettre à laver. J'ai remarqué une enveloppe ouverte, posée sur son secrétaire. C'était une lettre arrivée par la poste – d'Angleterre, à en croire les timbres et les cachets. Je me suis approchée pour voir de plus près et, par la Sainte Vierge, j'ai cru que j'allais perdre les sens ! Parce que sur la première page de la liasse, voyez-vous, il y avait un dessin esquissé au crayon. Et parce que, sur ce dessin, on voyait trois ours qui se tenaient debout comme des hommes, et qui étaient habillés comme des hommes, autour d'une table dressée comme pour des hommes. Je n'entends pas l'anglais, alors je n'ai pas pu lire la lettre. Mais par contre, j'ai lu le bristol qui l'accompagnait, et aujourd'hui je m'en souviens comme si c'était hier.

« Pour monsieur le comte Charles de Valrémy, que ça disait en français, en souvenir de la fable que vous m'avez racontée durant votre exil dans mon pays, et qui m'a inspiré ce petit conte que j'ai tout naturellement intitulé *The Three Bears* (« les trois ours »). Je serais ravi d'avoir votre avis sur ce court récit – je vous prie de m'excuser de vous l'envoyer dans sa version originale, mais c'est ainsi qu'elle a surgi sous ma plume et je me rappelle que votre anglais est tout à fait honorable. On m'a parlé aussi de cette fameuse imagerie que vous avez à Épinal ; pensez-vous que les graveurs pourraient illustrer mon texte en vue de sa prochaine publication, mieux que je ne l'ai fait dans le dessin griffonné en couverture ? Pensées respectueuses. Robert Southey. »

Je me suis rappelé ce Southey, un écrivain anglais que les Valrémy avaient côtoyé au printemps 1815, pendant leur exil à Londres. C'était l'époque où le jeune comte Charles était encore très amoureux de Gabrielle, où il ouvrait la bouche uniquement pour parler d'elle et des hommes-ours de la forêt. Comme tout le monde, comme moi à l'époque, M. Southey avait cru que c'étaient là les inventions d'un jeune homme trop romantique. Mais lui ne s'était pas contenté de hocher la tête comme les autres avant de se détourner : il en avait fait un conte.

Je ne sais point si ce conte a été publié à l'heure où je vous parle. Je doute que beaucoup de gens soient intéressés par cette histoire à dormir debout, et encore plus qu'elle soit un jour traduite dans notre langue. Mais je voudrais que les quelques-uns qui la liront sachent que ce n'est pas qu'une fable. Qu'ils sachent que derrière le conte des *Trois Ours*, il y a une demoiselle qui a vraiment vécu, et que j'ai tant aimée.

Je suis restée au chevet d'Ernestine Planchet jusqu'à ce que le ciel commence à s'enflammer derrière le rideau.

Alors, je me suis souvenue du cirque, de la représentation qui m'attendait, des deux heures de marche qui me séparaient de Girandorge. Du reste, la femme qui s'occupait de la mourante allait bientôt monter lui donner le souper. J'ai lâché sa main, sachant que je ne la serrerais jamais plus de son vivant. Seule la lumière qui baignait son visage m'a un peu consolée.

Je suis partie sur la pointe des pieds après l'avoir embrassée, comme on embrasse un enfant qui va s'endormir.

Il est très tard à présent. Le bout de chandelle qui m'éclaire achève de se consumer en diffusant un filet de fumée noire. Dans cette lumière tremblotante, j'ai retranscrit mot pour mot le témoignage d'Ernestine Planchet. Je voudrais que le monde entier puisse le lire, puisse connaître l'abjection du comte Charles de Valrémy.

Voilà qui explique pourquoi un homme de cinquante ans à peine paraît aussi amer et affligé qu'un vieillard : c'est la culpabilité qui le ronge. Sur un coup de sang, cet individu qui ne m'est rien m'a rendue orpheline. Si encore son crime n'était qu'un crime d'amour, je pourrais peut-être le comprendre, à défaut de le pardonner. Mais Charles de Valrémy a allié l'avarice à la jalousie en s'accaparant la fortune de la défunte. Peut-être la haine a-t-elle attisé le démon de sa cupidité, le poussant à posséder coûte que coûte les biens de celle dont il ne pouvait posséder le cœur…

À dire vrai, le comte ne m'a pas uniquement dérobé l'héritage de ma mère ; il m'a aussi volé le legs de mon père, le Manoir sur la lande, qui a brûlé par sa faute. L'eau-lumière a-t-elle disparu pour toujours, comme Gabrielle semblait le penser ? Je ne peux me résoudre à l'accepter. L'espoir rallumé par la bienveillance de Mme Lune, par les rêves que je partage chaque nuit avec Gaspard est trop fort pour être mouché.

Il faut qu'une cure subsiste quelque part, *et je la trouverai !*

21 JUIN

(avant le coucher)

ILS ONT BIEN FAILLI ME PRENDRE !

Sans l'aide de Mme Lune, ils m'auraient capturée !

C'est arrivé ce matin sur le coup de dix heures, pendant que les jumeaux pliaient le chapiteau. Moi, je dormais encore dans mon petit coin de roulotte ; je m'étais couchée tard la veille, tenant à porter dans mon journal l'intégralité de mon entretien avec Ernestine Planchet, tant qu'il était encore frais dans ma mémoire.

Des coups précipités à la porte m'ont réveillée : c'était la voyante, tout essoufflée.

– Vite !

Elle m'a prise par la manche de ma chemise de nuit, sans faire attention à mes efforts pour la tirer sur mes jambes duveteuses. J'étais terriblement gênée qu'elle me voie ainsi, mais elle n'y a prêté aucune attention.

– Il n'y a pas une seconde à perdre ! Les hommes de la police sont en route, et c'est toi qu'ils viennent chercher !

– Comment ?...

– Mes éclaireurs me l'ont dit : deux hommes en redingote bleue. Ils seront là dans quelques minutes !

Mme Lune m'a entraînée à sa suite entre les roulottes, prenant garde que personne ne nous voie, jusqu'à sa loge. Là, elle m'a aidée à me cacher dans le grand coffre en bois, derrière son fauteuil à bascule.

J'avoue avoir eu l'impression désagréable d'être traitée comme l'un des esprits, l'un de ces éclaireurs que la voyante faisait profession de mettre en boîte. Mais je n'avais guère le choix.

– Attends-moi là et, surtout – surtout –, ne fais pas de bruit !

La porte de la roulotte a claqué, et je me suis retrouvée dans le silence et dans le noir complets.

Une vingtaine de minutes plus tard, alors que je commençais à trouver le temps vraiment long, j'ai entendu la porte s'ouvrir à nouveau.

Des pas ont retenti sur le plancher de la loge, accompagnés d'éclats de voix. J'ai reconnu celle de M. Croustignon :

– Voilà, c'est la dernière loge. Vous voyez bien, elle n'est pas ici non plus. Je ne sais pas où elle a bien pu passer.

– C'est fort dommage, monsieur, a dit l'un des policiers. Vous avez tout de même hébergé cette criminelle pendant des semaines. De là à vous considérer comme son complice…

– Mais je n'en savais rien, je vous le jure ! Comment est-ce que j'aurais pu savoir, d'abord ? Vous croyez que je suis en mesure de demander des lettres de recommandation et une fiche d'état civil aux gens que j'emploie dans mon cirque ?

– Peut-être que vous devriez y songer à l'avenir. Cette fille est dangereuse. L'accident qui s'est passé sous votre chapiteau il y a cinq jours n'était rien en comparaison de ce dont elle est capable.

– Ah, vous êtes au courant, pour le chapiteau ?

– Une dame a porté plainte pour coups et blessures…

– Mazette ! J'avais pourtant remboursé les clients… De nos jours, les gens veulent vraiment le beurre et l'argent du beurre !

– La description qui nous a été faite de cette Barbaruna correspond au signalement de la couventine en fuite que nous recherchons depuis des mois – la barbe en moins, bien entendu. Dites : il s'agit d'un postiche, n'est-ce pas ?

– Non, môssieur ! Qu'est-ce que vous allez imaginer là ! Hector Croustignon ne triche pas sur la marchandise ! J'ai toujours offert au public un spectacle de qualité, garanti authentique. Quels que soient les méfaits dont cette petite a pu se rendre coupable, je peux vous assurer qu'elle a du talent – et elle a plus de poil au menton qu'un grand gaillard comme vous, pour sûr !

– Hum… ne vous énervez pas. Simplement, dites-vous qu'à partir de maintenant vous allez devoir vous passer du « talent » de votre protégée. Elle a sans doute fugué, mais si elle venait à reprendre contact avec vous, il est de votre devoir d'en avertir la police. Sans quoi vous vous rendriez définitivement complice, et donc coupable aux yeux de la loi.

J'ai entendu M. Croustignon grommeler une vague promesse, puis les trois hommes ont quitté la loge.

La porte a claqué, et le silence est revenu.

Alors seulement je me suis autorisée à respirer. Pendant tout le temps où les gendarmes avaient été dans la roulotte, je n'avais eu qu'une crainte, qu'ils ouvrent le coffre. Ce n'était pas d'eux que j'avais eu peur, non : c'était de moi. C'était de la créature aux yeux rouges qui leur aurait sauté au visage comme un diable hors de sa boîte.

Mme Lune est venue me retrouver une dizaine de minutes plus tard.

En sortant du coffre, je l'ai trouvée plus verdâtre que jamais.

– Ils reviendront, a-t-elle dit. Et d'autres encore. Quant à Croustignon, il sait où est son intérêt : il n'hésitera pas à te dénoncer s'il apprend que tu es encore parmi nous. Tu n'es plus en sécurité ici. Tu dois partir.

J'ai senti ma gorge se serrer. Pourtant, je savais que la vieille femme avait raison, que la parenthèse du cirque était sur le point de se refermer. En réalité, la décision de quitter la caravane pour monter vers le nord était arrêtée dans mon esprit depuis plusieurs jours déjà. Mais où aller, à présent que j'avais appris la destruction du Manoir sur la lande ? Dans quelle direction tourner mes pas, vers quel horizon chercher mon salut ?

– Le remède à la malédiction qui me frappe a brûlé avec le Manoir sur la lande, ai-je dit à la voyante. C'est Gabrielle elle-même qui l'a affirmé avant de mourir : les agents du Vatican ont incendié le refuge des natifs du signe de l'Ours. Comment savoir si l'eau-lumière subsiste encore, quelque part ?

Mme Lune m'a fixée de son regard si intense.

Elle a hoché la tête et, sans un mot, elle a saisi une vieille cassette marquetée. Elle est allée s'asseoir dans son fauteuil, puis elle en a soulevé le couvercle.

De longues minutes se sont écoulées avant que la voyante ne prenne la parole. À travers ses paupières plissées, ses yeux n'étaient plus que deux fentes brillantes. Quant à moi, je frémissais au moindre bruit en provenance de l'extérieur, redoutant à chaque instant que M. Croustignon et les policiers ne reviennent sur leurs pas.

Mais ils n'ont pas réapparu, et Mme Lune s'est mise à murmurer :

– … Le Vatican… Gabrielle a parlé du Vatican… C'est là peut-être que se trouve la réponse…

Elle a plissé les yeux plus fort encore, comme si elle essayait de voir à travers une très longue distance.

– … Les éclaireurs ont du mal à accéder à de tels endroits… Il y a des protections… Des barrières spirituelles puissantes contre les êtres de leur espèce, les spectres et les fantômes…

J'ai remarqué que de grosses veines palpitantes s'étaient formées aux tempes de la voyante, sous ses rares cheveux gris. Comme à chaque fois qu'elle invoquait ses mystérieux conseillers, son corps s'est mis à trembler, imprimant des secousses nerveuses au fauteuil à bascule. Un instant, j'ai eu peur qu'elle ne soit victime d'une attaque.

– Je suis désolée, a-t-elle lâché dans un souffle. Je n'y arrive pas.

Elle a glissé la main à travers son corsage, dans un geste réflexe issu d'années de pratique… d'années d'intoxication. Mais le flacon dans lequel elle avait coutume de chercher l'ivresse après chaque invocation était vide.

Elle s'est mise à trembler plus fortement, à travers tout son corps, comme en prémices d'une crise épileptique.

– Dans le coffre, Blonde !… m'a-t-elle ordonné. Va prendre un flacon neuf dans le coffre !

Il y avait dans la voix de Mme Lune une intonation que je ne lui avais jamais entendue – oui, une forme de menace.

– Qu'attends-tu, bougresse ! Dépêche-toi !

J'ai reculé jusqu'au meuble où je m'étais cachée quelques instants plus tôt. J'ai soulevé le couvercle précipitamment, craignant que la voyante n'attire l'attention par ses cris de plus en plus rauques.

– Sous les couvertures ! Vite !

J'ai retourné les étoffes tapissant le fond du coffre. Une douzaine de petites bouteilles d'un verre brun épais étaient entreposées là. Je n'ai pu m'empêcher de penser que c'était une cachette d'ivrogne, non pas tant motivée par la peur du vol que par la honte…

– Donne ! a craché Mme Lune en m'arrachant des mains le flacon que je lui tendais.

Elle l'a porté à sa bouche. Elle tremblait tellement fort que le goulot a cogné ses dents à plusieurs reprises avant de se stabiliser entre ses lèvres. Je sentais qu'elle s'en voulait de réagir ainsi, et qu'elle m'en voulait aussi d'être là, de la voir dans cet état de dépendance qui la rendait presque aussi animale que moi durant mes accès de folie. J'aurais voulu détourner le regard mais je n'y parvenais pas. J'étais hypnotisée par le niveau du liquide qui descendait dans le flacon, à mesure qu'il se transvasait dans la gorge de la vieille femme. Lorsqu'elle a eu aspiré le quart du récipient, ses doigts se sont brusquement desserrés ; elle a failli laisser tomber le flacon, l'a rattrapé de justesse pour l'enfouir dans son corsage. Ses bras se sont déroulés de chaque côté des accoudoirs, aussi mous que des lianes, et tout son corps s'est relâché. Comme la première fois que j'avais consulté Mme Lune, l'agitation nerveuse provoquée par l'invocation des éclaireurs a laissé la place à un état de prostration végétale tout aussi effrayant.

– Ne me regarde pas comme ça, a-t-elle ânonné d'une voix embourbée par le terrible breuvage. Tu ne sais pas ce que c'est…

J'ai pris la main de Mme Lune. Elle était flasque, sans vie.

– Si, ai-je murmuré, je sais ce que c'est. Je sais ce que c'est que perdre le contrôle de soi-même. Je sais ce que c'est que se sentir entièrement submergée par un instinct qui vous répugne et qui vous dépasse.

Bien que j'ignorasse tout de Mme Lune, je me sentais soudain aussi proche d'elle que d'une sœur. Sa vie avant le cirque avait été aussi tumultueuse que la mienne. Tout comme moi, elle était venue trouver là un refuge, une protection contre le monde… et contre elle-même. Les petits numéros de voyance qu'elle exécutait pour M. Croustignon ne lui demandaient pas de grands efforts. Chaque soir, quelques gouttes de sa drogue suffisaient à la maintenir à flot. Mais pour moi, par deux fois, elle avait poussé ses ténébreux talents jusqu'à leurs limites et, à présent, elle en payait le prix.

J'ai serré sa main un peu plus fort dans la mienne :

– Pardonnez-moi de vous avoir mise en danger…

– Je me suis mise en danger moi-même, le jour où j'ai trempé mes lèvres dans l'eau noire de l'oubli pour la première fois. Mais je m'en remettrai, mon enfant, ne t'inquiète pas. J'ai survécu à tant de choses…

Elle m'a souri à demi, comme si les muscles de son visage étaient trop fatigués pour aller plus loin. Et pourtant j'ai senti la force formidable qui demeurait dans ce petit bout de femme, une force qui l'avait fait tenir jusqu'ici, et qui la soutiendrait longtemps encore.

– Un élément crucial repose dans les archives du Vatican, a-t-elle dit, mais les éclaireurs ne peuvent y pénétrer. Il faut que tu y ailles en personne, que tu ailles consulter les minutes de l'annulation du mariage de Charles de Valrémy et de Gabrielle de Brances. C'est la seule manière d'apprendre pourquoi l'Église a envoyé ses agents brûler le Manoir sur la lande... et de découvrir s'il en reste autre chose que des scories.

– Mais c'est impossible ! Je suis recherchée – je ne pourrai jamais passer aucune frontière.

– Alors, il faut que tu envoies quelqu'un à ta place.

Ce soir, pour la première fois depuis mon départ de Sainte-Ursule, je m'apprête à m'endormir dans un vrai lit, et non sur une paillasse posée à même le plancher d'une roulotte.

J'ai quitté le cirque sans faire mes adieux à personne d'autre qu'à Mme Lune. C'était ce matin seulement, et pourtant ces visages que j'ai vus chaque jour pendant des semaines me semblent déjà faire partie d'un rêve – les faces graves de Remus et Romulus, la moustache gominée d'Angelo, le maquillage outrancier de Sylviana. Dans ma fuite précipitée, je n'ai même pas pu libérer Dario et Chipo de leur cage, ainsi que je me l'étais promis. La petite lanterne magique du cirque s'est éteinte, et voilà que je me retrouve dans une chambre d'auberge aux murs décrépits, à une douzaine de lieues de Girandorge et du château de Valrémy.

Ni le charroyeur qui m'a véhiculée, ni l'aubergiste n'ont paru s'émouvoir de la voix un peu trop aiguë de ce garçon barbu qui leur a payé le trajet et la nuitée, gardant sa capuche enfoncée sur ses yeux. Peut-être ont-ils attribué ce timbre à une mue tardive – ou peut-être n'y ont-ils juste pas fait attention.

On ne pose pas de questions à ceux qui vous donnent de l'argent.

Et de l'argent, j'en ai pour la première fois de ma vie. Au moment de partir, madame Lune m'a fait ouvrir l'une de ses innombrables boîtes, mais celle-là n'était point vide comme les autres. Il y avait là tout le contenu de sa cagnotte, deux mille francs en billets. « Tu me rembourseras plus tard, m'a-t-elle dit. Et prends aussi mon collier de pois, tu en auras besoin pour communiquer avec Gaspard : considère que c'est mon cadeau de fiançailles. » Puis elle s'est endormie, terrassée par la drogue.

Les âmes les plus généreuses ne sont pas toujours celles que l'on pense, dans un monde où un riche aristocrate est prêt à tous les crimes pour sécuriser son bien, où une vieille dame sans famille ni domicile offre ses économies sans une seconde d'hésitation pour une cause qu'elle estime juste…

À présent, le moment est venu de glisser un pois sous mon oreiller.

Le moment est venu de retrouver Gaspard en rêve.

Je ne peux plus lui cacher la vérité sur celle qu'il s'apprête à épouser.

Le moment est venu de tout lui avouer.

22 JUIN

(quelques instants avant l'aube)

AU MOMENT OÙ J'ÉCRIS CES LIGNES, à la lumière de ma lampe de chevet, le jour ne s'est pas encore levé derrière les volets. La journée qui s'annonce promet d'être caniculaire, si j'en juge par la chaleur qui a régné toute la nuit. Dans l'intimité de ma chambre j'ai dormi nue, et nue je suis encore, sans même ma chemise de dessous.

J'entends la rumeur de la grand-route qui passe juste sous mes fenêtres et que j'emprunterai bientôt – il y aura bien quelque diligence, convoyeur ou charretier pour emmener quelques dizaines de lieues plus loin un mystérieux pèlerin enveloppé dans sa cape noire.

Mais pour l'instant, je ne suis pas ce pèlerin.

L'image que me renvoie le miroir accroché à la porte de la chambre, devant lequel des dizaines de voyageurs de commerce ont dû ajuster leur faux col avant de quitter l'auberge très tôt le matin, cette image n'est pas celle d'un pèlerin.

Parce qu'un pèlerin n'a pas de hanches, pas de jambes, pas de seins comme les miens. Les cils d'un pèlerin ne sont point si longs, ses lèvres point si pleines, et ses traits point si fins. Les poils blonds qui me recouvrent à présent tout le corps ne réussissent pas à masquer cette évidence : je suis une femme. Je reste une femme.

Mais d'ailleurs, est-ce que ce sont encore des poils ? Ils sont tellement denses sur mes cuisses, sur mes bras et sur mon ventre que l'on ne voit même plus la peau dessous ; mes épaules elles-mêmes commencent à disparaître sous cette toison qui dévore tout, comme le lierre les façades des vieilles maisons ; la barbe a remonté sur mes pommettes, jusque sous mes yeux, et il me semble que l'implantation de mes cheveux est descendue plus bas sur mon front…

Non, ce ne sont pas des poils : c'est un pelage. Il n'y a pas d'autre mot. C'est un pelage doré qui me gagne peu à peu, comme celui d'un animal né nu, et qui atteint enfin sa taille adulte. Bientôt, je le sais, il n'y aura plus un fragment de peau qui ne sera pas couvert par ce pelage.

Quand je repense à cette lointaine époque du couvent où, ayant honte de ma blondeur, j'imaginais de la cacher sous un voile ! Maintenant, je la porte sur tout mon corps, telle un étendard.

La vérité, c'est que je suis plus blonde qu'aucune femme ne l'a jamais été avant moi… plus blonde qu'aucun homme ne peut l'imaginer.

Gaspard m'a-t-il seulement crue lorsque je lui ai décrit celle que j'étais devenue ?

C'est la première fois que je lui dis toute la vérité, sans rien en escamoter, sans rien lui taire du péril que je représente à présent pour lui. Cette confession que je redoutais tant m'a paru trop facile. Il a écouté mon histoire sans m'interrompre, paraissant mettre de côté sa raison et son bon sens pour me faire entièrement confiance. Je m'attendais à des questions, à des exclamations, à des menaces sans doute ; j'ai récolté des paroles de consolation et des déclarations d'amour éternel qui m'ont chaviré le cœur. J'ai l'impression que Gaspard ne prend pas la mesure du danger que je représente pour lui.

Gaspard qui est à Rome, aux portes du Saint-Siège.

Gaspard qui a promis d'en forcer les murailles pour accéder

au document qui représente la clé de mon passé, et celle aussi de mon avenir. Pendant ses recherches, je n'aurai qu'une seule tâche à accomplir : conserver ma liberté. Maintenant, les policiers savent que je suis revenue en Lorraine, ils connaissent mon signalement. Sans doute faudra-t-il que je change de gîte tous les soirs, en privilégiant les petits établissements où l'on ne vous demande ni comptes ni papiers d'identité.

J'aimerais me persuader que les archives vaticanes apporteront le remède à la malédiction du signe de l'Ours.

Mais si elles restent muettes…

Mais si Gaspard revient bredouille…

Je n'ose imaginer sa réaction quand il découvrira mon vrai visage, la réalité concrète de tout ce que je lui ai révélé en rêve. Une chose est sûre, je me battrai jusqu'au bout pour rester humaine. Mais lorsque je n'y parviendrai plus, lorsque la bête prendra définitivement le dessus en moi, alors je ne laisserai pas se reproduire la tragédie de Baldur. Si mes lèvres ne doivent jamais goûter l'eau-lumière du salut, il me restera « l'eau noire de l'oubli ».

Te l'avouerai-je, journal, témoin de mes turpitudes ? Je n'ai pas seulement accepté l'argent et le collier que m'offrait Mme Lune. Tandis qu'elle dormait, je me suis aussi emparée de l'un des flacons au fond de son coffre. Il est là à présent, posé devant moi sur la table où j'écris ces mots. Je ne puis détacher mes yeux de sa petite étiquette qui sonne comme une menace… comme une promesse :

LAUDANUM
Teinture d'opium.
Respecter strictement les doses prescrites sous danger de mort.

28 JUIN

(au coucher du soleil)

L'HORREUR A COMMENCÉ CE MATIN, PEU AVANT LE LEVER DU JOUR.

L'instant précédent, je crois que je dormais à poings fermés, mais tout à coup je me suis sentie complètement éveillée, tous mes sens en alerte.

Il y avait un léger bruit dans le couloir du relais de poste où j'avais passé la nuit, à quelques lieues de Metz. Le bruit de quelqu'un qui s'approchait de la porte de ma chambre sur la pointe des pieds, un pas après l'autre, lentement.

Je me suis laissée glisser au bas de mon lit.

Déjà, je sentais mon estomac se nouer.

Mon regard est aussitôt allé à la fenêtre, à travers les rideaux de laquelle filtrait la lumière de l'unique réverbère planté devant le relais.

J'allais ouvrir le battant et me jeter dans la nuit, mais à ce moment-là une silhouette est apparue à contre-jour sur le rideau, hideuse ombre chinoise. *Ils m'attendaient aussi à l'extérieur !*

Prise au piège, faite comme un rat, acculée comme une bête. C'était le pire qui pouvait arriver.

Ma réaction a été automatique : le voile rouge est tombé devant mes yeux comme un couperet.

Mon Dieu, j'ai envie de hurler rien que d'y repenser !

Le bruit du verrou tournant doucement dans la serrure…

La silhouette s'approchant plus doucement encore de la fenêtre...

J'avais l'impression d'assister aux dernières secondes de calme avant la tempête, et j'aurais voulu disparaître, oui, j'aurais voulu disparaître plutôt que d'avoir à affronter ce qui allait suivre !

Au lieu de quoi, j'ai perdu connaissance quand la porte s'est ouverte.

Quand je suis revenue à moi, des cris de panique et des aboiements déchiraient l'aube.

L'horizon était teinté d'une mauvaise couleur de sang caillé qui ne devait rien à mes yeux ; les nuages ressemblaient à des lambeaux de chair étalés dans le ciel du petit matin. J'étais sur la grand-route, à dix arpents du relais baigné dans la lumière jaunâtre du réverbère. Deux chevaux étaient attachés devant la façade – les chevaux des sergents de ville qui étaient venus me surprendre dans mon sommeil. Tirant comme des damnés sur les cordes attachées à un anneau, des chiens attendaient qu'on les libère pour se lancer à ma poursuite.

Je me suis mise à courir.

Les aboiements résonnaient de plus en plus fort dans mon dos.

Et moi, je courais de plus en plus vite.

Le coup de feu n'a servi qu'à me faire accélérer encore. Le policier m'avait-il vraiment visée, ou bien avait-il tiré en l'air pour me sommer de me rendre ? Je ne saurais dire.

J'ai sauté sur le bas-côté, j'ai dévalé le talus jusqu'à la forêt qui s'étendait derrière la grand-route.

Les taillis m'ont engloutie, et ils ont aussi englouti les cris des clients du relais de diligence, les coups de feu, les hurlements des chiens.

Il faisait nuit noire au creux du sous-bois, le jour ne s'y était pas encore levé.

L'air sentait l'humus et le pollen, les odeurs étaient si fortes !

plus que jamais, j'avais l'impression que mon nez s'était changé en autre chose, en museau ou en truffe, il me semblait n'avoir jamais rien senti auparavant.

J'entendais aussi mieux que je n'avais jamais entendu, j'entendais chaque brindille se briser sous mes pieds nus, expirer toutes les choses mortes qui se décomposent lentement dans le ventre de la terre.

Les ronces tentaient de m'agripper les mollets et les bras, mais elles glissaient sur moi, leurs épines ne trouvant aucune prise sur mon pelage.

À un moment, je me suis pris les pieds dans une racine et je suis tombée, les paumes en avant contre la mousse ; mais je n'ai pas ralenti, non, j'ai continué de courir – si l'on peut encore appeler « courir » cette manière d'avancer, tantôt à quatre pattes, tantôt sur deux jambes, entre la bête et l'homme.

Et puis, soudain, une ombre rousse a jailli d'un fourré et s'est figée à quelques pieds de moi. Un renard. Ou une renarde plutôt, suivie de trois petites gouttes de feu, renardeaux nés du printemps. J'ai reconnu dans son regard celui du loup que j'avais croisé devant Sainte-Ursule, près de trois mois auparavant. Un regard qui ne me considérait pas comme un ennemi, mais comme un pair. Deux animaux sauvages tentant de survivre dans un monde colonisé par les hommes, grignoté chaque jour un peu plus par leur civilisation, voilà ce que nous étions, la renarde et moi.

Deux sœurs.

Elle a glapi doucement, tandis que j'entendais se rapprocher les aboiements des chiens ; j'ai compris qu'elle me disait de fuir par où elle était venue avec sa portée, afin que leur sillage dissimule le mien. Eux, ils iraient à la rencontre de la meute et l'entraîneraient sur une autre piste. Les petits étaient en âge d'apprendre à survivre ; cette traque était l'occasion de leur enseigner comment semer les hommes et leurs sbires canins.

Je me suis remise à courir, surprise de remonter si facilement la piste de la renarde en suivant son odeur musquée.

Et puis, tout à coup, sans savoir pourquoi, je me suis arrêtée.

Il n'y avait plus rien d'autre autour de moi qu'une forêt profonde, plus aucun autre son que celui de la brise dans les branches. J'ai pensé à Gabrielle, bien sûr, et à son propre étourdissement dans une forêt semblable, dix-sept années auparavant. Fallait-il donc que je revive chaque étape de son calvaire ? que je me perde comme elle s'était perdue ? que je trahisse la confiance de Gaspard comme elle avait trahi celle de Charles ? Quelle était donc la prochaine station de ce chemin de croix ? Allais-je à mon tour tomber sur une chaumière, là, au détour d'un tronc, avec trois bols, trois chaises, trois lits et trois monstres prêts à m'emporter au fin fond des Enfers ?

La brise s'est gonflée, et je l'ai sentie soulever les poils de mes cuisses nues.

La forêt me rappelait que c'était moi, le monstre.

Je n'avais même plus d'habits pour cacher ma véritable nature : dans la confusion, j'avais quitté le relais sans autre vêtement que ma chemise de dessous. Et encore s'était-elle déchirée de part en part au cours de ma fuite. Seul un réflexe miraculeux m'avait fait attraper mon havresac à la volée ; c'était la seule chose que j'avais emportée avec moi. Malheureusement, l'argent de Mme Lune était resté dans la poche de ma robe, sur la chaise de la chambre…

Demeurer dans cette forêt à jamais, me soumettre une fois pour toutes au règne animal ?

Vivre une vie sauvage telle que l'avaient vécue Sven, Oluf et Baldur ?

Voilà qui était tentant, diablement tentant.

L'illusion d'une telle échappatoire n'a pas duré longtemps ; l'écho d'un hennissement, quelque part, m'a brutalement rendue à la réalité : la forêt dans laquelle j'évoluais touchait déjà à sa fin. Ce n'était qu'un simple bois, en comparaison des grandes sylves tapissant les contreforts des Vosges à l'est d'Épinal. Ici, dans la vallée messine, le paysage avait été largement défriché. Il ne restait que des moignons chevelus, de petites flaques vertes ceinturées de champs, rayées de routes, criblées de villages.

Mais surtout aucune forêt, si vaste fût-elle, ne pourrait jamais me protéger de moi-même. Je n'étais ni ourse ni renarde, mais une fille éperdue d'amour. Je savais que, dès que je relâcherais ma garde, mes pas me porteraient vers la chapelle de Sainte-Ursule, vers le garçon que j'aimais… et vers le crime. La nature ne pouvait être un refuge pour moi, comme elle l'avait été pour mon père et ses compagnons de misère. L'exil même m'était interdit.

Il fallait que je retourne à la civilisation, que je demeure humaine encore quelques jours, quelques semaines pour être en mesure d'absorber l'eau-lumière. S'il restait une chance, si mince fût-elle, que Gaspard trouve le remède à mon mal, je n'avais pas le droit de la laisser passer.

Je me suis remise à marcher dans la direction d'où était venu le hennissement.

Je suis arrivée sur une autre route, deux fois moins large que la grand-route. C'était une simple voie en terre, sans pierraille ni gravillons. Elle était déserte, à l'exception d'une petite calèche arrêtée à une centaine de pieds devant moi. Un cheval y était attelé – sans doute celui dont j'avais perçu le hennissement – mais la voiture était vide.

En voyant bouger les buissons en contrebas de la route, j'ai deviné que le cocher était descendu pour satisfaire un besoin naturel sans autre témoin que les arbres. Il avait commis l'imprudence de laisser une valise en évidence sur la banquette de la calèche.

J'ai foncé sans réfléchir.

J'ai passé la main sous la capote à demi repliée, j'ai saisi la poignée de la valise, et je suis retournée m'enfouir dans la forêt de l'autre côté de la route, juste au moment où le pauvre homme émergeait des buissons.

Je l'ai vu à travers les feuillages, un cocher en livrée, chargé sans doute de ramener la calèche de ses maîtres au bercail après les avoir déposés dans quelque château voisin. Il a regagné sa voiture en sifflotant. Il s'est hissé sur son siège comme si de rien n'était, sans même s'apercevoir que la valise avait disparu. Peut-être n'était-il pas tout à fait réveillé ? Il a donné un coup de rênes sur le dos du cheval, qui est parti au petit trot vers le soleil levant.

J'ai posé la valise sur l'herbe et je l'ai ouverte en tremblant. À l'intérieur du bagage se trouvaient quelques effets simples, des chaussettes et des caleçons, une paire de godillots, un pantalon de velours grossier, une chemise et un gilet de coton : les vêtements de ville du cocher. Et aussi un mouchoir de cou, un chapeau mou en feutre noir, un peu de tabac à chiquer, mais pas d'argent. J'ai enfilé le pantalon et la chemise, j'ai mis les chaussures et le gilet. Tout était un peu trop grand, mais cela ne me camouflait que davantage. Je me suis débrouillée tant bien que mal pour nouer le mouchoir de cou, il me semblait que cela complétait mon déguisement. Quant au chapeau, il avait le bord assez large et assez souple pour me couvrir tout le front jusqu'aux yeux en le repliant sur mon visage.

Ainsi habillée, j'ai marché pendant une demi-heure en longeant la route à l'abri des arbres ; je voulais m'éloigner le plus possible du lieu de mon forfait, craignant que le cocher ne fasse marche arrière. La lumière était de plus en plus vive, il faisait de plus en plus chaud. Je me retournais régulièrement pour scruter les profondeurs du bois, pour m'assurer que les policiers n'avaient pas retrouvé ma trace.

Lorsque je suis enfin sortie des branchages, la route était écrasée de soleil.

Il devait être neuf heures à peine, et pourtant l'air tremblait déjà au-dessus de la terre poussiéreuse. Au bout de quelques minutes, j'ai perçu l'écho d'une cavalcade, j'ai senti sous mes pieds la vibration du sol frappé par des sabots – plusieurs chevaux s'approchaient cette fois-ci. Forte de mon nouvel odorat, j'ai humé leur sueur avant de les voir surgir au détour de la route. C'étaient quatre alezans tirant derrière eux une voiture si large qu'elle occupait toute la route ; à sa peinture jaune, j'ai reconnu une malle-poste. J'en avais déjà croisé plusieurs depuis le début de ma fuite du cirque, et je savais qu'en plus du courrier elles accueillaient parfois des voyageurs.

J'ai levé le bras, sans trop savoir ce que j'allais dire au cocher pour qu'il accepte de me prendre à son bord sans contrepartie.

La malle-poste s'est immobilisée. J'ai pu voir à travers la fenêtre que le coupé central de la voiture était vide de passagers. Le cocher, qui portait la veste bleu et rouge à la mode des postillons, s'est penché du haut de son perchoir :

– Tu es fatigué d'aller à pied, mon gars ?

J'ai hoché la tête en m'efforçant de ne pas trop la relever, pour rester à l'abri du chapeau de feutre.

– Je monte sur Metz, a ajouté le cocher. Si tu as de quoi payer, tu peux grimper là-derrière ; ça fera trois francs.

– C'est que je n'ai pas un sou vaillant, depuis qu'un gredin est parti avec mon cheval et ma bourse pendant que j'étais allé me soulager dans les fougères…

Le mensonge avait jailli de ma bouche tout constitué, telle Minerve de la tête de Jupiter. Il m'a semblé que ma voix elle-même sonnait plus grave, comme si mon nouveau costume d'homme avait déteint sur moi.

– Ah, quelle poisse ! s'est exclamé le cocher, sans se douter que c'était moi qui avais détroussé un malheureux à peine une heure plus tôt. Tu n'es pas le premier à qui ça arrive. Les routes sont de moins en moins sûres, à ce qu'il paraît. Ces bandits méritent la corde !

Il a paru réfléchir pendant un instant, puis il m'a tendu la main.

– Allez l'ami, monte donc à côté de moi. Je n'ai point le droit de te faire voyager en cabine si tu ne payes pas – le maître des postes de Metz ne me le pardonnerait guère. Mais si tu voyages à la fraîche comme moi, il ne pourra rien me reprocher !

Sans me le faire dire deux fois, j'ai jeté la valise sur la banquette avant, puis je me suis hissée à côté du cocher.

Le début du trajet s'est déroulé sans encombre.

Le cocher parlait beaucoup, on sentait qu'il avait besoin de compagnie. Je n'avais qu'à acquiescer de temps en temps, et cela lui suffisait, c'était le seul prix qu'il me demandait pour le voyage. Mais, à la vérité, je ne l'écoutais guère. La solitude de son métier sur la route, chaque nuit dans un relais différent, le salaire qui ne pesait pas bien lourd, ses enfants et sa femme qu'il ne voyait pas assez souvent : tout cela passait à travers mon esprit sans s'y arrêter. Mon attention était ailleurs. À mesure que nous nous rapprochions de Metz, la route se faisait plus large et sa fréquentation plus importante. À chaque fois que j'entendais le bruit de sabots derrière nous, redoublant celui des chevaux qui tractaient la malle-poste, j'étais dans l'angoisse de nous voir doublés par les policiers lancés à mes trousses.

Mais les lieues succédaient aux lieues, et les cavaliers qui nous dépassaient parfois n'étaient qu'estafettes chargées de quelque message urgent, ou gentilshommes pressés. Pour le reste, le roulis de la malle-poste paraissait aussi berçant que le fauteuil à bascule de Mme Lune. Devant nous, le ciel bleu s'ouvrait sans aucun nuage. Au bout d'une heure, j'ai commencé à me décontracter. Le cocher a fini par ralentir son débit de paroles, puis par se taire tout à fait. Il n'y avait plus que le frémissement des chevaux, la chaleur du soleil à travers ma chemise. Je crois que je me suis assoupie, puisque j'ai sursauté lorsqu'un troisième passager est venu s'asseoir à mes côtés sur la banquette fixée au toit.

C'était un notable, à en juger par sa mise, ses lunettes autrement plus fines que les grossières besicles que je portais à Sainte-Ursule, ses moustaches soigneusement taillées.

– Vous êtes sûr que vous ne voulez pas voyager à l'intérieur, docteur ? s'est inquiété le cocher.

– Ce serait péché de bouder ce soleil, après l'hiver effroyable que nous avons eu ! Un grand bol d'air frais me fera le plus grand bien, foi de médecin ! De toute manière, je descends au prochain bourg pour mes consultations.

Le simple fait d'entendre ces mots, « docteur », « médecin », a ravivé en moi le souvenir du professeur Diogène en embuscade dans le bureau de la mère supérieure, l'angoisse qui m'avait saisie en voyant surgir l'hôpital Saint-Maurice au détour d'une rue à Épinal.

– Je vais descendre pour vous laisser la place, ai-je murmuré.

– Ne vous inquiétez pas, mon brave, a rétorqué le médecin d'un air jovial en posant sa sacoche en cuir sur ses genoux. Nous allons nous serrer !

Avant que j'eusse le temps de protester, le cocher avait déjà remis en branle son attelage. Poussant un soupir d'aise, le médecin a ouvert sa sacoche et en a sorti une gazette. J'ai senti que l'encre était encore fraîche : c'était l'édition du matin même.

– Ah ! rien de tel qu'un bon journal par une belle matinée d'été ! C'est là la meilleure cure que l'on puisse prescrire.

Le médecin s'est lancé dans sa lecture, se faisant un devoir de commenter chaque article pour nous faire partager son plaisir.

Il était surtout question de l'insurrection républicaine contre Louis-Philippe, qui avait secoué Paris au début du mois de juin.

– Ce n'est qu'un juste retour de flamme ! s'est écrié le médecin.

Regardez ce roi bourgeois qui n'a pas voulu se faire sacrer à Reims, à seule fin de caresser les républicains dans le sens du poil. À présent, ils se retournent contre lui. Savez-vous que le peuple parisien s'est fait un jeu de quérir le roi à son balcon à toute heure du jour pour lui faire chanter *La Marseillaise*? Quelle dérision ! Un souverain ne saurait régner s'il ne tient son autorité du ciel. Le seul héritier légitime au trône de France, c'est Charles X !

Et le brave médecin de nous abreuver de ses considérations légitimistes, appelant de ses vœux le retour du vieux despote déposé par la révolution de Juillet deux années plus tôt. Tout à ses péroraisons, il était trop absorbé pour remarquer la gêne de l'étrange jeune homme assis à ses côtés.

Du moins jusqu'à ce qu'il en vienne aux pages traitant des faits divers...

– Pendant que le roi-citoyen se donne en spectacle, c'est le pays entier qui sombre dans l'anarchie. Regardez : encore une agression par des bandits de grand chemin, avant-hier du côté de Nancy.

– Ben tiens, c'est comme ce jeune gars ! s'est empressé de préciser le cocher en me désignant du bout de son fouet. Détroussé pendant qu'il était allé pissoter derrière un buisson...

– Mazette ! Si l'on ne peut plus uriner en paix, je prévois une épidémie de néphrite à travers tout le royaume !

À l'angoisse de voir mon identité et mon sexe découverts, venait s'ajouter la gêne d'entendre des hommes parler si crûment en ma présence. Je sentais des gouttes de sueur perler sous ma chemise, de plus en plus nombreuses, qui n'étaient pas seulement dues à la chaleur...

– Attendez, vous ne savez pas le meilleur ! Maintenant, les femmes s'y mettent aussi. Oui, vous m'entendez bien, c'est écrit noir sur blanc : *les femmes !* Et jeunes, en plus ! On en recherche une qui s'est rendue coupable d'agression sur des représentants des forces de l'ordre au printemps, et qui a trouvé un temps refuge parmi une troupe de bateleurs. On parle même d'un attentat : l'ingrate furie aurait tenté de détruire le chapiteau des forains qui l'accueillaient !

– Une possédée du démon ! a commenté le cocher avec indignation.

– Vous ne croyez pas si bien dire, mon pauvre ami. Écoutez plutôt ce qu'écrit le journaliste : « On ne connaît point de patronyme à la suspecte ; elle ne répond qu'au seul nom de Blonde, nom que l'on eût plus volontiers donné à un animal qu'à un être humain. Car animale, elle l'est véritablement. Plus poilue qu'un Turc, elle porte barbe et poils aux pattes, dont elle se sert pour avancer ventre à terre comme une bête. Elle se nourrit de viande crue, la viande des proies qu'elle a elle-même saignées, et la rumeur dit que son goût la porte particulièrement sur la chair des nouveau-nés. »

– Ventredieu ! s'est exclamé le cocher. Docteur, vous qui êtes savant, vous pensez que ça peut vraiment exister une femelle pareille ?

Le médecin a secoué la tête sans se rendre compte que j'étais tétanisée à côté de lui, les ongles plantés dans le bois de la banquette.

– Vous savez, après vingt ans de pratique, plus rien ne m'étonne… Et puis, c'est tout de même le professeur Diogène, de l'hôpital Saint-Maurice d'Épinal, qui donne le signalement de la créature. Écoutez plutôt : « Grande et d'allure élancée, la patiente se caractérise par une pilosité surabondante couvrant toutes les parties du corps habituellement glabres chez la gent féminine. La couleur de cette extravagante prolifération ne laisse pas d'étonner : non pas noire ou brune, comme c'est habituellement le cas chez les humains très velus, mais dorée comme le pelage d'un fauve. Les membres, le dos, le torse, aucune partie de son corps n'est épargnée par cet étrange hirsutisme… »

La seule mention du professeur Diogène me semblait tout

droit sortie d'un cauchemar. Prise de panique, j'ai commencé à tirer sur les manches de ma chemise pour cacher le dos de mes mains, quand la prudence m'eût ordonné de demeurer immobile.

Le médecin s'est tu pour la première fois depuis qu'il était monté à bord ; on n'entendait plus que le roulement de la voiture, qui me semblait foncer droit vers les abysses de l'enfer.

J'ai lentement tourné la tête vers les deux hommes, tâchant de les apercevoir sous le bord de mon chapeau.

Ils regardaient fixement mes mains, comme s'il se fût agi des griffes du diable lui-même.

Aussitôt, l'horrible crampe s'est reformée dans mon ventre.

Le visage blême, le médecin a laissé s'envoler son journal.

Le cocher a timidement tiré sur ses rênes, comme s'il devinait que le moindre geste brusque aurait pu déclencher chez moi une crise de fureur.

J'ai senti que la malle-poste commençait à ralentir.

– Ce n'est pas ce que vous croyez, ai-je articulé.

Mais je ne réussissais plus à modifier ma voix pour la rendre proche de celle d'un homme, elle était remontée dans des aigus qui s'assortissaient mal à ma barbe et à ma mise.

J'ai esquissé un mouvement pour attraper mon havresac à mes pieds. Je ne sais pas ce que le médecin s'est imaginé, mais il a plongé dans sa sacoche au même instant. Avant que je réalise ce qui était en train de se passer, il tenait la lame d'un scalpel pointée sur moi.

J'ai hurlé, le cocher a lâché les rênes.

La banquette et ses occupants sont devenus rouges.

Un hennissement m'a déchiré les tympans, et la route s'est retournée devant nous dans un grand fracas.

J'ai rouvert les yeux sur un spectacle d'apocalypse.

Je me tenais sur le bord de la route, qui n'était plus qu'un mélange de terre fondue et de bois brisé. Des enveloppes par centaines étaient éparpillées autour du ventre crevé de la malle-poste, dont les grandes roues tournaient lentement dans le vide. Écrasés dans des postures impossibles, les membres disloqués, trois des chevaux poussaient des cris déchirants ; le quatrième ne bougeait plus, tué par le choc. Les corps du cocher et du médecin gisaient également au sol. Immobiles. Là-bas, dans la poussière du chemin, on apercevait déjà la silhouette d'un cavalier galopant vers le sinistre.

Comment avais-je fait pour m'en sortir vivante ? Je n'en avais pas la moindre idée. J'avais juste mal partout, dans mon dos, dans mes côtes, dans chaque parcelle de mon corps. La paume de ma main gauche était calcinée, comme si je l'avais appuyée sur une poêle chauffée à blanc. Mais plus fort que la douleur, il y avait le dégoût. L'envie d'en finir une fois pour toutes avec l'être abject que j'étais devenue.

Je me suis détournée des restes de la malle-poste et je suis allée jusqu'au petit pont que je voyais là-bas, en contrebas de la route. La rivière qu'il enjambait n'était point aussi large que la Moselle, ce n'était qu'un petit affluent, assez profond toutefois pour noyer une jeune fille qui ne savait pas nager.

J'ai escaladé la balustrade, il aurait suffi que je fasse un pas de plus. Mais, comme sur le toit du couvent, je n'ai pas eu la force de l'effectuer. L'instinct a été plus fort, cette diabolique envie de vivre qui me prend en otage et qui fait de moi sa chose, qui m'empêchera de vider le flacon de laudanum comme il m'a empêchée de me jeter dans le vide…

Alors, je suis redescendue sur l'autre rive.

Et j'ai marché droit devant moi, à travers les champs qui s'étendaient à perte de vue, jusqu'à ce que l'odeur du sang et de la poussière quitte mes narines.

Le soleil était bas dans le ciel quand je me suis arrêtée au pied d'un chêne, le seul arbre à des lieues à la ronde au milieu d'un océan de blé.

C'est là que j'ai écrit ces lignes.

Je pressens qu'elles seront les dernières.

Des mois d'enfer que je viens de vivre, je retiens une seule leçon : la réalité n'est point telle que nous croyons, puisque des horreurs sans nom se cachent sous les apparences les plus familières. Je crois que le remède à ma condition ne subsiste plus nulle part en ce monde ; à dire vrai, je doute qu'il ait jamais existé. Il est des damnations que rien ni personne ne peut racheter.

Le conte de M. Robert Southey sera-t-il un jour publié ?

En fera-t-on un jour la lecture à de petits enfants pour les effrayer gentiment, avant de les rassurer en leur disant que tout cela n'est rien d'autre qu'une fable ?

Y aura-t-il quelqu'un alors pour se rappeler que les « trois ours » ont réellement vécu, et qu'ils n'étaient point des ours, ni des hommes, ni aucune créature connue des humains ?

Peut-être qu'on me retrouvera demain matin, et que tout s'arrêtera enfin.

Une balle dans la tête, comme on le fait pour achever les bêtes enragées, c'est ce qui pourrait m'arriver de mieux. C'est aussi ce qui pourrait arriver de mieux pour Gaspard, pour Mme Lune, pour les ursulines et pour tous ceux que j'ai aimés : qu'on les débarrasse d'un monstre qui les met en danger, d'une créature qui n'aurait jamais dû voir le jour et qui n'a pas le courage de s'immoler. Je prie pour que Charles de Valrémy réapparaisse et achève la tâche amorcée treize ans plus tôt, éteignant à jamais l'odieuse descendance de Sven et de Gabrielle.

Mais surtout, je prie pour qu'il me retrouve *avant* que je retrouve mon fiancé.

QUATRIÈME PARTIE

Soirs de sang

Boucle d'or sauta par la fenêtre de la chaumière ; on ne sait si elle se rompit le cou dans sa chute, si elle s'égara à nouveau dans la forêt, ou si elle fut retrouvée par la maréchaussée. La plupart des conteurs affirment qu'elle ne revit jamais les trois ours, et que les trois ours ne la revirent jamais.

Mais qui le sait vraiment ?

BOUCLE D'OR ET LES TROIS OURS

1

ROME

GASPARD LAISSA RETOMBER SON BURIN SUR LE BLOC DE GRÈS.

Depuis des jours, il lui semblait que la lame en était irrémédiablement gâtée, et que la pierre tendre s'était changée en granit inattaquable. À moins que ses bras n'eussent perdu toute leur vigueur et que ce ne fût sa propre volonté, davantage que l'outil, qui se fût émoussée…

Blonde ne lui était plus apparue depuis une semaine.

« Apparue », le terme n'était pas le plus approprié sans doute, car l'émanation qui visitait nuitamment Gaspard n'avait ni visage ni corps. C'était une présence, quelque chose comme une lueur qu'un œil distrait n'eût pas décelée sur le fond de la nuit, mais qui brillait aux yeux de Gaspard comme la plus étincelante des étoiles. Était-il seulement éveillé lorsque cette présence lui parlait ? L'entendait-il par la vibration de ses tympans ou par celle, plus profonde, de son âme ? Cela, il n'aurait su le dire. Il savait juste que la voix avait la douceur du marbre poli, et la lueur, la teinte dorée des cheveux de Blonde.

C'était elle qui venait le hanter, il en était certain, et non pas le fruit de son imagination. Car si cela n'avait dépendu que de lui, il n'aurait pas laissé passer une seule nuit sans invoquer la présence de sa fiancée.

À présent, cela faisait sept rendez-vous que Blonde avait manqués, sept nuits d'angoisse qui avaient laissé Gaspard aussi exténué que s'il n'avait pas dormi du tout.

Et s'il était arrivé quelque chose à Blonde ? Gaspard ne supportait pas l'idée de la savoir livrée à elle-même si loin de lui, obligée de dormir dans un lieu différent tous les soirs. À ses yeux, elle restait la jeune fille fragile qu'il avait connue à Sainte-Ursule, dont il avait gravé les traits délicats dans la pierre, un jour de mars qui demeurait dans sa mémoire comme le plus beau de sa vie.

Tout ce qu'elle lui avait raconté en rêve, ces histoires de malédiction séculaire, d'êtres fantasmagoriques entre l'homme et la bête, lui paraissait abstrait en comparaison des émotions qu'il avait ressenties en la tenant dans ses bras, lorsqu'il avait humé l'odeur de sa nuque, lorsqu'il avait observé le grain de sa peau. Il ne parvenait pas à imaginer que ce grain si fin fût à présent couvert de poils, ainsi qu'elle le prétendait. Surtout, il lui était impossible de concevoir que sa douce fiancée fût devenue une créature dangereuse, dont il aurait dû redouter la violence.

Gaspard se disait que Blonde avait exagéré la gravité de sa situation sans s'en rendre compte, qu'elle avait inventé cette histoire de pilosité dévorante au moment où elle avait fui le couvent. Un tel épanchement était compréhensible chez une jeune fille seule et abandonnée de tous, livrée à la brutalité du vaste monde après n'avoir connu que la réclusion de Sainte-Ursule. Une fragilité des nerfs causée par l'agression de Bérénice : Gaspard préférait s'en tenir à cette version. Il n'en aimait pas moins Blonde. C'était justement parce qu'elle était si différente de toutes les autres qu'elle l'avait attiré dès qu'il avait posé les yeux sur elle. Oui, elle était un animal sauvage, farouche, mais pas de la manière dont elle le fantasmait.

Pourquoi Gaspard avait-il feint de croire les inventions de Blonde sans la contredire ?

Sans doute parce qu'il aurait eu peur de la perdre, s'il avait paru remettre en cause la version des faits qu'elle lui présentait.

Aussi avait-il préféré entrer dans son jeu.

Dans son délire.

Il lui avait promis de pénétrer dans les archives du Vatican pour y obtenir l'acte d'annulation de mariage auquel elle tenait tant. C'était sur ce document que se cristallisait sa folie : la clé, croyait-elle, qui la conduirait à cette mystérieuse « eau-lumière », le remède de sa maladie imaginaire. Gaspard s'était engagé à trouver cette clé, tout en pensant que le seul remède véritable à l'angoisse de Blonde étaient l'amour et l'écoute.

Mais maintenant, après une semaine de nuits sans rêve, il ne voyait plus les choses du même œil. Sa raison lui semblait aussi ébranlée que celle de sa fiancée. Il se sentait aussi seul et désemparé qu'elle, dans cette ville qu'il connaissait mal, à chercher un secret vaporeux.

La porte de la pièce s'ouvrit tout à coup.

C'était maître Gregorius.

Sans un mot, il marcha jusqu'au bloc de grès posé sur un support en bois. Une silhouette féminine commençait à émerger de la pierre, une effigie antique en mouvement. On distinguait le drapé du péplum, les mollets graciles, le bras relevé derrière la nuque – non pas pour rajuster un chignon, car les cheveux de l'ébauche étaient aussi courts que ceux d'un homme, mais pour saisir une flèche dans un carquois. Diane chasseresse : c'était le sujet qu'avait choisi Gaspard pour réaliser le chef-d'œuvre qui le ferait recevoir compagnon ; c'était aussi sa manière d'évoquer chaque jour la figure de Blonde, telle qu'il s'en souvenait le dernier jour où il l'avait vue avant de quitter la Lorraine.

Le jeune sculpteur s'était attelé à sa tâche dès son arrivée à la villa Médicis, dans le réduit qu'on lui avait accordé à titre d'atelier – car il n'était évidemment pas question qu'il jouisse des installations destinées aux résidents réguliers. Gaspard ne s'en était pas offusqué, bien au contraire ; le simple fait d'être là, au milieu de toutes les beautés de Rome, lui avait semblé un privilège merveilleux. Du moins tant qu'il croyait Blonde en sécurité. Depuis qu'il la savait jetée sur les routes, son atelier s'était changé en prison ; depuis qu'elle avait cessé de lui parler dans ses nuits, cette prison s'était changée en chambre de torture.

– Ton travail avance moins vite, depuis une semaine, dit maître Gregorius en passant sa main sur la pierre. Cette déesse semblait jaillir du bloc à vue d'œil, et maintenant, c'est comme si elle s'était endormie. T'es-tu abîmé le poignet ?

– Non, mon maître…

– Si ce n'est le poignet, alors c'est le cœur qui est blessé. Parce qu'un sculpteur, ce n'est que cela, un amant de la pierre. Un cœur et un poignet qui battent le roc en cadence. Et toi, mon gars, tu as le cœur qui bat au ralenti.

Gaspard baissa les yeux. Il avait l'impression que le vieux compagnon lisait dans son âme comme dans un livre.

– C'est Blonde, n'est-ce pas ?

Gaspard hocha la tête.

– Que se passe-t-il donc ? Tu as déjà dépassé la moitié de ton séjour à Rome, dans moins de trois mois tu la retrouveras pour l'épouser.

– Les choses ne sont plus si simples…

Le jeune homme releva brusquement la tête, plantant ses yeux dans ceux de son maître :

– Il faut que je rentre en France immédiatement.

– Mais tu n'y songes pas ! Ton chef-d'œuvre !

– Même si je restais, je ne pourrais pas l'achever, car celle qui l'inspire est en danger. Ne me demandez pas comment je sais ça…

– Non, je ne te le demande point. Mais en revanche, je te demande de bien peser ta décision. Si tu pars maintenant, tu n'auras pas d'autre occasion de revenir à Rome. Tu ne deviendras jamais le grand sculpteur que tu pourrais être.

– Ma grandeur, c'est d'avoir été choisi par Blonde pour époux.

– Aussi te poserai-je cette question : es-tu bien certain de lui être plus utile là-bas qu'ici ?

Gaspard regarda maître Gregorius, se demandant ce qu'il voulait dire. Il s'apercevait qu'il ne connaissait presque rien de cet homme – seulement qu'il était venu d'Italie dans sa jeunesse, pour s'établir en France, où il avait fait carrière. En cet instant, le visage taillé à la serpe de maître Gregorius ressemblait plus que jamais à un masque impénétrable.

– Il y a longtemps, j'ai, moi aussi, tout quitté pour une femme, finit par murmurer le vieux compagnon. Et quand je dis « tout », je signifie « tout » : y compris Dieu.

Maître Gregorius soutint sans ciller le regard scrutateur de son apprenti.

– Oui, Gaspard : j'ai été prêtre autrefois. Il y a si longtemps que cela me semble être une autre vie. Cela faisait à peine un an que j'avais la charge d'une petite paroisse au sud de Rome, quand elle m'est apparue.

Gaspard n'en croyait pas ses oreilles : son maître, prêtre ! Cela semblait incroyable et pourtant, cela expliquait bien des choses. Cela expliquait qu'il connût si bien la statuaire religieuse, qu'il eût facilement ses entrées dans des endroits comme Sainte-Ursule ; et surtout cela donnait un sens à son regard, qui paraissait toujours aller au cœur des choses et des êtres.

– C'était au tournant du siècle. Elle s'appelait Julie, c'était une jeune aristocrate française réfugiée avec sa famille en Italie pour fuir les troubles de la Révolution. Elle venait communier dans mon église tous les dimanches, et je ne pouvais lui tendre l'hostie sans sentir ma main trembler. Ainsi me suis-je aperçu que je m'étais fait ordonner trop vite, trop jeune, point assez affermi dans ma volonté de n'épouser que l'Église et elle seule.

Après avoir lutté pendant des mois, je me suis déclaré à Julie et elle a paru sensible à ma flamme. Une semaine plus tard, Bonaparte, alors Premier consul, accordait l'amnistie aux émigrés : les parents de Julie décidaient de rentrer au pays. Dans la précipitation, elle ne put me prévenir de son départ. J'aurais pu essayer de l'oublier pour embrasser mon sacerdoce ; au lieu de quoi, je me suis défroqué et j'ai gagné la France.

On n'imagine pas à quel point la passion peut nous faire perdre les sens, avant d'en avoir été victime soi-même. Allant trouver Julie dans le château de ses parents, je n'ai vu qu'une demoiselle distante, à mille lieues de la jeune fille ardente que j'avais connue en Italie. Que ce fussent les sermons de ses parents ou la promesse d'un mariage prochain avec un seigneur de la région, elle affirmait à présent ne plus éprouver de sentiments pour moi. Elle m'avait aimé prêtre interdit à son affection en Italie, elle ne m'aimait plus vagabond tout entier livré à elle en France. Elle m'était devenue aussi froide qu'une statue. Peut-être est-ce la raison pour laquelle j'ai choisi de dédier mon existence à la pierre : pour exorciser le souvenir de Julie et de ma propre présomption, à coups de burin. Je n'envisageais pas de rentrer à Rome, encore moins de reprendre la soutane que j'avais si lâchement abandonnée. Il fallait que j'apprenne une nouvelle langue, un nouveau métier, une nouvelle identité : c'était en France que je ferais ma vie.

Aujourd'hui, trente ans après moi, tu t'apprêtes à quitter Rome à ton tour sur ce qui est peut-être un coup de tête. Aussi, je me permets de te le demander à nouveau : es-tu bien certain de ton choix et, surtout, es-tu certain que c'est ce que Blonde souhaiterait pour toi ?

Gaspard se sentait à la fois troublé et touché par l'histoire de maître Gregorius. Il se doutait que le vieux compagnon ne s'était pas souvent ouvert de son passé – peut-être même jamais.

La confession appelant la confession, le jeune homme sentit poindre en lui le désir de s'ouvrir à son tour, de raconter ce que la visiteuse de ses nuits lui avait révélé. De surcroît, cela faisait une semaine qu'il tentait de se renseigner sur la manière d'accéder aux archives du Vatican, et voilà qu'à présent il avait devant lui un ancien prêtre : la tentation était grande de lui demander son aide.

Gaspard n'hésita guère. Après tout, son obsession à vouloir garder le secret de Blonde lui avait sans doute fait perdre des jours précieux. Le temps n'était plus aux cachotteries.

– Blonde ne va pas bien, commença-t-il. Pas bien du tout.

*

Maître Gregorius ne haussa pas une seule fois son sourcil couleur de limaille tout au long du récit de Gaspard. Il ne manifesta pas le moindre signe d'incrédulité ou d'impatience, tandis que le jeune apprenti lui répétait mot pour mot ce que l'apparition de ses rêves lui avait dit. Il écoutait simplement avec toute son attention, avec toute l'expérience d'un homme qui savait que le monde ne se résumait pas aux apparences immédiates. Peut-être le fait d'avoir été prêtre lui avait-il appris l'art de laisser parler sans interrompre ; sûrement le fait d'avoir souffert lui avait conféré une empathie que l'on n'eût point soupçonnée sous un visage si austère.

– Blonde est persuadée qu'elle représente un danger pour moi, et pour tous ceux qui l'approchent, conclut Gaspard. Voilà pourquoi elle m'a demandé d'aller aux archives du Vatican. Pour chercher un bout de papier qui n'existe peut-être pas ailleurs que dans son imagination. Et même si je le trouvais, à quoi cela m'avancerait-il ? Le Manoir sur la lande est censé avoir brûlé, et avec lui tous ses secrets. À supposer que la maladie de Blonde soit réelle, à supposer que l'eau-lumière ait un jour existé, tout porte à croire qu'elle a disparu à l'heure qu'il est. Cette recherche est absurde, elle ne mène nulle part…

– Elle mène sans doute plus loin que tu ne le penses. Si Blonde est vraiment devenue folle, l'acte qu'elle t'a demandé de chercher est la clé de sa folie; et si elle a toute sa tête, alors il mérite encore davantage d'être lu, ne crois-tu pas?

Gaspard hocha la tête. De toute manière, il n'avait guère d'autre choix que de placer lui aussi ses espoirs dans ce mystérieux document. Rentrer en France sans aucune indication de l'endroit où se trouvait Blonde depuis qu'elle avait cessé de lui parler eût été le meilleur moyen de la perdre à tout jamais.

– Vous pourrez m'obtenir un laissez-passer?

– Un laissez-passer? Les archives ne sont pas un poste-frontière! Il faudra que je vienne avec toi si tu veux entrer dans le saint des saints. Retrouve-moi demain matin à dix heures, place Saint-Pierre. Et en attendant, tâche d'avancer un peu sur ta sculpture : frapper la pierre te détendra les nerfs.

Cette nuit-là, le jeune apprenti ne dormit pratiquement pas. Il avait perdu espoir de voir Blonde le visiter dans ses rêves, et c'était impossible, impossible de s'abandonner au sommeil sans savoir où elle était, ce qu'elle faisait, à quoi elle pensait.

Las de se retourner indéfiniment dans ses draps, Gaspard finit par se lever. Traversant tel un fantôme la villa plongée dans l'obscurité, il gagna son petit atelier. Battre la pierre en ces heures silencieuses n'était pas possible, Gaspard eût réveillé les résidents. Il sortit le papier à esquisse et les fusains qu'il avait à peine touchés avant de commencer sa statue, trop pressé à l'époque de fixer l'image de Blonde dans la pierre, et il se mit à faire de mémoire le portrait de la disparue. Il recommença cent fois, tournant autour de ses souvenirs, dessinant Blonde tantôt de face, tantôt de profil, les yeux tantôt ouverts, tantôt fermés, les cheveux tantôt longs, tantôt ras.

À l'aube, contemplant tous les croquis dont il avait couvert la table, il eut presque l'impression de voir son modèle prendre vie sous ses yeux. Les portraits tous ensemble ressemblaient au spectacle mouvant d'un kaléidoscope, cette étrange boîte à lumières nouvellement inventée qu'il avait observée une fois lors de son tour de France, et qui l'avait immédiatement fasciné.

C'est dans cet état cotonneux, entre la veille et le sommeil, que Gaspard se rendit au rendez-vous fixé par maître Gregorius.

Le soleil avait beau briller dans un ciel sans nuages, le jeune homme avait l'impression de marcher en pleine nuit. Sa rétine n'imprimait des monuments romains que leurs ombres étirées, elle ne retenait que l'obscurité des ruelles sans s'arrêter sur les façades éclatantes des avenues.

La foule était déjà dense quand Gaspard parvint à la place Saint-Pierre, le cœur battant de Rome et du monde catholique. Il se dirigea entre les pèlerins comme entre des spectres ; tous les drapeaux de tous les pays lui semblaient avoir été trempés dans une eau grisâtre, qui avait absorbé et leurs motifs et leurs couleurs…

Au moment où il rejoignit maître Gregorius, au pied d'une colonne de pierre, sa résolution était prise : il rentrerait en France avant la fin de la semaine, que ses recherches aux archives s'avèrent fructueuses ou pas.

2

LES ARCHIVES DU VATICAN

À QUOI GASPARD S'ÉTAIT-IL ATTENDU ?

À un donjon de château fort aux murs perclus d'humidité ?

À un palais aux murs illuminés à la feuille d'or, garni de toutes les richesses de l'Église ?

Les archives secrètes du Vatican ne ressemblaient à rien de tout cela. Avec leurs rayonnages couverts de livres et leurs grandes tables de travail, elles n'étaient point si différentes de la bibliothèque du couvent Sainte-Ursule, où Gaspard et son maître avaient accompli quelques réparations trois mois auparavant. Seuls les plafonds richement peints témoignaient de l'opulence des lieux.

À la place des religieuses, une population de prêtres en robes noires étudiait en silence. On n'entendait que le froissement des pages, pareil à une pluie sèche, incapable de rafraîchir : en ce début de juillet, il régnait déjà une chaleur caniculaire aux archives.

Gaspard était de loin le plus vert parmi cette assemblée de barbes blanches, et il était avec son maître le seul visiteur habillé en civil. À la manière dont le gardien avait haussé le sourcil à l'entrée, il se doutait que cet endroit n'avait pas coutume d'accueillir des lecteurs comme eux. Mais maître Gregorius avait chuchoté quelques mots, produit furtivement un papier, et ils étaient entrés tous deux sans encombre.

– Je croyais qu'il était impossible pour des laïcs d'accéder aux archives, chuchota Gaspard.

– Sauf s'ils ont fait leur séminaire avec le cardinal actuellement en charge des archives, il y a trente-cinq ans de cela. Vois-tu, au Vatican comme ailleurs, tout est affaire de relations !

Des relations, Gregorius en avait, lui qui n'avait eu aucun mal à obtenir du directeur de la villa Médicis une autorisation spéciale de séjour pour son apprenti. Derrière son mystère, il se révélait une fois de plus receler des ressources insoupçonnées.

– Et maintenant, comment retrouver cette annulation de mariage ? demanda Gaspard.

– Pour ta gouverne, un mariage conclu dans l'Église ne saurait être *annulé* après coup, répondit celui qui en avait célébré des dizaines en son temps. Il peut juste être déclaré nul depuis le début. Et pour invalider un tel sacrement, il faut avoir de sacrément bonnes raisons !

Les deux hommes se dirigèrent vers un guichet derrière lequel somnolait un vieux prêtre portant des lunettes épaisses.

Il fallut attendre près d'une heure après l'enregistrement de la demande de sortie d'archives, à une table reculée dans un coin sombre que les rayons du soleil n'éclairaient guère. Enfin, le vieil archiviste revint avec une boîte de carton bouilli, dont la tranche était couverte de chiffres et de lettres. Parmi ces codes cabalistiques, une date ressortait clairement : 5 août 1815.

– À manier avec précaution, ce sont des documents originaux, ronchonna-t-il. N'approchez pas la chandelle. Vous avez une heure.

Puis il tourna les talons.

En avançant ses mains pour ouvrir la boîte, Gaspard s'aperçut qu'elles tremblaient légèrement. Il se rendait compte que c'était dans cette boîte que tout allait se jouer ; c'était dans cette boîte qu'il trouverait la confirmation de la folie de Blonde, ou au contraire la preuve que le monde lui-même était fou, radicalement différent de ce que l'on apprenait aux enfants, et que les adultes retenaient toute leur vie durant.

– Le moment de vérité est venu, murmura maître Gregorius.

Gaspard souleva le couvercle ; un nuage de poussière brillante s'éleva dans la lumière de la chandelle, puis s'évanouit.

À l'intérieur reposait une feuille de papier.

En l'exhumant de son sarcophage de carton, Gaspard se dit qu'il était sans doute le premier à la toucher depuis dix-sept ans. Ses yeux se posèrent sur les premières lignes ; elles étaient rédigées en latin, d'une grande écriture manuscrite cernée de tampons et de cachets de cire.

MATRIMONII NULLITATEM DECLARANDAM
CHARLESUS ET GABRIELLA

– Je crois que mes souvenirs du séminaire vont être utiles à quelque chose, dit maître Gregorius en souriant. Tu permets ?

Il se pencha sur le document.

« Reconnaissance de la nullité du mariage de Charles et de Gabrielle, traduisit-il. Nous, Pie VII, accédons par le présent acte à la requête de Charles de Valrémy, treizième comte du nom, de reconnaître la nullité de son union avec Gabrielle de Brances, fille du baron et de la baronne de Brances, décédés durant la dernière campagne de Napoléon Bonaparte. Nous jugeons cette requête légitime, attendu que ladite Gabrielle :

– a disparu sans laisser de traces, rompant de facto ses engagements envers son époux, envers la société des hommes et envers l'Église de Dieu ;

– a reconnu avoir commis le péché d'adultère dans la lettre qu'elle a laissée à son époux, état d'adultère dans lequel elle se trouvait vraisemblablement au moment où elle a prononcé ses vœux devant le prêtre qui l'a mariée à Charles de Valrémy ;

– a donné naissance à une enfant, Renée, dont la constitution physique et les étranges manifestations oculaires laissent à penser qu'elle n'est pas la fille du plaignant. En particulier, le nourrisson est sujet à des crises nerveuses qui lui injectent les yeux de sang à la moindre contrariété, qui lui font briser hochets et joujoux aussi facilement que fétus de paille. Nous recommandons de placer cette jeune âme en peine entre les murs clos d'une institution de l'Église, afin qu'elle y vive dans la charité.

En notre âme et conscience, nous estimons que ces éléments tendent à démontrer que l'union de Charles de Valrémy et de Gabrielle de Brances était fausse dès l'origine, et ne pouvait faire l'objet d'un sacrement. De plus, en l'absence d'héritier légitime, il n'existe aucune preuve concluante que cette union ait jamais été consommée.

Aux yeux de l'Église, tel mariage ne saurait être valide, il est réputé n'avoir jamais eu lieu. »

Maître Gregorius pointa du doigt le bas de la page :

– Effectivement, c'est signé de la main même du pape, avec le sceau pontifical.

Un sentiment étrange envahit Gaspard.

« Charles », « Gabrielle », « Renée »... Comme il était troublant d'entendre ces noms de la bouche de maître Gregorius, de les reconnaître sur le papier entre les mots latins. Ces personnages n'existaient plus seulement dans ses rêves à présent. Ils semblaient s'émanciper, gagner enfin leur autonomie, vivre de leurs vies propres. Pourtant, Gaspard restait sur une frustration :

– L'acte parle d'adultère, mais pas de Sven ni du Manoir sur la lande, et encore moins d'un remède surnaturel. Tout cela ressemble à une banale histoire de divorce...

– Ce n'est pas fini. Cette boîte n'a pas encore livré tous ses secrets.

Elle contenait en effet d'autres feuilles, d'un papier moins épais que l'acte papal. Maître Gregorius les compulsa rapidement.

– Ce sont des annexes, murmura-t-il. Qui règlent les questions de succession, et qui attribuent les biens des Brances aux Valrémy. Il y a là une véritable fortune, entre le château auvergnat, les dépendances, les fermages, les métairies. Ces documents stipulent que l'ensemble revient à Charles de Valrémy, à titre de dédommagement pour le préjudice subi, puisque Gabrielle et ses parents ont disparu sans laisser d'autre héritier qu'une bâtarde, autant dire personne. Le tout est avalisé par le sceau de la maison de France – en bons ultras, les Valrémy devaient être au mieux avec Louis XVIII…

– Tout ce que je vois, c'est que ce fumier de Charles avait un motif pour tuer Gabrielle quand elle a refait surface, des années plus tard. Il voulait éviter qu'elle ne réclame l'héritage de ses parents ! Pour les mêmes raisons, il a essayé de faire enfermer Blonde à deux reprises, d'abord au couvent à sa naissance, puis récemment à l'hôpital sous prétexte de maladie.

– La jalousie peut pourrir le cœur des meilleurs hommes. Un amour bafoué se métamorphose parfois en cupidité dévorante. Les passions qui ne parviennent point à s'exprimer ne meurent pas : elles se transforment…

– En mensonges aussi ? Il n'est point besoin d'imaginer des histoires d'amant démoniaque et autres diableries pour expliquer le crime de Charles de Valrémy. Je suis sûr qu'il a inventé la prétendue maladie de Blonde, qu'il l'a exagérée en tout cas, pour fournir un motif d'internement !

– Attends. Il y a encore quelque chose.

La dernière page de la liasse était d'un papier encore différent. L'écriture qui la couvrait était petite et fine, comme un murmure qui aurait facilement pu passer inaperçu. Il n'y avait que quelques lignes, mais elles étaient rédigées en italien, si bien que Gaspard en devina le contenu en même temps que maître Gregorius le lui traduisait :

ANNEXE SUPPLÉMENTAIRE À L'ACTE PAPAL DU 5 AOÛT 1815
Rapport du diacre Ambrogio Scopello
remis au Conseil de conjuration le 13 novembre 1818

Suivaient un nouveau tampon et une note manuscrite : « document spécial archivé séparément ».

– Évidemment ! s'exclama maître Gregorius. Le Conseil de conjuration, j'aurais dû m'en douter !

Un sourire triomphal fendait son visage brillant de transpiration, sur lequel la chandelle projetait d'étranges lueurs. Gaspard se rendit compte qu'il était lui aussi en sueur, son pantalon collant à ses cuisses, sa chemise poissant à son dos. Il aurait tellement aimé pouvoir nager dans une rivière fraîche, comme il en avait l'habitude lorsqu'il sillonnait les routes de France.

Mais, en ce matin de juillet, c'était dans les ténèbres cuisantes qu'il nageait, au plus près du cœur ardent de la terre, là où dorment les secrets, les gemmes et les monstres.

– Le Conseil de conjuration ? répéta-t-il à mi-voix.

– Une branche de l'Église à demi oubliée, mais qui fut puissante autrefois. Très puissante. Cette organisation a toujours été un trou noir au sein de l'Église. Les simples prêtres comme celui que j'étais ne savent rien de ces gens-là : ni qui ils sont, ni ce qu'ils font, ni à qui ils rendent compte. À dire vrai, certains de mes collègues à l'époque pensaient que le Conseil de conjuration n'existait plus, qu'il avait disparu en même temps que l'Inquisition médiévale. Ce document prouve qu'ils avaient tort…

– L'Inquisition ? Vous voulez parler de cette époque où l'on brûlait les sorcières sur des bûchers ?

– Tout juste. Le Conseil de conjuration est une émanation du tribunal de l'Inquisition, un organe d'investigation, dirait-on aujourd'hui, chargé d'enquêter sur les phénomènes surnaturels inexpliqués. Et de pratiquer des exorcismes, le cas échéant.

– Et… vous pensez que l'on peut accéder à ce rapport ?

Une ombre passa sur le visage de l'ancien prêtre.

– Y accéder ? Certainement pas. J'ai beau avoir de nombreuses entrées à Rome, aucune d'entre elles ne s'ouvre sur le Conseil de conjuration. Il ne faut pas se bercer de vains espoirs. Jamais tes yeux ni les miens ne se poseront sur ce rapport. En revanche, nous avons un nom : Ambrogio Scopello. Je vais faire jouer mes relations, activer mes contacts, retourner chaque pierre de la ville pour retrouver cet homme – en priant pour qu'il soit encore vivant…

*

C'était une petite maison coiffée de tuiles romaines, aux murs mangés de vigne, à l'ombre de trois grands cyprès semblables à ceux qui signalent le séjour des morts. On y parvenait par un chemin poudreux coupant à travers champs : à quelques lieues de Rome, c'était déjà la rase campagne.

La chaleur était si pesante que Gaspard avait l'impression de porter le ciel sur ses épaules ; l'encolure de sa monture ployait devant lui, accablée du même fardeau. Le directeur de la villa Médicis avait prêté deux chevaux de ses écuries à maître Gregorius et à son apprenti – officiellement pour leur permettre d'aller visiter des vestiges utiles au chef-d'œuvre du jeune homme. Mais la motivation véritable de cette expédition était tout autre…

– Voilà ! s'exclama le maître compagnon en mettant pied à terre. Si les informations que l'on m'a fournies sont correctes, c'est ici que vit celui que nous cherchons.

Les deux visiteurs attachèrent les brides aux troncs des cyprès, puis ils se dirigèrent vers la maison. Tout autour d'eux, la nature écrasée de soleil était parfaitement silencieuse, comme si les pesants rayons maintenaient plaqués au sol et les oiseaux et les insectes.

Maître Gregorius frappa trois coups à la porte.

La fournaise en avala aussitôt l'écho, et le silence retomba lourdement sur le monde.

– Peut-être n'habite-t-il plus ici ? se hasarda Gaspard. Sait-on seulement s'il est encore vivant ?

– Le prêtre qui m'a renseigné n'a pas vu Ambrogio Scopello depuis plus de cinq ans. Et encore le connaissait-il à peine. Il me l'a décrit comme un vieil homme solitaire parmi ses paroissiens, qu'il voyait de loin à l'office du dimanche. Il l'a entendu une seule fois en confession – la fois où Scopello lui a révélé son nom, et qu'il avait œuvré pour le Conseil de conjuration dans le temps.

– Et… il n'a rien dit d'autre ?

Maître Gregorius jeta un regard navré à son apprenti.

– As-tu la tête aussi dure que celle de tes statues, mon gars ? Ignores-tu le secret de la confession ? Je ne sais pas un mot de ce qui s'est dit entre mon ami et Scopello. Je n'ai rien pu obtenir d'autre que l'itinéraire qui nous a conduits ici. L'étrange pénitent a laissé au prêtre les instructions nécessaires pour le retrouver, comme s'il voulait garder un dernier lien avec la société des vivants…

Gaspard médita quelques instants ces paroles, laissant son regard raser les champs tel un épervier.

Il ne savait pas vraiment ce qu'il devait espérer de cette visite. Une part de lui croyait toujours à la folie de Blonde, se persuadait que le vieillard qui vivait ici n'aurait rien de neuf à leur apprendre ; mais une autre voix, plus insidieuse, lui murmurait que l'on ne se retire pas ainsi du monde sans avoir un lourd secret à porter…

Soudain, il l'aperçut.

Une haute silhouette qui venait à leur rencontre dans le contre-jour aveuglant. Ses longs membres dégingandés et son immense chapeau de paille évoquaient l'improbable figure d'un épouvantail venu à la vie.

Et son visage aussi était celui d'un épouvantail, Gaspard s'en rendit compte lorsque cette personne fut parvenue à quelques pieds d'eux. La boursouflure rosâtre qui descendait depuis la joue droite jusqu'au cou contrastait affreusement, par sa surface toute lisse, avec le reste de la figure mangée de taches et de rides.

– *Signore Scopello ?*

Pour la première fois, Gaspard sentit que le timbre de maître Gregorius avait perdu cette assurance qu'il croyait inébranlable.

Le terrifiant personnage acquiesça d'une voix profonde, qui faisait sonner lugubrement cette langue italienne d'ordinaire si chantante. Puis il se tourna vers Gaspard et lui posa une question que le jeune homme ne comprit pas.

Maître Gregorius s'interposa :

– *È francese…*

– Je m'en serais douté.

– Vous… parlez ma langue ! s'exclama Gaspard, incapable de contenir sa surprise.

– Et bien d'autres encore, répondit le vieillard dans un français parfait. C'est parce que j'étais doué pour les apprendre que le Conseil de conjuration m'a appelé dans ses rangs. Mais il y a longtemps que je n'ai point usé de ce don de Babel ; à dire vrai, il y a longtemps que je ne pratique plus guère aucun dialecte des hommes, vivant entouré du langage universel du silence…

Il toucha le bord de son chapeau en manière de salut, mais ce geste ne servit qu'à exposer les doigts de sa main droite. Ils étaient aussi monstrueux que la joue, gonflés d'une enveloppe luisante qui ressemblait davantage à la chitine d'un insecte qu'à la peau d'un être humain.

– Le père Giuseppe ne m'a pas dit que vous étiez gravement brûlé, avoua franchement maître Gregorius, pour excuser le trouble que Gaspard et lui ne parvenaient pas à cacher.

– Le brave homme est trop charitable. Il croit sans doute que l'on peut ménager les créatures de Dieu en leur dissimulant les vérités qui blessent. Comment lui en vouloir : n'est-ce pas comme cela que fonctionne la confession, dans l'ombre et le secret ? Mais malheureusement, la vérité finit toujours par rejaillir, et sa flamme brûle d'autant plus qu'elle a couvé longtemps. Je suis bien placé pour le savoir.

Maître Gregorius toussota pour cacher son malaise.

– Savez-vous pourquoi nous venons vous voir ?

– Bien sûr. Quelle raison auriez-vous d'aller trouver un vieil homme oublié de tous, si ce n'est pour apprendre de sa bouche un secret que nul autre être au monde ne saurait vous révéler ? En expliquant au père Giuseppe comment me retrouver, il y a des années, je savais qu'un jour on viendrait me tirer de ma retraite pour me demander de parler à nouveau…

Ambrogio Scopello toisa ses deux visiteurs, et Gaspard eut l'odieuse impression de le voir sourire à travers la difformité de son visage. Quel âge avait cet ermite qui vivait comme un spectre dans une maison qui ressemblait à un tombeau ? C'était impossible à dire…

– Ce que je me demande en revanche, reprit-il en désignant Gaspard du menton, c'est ce qui pousse un homme si jeune à venir remuer les cendres d'un passé si ancien.

– Je vais épouser la fille… de Gabrielle de Brances.

À l'évocation de ce nom, les yeux du vieil homme s'écarquillèrent au-dessus de la boursouflure.

Il resta un instant ainsi, à regarder fixement Gaspard. Puis il se dirigea vers la porte de sa demeure sans ajouter un mot, comme s'il n'y avait plus rien à dire, pas même une invitation à le suivre. En se penchant sous le linteau bas, Gaspard se sentait comme un acteur accomplissant des gestes répétés à l'avance ; sans qu'il pût l'expliquer, cette sensation le plongeait dans un profond malaise.

L'intérieur de la maison était plongé dans une demi-pénombre. Adossée à une fenêtre voilée, une petite table garnie de tasses et d'un bol d'amandes sèches semblait attendre les hôtes, comme si leur visite était prévue de toute éternité. En prenant place, Gaspard remarqua qu'une araignée avait tissé sa toile entre les amandes.

3

LE VOYAGE DU DIACRE AMBROGIO

– C'EST LA TROISIÈME FOIS EN QUATORZE ANS que je raconte ce qui s'est passé au Manoir sur la lande, commença le vieil homme au visage de feu.

La première fois que je rapportai mon histoire, c'était en 1818, devant le Conseil de conjuration, avant de lui remettre ma démission ; la deuxième, neuf années plus tard, en confession au père Giuseppe, parce que le secret était devenu trop difficile à porter et qu'il fallait que je m'en ouvre à quelqu'un. Les exorcistes du Conseil me crurent sans doute, car leur destin est d'être confrontés aux phénomènes les plus étranges de ce monde ; le bon père, en revanche, dut conclure aux élucubrations d'un vieux fou. Depuis cinq années que j'habite ici, je n'ai vécu que dans l'attente du jour où l'on viendrait frapper à ma porte. Serez-vous de ceux qui croient, ou de ceux qui doutent ? Je vous jure devant Dieu et tous ses anges que chacun des événements que je m'apprête à vous narrer est véritablement advenu. À présent que le Manoir sur la lande est anéanti, à présent que tout ce que nous avons essayé de construire est parti en fumée, il ne reste que ma mémoire pour témoigner de ces événements extraordinaires, pour rendre hommage à toutes les vies perdues dans cette tragédie…

N'y tenant plus, Gaspard bondit de sa chaise et saisit le bras du vieillard ; il lui parut aussi dur et sec sous ses doigts qu'une branche morte.

– Il ne reste que votre mémoire, dites-vous ? Mais votre mémoire ne sera pas suffisante pour soigner Blonde !

– Blonde ?

– C'est le nom que porte aujourd'hui la fille de Gabrielle... ma fiancée. Elle va très mal. Si vous savez comment l'aider, il faut que vous nous le disiez maintenant ! Où trouver la cure, à présent que le Manoir sur la lande n'est plus ? Où trouver le remède au signe de l'Ours ? Où trouver... l'eau-lumière ?

Ambrogio Scopello plongea ses yeux délavés par le temps dans ceux de Gaspard. Le jeune homme relâcha aussitôt son étreinte, troublé par l'intensité de ce regard si clair enchâssé dans cette face si disgracieuse.

– L'impatience est le propre de la jeunesse, dit doucement le vieux diacre. Mais il faut parfois savoir attendre, et il faut savoir écouter. L'histoire que je m'apprête à vous conter dépasse en horreur tout ce que vous avez pu imaginer. La brûlure de mon visage n'est que la préfiguration de cette horreur, je le crains... Mon récit vous volera une heure, deux peut-être – deux grains infimes dans le grand sablier du Temps. Vous devez laisser s'écouler ces grains si vous voulez comprendre : avant de songer au remède, il convient de connaître le mal.

Le vieil homme prit une inspiration profonde, qui fit siffler sa poitrine.

Lorsqu'il rouvrit les lèvres, ce fut pour laisser jaillir le feu qui avait brûlé sa peau longtemps auparavant, mais qui, depuis lors, n'avait cessé de lui consumer les entrailles.

– Tout commença en avril 1816.

Avec une poignée d'autres exorcistes, je fus choisi pour participer à une expédition chargée de remonter vers le Danemark, afin d'y découvrir et si possible d'y évangéliser ce mystérieux Manoir sur la lande.

D'après les documents réunis par le Conseil de conjuration,

une population de créatures possédées du démon subsistait dans cette région de la Scandinavie. Les informations dont nous disposions étaient pauvres. Elles reposaient principalement sur la lettre-témoignage d'une certaine Gabrielle de Brances, dont le mariage avait été déclaré nul par le Saint-Père l'été précédent, après qu'elle eut fui avec l'une de ces créatures. Amoureuse peut-être – possédée sûrement.

Quelle était la nature de ces êtres ? Nous ne le savions pas avec certitude, mais les quelques descriptions contenues dans la lettre de Gabrielle de Brances réveillaient au Vatican des souvenirs très anciens, du temps que le nord de l'Europe était encore sous la loi des païens…

En ces âges obscurs où la vraie foi n'avait pas encore étendu ses lumières civilisatrices au-delà des mers froides, les peuples vikings se partageaient les restes de l'empire de Charlemagne comme des meutes de chiens une carcasse. Les manuscrits tenus par les moines d'Irlande, de France et jusqu'en Italie racontent comment les drakkars à fond plat remontaient les fleuves pour venir semer la peur et la mort dans les grasses vallées à l'intérieur des terres. Pillages, viols, destructions : les barbares venus du Nord ne reculaient devant rien. Leur religion impie, tout entière tournée vers le sang, ne leur avait pas inculqué la crainte de l'enfer et la détestation du péché qui y conduit. Au contraire, elle promettait la félicité éternelle à ceux qui mourraient au combat ; un ciel taillé à coups d'épée et de hache dans la chair des innocents, qui avait pour nom « Valhalla ».

On redoutait ces tueurs dans toute la chrétienté, il n'y avait pas un souverain qui ne se dérobât à leur approche. Mais certains parmi eux étaient plus redoutés que les autres ; certains suscitaient une telle terreur que les braves gens se signaient à leur simple évocation. Il n'y en avait jamais plus d'un ou deux sur chaque drakkar, mais on les voyait venir de loin, car leurs épaules dépassaient de plusieurs têtes celles de leurs congénères, et on entendait de plus loin encore leurs grognements puissants comme des cornes de brume. Lorsque ceux-là posaient le pied à terre, les malheureux qui n'avaient pas eu le temps de fuir savaient que leur vie touchait à son terme.

Leur nom ? On en comptait autant que de contrées gardant la trace de leurs exactions. Ici, on les appelait les « hommes-ours », là, les « yeux-rouges ». Mais un mot revenait dans les bouches des rares survivants aux massacres, le mot avec lequel les Vikings eux-mêmes désignaient leurs guerriers-démons : « Berserkers ».

En entendant ces trois syllabes, Gaspard sentit un frisson remonter le long de son échine.

– Berserker..., répéta-t-il doucement.

Le mot commençait sur la langue comme une vague, et se terminait comme un raz de marée, comme une déferlante semblable à celles qui avaient ravagé les rivages européens au Moyen Âge.

Le jeune homme pouvait désormais mettre un mot sur ce que sa fiancée prétendait être. Un mot concret, qui dissipait l'hypothèse de la folie, qui rendait soudain réelles les paroles que Blonde lui avait adressées dans son sommeil.

– Les gens du Vatican savaient donc... pour la malédiction du signe de l'Ours ? demanda-t-il.

– Ils savaient que la malédiction avait sévi dans un lointain passé, en effet ; mais ils pensaient qu'elle avait été éradiquée de la surface de la terre depuis longtemps. Les saints évangélisateurs, qui avaient fini par convertir un à un les rois des tribus scandinaves, attestaient dans leurs récits la disparition des hommes-ours, dans l'ombre de la croix du Christ. Saint Siegfried en Suède, saint Olaf en Norvège, saint Théogdar au Danemark : à la fin de leur vie, chacun d'entre eux promettait que leur terre de mission était libérée des Berserkers.

Les prélats du Vatican crurent ces rapports et ces déclarations. Du moins jusqu'à l'été 1815, lorsque Charles de Valrémy vint leur remettre la lettre que son épouse lui avait adressée, et réclamer la reconnaissance de nullité de son mariage... Ainsi, ce fut un simple morceau de papier qui ralluma le souvenir des cauchemars du passé, et d'une époque que l'on croyait à jamais enfouie dans les brumes de la légende. Le Conseil de conjuration se saisit de l'affaire, et monta aussitôt le corps expéditionnaire destiné à aller exorciser cette manifestation du malin.

Les indices dont nous disposions se résumaient à bien peu de chose. Un pays – le Danemark, ruiné par des années de guerre dans le camp de Napoléon Bonaparte – et un nom – le Manoir sur la lande. La lettre de Gabrielle de Brances ne contenait pas d'indications plus précises que cela. Nous n'avions guère le choix : il nous fallait mener une enquête de terrain, frapper à chaque porte de chaque bourg, remonter sur des centaines de lieues les côtes du Jutland, depuis la frontière de la Confédération germanique.

Le vieux diacre prit une nouvelle inspiration, sifflante comme le vent du nord. Il ne faisait plus si chaud dans sa masure. À l'ombre des rideaux tendus comme des voiles, les trois hommes étaient sur le point de s'embarquer pour les contrées d'en haut...

– Le Danemark est un pays de vent et de sable. Les plages là-haut ressemblent à des déserts de dunes qui se couvrent d'une végétation rase et piquante à mesure qu'elles s'enfoncent dans les terres : c'est la lande – la lande mugissante qui s'étend à perte de vue, où rien n'arrête les tempêtes surgies des entrailles monstrueuses de la mer du Nord. Nulle habitation en ces régions désolées, oubliées de Dieu et des hommes. Rien ne résiste au vent qui arrache tout. Il faut pousser plus avant à l'intérieur du royaume pour rencontrer les premiers villages et les premiers champs.

Pendant longtemps, nous fîmes des allers-retours entre le

front de mer et l'arrière-pays, progressant à pas de fourmi vers le nord. Lorsque nous marchions sur la lande, j'aurais juré que le vent mettait toutes ses forces à nous repousser. Il s'engouffrait en violentes bourrasques entre nos jambes pour nous faire trébucher, il nous giflait le visage mille fois par jour et, quand tombait le soir, il éteignait nos feux et arrachait nos bivouacs. Lorsque nous regagnions la plaine, assommés par tant de fureur, nous nous heurtions aux façades austères des antiques maisons de pierre, et aux gens du pays, plus sévères encore. Il restait du sang viking dans ces hommes aux mots rares, dans ces femmes au regard d'acier, qui paraissaient bâtis dans la même roche que leurs habitations, pour résister au vent.

Nous nous présentions généralement comme des laïcs, des folkloristes italiens venus recueillir à la source les contes nordiques que les vieux racontaient à la veillée. Six érudits aux cheveux noirs, perdus parmi ce peuple de géants blonds. Au début, seul l'un d'entre nous comprenait le danois, le père Bartolomeo. Mais au fil des mois, nous nous mîmes tous à parler cette langue gutturale, taillée dans l'étoffe même du vent.

Cependant, nos questions se heurtaient presque toujours au même silence. Parfois, un éleveur semblait se souvenir d'une bête solitaire qui avait dévoré quelques-uns de ses moutons au printemps précédent – à moins qu'il ne se fût agi d'une meute ? Nul ne savait vraiment, puisque nul n'avait rien vu. Mais nous, nous ne pouvions nous empêcher de songer à ceux qui nous avaient précédés sur la route du Nord un an plus tôt : Gabrielle de Brances et les créatures qu'elle appelait dans sa lettre par les noms de Sven, Oluf et Baldur…

Partie au début du printemps 1816, l'expédition était censée rentrer à Rome avant l'hiver. Mais celui-ci nous surprit dès le mois de novembre, sous la forme de pluies verglaçantes et de chutes de neige précoces. Nous n'avions toujours pas l'ombre d'une piste nous permettant d'imaginer où se trouvait le Manoir sur la lande, aussi était-il hors de question de rebrousser chemin. Nous nous réfugiâmes dans un village qui fut vite pris dans les neiges.

Déjà, notre petit groupe avait commencé à se fissurer. Certains parmi nous doutaient que l'expédition atteignît jamais son but. Le diacre Bernardo fut le premier à insinuer que le Manoir sur la lande n'existait pas, qu'il n'était que l'invention d'un esprit dément. Il s'amouracha d'une jeune créature blonde aux yeux d'azur, la fille du paysan qui nous logeait. Lorsque le printemps revint, il nous déclara son intention de rester au village pour l'y épouser.

Les cinq autres reprirent la route, mais je sais que tous secrètement enviaient Bernardo. La lande se para de couleurs éclatantes, comme un tapis de pierres précieuses. Ce n'était qu'un leurre : sous les fleurs mauves, jaunes et rouges, les épines étaient plus acérées que jamais. Elles déchirèrent ce qui restait de nos habits noirs, et bientôt nous dûmes nous habiller de cuir, de fourrure et de laine à la manière des autochtones. L'achat de ces vêtures acheva de consumer nos économies, qui n'avaient point été prévues pour durer si longtemps. Dès lors, il nous fallut travailler en échange du gîte et du couvert. La plupart du temps, nous louions nos bras aux villageois pour de menus travaux. Parfois c'était en échange de quelques fables des pays lointains que l'on nous offrait la nuitée (il suffisait de réciter des passages de Virgile ou d'Ovide pour que les yeux des enfants s'allument, comme si une part d'eux-mêmes se souvenait des dieux vikings à travers l'évocation des dieux romains). À la fin de l'été, l'on trouva à nous employer comme ouvriers agricoles pour terminer les moissons, puis l'hiver arriva de nouveau sans que nous eussions vu passer l'automne. Une année s'était écoulée, et nous n'avions pas progressé d'un pouce dans notre enquête…

L'hiver 1817-1818 fut plus rude encore que celui qui l'avait précédé – ou alors, c'étaient nous qui étions plus fragiles. Le sous-diacre Luigi, le plus jeune d'entre nous, succomba à une fièvre maligne dès les premiers jours de décembre, en dépit de nos prières. En février, ce fut au tour du père Raffaele de tomber malade. Il n'était toujours pas remis en avril, lorsque vint le moment de reprendre la route. Aussi décidâmes-nous de le laisser aux soins des paysans, et de revenir le chercher à notre retour, l'hiver suivant – nous espérions que nous aurions découvert le Manoir sur la lande entre-temps. Mais à la vérité, le cœur n'y était plus. Cela faisait trop de sable, trop de vent, trop de prières restées sans réponse. Je priais moi aussi, j'implorais la Providence de nous montrer la voie. En vain.

Et puis, un soir d'été, alors que nous étions presque parvenus au bout de la péninsule du Jutland, là où la mer du Nord rejoint la Baltique, nous vîmes de grands feux sur la plage en contrebas de la lande.

Le vent était tombé pour la première fois depuis des semaines, sans quoi il aurait soufflé les flammes. La mer elle-même s'était calmée. Ce silence inattendu paraissait surnaturel, presque satanique. Nous nous approchâmes. Il y avait là une poignée d'hommes, de femmes et d'enfants, tous les habitants d'un hameau. Je me souviens des regards qu'ils nous jetèrent, des regards de bêtes sauvages.

Un instant, nous crûmes à des naufrageurs qui allumaient des brasiers pour attirer les vaisseaux vers les récifs affleurant à la surface des eaux. Nous n'étions que trois face à une vingtaine, le père Bartolomeo, le diacre Leone et moi-même. Mais, alors que nous nous apprêtions à défendre chèrement notre peau, nous remarquâmes celui qui entretenait les feux. C'était un vieil homme à la face rougeaude, coiffé d'une tiare grossière sur laquelle étaient fixés des bois de cerf ; Leone et moi, nous nous signâmes, croyant voir le diable en personne. Le père Bartolomeo fut le seul à garder son calme.

« Quel jour sommes-nous ? » demanda-t-il.

Il me fallut calculer pendant plusieurs minutes dans ma tête ; je ne m'étais pas rendu compte à quel point j'avais perdu la notion du temps.

« Le 24 juin, mon père, si je ne m'abuse.

– Le jour de la Saint-Jean, du solstice d'été... et la nuit la plus courte. Une de celles où les esprits d'avant l'avènement du Sauveur reviennent à la surface de la terre. »

Le père Bartolomeo avait vu juste. Laboureur de son état, le vieux chaman revêtait une fois l'an ses oripeaux pour célébrer les fantômes des temps héroïques ; l'espace d'une nuit, tout le hameau redevenait païen.

Que pensèrent les responsables du Conseil de conjuration, lorsque je leur racontai cette nuit à mon retour à Rome ? Nous participâmes à la cérémonie tous les trois, nous les exorcistes envoyés en mission pour répandre la voix du Christ... Mais aussi, quel autre choix avions-nous ? Nous avions tout essayé, nous avions posé toutes les questions, et nous n'avions reçu aucune réponse. Puisque les vivants n'avaient pas su nous guider, il nous restait à interroger les morts...

Maître Gregorius se toucha le front. Le prêtre qu'il avait été ne pouvait entendre de telles paroles sans esquisser un signe de croix. Il savait que la nécromancie et la divination étaient formellement proscrites chez les chrétiens. Et il mesurait la détresse qui avait dû être celle des trois exorcistes, pour qu'ils se livrent à un tel rituel en dépit de leurs convictions.

Gaspard, lui, était trop excité pour s'embarrasser de scrupules :

– Qu'est-ce que le chaman vous a dit ? s'écria-t-il. Vous a-t-il révélé où se trouvait le Manoir sur la lande ? Peut-être pourrions-nous aller l'interroger à notre tour – lui demander où se trouve Blonde elle-même, depuis qu'elle a disparu !

Le vieil hôte posa sur son jeune invité un regard empreint de tristesse et d'indulgence. Il semblait se souvenir de sa propre fougue, à contempler celle de Gaspard. Il semblait se souvenir de sa propre excitation, lorsque le chaman avait ouvert la bouche. Que tout cela était loin, à présent !

– Je doute que le chaman soit encore vivant à l'heure où je vous parle, murmura-t-il finalement. D'où vint la voix qui s'exprima à travers lui cette nuit-là ? Était-ce réellement la voix des spectres, ou la voix des anges accédant enfin à nos prières ? J'avoue que mes repères ne sont plus aussi bien marqués aujourd'hui que lorsque j'ai quitté Rome, il y a plus de seize ans. J'ai été témoin de tant de prodiges depuis… J'ai plus que jamais conscience du fait que les hommes ne sont pas les seules créatures intelligentes sur cette terre. Les exorcistes pensent que leur tâche consiste à combattre de telles créatures, puisque les Écritures assurent que le Seigneur a voulu réserver la jouissance du monde à la seule descendance d'Adam et d'Ève. Mais savons-nous bien lire les Écritures ?…

Le vieux chaman parla donc, au terme d'une danse effrayante, à sauter par-dessus les braises. Son dialecte ne ressemblait que vaguement au danois que nous avions appris, comme si ce qui s'exprimait à travers lui revenait de très loin. Nous saisîmes néanmoins quelques mots, quelques bribes de phrases :

« La lande au-delà de la mer… Là où se couche le soleil, se couchent aussi les bêtes qui ont des corps d'hommes, les hommes qui ont des esprits de bêtes… »

Le regard révulsé du vieillard fixait l'horizon à l'ouest, au risque de se brûler aux rayons rougeoyants.

Alors nous avons regardé aussi.

Et nous avons vu.

Nous avons vu, dans le fleuve de lumière sanglante, se détacher un petit bout de terre, un esquif noir contre le soleil couchant.

Pendant tous ces mois, nous n'avions jamais scruté la mer, tournant nos regards vers la lande intérieure, en quête d'un mirage qui n'était jamais apparu.

Mais il apparaissait à présent, il apparaissait enfin !

Le lendemain matin, nous achetâmes une barque aux villageois, et nous prîmes la mer vers l'île où devait se sceller notre destin.

4

LE MANOIR SUR LA LANDE

LE SOLEIL COMMENÇAIT À DESCENDRE DERRIÈRE LES RIDEAUX DE LA PETITE MAISON.

La lumière qui filtrait à travers le tissu mité ressemblait à de l'or liquide dans les trous d'un tamis. Elle projetait des paillettes sur la table basse, sur le bol d'amandes sèches, sur le visage d'Ambrogio Scopello. Ses yeux étaient tellement habités, tandis qu'il ressuscitait par la parole le souvenir du passé, que l'on ne voyait plus qu'eux. Tout le reste était oublié – la boursouflure du visage, les rides innombrables, la pièce envahie de toiles d'araignée.

Sans s'en apercevoir, Gaspard avait refermé ses mains sur les bords de la table comme sur ceux d'un esquif, comme sur la coque de la barque qui s'apprêtait à l'emmener aux extrémités septentrionales du monde…

– Aucun des villageois n'accepta de nous accompagner dans notre traversée, reprit le vieux diacre. Même après que nous leur avions offert nos dernières économies, ils ne voulurent rien entendre. Pour eux, l'île n'existait pas, ce n'était qu'un fantôme. De fait, au matin suivant la nuit de la cérémonie, un brouillard épais recouvrait l'horizon ; le morceau de terre aperçu la veille semblait avoir disparu. Nous mîmes néanmoins la barque à l'eau, et nous entreprîmes de ramer vers le large.

Pendant une heure, nous naviguâmes dans le néant. La

brume s'était refermée sur la terre derrière nous, et il n'y avait que de la brume devant nous. Nous aurions aussi bien pu descendre le cours du Styx.

Soudain, l'île nous apparut, pareille à un monstre marin surgissant d'un abysse – une forme sombre, immense, hérissée de dards et de crocs. Ce ne fut qu'à quelques pieds du rivage que nous reconnûmes des mâts et des coques, des navires éventrés par dizaines, sur les restes desquels pendaient des lambeaux de voiles pourrissants. Nous accostâmes dans un silence de mort, à croire que le brouillard absorbait tout, jusqu'au bruit de nos pas sur la grève.

Et puis, tout à coup, le vent se leva.

Le brouillard se dissipa en quelques instants, vaporisé par les rayons du soleil. Au-delà du cimetière d'épaves, la lande insulaire se déroula devant nous tel un tapis d'épines parsemé de fleurs, jusqu'à la silhouette d'un grand bâtiment – le Manoir, enfin !

Nous nous regardâmes, nous, les trois survivants d'une expédition qui avait débuté deux ans plus tôt, et nous nous reconnûmes à peine. Il y avait longtemps que nos joues avaient oublié le contact du rasoir. À présent, elles arboraient une toison broussailleuse comme la lande, maigre protection contre les assauts du vent. La peau que la barbe ne recouvrait point était rouge et cuite, preuve que le soleil du nord brûle autant que celui des déserts les plus chauds. Nos yeux surtout étaient changés, cernés de rides que nous n'avions pas lorsque nous avions quitté Rome ; ils étaient emplis d'une lassitude plus vaste que l'océan.

Le père Bartolomeo fut le premier à parler, et ses paroles furent d'abord celles du Pater Noster. Il n'y avait rien à ajouter. Nous avions atteint notre destination. Notre sort désormais reposait entre les mains de la Providence.

Nous nous mîmes en marche vers le Manoir.

L'île paraissait désertée par les hommes, mais point par les bêtes. De loin en loin, la lande était parsemée de taches blanches, des moutons livrés à eux-mêmes, comme retournés à l'état sauvage. Parfois, un lapin de garenne détalait sous un buisson, un oiseau s'envolait en poussant un cri strident qui résonnait longtemps. Mais c'étaient surtout les abeilles qui semblaient régner sur l'île. Une nuée bourdonnante était sortie de nulle part dès que le soleil s'était mis à briller, pour se répandre sur la lande ; à présent, l'air était rempli d'élytres. Si les insectes butinaient toutes les fleurs, ils s'attardaient plus longtemps, et en grappes plus épaisses, autour de hauts chardons à l'étrange couleur pâle, presque transparente. Leurs tiges paraissaient de verre, et leurs pétales, de glace pilée. Jamais je n'en avais vu de tels, ni au Danemark ni dans aucun des pays où la Providence m'avait mené.

Nous continuâmes à progresser au milieu des insectes, les lèvres tremblantes de prières muettes, nous demandant si nous avions réellement posé le pied sur les marches de l'enfer. Devant nous, le Manoir se précisait. Il était entièrement rouge, construit sur ses trois étages avec des briques écarlates qui avaient manifestement été importées jusqu'à ce morceau de terre perdu. Par qui ? Pourquoi ? Mystère.

Les carreaux de maintes fenêtres étaient brisés, des mouettes nichaient derrière les créneaux érodés du toit. Tout en haut, une girouette rouillée grinçait en tournant lentement. La base du bâtiment était ensablée sur deux pieds, sauf devant la lourde porte de bois cloutée : l'entrée avait été récemment déblayée…

« Courage, mes frères, dit le père Bartolomeo. Nous allons enfin accomplir notre tâche. »

Sous nos vêtements danois, nous avions conservé chacun un crucifix béni par le Grand Exorciste en personne et une dague en argent, métal réputé efficace contre les incarnations du démon. Le moment était peut-être venu de nous en servir. La foi dans une main, la force dans l'autre : telles sont les armes de tous les exorcistes, depuis toujours et à jamais.

Le père Bartolomeo poussa la porte, qui n'était pas verrouillée, et nous pénétrâmes dans le Manoir sur la lande. L'intérieur du bâtiment paraissait plus vaste encore, autant que nous pouvions en juger dans la pénombre. Le sable s'était largement immiscé dans le hall, il recouvrait le dallage en longues langues étirées comme des lagunes.

« Regardez ! » s'écria Leone en désignant une langue de sable épaisse sur laquelle tombait un rayon d'une fenêtre crevée en haut du mur. Une empreinte y était profondément imprimée. À première vue, on l'eût jugée humaine. Mais en s'approchant, on remarquait la configuration étrangement bombée de la voûte plantaire, comme si elle était pourvue de coussinets, et la forme des griffes prolongeant chacun des orteils...

Soudain, un bruit sourd retentit. Nous vîmes remuer quelque chose dans l'ombre du monumental escalier qui montait vers les étages. Puis une voix résonna, une voix de femme :

« Lâchez vos armes. »

Aucun de nous ne bougea. Nous étions pétrifiés, incapables même de respirer.

« Lâchez vos armes si vous tenez à la vie », répéta la voix.

Elle s'exprimait en danois, mais son accent n'était point le même que celui des paysans de la côte. D'évidence, ce n'était pas sa langue natale.

« La terre de cette île a absorbé trop de sang, mais elle n'en est point si gorgée qu'elle ne puisse encore s'abreuver du vôtre. »

Une forme blanche se détacha de l'ombre – et je promets que j'eus l'impression de voir paraître un ange. Enveloppée dans une robe de coton immaculée, nouée sur l'épaule à la manière antique, ses cheveux dorés flottant autour de son visage, ainsi qu'une auréole : telle nous apparut celle que nous recherchions depuis des mois, depuis deux années. *Gabrielle de Brances.* Le fait qu'elle fût si maigre contribuait sans doute à son aspect éthéré.

Ses joues étaient creusées d'ombres, ses membres fins comme des roseaux; pour peu, elle se fût envolée.

Le père Bartolomeo fut le premier à lâcher sa dague.

Elle tomba sur le tapis de sable dans un bruit étouffé.

Je l'imitai aussitôt.

Mais Leone, lui, gardait son poing serré sur son arme, et sa mâchoire crispée comme son poing. Il fixait la jeune femme avec la même horreur que si elle avait été un succube tout droit surgi du ventre de l'enfer.

« Allons, mon fils », fit le père Bartolomeo en prenant le bras du diacre.

Il défit les doigts un à un autour du manche de la dague, puis il la jeta au fond de la pièce. Alors seulement, les créatures sortirent de l'ombre de l'escalier où elles étaient cachées. Sous nos regards effarés, elles se déplièrent les unes après les autres, maigres et dégingandées, passant de la position recroquevillée à la position debout. Car elles se tenaient debout comme des hommes, elles étaient constituées comme des hommes – des hommes bien plus grands, bien plus forts que ceux que Dieu avait créés. Aujourd'hui encore, j'hésite à employer le mot de « visage » pour décrire leurs faces mangées de poils, percées d'yeux brillants comme des miroirs – ne s'agissait-il pas plutôt de gueules évidées par le jeûne ? L'amaigrissement avait aussi fait fondre la graisse de ces corps extraordinaires, sans entamer les muscles, durs et saillants. On les voyait jouer sous le pelage dru, depuis les poitrines et les épaules nues jusqu'aux pieds sans chaussures sous les pantalons de toile usée.

Je me doute que mes compagnons eurent le même réflexe que moi : scruter ces pieds à la recherche de celui qui avait laissé l'empreinte monstrueuse. Si certains gardaient une apparence humaine, d'autres, aussi larges et lourds que des enclumes, relevaient davantage de la patte animale.

« C'est Charles, n'est-ce pas ? demanda la jeune femme. C'est Charles de Valrémy qui a parlé ?

– La lettre que vous lui aviez adressée a parlé pour lui, lorsqu'il l'a remise au Saint-Père, expliqua respectueusement le père Bartolomeo. Votre mariage a été déclaré nul, madame.

– Nul ? Mais Renée, notre fille...

– *Votre* fille, Madame. *Votre* fille, non point celle du comte de Valrémy. »

Gabrielle de Brances tressaillit en posant la main sur l'avant-bras de l'être le plus proche d'elle, un athlète au poil plus ras et plus clair que les autres. Il s'agissait de Sven, bien sûr. Le père de l'enfant.

« Je m'en doutais, murmura la jeune femme, et ses yeux s'emplirent d'une profonde tristesse.

– Tout enfant a droit à sa mère, dit le père Bartolomeo, et toute mère a droit à son enfant. Vous devriez aller retrouver votre fille...

– Non, c'est impossible. Je ne puis quitter cette île – et vous non plus, vous ne le pouvez point. »

Ambrogio Scopello poussa un profond soupir, comme si l'évocation de tant de souvenirs l'avait épuisé.

Mais Gaspard n'était pas prêt à lui laisser une seconde de répit. Pour la première fois, il venait d'entendre la description des hommes-ours par la voix de quelqu'un qui les avait vraiment vus. Ce qui jusqu'à présent n'était qu'une vaporeuse hypothèse, devenait soudain odieusement concret. Le jeune homme ne pouvait empêcher son esprit de s'échauffer, de se cabrer. Il n'avait pas voulu croire Blonde, lorsque, en rêve, elle lui avait dit que son corps avait revêtu un pelage animal ; il n'était pas parvenu à imaginer que son visage, aussi lisse que celui de la statue de sainte Ursule, pût s'être couvert de poils. Maintenant, des mirages abominables surgissaient dans sa tête : des bouts de bête mêlés à des bouts de femme, dans un tourbillon qui n'avait plus rien d'humain.

– C'est impossible ! s'écria-t-il pour conjurer cette chimère qu'il ne parvenait pas à reconstituer.

– C'est impossible en effet, répondit doucement Ambrogio Scopello. Mais cela existe pourtant…

Gaspard laissa échapper un gémissement. Il prenait enfin toute la mesure du calvaire qu'avait connu sa fiancée. Il se représentait enfin la terreur et le rejet de soi, le sentiment de solitude abyssale qui avait dû écraser Blonde lorsqu'elle avait découvert sa nature véritable.

« Elle n'a pas mérité ça… Je n'ai pas mérité ça… »

Il releva brusquement la tête, et darda ses yeux fiévreux dans ceux du vieux diacre. Il y avait du défi dans ces yeux-là, jusqu'au blasphème.

– Si Dieu existait, il n'aurait pas laissé advenir une telle abomination ! accusa-t-il, comme s'il tenait le diacre pour responsable du manquement divin.

– Le diable corrompt ce que crée Dieu, Dieu répare ce que corrompt le diable, répondit mystérieusement le vieil homme. Telle est l'histoire du monde depuis les origines. Si par la malédiction du signe de l'Ours, le diable a corrompu la nature humaine pour fabriquer de monstrueuses machines à tuer, alors les chardons blancs sont la réparation de Dieu.

Gaspard écarquilla les yeux.

– Vous voulez dire que… ?

– Oui : les chardons blancs, ces étranges plantes dont la couleur spectrale reflétait la lumière d'un autre monde – du paradis peut-être. Les abeilles en tiraient un miel qui n'était pas seulement doux au palais, mais doux aussi pour l'âme. Les hommes-ours survivants appelaient « eau-lumière » la boisson fermentée à partir de ce miel, parce qu'elle prenait la couleur des plantes dont elle était issue, mais aussi parce qu'elle avait la vertu de dissiper les ténèbres animales. Cet hydromel ne grisait pas ceux qui le buvaient, au contraire : il dissipait l'ivresse du sang pour éveiller la conscience, et prévenir la dégénérescence des Berserkers dans la bestialité. L'eau-lumière leur apportait la lucidité, c'est-à-dire, au sens propre, la lumière de l'esprit.

Le cœur de Gaspard battait à tout rompre.

Ainsi le remède avait-il véritablement existé ! Cette pensée l'emplissait d'espoir et d'angoisse – espoir de retrouver quelques pieds de ces plantes miraculeuses, angoisse qu'elles aient disparu de la surface du monde à jamais.

– Les chardons blancs, demanda-t-il, haletant, poussent-ils ailleurs que sur l'île ?

Le diacre s'éclaircit la voix.

– Je crains que non. Dans un lointain passé, à l'époque où les royaumes païens régnaient sur le nord du monde, peut-être les chardons blancs prospéraient-ils sur tout le territoire du Danemark. Peut-être les hommes-ours pouvaient-ils se repaître à loisir de leur suc au retour des razzias, pour oublier la fureur des champs de bataille où les jetait la cupidité des chefs vikings. Mais, au fil du temps, ils avaient progressivement reflué pour ne plus pousser que sur l'île sans nom. La population des Berserkers avait diminué parallèlement – que des lignées se fussent éteintes sans descendance, ou que certains individus eussent été définitivement guéris par l'eau-lumière. Finalement, les derniers êtres frappés du signe de l'Ours s'étaient réfugiés sur le seul bout de terre où subsistaient les chardons. Le reste du monde les avait oubliés pendant des siècles, jusqu'aux moines et aux exorcistes occupés à christianiser le continent. C'était ainsi que, peu à peu, les Berserkers étaient devenus un mythe incertain.

Jusqu'au jour où l'actuel roi du Danemark s'était souvenu des anciennes légendes. En quête de guerriers surhumains pour combattre dans l'armée de son allié Napoléon, il avait envoyé ses agents retrouver l'île. Dès leur arrivée, ces derniers s'étaient emparés des ruches, ils avaient rationné l'hydromel. Et ils avaient asservi les hommes-ours comme l'avaient fait les chefs vikings mille ans avant eux. Les îliens avaient bien tenté de résister, mais le temps n'était plus aux affrontements corps contre corps, joue contre joue – que pouvaient ces créatures issues du passé contre la poudre et les canons inventés par la malice des hommes ? Ceux qui avaient survécu à la conquête avaient été impitoyablement enchaînés au pied du Manoir, érigé pour loger les colons. On ne leur retirait leurs fers que pour les entraîner au combat, durant des journées entières. Il leur fallait se plier sans broncher aux traitements les plus inhumains pour avoir droit à quelques gorgées d'eau-lumière, juste de quoi sombrer dans un sommeil sans rêves.

Pendant sept ans, les enfants de l'île sans nom durent combattre dans la Grande Armée. Sven, Oluf et Baldur n'avaient été que quelques-uns parmi des centaines à partir dans des cages, emmenés par les soldats napoléoniens sur tous les fronts d'Europe, de l'Espagne à l'Autriche, de l'Italie à la Russie. Jusqu'à ce que Napoléon s'effondre, entraînant son monstrueux empire et tous ses alliés dans sa chute… Les Anglais avaient livré une bataille titanesque sur les rives de l'île sans nom. Ils avaient exterminé jusqu'au dernier des agents royaux, et tous les Berserkers qu'ils avaient pu trouver. Ils avaient renversé les ruches et saccagé les champs d'avoine plantés par les Danois pour nourrir la population de l'île. Puis ils étaient repartis en laissant l'île pour morte, jonchée d'épaves, sans savoir qu'une poignée d'hommes-ours s'était réfugiée dans les grottes du flanc nord…

Gaspard hocha la tête. Les morceaux d'une histoire fracassée par la folie des hommes se recollaient enfin.

– Ce sont ces rescapés que Sven et Gabrielle ont retrouvés en débarquant sur l'île, n'est-ce pas ?

– Tout juste, jeune homme. Ensemble, ils ont dû réapprendre à vivre, ou plutôt à survivre. Les baies en été, la viande des moutons en hiver ont remplacé la bouillie d'orge. Gabrielle a taillé sa robe et les pantalons des hommes-ours dans les voiles des navires échoués. Quant aux abeilles, quelques-unes avaient survécu à la destruction des ruches et avaient reformé des nids sauvages dans les coins les plus reculés de l'île. Elles produisaient juste assez de miel de chardon blanc pour fabriquer l'eau-lumière nécessaire aux derniers habitants.

Gabrielle était-elle heureuse dans sa retraite, elle qui avait connu les ors et les honneurs du monde ? J'aime à le croire. Sven et elle semblaient si épris l'un de l'autre que c'en était lumineux. Hissé par l'amour au-dessus de lui-même, Sven s'était libéré de ses restes d'animalité pour devenir complètement homme – simplement plus grand, plus puissant, plus résistant que les descendants d'Adam. De son côté, Gabrielle semblait puiser des forces nouvelles dans la vigueur fantastique de son compagnon. Unique femme au milieu de tous ces mâles, elle était l'épouse d'un seul, mais la mère de tous. En dépit de son jeune âge et de sa beauté gracile, il émanait d'elle une irrésistible aura d'autorité. C'était à elle que les hommes-ours se référaient pour superviser la cueillette, gérer le cheptel, organiser la récolte du miel surtout. C'était elle encore qui pansait les plaies, soignait les maux hivernaux et les piqûres d'abeille. Elle avait même mis sa passion du dessin au service de ses protégés : elle était parvenue à se confectionner des fusains avec des morceaux de charbon taillés, grâce auxquels elle faisait le portrait des îliens, gommant en eux la bête et révélant l'être humain. Les hommes-ours conservaient ces esquisses qui leur rendaient leur dignité aussi précieusement que si elles avaient été d'or fin.

Vraiment, il y avait quelque chose d'une sainte dans cette silhouette blanche qui se penchait sur les meurtris, les déchus, les bannis. Si nous n'avions pas accosté sur l'île sans nom, sans doute Gabrielle y aurait-elle vieilli, sage et vénérée de tous ; peut-être même aurait-elle porté d'autres enfants de Sven, qui auraient été coiffés comme elle de boucles d'or semblables à une auréole.

5

LE GRAND INCENDIE

QUELQUE PART À L'EXTÉRIEUR DE LA MAISON, DANS LE CRÉPUSCULE, UNE BÊTE HURLA.

Sans doute était-ce un chien errant, un loup même peut-être – les forêts des Abruzzes n'étaient pas si loin. Mais Gaspard eut l'impression d'entendre mugir une voix humaine à travers la voix animale. Une voix qui remontait de très loin, d'une petite grotte froide percée dans le flanc d'une île oubliée, où quelques créatures hagardes avaient trouvé refuge pendant que dehors on massacrait leurs semblables à coups de canon et de baïonnette.

C'était le sang de ces créatures que Blonde portait dans ses veines, un sang maintes fois versé au cours des âges, dans des guerres qui n'étaient pas les leurs. C'était le sang de la peur et de la servitude – de la rage aussi.

Après avoir enrôlé les Berserkers dans leurs armées, après les avoir passés au fil de leurs lames, les hommes s'étaient lancés sur la trace de la dernière d'entre eux pour l'exterminer à son tour…

À cette pensée, Gaspard sentit une onde de colère et de compassion remonter du plus profond de son être, et il s'aperçut que ces deux sentiments qu'il croyait contradictoires pouvaient s'allier au contraire. Et de leur alliance naissait un amour plus fort que l'amour.

Un amour qui n'était pas que désir et tendresse, mais révolte aussi.

Un amour qui était un poing brandi contre le monde.

Gaspard sut qu'avec ce poing il allait libérer Blonde d'elle-même et du jugement des hommes, qu'il allait rompre la malédiction – ou bien il mourrait en essayant.

– La fin de mon récit est la plus difficile à narrer, reprit le diacre Ambrogio d'une voix fatiguée. D'abord, parce que mes souvenirs de ce qui advint sont imprécis et mal définis ; ensuite, parce que ma foi dans la mission sacrée des exorcistes a été fortement ébranlée par ces événements. Je vous le confesse aujourd'hui comme je l'ai confessé à mes supérieurs du Conseil de conjuration au moment de leur remettre ma démission : je ne suis plus certain que notre intervention se justifie dans toutes les situations. Ma perception de la frontière entre le bien et le mal est devenue trop floue pour que je me sente la force de continuer à pourfendre ceux qui la franchissent. Suis-je devenu un hérétique pour autant ? Jugez-en par la fin de mon récit…

C'était donc le début de juillet sur l'île sans nom, dont nous redoutions qu'elle devînt notre prison pour longtemps – et peut-être pour toujours. Cependant, les hommes-ours nous traitaient en hôtes plutôt qu'en prisonniers. Dès le premier jour, ils nous avaient cédé les chambres les mieux protégées de l'humidité, au troisième étage du Manoir. Au souper, ils nous offraient les meilleurs morceaux des moutons cuits au feu de bois. Leurs manières étaient frustes et leurs regards fuyants, mais je crois que le fond de leur cœur était pur. À les fréquenter, moins je voyais en eux les démons, et plus je voyais les hommes.

À la veillée, près du feu, le père Bartolomeo échafaudait mille hypothèses sur l'origine des Berserkers. Certains soirs, il voyait en eux les descendants des anges déchus, entraînés par Satan dans la sauvagerie et l'animalité ; d'autres soirs, il voulait reconnaître dans le signe de l'Ours la marque de Caïn, cette mystérieuse malédiction dont l'Éternel affligea la descendance du meurtrier d'Abel à l'aube de l'humanité. Gabrielle et lui se lançaient dans de grandes discussions à ce sujet. À chaque fois, j'étais impressionné par l'érudition de la jeune femme, subjugué par sa grâce. Elle parvenait à faire planer sur ce coin de terre perdu au bout du monde un esprit aussi vif et plaisant que celui qui régnait dans les meilleurs salons de Rome ou de Paris. Les hommes-ours l'écoutaient eux aussi, les yeux brillants, oubliant ce qu'ils avaient de bestial, se souvenant de ce qu'ils avaient d'humain.

Après la veillée, je laissais souvent mon regard errer sur la lande piquetée de chardons blancs, semblables à des flocons de neige ne fondant jamais, comme figés dans un temps en dehors du temps. En les observant longuement à la lumière de la lune, j'avais l'impression de sentir mon âme s'alléger, s'élever, et devenir comme eux presque transparente. Ces contemplations avaient toutes les apparences de la prière. Elles nourrirent dans mon cœur une conviction profonde : les hommes-ours, qui souffraient et qui espéraient comme moi, étaient autant que moi les enfants du Seigneur.

Cependant, le diacre Leone ne partageait pas cet avis.

Il refusait d'adresser la parole aux habitants de l'île et de s'asseoir à leur table.

« Ouvrez les yeux, nous sermonnait-il. Ces créatures sont des suppôts du démon qui n'affectent l'apparence humaine que pour vous tromper et vous entraîner dans le blasphème ! »

Pour preuve, il n'avait de cesse de nous rappeler l'existence des tombes dont était peuplé le terrain derrière le Manoir – des sépultures sans croix ni stèles, rien que des fosses recouvertes de terre. Elles étaient censées abriter dans leur sommeil éternel les Danois et les Anglais qui s'étaient entre-tués sur les rivages de l'île. Mais selon Leone, rien ne nous garantissait que ces tombes-là n'eussent pas été garnies par les soins des hommes-ours eux-mêmes…

Il y avait aussi ces bruits sourds qui retentissaient depuis les profondeurs du Manoir à la nuit tombée, faisant vibrer les murs et les sommiers des lits jusqu'au troisième étage. Lorsque nous lui demandions ce qu'il y avait dans la cave cadenassée, sous le grand escalier, Gabrielle de Brances répondait à demi-mot, du bout des lèvres :

« Il y a ceux qui ont été privés d'eau-lumière pendant trop longtemps. Ceux sur qui le miel de chardon ne fait plus effet, dont les yeux resteront rouges à jamais… »

Elle portait instinctivement la main à la clé de la cave pendant à son cou, puis elle se détournait. Sven nous apprit que parmi les reclus de la cave se trouvait Baldur, le forcené qui avait failli tuer Gabrielle des années auparavant dans les Vosges… et qui avait égorgé sa propre fiancée lors de la retraite de Russie.

Gaspard soutint sans ciller le regard d'Ambrogio Scopello, à l'instant où il prononçait ces mots. Tous deux savaient que l'histoire de Baldur était un avertissement. Le crime qu'il avait commis, Blonde pourrait le commettre à son tour. Dans le puits sombre de l'animalité, il n'y a plus ni hommes épris, ni femmes amoureuses, ni serments de fidélité éternelle : seuls demeurent la douleur, la colère et l'instinct.

Mais Gaspard n'avait pas peur.

Il était sûr de son destin.

– La catastrophe survint près de deux mois après notre arrivée, reprit le vieux diacre. C'était la nuit. Une tempête sèche se déchaînait sur l'île, un monstre de vent comme seules les fins d'été danoises peuvent en enfanter. Sans doute Leone avait-il attendu cette tempête pendant des jours, des semaines, l'appelant dans ses folles prières… Je crains que ce ne soit le diable, et non le Seigneur, qui l'ait exaucé.

Il était minuit passé lorsque j'ouvris les yeux. D'abord, je crus que c'étaient les bourrasques qui m'avaient réveillé. Elles s'abattaient furieusement contre les murs, faisaient trembler les fenêtres dans leurs cadres et siffler les cheminées comme des orgues fous. Mais, bientôt, je m'avisai que la nuit n'était point si noire à travers les carreaux fêlés…

L'espace d'un instant, je pensai à une aurore boréale. Mais ce n'était guère la saison, et les ondulations lumineuses qui emplissaient le ciel n'en avaient point les couleurs ; elles n'étaient pas bleu et blanc, mais jaune et rouge – de plus en plus rouges. Réflexe d'animal pris au piège, je sentis ma respiration s'accélérer. Une odeur piquante m'enflamma les narines, tandis qu'un instinct ancestral hurlait en moi : « Au feu ! »

Je bondis de mon lit. Une fumée épaisse recouvrait le plancher, funeste tapis tissé aux couleurs de la mort. Et le vent qui continuait de hurler, là-dehors, attisait les flammes comme un soufflet attise l'âtre !

Je plaquai un linge sur mon nez et je me ruai dans le couloir. Le père Bartolomeo y était déjà, les pans de sa robe de chambre virevoltant entre les volutes, telles les ailes d'un oiseau effaré. Nous courûmes réveiller le diacre Leone, mais sa chambre était vide, son lit n'était point défait – ainsi nous devinâmes que c'était lui qui était à l'origine de l'incendie.

« Vite ! m'intima le père Bartolomeo. L'escalier, avant qu'il ne soit trop tard ! »

Les yeux pleins de larmes, nous nous précipitâmes au bout du couloir.

Les marches plongeaient dans un tourbillon de fumée et de feu. On entendait craquer le squelette du Manoir sur toute sa hauteur – mais surtout, surtout on entendait hurler ceux qui grillaient là-dessous ! Ah, combien j'aurais voulu pouvoir me boucher les oreilles et les yeux, en même temps que le nez et la bouche ! Mais je n'avais point assez de mains pour cela.

Sans le père Bartolomeo, peut-être serais-je resté là, prostré au troisième étage, à contempler le chaos qui se creusait sous moi. Mais mon compagnon eut la présence d'esprit de vider sur nos têtes des bassines d'eau que les hommes-ours avaient montées la veille pour notre toilette du matin. Ainsi trempés, nous nous jetâmes dans l'escalier crépitant.

Dante prétend être descendu en enfer et en être revenu. Longtemps, j'ai cru à une licence de poète. Mais à présent, je sais que cela est possible : pendant un moment qui m'a semblé durer une éternité, les entrailles du Manoir sur la lande sont devenues l'antichambre même de l'enfer. Les marches se consumaient sous nos pieds, les poutres se contractaient comme autant de griffes lancées après nous pour nous retenir. Çà et là, d'immenses silhouettes rugissantes surgissaient du brasier pour y replonger aussitôt. Étaient-ce leurs poils ? Les hommes-ours prenaient feu comme de l'amadou – et derrière leur pelage de bêtes, c'était une peau bien humaine qui brûlait en dégageant une atroce odeur de viande grillée.

Je ne sais comment nous parvînmes au rez-de-chaussée. Je me souviens juste que l'eau imprégnant nos habits s'était totalement évaporée au moment où les restes de l'escalier s'effondrèrent derrière nous dans un fracas épouvantable. Nous vîmes alors que la trappe de la cave avait pris feu, elle aussi. Les hurlements qui retentissaient sous elle étaient plus déchirants encore que ceux des brûlés vifs. Plus forte que la douleur, il y avait de la peur dans ces hurlements ; et plus forte que la peur, il y avait de la haine. Les choses qui martelaient la planche de bois massif à grands coups ne voulaient pas tant échapper à la mort, j'en eus la conviction ; elles voulaient surtout entraîner dans la mort tout ce qui vivait sur l'île !

Soudain, une forme jaillit de la porte du Manoir grande ouverte entre les flammes.

C'était Sven.

Il portait à bout de bras un rocher énorme arraché à la terre, tous ses muscles bandés à en exploser. Je compris que c'était pour bloquer la trappe qu'il était revenu dans ce four ardent, au péril de sa vie.

Mais, avant qu'il eût le temps de jeter le rocher, la planche explosa dans une gerbe d'échardes et de feu. Je ne pus guère en voir davantage ; laissant tomber son fardeau devenu inutile, Sven nous attrapa l'un et l'autre, le père Bartolomeo et moi, et nous entraîna dans la nuit.

Dehors, le spectacle était plus terrible que tout ce à quoi j'avais pu m'attendre. Les flammes montaient jusqu'au toit, venaient griller les étoiles. Pires : elles s'étaient répandues sur toute la lande vers l'ouest, dans le sens où soufflait le vent. Les herbes hautes, asséchées par l'été, s'embrasaient avec une rapidité démoniaque ; les chardons blancs qui avaient jusque-là résisté aux assauts des siècles, qui avaient survécu aux Anglais, explosaient dans la fournaise comme des ampoules de cristal. La tempête arrachait au sol des mottes de terre et de feu pour les projeter dans toutes les directions, bombes incendiaires propageant la désolation.

Les hommes-ours rescapés se tenaient à l'est, sur la seule parcelle encore épargnée. Parfaitement immobiles, on eût dit des golems de glaise impuissants en dépit de tous leurs muscles et de toute leur force. Gabrielle de Brances était là elle aussi, sa robe couverte de suie.

« Suis arrivé trop tard, haleta Sven. Yeux-rouges se sont libérés. »

À ces mots, le visage de la jeune femme, que j'avais toujours connu impassible, se décomposa.

« La mer…, lâcha-t-elle dans un souffle. Tous à la mer ! »

Les hommes-ours s'animèrent et s'élancèrent sur la lande comme un seul homme. Je vis Sven cueillir Gabrielle avec autant de facilité que s'il s'était agi d'une fleur, puis un autre homme-ours souleva le père Bartolomeo. À mon tour, je me sentis arraché à la pesanteur, et emporté à toute allure vers le rivage que nous avions accosté deux mois plus tôt.

Incapable de me retourner, je ne pouvais qu'imaginer la fureur qui se déchaînait dans notre dos, d'après ce qu'en percevaient mes oreilles. Derrière le mugissement assourdissant du vent, derrière le crépitement des flammes, derrière le fracas des briques se fendant sous la chaleur, j'entendais le grondement qui avait terrorisé la jeune Gabrielle lorsqu'elle s'était égarée dans la forêt vosgienne quatre années auparavant, et je recommandai mon âme à Dieu…

Lorsque nous parvînmes à la côte, elle était déjà largement la proie des flammes. Plusieurs lambeaux de voiles s'étaient embrasés, invitant le feu sur le pont des navires écrasés contre les rochers. La mer tout entière en était illuminée. C'est ainsi que nous vîmes la barque sur laquelle nous étions arrivés sur l'île, ballottée entre deux vagues hautes comme des collines. Le diacre Leone était à bord, ramant de toutes ses forces contre le courant. Malgré la distance, son visage livide apparaissait clairement dans le jour de l'incendie, et il n'y avait aucun doute sur le fait qu'il riait.

Oui, il riait à gorge déployée !

Bien que les échos de sa jubilation fussent engloutis dans le mugissement de la tempête, il me sembla lire sur ses lèvres des mots terribles : « Brûlez, brûlez et expiez ! »

« Pauvre fou… murmura le père Bartolomeo à mes côtés. Et fous nous aussi, de ne pas avoir prévu la démence du diacre Leone. Nous étions venus apporter la lumière du Christ sur cette île, et nous y avons allumé le brasier du diable. Puisse Dieu nous pardonner, mon cher Ambrogio. Puisse Dieu nous pardonner… »

Je n'eus guère le loisir de répondre. L'homme-ours qui me transportait me laissa tomber sur la plage en poussant un grognement sauvage. Tous, ils se tournèrent vers la lande en feu, dans le contre-jour de laquelle accouraient des ombres noires. C'étaient eux – c'étaient les prisonniers de la cave : les yeux-rouges !

Une panique sans nom s'empara de moi. En un instant, je devins tous les moines qui avaient fui leurs monastères à l'approche des drakkars, tous les paysans qui avaient abandonné leurs terres en entendant monter des fleuves la rumeur de la meute viking. La terreur pure a un visage, à présent je le sais : c'est celui de la nuit où percent des lueurs rouges qui s'approchent en grondant !

Tout se passa très vite, dans la confusion la plus complète. Les premiers yeux-rouges percutèrent les hommes-ours dans un choc d'une violence inouïe. Ébloui par les flammes et par la peur, je ne voyais rien d'autre qu'un chaos de membres craquant, une gigantesque boule de chairs écrasées les unes contre les autres. Une pluie chaude me retomba sur le visage. Je crus à des embruns chauffés par l'incendie ; en les essuyant avec ma main, je me rendis compte que c'était en réalité du sang.

« Par ici ! » hurla Gabrielle de Brances.

Elle s'élança vers un amas de rochers au bout de la plage, à la lisière des flammes. Mais avant qu'elle eût fait dix pas, une ombre gigantesque jaillit des ténèbres comme un boulet de canon et fondit sur elle. Cette chose se déplaçait si vite, et les lueurs projetées par le feu étaient si changeantes que je ne parvins à en percevoir que des détails. Aujourd'hui, je veux croire que mon imagination épouvantée s'est emballée comme un cheval fou, qu'elle a brodé à partir de ces bouts de griffes, de ces éclats de crocs, le portrait de l'abomination qui subsiste en ma mémoire. Le Seigneur ne peut avoir permis qu'une telle horreur foule le sol de sa Création !

Aussi ne vous décrirai-je pas la mâchoire hideuse, trop grande pour tenir dans un crâne d'homme, écartelée sur l'abîme hurlant du gosier… Je ne vous détaillerai guère plus le nez démesurément allongé qui n'était plus un nez, mais un museau, un ignoble appendice reniflant avec avidité l'odeur de la mort... Et surtout, ne comptez pas sur moi pour vous parler des yeux de la chose ! J'implore chaque jour le ciel pour que ces yeux n'existent nulle part ailleurs que dans mon esprit traumatisé. Ces petites graines rouges coincées dans ces orbites qui furent humaines, sous ce front velu qui fut humain... Ces deux braises arrachées à la couche où dort Satan et enfoncées dans cette face épaisse, brûlantes à jamais...

Tout cela ne peut pas être réel, n'est-ce pas ?

Dieu n'a-t-il point dressé une frontière infranchissable entre l'homme et la bête ? Une créature ne peut être à la fois et l'un et l'autre, car alors elle n'est plus ni l'un ni l'autre, alors elle n'est plus qu'un blasphème qui souffre et qui hurle !

Car la chose hurlait en se jetant sur Gabrielle de Brances, elle hurlait à en crever les tympans. Je vis sa main – sa patte ? – se dresser au firmament de la nuit incendiée, et je sus qu'en retombant elle décapiterait la jeune femme.

Mais elle ne retomba point.

Sven la retint – il la saisit au vol à deux mains et la tordit de toutes ses forces, de toute son âme. *Parce que je voyais l'âme de Sven*, comprenez-vous, je la voyais reflétée dans ses yeux, qui eux aussi avaient pris la couleur pourpre du sang. Un craquement atroce déchira la nuit, le bruit des os de la créature qui se brisaient entre les doigts de Sven. Elle glapit si fort que je crus devenir sourd. Puis sa plainte cessa d'un seul coup, au moment où elle enfonça ses crocs dans l'épaule de son adversaire.

Gabrielle de Brances eut un mouvement pour rejoindre son étrange amant, mais celui-ci émit un grognement sauvage dont l'interprétation ne laissait guère de doute : il lui ordonnait de fuir. Battant en retraite, elle reprit sa course vers les rochers que le feu menaçait déjà. Là, plusieurs chaloupes de sauvetage attendaient. Je compris qu'elles avaient été prises aux flancs des vaisseaux échoués, et rangées là en attendant le jour où elles serviraient.

Ce jour était arrivé.

Le jour de quitter l'île sans nom.

Quelques hommes-ours nous aidèrent à jeter les chaloupes à la mer, pendant que leurs frères continuaient de contenir l'assaut des yeux-rouges, de plus en plus difficilement. Les flammes nous cernaient de toutes parts, venaient lécher les flots.

Gabrielle de Brances nous poussa vers le premier esquif, le père Bartolomeo et moi.

« Mais vous ? m'écriai-je, éperdu.

– Je quitterai cette île avec Sven, ou bien j'y mourrai à ses côtés. »

Comme elle s'éloignait pour rejoindre celui à qui elle s'apprêtait à sacrifier sa vie, je me lançai à sa suite. Mais une bourrasque plus violente que les autres arracha une gerbe de feu à la fournaise toute proche, et la projeta sur moi. Je sentis un déluge ardent pleuvoir sur mon visage, sur mon bras, sur ma main – sur toute cette chair qui vous a tant effrayés lorsque vous m'avez vu tout à l'heure.

Fou de douleur, je laissai un homme-ours soulever mon corps, et le placer dans la chaloupe où attendait le père Bartolomeo. J'eus à peine conscience que l'océan mugissant nous aspirait. La dernière image que j'enregistrai, avant de m'évanouir, fut celle d'un spectre blond debout sur un rocher, dont la robe déchirée claquait comme une voile devant un tourbillon de cendres, de feu et de ténèbres.

Comment parvînmes-nous à gagner la côte malgré la tempête ? Seule la main du Seigneur peut avoir été assez ferme pour guider notre embarcation entre les éléments déchaînés.

Lorsque je repris conscience, c'était le petit matin. Nous nous étions échoués sur la grève d'où nous étions partis deux mois plus tôt. Le père Bartolomeo me traîna tant bien que mal jusqu'au village le plus proche. Ceux que nous avions pris pour des naufrageurs nous accueillirent sans nous poser de questions. Durant deux semaines je gardai le lit, bénéficiant de la surveillance et des soins du vieux chaman qui avait dansé autour des flammes du solstice d'été. Dépouillé de ses oripeaux et de sa tiare à bois de cerf, il ne ressemblait guère plus à un sorcier ; mais je ne doute pas que je dois la vie aux pommades odorantes dont il enduisit mes brûlures.

Du diacre Leone, nulle trace, ni d'aucun des îliens. D'autres chaloupes avaient-elles réussi à prendre la mer après la nôtre ? Gabrielle de Brances, Sven et les hommes-ours avaient-ils tous été massacrés par les yeux-rouges ? Les secrets de l'île sans nom étaient-ils partis en fumée ?

À toutes ces questions, je n'avais point de réponses.

Le vent était tombé, et avec lui une chape de brouillard épais s'était étendue sur la mer comme un linceul. Il n'y avait plus rien à chercher, plus rien à attendre du côté de l'horizon.

Notre mission était finie.

Dès que je fus capable de marcher, nous prîmes le long chemin du retour.

Il y a quatorze ans, j'ai été le seul à témoigner devant le Conseil de conjuration, à relater cette aventure hallucinée, aux confins du songe et de la folie.

Ayant fondé foyer et famille sur la côte de ce Jutland sauvage qui ne sera jamais complètement chrétien, le diacre Bernardo a refusé de rentrer à Rome. Nous avons appris que le vieux père Raffaele, que nous avions laissé malade derrière nous, était mort quelques semaines après notre départ. Le Père Éternel l'a rappelé, comme il a rappelé Bartolomeo alors que nous entrions en Italie. Une pneumonie a emporté celui qui restera à jamais pour moi un maître et un ami, et le seul qui aurait pu appuyer de vive voix mon témoignage auprès du Conseil.

Les exorcistes ont accepté ma démission en échange de la promesse que je ne révèle rien sur leur organisation, ni sur la mission qui m'avait occupé durant deux années et demie. Aujourd'hui, c'est la deuxième fois que je me parjure. En vous ouvrant ma mémoire comme je l'ai ouverte au père Giuseppe en confession, ai-je provoqué ma damnation éternelle ? Cela, je ne le saurai qu'au moment de comparaître devant le tribunal de Dieu. Mais en cet instant où j'achève mon récit, il me semble que ma brûlure me tourmente moins, que mon feu intérieur s'est apaisé. Oui, en cet instant, c'est vers Gabrielle de Brances que vont toutes mes pensées. Je ne savais pas qu'elle avait survécu – ni qu'elle s'apprêtait à marier sa fille !

– Elle a survécu à la colère de l'océan, en effet, dit maître Gregorius, mais point à celle d'un époux bafoué. Charles de Valrémy les a tués tous les deux, Sven et elle, quelques mois après qu'ils eurent réchappé de la tempête... Quant à leur fille, elle vit toujours, même si elle est devenue une bête traquée, comme l'a été son père dix-sept ans avant elle. Comme vous l'a dit Gaspard, celle que vous avez connue à travers la lettre de Gabrielle sous le nom de Renée se nomme Blonde à présent. Jusqu'à ce jour, il nous était encore permis de croire que seul le délire motivait sa fuite éperdue ; mais votre témoignage vient écarter l'explication trop facile de la folie. Blonde est à son tour victime de la malédiction du signe de l'Ours. Nous devons rentrer en France, et prier pour que la Providence nous mette sur son chemin...

– Les prières ne suffiront pas à la soigner, toutefois, murmura le vieux diacre d'un air mystérieux. Le moment est venu de vous remettre ce que vous êtes venus chercher.

Ambrogio Scopello se leva péniblement de sa chaise.

Il alluma la lampe à huile, car dehors la nuit était presque tombée. Puis il marcha jusqu'à un petit buffet dans lequel s'entassaient des assiettes ébréchées, ouvrit un tiroir qui exhala un nuage de poussière. Il en sortit un objet cylindrique, enveloppé dans un linge, qu'il posa sur la table devant ses visiteurs.

– Le père Bartolomeo m'a donné cela juste avant de mourir,

pour que je le remette au Conseil de conjuration. Mais aucun autre exorciste n'a posé ses yeux sur ce legs étrange. Je l'ai gardé par-devers moi sans en parler à qui que ce soit, ignorant ce qui motivait ma conduite. À présent je le sais : c'était vous que j'attendais. Si je n'ai pu apporter que le malheur et la mort à Gabrielle de Brances, peut-être me sera-t-il donné d'apporter la délivrance à sa fille…

Gaspard saisit le paquet aussi délicatement qu'une relique.

Il défit le tissu du bout des doigts, avec un soin extrême, comme s'il se fût agi d'un très fin papier de soie. Des reflets irisés jaillirent sous la pulpe de ses mains : c'était une fiole contenant un liquide translucide, lumineux comme du cristal liquide.

Oh, la fiole était petite et remplie à moitié seulement ; pourtant, il sembla à Gaspard qu'elle resplendissait plus fort que tous les lustres de Versailles.

– C'est bien ce que tu crois, murmura Ambrogio Scopello. *Une fiole d'eau-lumière.* Un ange du Seigneur a-t-il inspiré au père Bartolomeo cet acte d'ultime prévoyance ? Au cœur de l'incendie, tandis que le Manoir s'écroulait sur nous, le saint homme a eu la présence d'esprit de prélever cette fiole dans la réserve des hommes-ours. Ce breuvage, c'est tout ce qu'il reste des chardons blancs.

Alors je prierai, oui. De toute mon âme émoussée, de tout ce qu'il me reste de foi. Je prierai pour que cette potion accomplisse une dernière fois sa magie, pour qu'elle touche les lèvres de la dernière descendante des hommes-ours. En sauvant la fille de Gabrielle, c'est moi aussi que vous sauverez.

6

LA TRAQUE EST LANCÉE

– VOUS VOILÀ, MESSIEURS !

Posant sa palette sur un coin de table, le directeur de la villa Médicis se détourna de l'immense toile qu'il était en train de retoucher à la lumière des bougies.

Artiste ayant débuté sa carrière sous l'Empire, Horace Vernet s'était obstiné à continuer de peindre des fresques célébrant les grandes batailles napoléoniennes après que l'Aigle eut chuté. Son œuvre, boudée par le pouvoir monarchique, n'en avait pas moins rencontré la faveur d'un public cultivant la nostalgie de temps plus héroïques que ceux de l'austère Restauration. On murmurait ainsi que le roi Charles X n'avait nommé l'actuel directeur de l'Académie de France à Rome que pour mieux l'éloigner de la capitale. Emportant sa bonne humeur avec lui dans son exil, le pétulant peintre avait dépoussiéré la vénérable institution, y faisant souffler un air de gaieté.

Mais ce soir-là, il affichait une sombre mine que Gaspard ne lui avait jamais vue depuis son arrivée à la villa Médicis. Il les avait mandés, son maître et lui, dès leur retour de la campagne en dépit de l'heure tardive.

– J'ai une triste nouvelle à vous annoncer…

Avec sa moustache lustrée et son front barré d'une ride virile, Horace Vernet semblait faire partie des insurgés qu'il avait représentés derrière lui. Le tableau encore frais représentait la prise de pouvoir par Louis-Philippe – une œuvre de commande dont on augurait un retour en grâce du peintre, et un rapatriement prochain à Paris.

– … cela concerne votre fiancée, jeune homme.

– On l'a retrouvée ? s'exclama Gaspard, trahissant ce qu'il savait de la disparition de Blonde.

– On l'a perdue au contraire, si j'en crois le courrier que m'adresse le ministère de l'Intérieur.

Horace Vernet essuya ses mains sur son tablier, et déplia une lettre en s'éclaircissant la voix avant d'en entamer la lecture : « La dénommée Blonde, anciennement pensionnaire au couvent Sainte-Ursule-sur-Durbion, est activement recherchée par les services de police après s'être rendue coupable d'agression sur représentants des forces de l'ordre, dégradations diverses, falsification d'identité. Elle est en outre soupçonnée d'avoir provoqué un accident mortel sur la route reliant Delme à Metz. Son arrestation constituant une priorité de sécurité publique, nous sommons par la présente Gaspard Desmarais, fiancé de la prévenue, de se mettre rapidement à la disposition du commissariat de Metz pour les besoins de l'enquête. Nous vous prions d'agréer, Monsieur le directeur, blablabla… »

Horace Vernet tendit la lettre à Gaspard.

– Je crains que votre séjour parmi nous ne s'achève, mon cher. J'espère de tout mon cœur qu'il s'agit d'une méprise, et que votre fiancée pourra être innocentée dans les meilleurs délais. Soyez certain que vous serez toujours le bienvenu à la villa Médicis pour venir y achever votre chef-d'œuvre.

*

Le voyage de retour dura dix jours.

Horace Vernet avait insisté pour mettre gracieusement les deux chevaux à la disposition de maître Gregorius et de son apprenti ; il avait refusé tout dédommagement. Ce prêt ressemblait à une manière de conjurer la fatalité, laissant supposer que tout rentrerait vite dans l'ordre, et que les deux compagnons reviendraient bientôt à Rome.

Si les deux voyageurs avaient espéré trouver un peu de fraîcheur en remontant vers le nord, ils furent détrompés. La chaleur semblait au contraire s'intensifier au fil des jours, l'air devenait plus moite et plus étouffant à mesure que l'on s'enfonçait dans ce juillet diabolique. Étrange année que celle-ci, qui voyait l'été le plus chaud succéder à l'hiver le plus froid, un jeune fauve enragé naître de la dépouille d'une couventine effacée, et le spectre du passé engloutir le présent et l'avenir.

Le soleil écrasant avait beau brûler les forêts, les plaines et les montagnes, Gaspard ne voyait devant lui que les ombres de ce nouveau monde fantastique qu'il avait découvert dans les archives du Vatican et à travers le récit du diacre Ambrogio – un monde qui n'avait rien à voir avec celui dans lequel ses laboureurs de parents l'avaient élevé.

Chaque nuit, en s'endormant à la belle étoile avec sa selle en guise d'oreiller, Gaspard espérait entendre à nouveau en rêve la voix de son aimée. Mais son sommeil n'était peuplé que de vagues et de tempêtes, de canons et de batailles navales. Aussi se réveillait-il chaque matin avec l'esprit confus et les oreilles bourdonnantes. Il se remettait alors en route, sentant contre son cœur le petit poids de la fiole d'eau-lumière glissée dans la poche de sa veste. Il chevauchait ainsi tout le jour, jusqu'à ce que ses cuisses se fondent dans les flancs brûlants de sa monture, pour ne faire plus qu'un avec elle – une créature mi-humaine mi-animale, comme l'était Blonde elle-même.

Ce fut en arrivant à Nancy au petit matin que Gaspard vit le journal. Il était exposé sur un présentoir affichant les quotidiens datés du jour même, devant un kiosque où passaient des badauds qui s'épongeaient déjà le front et déboutonnaient leurs chemises. L'œil du jeune homme survola les gros titres parlant des suites des émeutes républicaines à Paris et des conditions météorologiques qui surchauffaient les terres, pour se poser sur une petite vignette en bas de la une de *La Gazette lorraine.*

C'était un crayonné représentant Blonde, l'un des croquis qu'il avait lui-même effectués avant de sculpter le visage de sainte Ursule. Gaspard se souvenait parfaitement d'avoir remis cette esquisse à sa fiancée avant de la quitter pour Rome. Le fait qu'elle fût reproduite à la une d'une gazette ne pouvait signifier que deux choses : ou bien Blonde l'avait égarée, ou bien on la lui avait arrachée…

Mais le dévoilement public de cette image intime n'était pas le plus choquant.

Le plus choquant, c'était la seconde vignette, imprimée à côté de la première : le portrait d'un beau jeune homme aux cheveux clairs, arborant une barbe rase qui lui mangeait presque tout le visage.

Pendant une seconde, de manière absurde, Gaspard sentit les tenailles de la jalousie lui tirailler les entrailles. « Trompé ! » – ce fut la première pensée qui traversa son esprit. Ces deux têtes mises à prix, c'étaient celles de deux amants criminels en cavale, et il n'y avait pas de place pour lui, Gaspard, dans ce couple fusionnel.

Mais lorsqu'il s'approcha du présentoir pour lire le texte accompagnant les vignettes, il s'aperçut que les yeux du jeune homme, au-dessus de la barbe, étaient les mêmes que ceux de Blonde…

LE MYSTÈRE DE LA FILLE À BARBE

Vous trouvez un air de ressemblance entre ces deux jeunes gens ? C'est normal : ils ne sont qu'une seule et même personne. Il s'agit d'une jeune fille de dix-sept ans, répondant au nom de Blonde, activement recherchée pour une série d'exactions effroyables : attaques sauvages, vols, meurtres même ! On ne compte plus le nombre de crimes dont cette forcenée s'est rendue coupable sur tout le territoire lorrain.

Mais Blonde n'est pas seulement une tueuse de la pire espèce. C'est aussi une fille à barbe, qui s'est produite dans un spectacle itinérant pendant des mois, ainsi que l'a révélé l'enquête. Son hirsutisme est peut-être à l'origine de sa folie sanguinaire ; c'est en tout cas un masque qui peut rendre son identification difficile.

C'est dans un sac retrouvé hier en plein champ que Mme Muller, fermière au lieu-dit « Loupré », en bordure de Seille, a trouvé le premier dessin que nous reproduisons ci-contre. En regard, notre illustrateur a modifié ce portrait d'après les informations fournies par la police, figurant ce à quoi la suspecte doit ressembler à présent. Les forces de l'ordre sont à l'affût de tous les témoignages pouvant aider à localiser et à arrêter cette dangereuse criminelle (…).

D'une main tremblante, Gaspard saisit le journal et jeta une pièce au kiosquier. Il ne pouvait détacher ses yeux de la seconde gravure – de cet être ambigu, mi-mâle, mi-femelle, qu'on lui présentait comme sa promise.

L'aimait-il moins sous cette forme nouvelle, inattendue ? Il sentait quelque chose se cabrer en lui, se révolter, refuser l'inacceptable : « ce type ne peut pas être Blonde, c'est impossible ! » Mais en même temps, il la reconnaissait, il reconnaissait ses lèvres ourlées comme il avait reconnu ses yeux ; la barbe finalement ne faisait que souligner davantage le dessin de sa bouche, sans parvenir à cacher l'ovale parfait de son visage, ni la courbe gracile de son cou. Elle ajoutait une énigme brûlante à la froide beauté de Blonde. Cette parure d'or la rendait encore plus mystérieuse.

Et plus dangereuse aussi.

– Je devine à quoi tu penses, dit maître Gregorius en posant sa main sur l'épaule de Gaspard. Nous allons faire un détour par Loupré avant de nous rendre à Metz.

Les deux hommes arrivèrent au lieu-dit en milieu de matinée, après s'être perdus deux fois dans la campagne lorraine. Il faut dire que Loupré n'était pas même un embryon de village, juste un corps de ferme : trois bâtisses jetées au milieu d'un océan de champs. En cette fin du mois de juillet qui ressemblait à une fin de mois d'août, les blés commençaient déjà à roussir, appelant la moisson ; un vent chaud les secouait comme des vagues.

Les chiens de Mme Muller se mirent à aboyer comme des déments avant même que les chevaux se fussent arrêtés, signalant la présence d'intrus à leur maîtresse. Cette dernière émergea de la plus grande des bâtisses, vêtue d'une blouse à fleurs et coiffée d'un fichu assorti. C'était une femme entre deux âges, affichant le teint rosé des gens qui passent la journée au grand air et la soirée jamais trop loin de la bouteille.

– Qui c'est-y donc qui vient par là ? pensa-t-elle à voix haute. Couchés, les chiens !

Son regard alla alternativement de Gaspard à maître Gregorius, comme pour essayer de déceler un lien de parenté entre les deux. Dépitée de ne pas y parvenir, elle vociféra d'autant plus fort :

– Alors, j'attends : qui que vous êtes ?

– Nous avons vu votre nom dans la gazette, madame, dit Gaspard. Le sac que vous avez trouvé dans votre champ... Nous connaissons la jeune fille à qui il appartient, et je vous jure que ce n'est pas la criminelle que décrivent les journaux ! En réalité, nous sommes revenus de Rome pour la retrouver...

Les yeux de Mme Muller s'arrondirent.

– Rome ? Là où habite le pape ?

– Oui, s'empressa de confirmer maître Gregorius, sentant une ouverture possible dans la surprise de la brave femme. Rome où habite le pape… et où j'ai été ordonné prêtre.

Mme Muller se tordit les mains, qu'elle avait calleuses à force d'aider aux travaux des champs. Son front se plissa de rides, et son teint rosit de quelques degrés supplémentaires.

Maître Gregorius, qui était habitué à lire dans les âmes comme dans un livre, savait reconnaître les symptômes d'un conflit moral lorsqu'il y était confronté. Et surtout, il savait écouter, ainsi qu'il l'avait déjà prouvé à Gaspard.

– Je sens que quelque chose vous préoccupe, ma fille, murmura-t-il aussi doucement que s'ils se fussent trouvés tous deux dans un confessionnal.

– Peut-être bien que oui…

– Parlez sans crainte.

Mme Muller jeta un regard plein de détresse à maître Gregorius, puis elle prit une profonde inspiration et lui ouvrit sa conscience :

– Eh ben voilà. Les messieurs de la police qui sont passés hier m'ont dit qu'ils recherchaient la gamine à qui appartient le sac. Ils m'ont dit qu'elle a fait des choses graves, très graves même. Ils m'ont demandé si je l'avais vue, si je savais où qu'elle était allée après s'être arrêtée dans mon champ, mais moi je sais rien, hein, rien du tout ! D'ailleurs, elle doit être loin maintenant, vu l'état dans lequel j'ai trouvé ce fichu sac, tout détrempé par la rosée et déjà mangé par les vers. Je peux même pas vous dire ce qu'y avait d'écrit dans le cahier qu'était dedans, vu que je sais point lire. Et maintenant que vous êtes là, ben…

– Oui ?

– … ben, je suis censée aller quérir les gendarmes au village pour qu'ils viennent vous arrêter.

Mme Muller soupira, tirant nerveusement sur le bas de sa blouse pour la rajuster.

– Déjà, ça me plaisait pas trop de jouer aux mouchardes,

mais si faut balancer un curé, et un de Rome en plus! J'ai fait mon catéchisme, moi, je sais bien ce qui lui est arrivé, à Judas... Sainte Mère! Pourquoi il a fallu que ce maudit sac atterrisse dans mon champ?

– Calmez-vous, ma fille, dit maître Gregorius. Vous n'aurez à dénoncer personne. Nous allons partir comme nous sommes venus et c'est tout. De toute façon, vous n'avez plus le sac?

– Ben non. Leur chef, là, l'inspecteur Vacheux, il l'a pris avec lui.

– Et vous savez où ils sont allés?

– Grand Dieu, non!

– Ce n'est pas grave. Vous pouvez nous oublier, ma fille. Nous sommes partis.

Gaspard aurait voulu rester encore, presser la fermière de questions, mais maître Gregorius l'entraîna avec lui.

– Elle ne sait rien de plus, lui glissa-t-il à l'oreille. Crois-moi : moins nous resterons ici, moins cette femme sera tentée de parler de nous à la police.

– Mais la police est lancée sur la trace de Blonde! Il faut que nous allions les voir, que nous leur expliquions!

– Que nous leur expliquions *quoi*? Pour les policiers, ta fiancée est une tueuse, une forcenée qu'il faut neutraliser par tous les moyens. T'imagines-tu leur expliquer qu'il s'agit en réalité de la dernière descendante d'une race de guerriers fabuleux, victime d'une malédiction ancestrale? Mais ils ne te croiront jamais! Il n'y a qu'une solution et une seule, Gaspard Desmarais : nous devons retrouver Blonde avant eux.

7

MAÎTRE FERRIÈRE

MAÎTRE FERRIÈRE DESCENDIT DE LA CALÈCHE sans prêter attention aux aboiements des chiens tirant sur leurs cordes comme des forcenés. Dieu, qu'il détestait la campagne, ses bêtes et ses gens! Il sortit un mouchoir de sa redingote pour s'éponger le front, puis il frappa trois coups secs à la porte de la ferme.

– Quoi encore?

– Claudie Muller? Je souhaiterais vous parler, répondit l'avocat d'une voix dont il avait travaillé la fermeté au cours de ses années à la barre, et qui ne souffrait pas de contradiction.

Un remue-ménage résonna depuis les profondeurs de la masure, suivi du fracas des sabots se hâtant vers l'entrée.

– J'arrive, j'arrive!

La porte s'ouvrit sur le visage soucieux de la fermière. D'emblée, maître Ferrière se dit qu'elle avait quelque chose à cacher pour paraître si préoccupée. Sans doute s'agissait-il de la visite des deux cavaliers que la calèche avait croisés sur la route de la ferme, trottant en sens inverse. L'avocat avait aussitôt reconnu les deux ouvriers aperçus au couvent Sainte-Ursule quatre mois plus tôt, ce jour de mars où Blonde était montée sur le toit. Il avait ordonné à Ambroise, qui suivait à cheval la voiture conduite par Alphonse, de faire demi-tour pour les prendre en filature. Aucune piste susceptible de mener à Blonde ne devait être négligée.

– Vous n'êtes pas de la police ? demanda la grosse femme d'une voix méfiante.

Maître Ferrière sentit les yeux suspicieux passer sur son costume de satin, sur ses cheveux soigneusement mis en plis et sur la calèche qui n'avait rien d'un véhicule de police.

– Non, madame, en effet, dit-il en lui décochant un sourire éclatant de blancheur. Je ne suis pas de la police.

Le visage de Mme Muller se détendit d'un seul coup.

– Laissez-moi deviner. Habillé comme vous êtes, vous venez de Metz pour acheter des produits de la ferme, c'est ça ? Vous avez de la chance, mon bon monsieur, j'ai dans ma cave un munster parfaitement affiné, et un côtes-de-Toul dont vous me direz des nouvelles ! Je vous fais goûter ?

– Côtes-de-Toul ? Ah non, non, désolé, chère madame, je ne viens pas pour ça.

Maître Ferrière eut un petit rire saccadé, et il sourit de plus belle en tendant sa main à la fermière.

– Mais je puis vous donner beaucoup d'argent, si vous nous aidez, reprit-il. Je me présente : maître Ferrière, avocat à la cour.

– Cette vieille toupie ne sait rien de rien ! s'exclama maître Ferrière en claquant la portière de la calèche.

Il regarda avec dégoût ses beaux souliers en cuir verni, tout maculés par la terre de la cour, et il épousseta sa redingote de satin.

– Si j'étais vous, patron, j'aurais quand même goûté le côtes-de-Toul, déclara celui qui était installé sur le siège du cocher en secouant la tête d'un air navré.

C'était un colosse en bras de chemise, le crâne rasé de près, en tout point identique à celui que maître Ferrière avait lancé sur la piste des deux cavaliers.

– Eh bien justement, tu n'es pas moi, Dieu merci ! répondit l'avocat avec humeur. On rentre à Valrémy, Alphonse, le temps de faire notre rapport hebdomadaire au comte. Et demain, nous remonterons faire le guet devant le commissariat de Metz. Les gars de la maréchaussée ont beau être empotés, ils finiront peut-être par nous mener à la petite peste. En tout cas, elle ne doit plus être dans les parages, à en croire l'état dans lequel la fermière a retrouvé son havresac. Il y avait tous ses effets à l'intérieur, jusqu'à son journal intime... Quand je pense que la mère Muller a tout remis à cet incapable de Vacheux, ça me rend malade !

– Mais qu'est-ce que ça peut bien nous faire, patron, ce que la mère Muller a écrit dans son journal intime ?

L'avocat poussa un profond soupir. Décidément, les hommes de main de Charles de Valrémy n'étaient pas des lumières. Lui qui était habitué aux joutes oratoires avec les esprits les plus brillants du tribunal, il ressentait la présence d'Ambroise et d'Alphonse comme deux boulets en plomb le tirant vers le bas – à chaque fois qu'il pensait toucher le fond, il s'apercevait que leur bêtise était plus abyssale encore. Mais Charles de Valrémy les avait mis à son service, alors...

Le vieux comte était prêt à payer très cher la personne qui mettrait Blonde définitivement hors d'état de nuire, c'est-à-dire hors d'état de réclamer sa part de l'héritage des Brances. Il savait que rien n'était plus fragile que l'acte papal avalisé par le roi déchu Louis XVIII, qui lui léguait tous les biens de celle qui avait été sa femme durant quelques mois. Si Blonde venait à faire valoir ses droits devant un tribunal, la décision qui la spoliait serait-elle confirmée ? Sans parler de la menace qu'elle eût elle-même une descendance, à présent qu'elle avait quitté le couvent où elle aurait dû terminer ses jours.

Blonde envisageait-elle seulement de réclamer son bien ? La lecture de son journal intime aurait peut-être pu le dire, mais il était aux mains des policiers à présent...

Au fond, ces détails n'intéressaient guère maître Ferrière. Moins il en savait, mieux sa conscience se portait : c'était sa devise depuis toujours, depuis qu'il avait prêté son serment d'avocat. Grâce à elle, il n'avait eu aucun scrupule à défendre les causes les plus troubles, à récupérer les dossiers les plus véreux, ceux dont personne ne voulait. Ainsi s'était-il bâti une réputation sulfureuse, qui était arrivée jusqu'aux oreilles de son employeur actuel.

La journée était bien avancée lorsque la calèche parvint au château.

Maître Ferrière se fit directement conduire jusqu'au bureau du comte. Comme à chaque fois, il eut un choc en pénétrant dans la pièce où Charles de Valrémy passait le plus clair de son temps. Emmitouflé dans son épais manteau de chinchilla, ce dernier frissonnait au plus fort de la canicule. Le teint livide, le visage émacié, il ressemblait véritablement à un reptile à sang-froid. Il était difficile d'imaginer qu'un tel homme avait aimé passionnément en son jeune âge, ainsi que les plus vieux domestiques du château le chuchotaient.

– Avez-vous retrouvé la fille ? siffla-t-il en guise de salut.

La voix grinçante avait le don de mettre l'avocat mal à l'aise. Il avait beau s'être endurci en s'acoquinant avec les individus les moins recommandables, jamais au cours de sa carrière il n'avait été confronté à tant de glaciale détermination. Derrière ses apparences austères, Charles de Valrémy était un tueur, un vrai, et maître Ferrière s'y connaissait après tous ceux qu'il avait défendus au prétoire.

La manière dont le comte avait dépêché ses hommes de main pour assassiner le vieux commissaire Chapon, le lendemain du jour où Blonde était venue le visiter, témoignait de son absence totale de scrupule. Maître Ferrière se doutait que ce n'était pas là le premier des crimes commandités par Valrémy ; et il savait que derrière ses paroles – « Avez-vous retrouvé la fille ? » – il fallait entendre sa volonté – « L'avez-vous tuée ? »

– Non, nous ne l'avons pas encore retrouvée, monsieur le comte, mais nous progressons…

– Je ne veux pas que vous « progressiez », Ferrière, je veux que vous arriviez ! Avez-vous lu les journaux ce matin ? Le portrait de cette petite punaise est partout, son nom écrit en toutes lettres ! Savez-vous l'effet que ça me fait, de voir cela ? Savez-vous à quelle vitesse mon cœur bat lorsque je lis ces articles, dans l'angoisse d'y voir associé *mon nom à moi* ?

– J'imagine que ce ne doit pas être facile en effet, monsieur.

– Je ne veux rien avoir à faire avec cette créature !

« Ce n'est pas tout à fait vrai, songea maître Ferrière, tu veux tout de même avoir à faire avec son château en Auvergne, ses fermages, ses œuvres d'art, l'or et les bijoux que tu lui as usurpés, mon filou ! »

Mais il garda ses réflexions pour lui, et laissa Charles de Valrémy continuer son radotage :

– J'ai été trop bon de laisser vivre ce fruit du péché, ce… cette *chose* – je n'ose dire cette enfant – née d'une femme adultère et d'un diable sorti tout droit des profondeurs de l'enfer. Il m'appartient aujourd'hui de réparer mon erreur, d'empêcher que la démone porte une descendance. Parce que cette fille est une démone, n'est-ce pas, Ferrière ?

– Tout porte à le croire, monsieur. D'abord, cette pilosité extravagante. Et maintenant toutes ces horreurs dont on l'accuse !

Que Blonde fût considérée comme dangereuse, qu'elle eût même été à l'origine d'un accident mortel, cela arrangeait bien maître Ferrière. Il lui serait facile de plaider la légitime défense, le moment venu. Le tout était de ne pas avoir de témoin lorsqu'il lui porterait le coup fatal, dans le dos si possible.

– Une démone prête à me dépouiller ! Mais je ne lui en laisserai pas le temps. Mais vous l'arrêterez avant. Vous connaissez la récompense.

– Cinq cent mille francs, monsieur, murmura maître Ferrière en baissant instinctivement la voix, au cas où Alphonse l'aurait écouté derrière la porte du bureau.

– Alors, vous savez ce qu'il vous reste à faire.

Le comte se tourna vers la fenêtre, signifiant que l'entretien était terminé.

En quittant le bureau, maître Ferrière entendit la cloche de la chapelle du château sonner cinq heures de l'après-midi. Avec délices, il prêta l'oreille aux cinq tintements, un par centaine de milliers de francs. Cela lui suffirait pour se retirer des affaires, et acquérir cette superbe villa des Côtes-du-Nord qu'il convoitait depuis longtemps. Ah, qu'il serait bien là-haut, au frais à Perros-Guirec, à manger du homard accompagné de champagne glacé !

Cette seule pensée le rafraîchit au milieu de la fournaise de la fin d'après-midi. Le sourire aux lèvres, il s'engouffra dans la cage d'escalier, sauta dans la calèche, et ordonna à Alphonse de mettre le cap sur Châtel pour passer la nuit à proximité de Sainte-Ursule. C'était sur le chemin de Metz, et maître Ferrière était curieux de savoir ce que les ursulines pourraient lui apprendre à propos des deux hommes qui avaient rendu visite à la mère Muller avant lui.

*

À la première heure de l'aube, la chaleur qui régnait sur la forêt entourant le couvent était déjà accablante. Quel contraste avec le paysage que maître Ferrière avait découvert trois mois plus tôt ! Les arbres naguère squelettiques s'étaient couverts d'une chair épaisse et foisonnante, un trop-plein de feuilles qui mangeaient le ciel, qui étouffaient les troncs. L'été monstrueux avait régénéré la nature au point de la faire ployer sous son propre poids.

Enlisé dans cette gangue végétale, le vieux couvent ressemblait à un temple païen perdu dans quelque jungle lointaine.

Maître Ferrière frappa à la porte.

Le goudron dont était enduit le vieux bois avait fondu sous la chaleur : il laissa une marque noire sur le poing de l'avocat, lui arrachant une grimace de dégoût. Décidément, il était plus fait pour les effets de manche au prétoire que pour les enquêtes de terrain ! Vivement qu'il empoche ses cinq cent mille francs et que l'on n'en parle plus…

La porte s'ouvrit en grinçant sur une petite nonne en sueur sous son voile.

Elle sembla reconnaître le visiteur aussitôt.

– Monsieur l'avocat ! s'exclama-t-elle. Est-ce vrai, tout ce qu'on lit dans les journaux sur notre ancienne pensionnaire ?

– Je le crains, ma sœur, répondit Ferrière en adoptant un air contrit. Je le crains… Et je prie pour que la justice ne vous accuse jamais d'avoir hébergé pendant si longtemps un tel monstre.

La portière frémit, comprenant que cette fausse prière cachait une vraie menace.

– Faites quérir Bérénice de Beaulieu, ordonna le visiteur comme s'il avait été en plein réquisitoire.

Bérénice était livide lorsqu'elle entra dans le parloir.

Maître Ferrière lut aussitôt sur son visage le masque du remords, qu'il avait vu tant de fois sur le banc des accusés.

– Monsieur Ferrière ? balbutia-t-elle en s'asseyant sous le regard de sœur Marie-Joseph, qui avait été chargée de surveiller l'échange.

– Mes respects, mademoiselle. Vous me semblez bien remise depuis notre dernière entrevue à l'hôpital, j'en suis ravi.

– Avez-vous retrouvé Blonde ?

L'avocat eut un geste d'impatience. Le comte hier, et aujourd'hui cette couventine : il en avait assez de tous ces gens qui lui posaient la même question, à laquelle il devait apporter la même réponse. Toutefois, il s'efforça de ne rien laisser transparaître de son agacement.

– Non, mademoiselle, pas encore. Mais nous continuons de chercher.

– Vous savez, je pense à elle tout le temps, toute la journée et toute la nuit. Je la détestais si fort quand elle était au couvent ! Mais maintenant, avec ce qui lui arrive… Vous croyez qu'elle est vraiment responsable de tout ce dont on l'accuse ?

– Cela ne fait aucun doute dans mon esprit, malheureusement.

– Je n'arrive pas à y croire. Blonde est exaspérante, horripilante, une vraie tête à claques, mais ce n'est pas une meurtrière.

Une fois encore, maître Ferrière eut la tentation de hausser la voix. Il avait d'autres chats à fouetter que de gérer les états d'âme d'une jeune fille nubile. Mais en même temps, Bérénice pouvait encore lui être utile…

– Avez-vous oublié que Blonde vous a attaquée sauvagement en haut de l'escalier du couvent ?

– Je ne m'en souviens plus si bien… Et pour la cheville, je dois vous avouer que j'ai menti : ce n'est pas elle qui me l'a cassée, je me la suis foulée moi-même en dévalant l'escalier.

– Peut-être que vous ne vous souvenez plus bien, mais les expertises du professeur Diogène, elles, ont montré que Blonde était un monstre !

– Les experts peuvent parfois se tromper.

– Voyons, mademoiselle ! Moi qui comptais sur vous !

– Maître, il faut que je vous dise… Je souhaite retirer ma plainte.

Cette fois-ci, l'avocat se mordit l'intérieur des joues pour ne pas exploser. Cette oie blanche le décevait terriblement. Dire qu'il avait cru qu'elle était de son espèce, une intrigante prête à tout pour gagner ! Mais elle était faible, bien trop faible.

– Même si vous retiriez votre plainte maintenant, dit-il d'une voix doucereuse, je crains que ce ne soit pas suffisant pour innocenter Blonde, étant donné les charges qui pèsent à présent sur elle. Mais je vous promets de faire tout ce qui est en mon pouvoir pour la défendre, quand le moment viendra. Pour l'heure, l'urgence est de la retrouver afin de la protéger d'elle-même. Êtes-vous prête à m'y aider ?

– Tout ce que vous voulez, monsieur Ferrière, sanglota Bérénice.

– Bien. J'étais hier chez une paysanne qui m'a dit avoir été visitée par deux individus venus se renseigner sur Blonde. J'ai reconnu les deux ouvriers qui étaient présents dans la cour du couvent, le jour de votre accident.

– Maître Gregorius et Gaspard !

– Quel est leur lien avec Blonde ?

Un long silence succéda à la question. Debout au fond de la pièce, sœur Marie-Joseph se tenait plus immobile que la statue de sainte Ursule elle-même, les lèvres plus fermement scellées que des lèvres de pierre.

Un instant, l'avocat crut que ni l'une ni l'autre ne lui répondrait.

Mais Bérénice finit par murmurer :

– Gaspard est le fiancé de Blonde. Dieu, que j'ai été jalouse d'elle quand j'ai senti qu'elle lui plaisait ! Avant la fin du mois, je quitterai Sainte-Ursule pour aller épouser à Paris un riche vieillard que je ne connais pas, et que je n'aimerai sans doute jamais comme Blonde et Gaspard s'aiment…

Si maître Ferrière avait été un peu moins à l'écoute de ses intérêts et un peu plus à celle des autres, il aurait mesuré combien ces quelques mots en coûtaient à son interlocutrice. En les prononçant, elle mettait fin à une guerre d'où ne sortait ni vainqueur ni vaincu.

– Je vois. Si jamais ce Gaspard entre en contact avec vous,

soyez aimable de ne pas mentionner mon nom. Plus je resterai discret, plus j'aurai de chances de pouvoir aider Blonde. C'est entendu ?

– Oui.

– Très bien. Il ne me reste plus qu'à vous présenter tous mes vœux de bonheur pour votre mariage, chère mademoiselle.

En quittant le couvent, l'avocat se dit qu'une fois de plus son brillant instinct ne l'avait pas trompé. Il avait bien fait d'envoyer ce molosse d'Ambroise aux basques de maître Gregorius et de son apprenti.

Si les hommes de l'inspecteur Vacheux ne le menaient pas à Blonde, peut-être que ce blanc-bec de Gaspard l'y conduirait !

8

FRÔLEMENT

GASPARD ÉTAIT ASSIS DANS UN COIN SOMBRE de l'unique taverne d'un petit village de Moselle. À travers la fenêtre ouverte, il percevait l'affairement des habitants qui finissaient d'accrocher les guirlandes pour le bal du soir – on était aujourd'hui le 27 juillet, anniversaire de la révolution de 1830, qui avait porté Louis-Philippe au pouvoir, et des célébrations étaient prévues à travers le pays. Ce soir, tous les amoureux de France valseraient sous les lampions.

Mais pas Blonde et Gaspard.

– Nous n'y arriverons jamais ! gémit le jeune homme en se prenant la tête dans les mains au-dessus de son café fumant.

Depuis une semaine, il en buvait dix par jour pour se maintenir éveillé le plus longtemps possible et poursuivre les recherches jusqu'au bout de la nuit. Loupré, Châtel, Épinal : Gaspard et son maître étaient repassés par tous les lieux qu'avait connus Blonde, suivant ou précédant souvent les forces de police dans leur quête haletante. Mais ils n'avaient rien trouvé, pas l'ombre d'une piste.

– L'eau-lumière ne touchera jamais les lèvres de Blonde, et moi je mourrai sans les avoir jamais embrassées...

– Voyons, il ne faut pas désespérer, dit maître Gregorius. La Providence...

– Ah, non, vous n'allez pas recommencer avec votre Providence ! Vous n'êtes plus prêtre, et je ne suis pas votre paroissien !

Si la Providence se souciait de nos pauvres destins humains, vous aurait-elle permis de rompre vos vœux pour rejoindre une demoiselle qui ne voulait pas de vous ? La vérité, c'est que nous avons perdu la trace de Blonde au moment où nous pouvons enfin la sauver. Si la Providence avait voulu nous laisser un signe, ce n'étaient point les occasions qui manquaient !

Le jeune homme abattit son poing sur la table avec une telle violence que les tasses vacillèrent. Alerté par le vacarme, le tenancier toussota derrière son zinc :

– Y a un problème, messieurs ?

– Non, ne vous inquiétez pas, s'excusa maître Gregorius.

Mais Gaspard s'était déjà levé de table.

– Où vas-tu ? s'inquiéta le compagnon.

– Quelque part où je ne veux pas qu'on me suive !

Il sortit en claquant la porte, furieux contre son maître, contre lui-même, contre le monde entier.

La canicule lui tomba dessus comme une chape de plomb. C'est alors qu'il le vit. Le cavalier au crâne rasé qui les suivait depuis plusieurs jours. Il se tenait là sur son cheval, à l'ombre d'une façade, immobile comme un vautour.

D'un seul coup, toute la fureur de Gaspard se retourna contre cet homme.

– Pourquoi est-ce que tu nous espionnes ? cria-t-il. Tu es de la police ? C'est ce Vacheux qui t'envoie ?

Mais déjà, le mystérieux cavalier faisait reculer sa monture.

Surmontant la fatigue, Gaspard se rua sur son cheval qui attendait là, l'encolure courbée, écrasé de chaleur. Il se hissa en selle et se lança à la poursuite du fuyard, sans prêter attention aux exclamations de son maître jaillissant de la taverne.

Les rues du village défilèrent à toute allure. Bientôt, des bois épars remplacèrent les façades des deux côtés de la route. La chaleur était telle que la vitesse n'apportait aucune fraîcheur, juste un souffle d'air brûlant qui cuisait la peau et desséchait la gorge. Le cheval lancé au triple galop devant Gaspard soulevait des nuages de poussière piquante, au-dessus desquels luisait le crâne glabre du cavalier.

– Arrête-toi ! hurlait Gaspard par-dessus le vacarme des sabots martelant la terre craquelée. Si tu sais quelque chose sur Blonde, tu ferais mieux de me le dire, sinon… !

D'instant en instant, la distance séparant les deux chevaux se réduisait. Gaspard gardait les yeux grands ouverts malgré la poussière. Le moment venu, il agripperait l'homme par le col et le ferait mettre pied à terre de force, puisqu'il ne voulait pas l'écouter.

Plus que quelques mètres…

Il n'avait qu'à tendre le bras…

Maintenant ! Les doigts de Gaspard se refermèrent sur la chemise gonflée par le vent. Surpris d'être rattrapé si tôt, le cavalier donna un grand coup de coude pour se libérer, sans lâcher les rênes pour autant ; la bouche tordue, son cheval bondit par-dessus le fossé bordant la route.

– Allez ! hurla Gaspard en poussant sa monture, qui sauta à son tour dans le bois en contrebas.

Une volée de branches fines et cinglantes comme des fouets s'abattit sur le visage du jeune homme. Ignorant la douleur, il joua des éperons de plus belle et se mit à slalomer entre les troncs serrés au risque de se rompre le cou. Déjà, il fourrait la main dans sa poche pour en tirer son burin – sa seule arme.

Mais soudain, son cheval pila net. Éjecté par la brutalité de l'arrêt, Gaspard fit un vol plané jusque dans la petite mare qui avait surgi au détour d'un chêne. Encore quelques jours de canicule, et cette dernière aurait été entièrement asséchée ; pour l'heure, elle était juste assez remplie pour amortir la chute.

Déjà, Gaspard se relevait, prêt à remonter en selle.

Le cheval se déroba au moment où il essaya de prendre l'étrier.

– Du calme, l'ami… Ce n'est qu'un peu d'eau croupie.

Mais le cheval recula en s'ébrouant, les naseaux dilatés. Ce n'était pas vers la mare que se tournaient ses yeux noirs, brillants de terreur. Ce n'était pas la mare qui l'avait stoppé dans sa course. C'étaient les fourrés tout autour.

Gaspard se jeta en avant pour saisir la bride, mais le cheval se cabra en émettant un hennissement strident. Les sabots passèrent à quelques centimètres de la tempe du jeune homme, manquant de lui ouvrir le crâne. Puis l'animal partit comme un fou entre les branches qui lui lacérèrent les flancs.

– Non ! hurla Gaspard en tailladant les écorces des troncs autour de lui comme s'il se fût agi d'ennemis de chair. Non, non, non !

Échouer si près du but ! Échouer au moment où il était sur le point de rattraper le fuyard, sur le point d'apprendre enfin quelque chose sur ce qu'il était advenu de Blonde ! Mais cet espoir s'était évanoui, tout ça à cause d'une odeur que le cheval avait dû sentir sur les rives de la mare, où les animaux sauvages venaient s'abreuver la nuit.

Lorsque le bras de Gaspard fut tellement engourdi qu'il n'en sentait plus les muscles ni les articulations, il cessa enfin de frapper le bois. Sa chemise était trempée d'eau marécageuse et de sueur mêlées. Il lui fallait rebrousser chemin, rentrer à pied au village où il avait abandonné son maître, et continuer tant bien que mal les recherches. La route qui l'attendait était longue…

Mais alors qu'il allait se mettre en marche, il vit frémir les fourrés.

Il se figea.

Se pouvait-il que l'animal qui avait effrayé sa monture fût encore là, quelque part parmi les fougères épaisses, hautes comme des hommes ? Gaspard fit passer son burin dans sa deuxième main, celle qui renfermait encore de la force, s'attendant à ce qu'un sanglier surgisse d'un instant à l'autre.

Mais les fougères ne bougeaient plus.

Quelle que fût la chose qui se terrait derrière elles, elle tenait à demeurer cachée.

Gaspard affermit sa prise sur son burin. La respiration qu'il entendait siffler au sein de la végétation impénétrable n'était pas celle d'un renard ni même d'un sanglier, il en avait la certitude. Ce n'était pas les manières des animaux nocturnes, de s'aventurer hors de leurs tanières en plein midi ; la créature qui se tenait là n'appartenait pas au peuple de la forêt.

– Blonde ? murmura le jeune homme.

Sa propre voix lui parut fêlée. Ce n'était pas ainsi qu'il avait imaginé prononcer le nom de son aimée lorsqu'il se trouverait devant elle, du bout des lèvres comme un secret honteux. Il avait rêvé d'un autre cadre pour leurs retrouvailles que ce trou d'eau au-dessus duquel tourbillonnaient les moucherons.

Mais s'il s'agissait bien de Blonde, pourtant…

La poitrine de Gaspard battait à tout rompre, bien plus vite que pendant la cavalcade.

– Blonde, est-ce toi ?

Gaspard fit un pas en avant, puis un deuxième, tentant de discerner la forme derrière les fougères. Mais ces dernières étaient vraiment trop épaisses. Elles ne bougeaient plus du tout.

Son burin fermement serré dans sa main gauche, Gaspard glissa sa main droite dans le revers de sa veste pour y saisir la fiole du diacre Ambrogio. L'espace d'un instant, la pensée atroce qu'elle se fût brisée dans la chute lui tordit les entrailles. Mais ses doigts se refermèrent sur le verre lisse et intact.

Il sortit la fiole avec une précaution infinie. Même dans le sous-bois traversé par les rayons brûlants, l'eau-lumière demeurait resplendissante. La fiole projetait des reflets éclatants sur les troncs, sur les herbes, sur le visage de Gaspard.

Il posa le pied entre les fougères, et continua d'avancer.

*

Animale a attendu de longues minutes au bord de la mare, à observer le grandes-oreilles qui venait s'y abreuver. Puis elle a bondi d'un seul coup et elle a refermé ses pattes sur sa proie. À cet instant précis, un tonnerre de sabots est venu troubler le calme de la forêt. Animale les a entendus avant de les sentir, puis les a sentis avant de les voir : deux hennissants lancés à pleine vitesse entre les troncs serrés. Le premier a déboulé à une trentaine de pieds de la mare. Le second est passé plus près encore, et a pilé net en repérant à son tour l'odeur du prédateur embusqué dans les fourrés.

Animale a cru voir le hennissant se diviser en deux, une moitié figée sur la rive et l'autre projetée dans la mare. Mais lorsque la deuxième moitié s'est relevée, Animale a identifié la silhouette d'un deux-jambes, l'une de ces maudites créatures qui battent la campagne nuit et jour à sa recherche.

Alors, elle a commencé à voir rouge. Si le deux-jambes avait senti le danger comme le hennissant l'a senti, il se serait enfui avec lui, le plus vite possible, pour sauver sa peau.

Mais il est resté là, à griffer les troncs tout autour de lui avec son ergot. Ses cris rauques n'ont servi qu'à attiser davantage la peur qui couvait dans le cœur sauvage d'Animale.

Et la rage aussi.

Le deux-jambes se doute-t-il que son sort est scellé, à présent qu'il s'approche de la rive ?

Peut-il imaginer que chacun de ses pas le conduit vers une mort certaine ?

Animale sent les muscles de ses cuisses se contracter. Le grandes-oreilles tremble toujours entre ses pattes, en émettant de petits couinements brefs, sifflants. Dans un instant, elle l'étranglera pour bondir sur le deux-jambes. Et elle le tuera à son tour.

– *Blonde ?*

Animale frémit en entendant cette voix, cet appel qui pour elle n'a pas de sens et qui pourtant lui déchire l'âme. Pour la première fois, elle regarde véritablement le deux-jambes derrière les fougères – elle le regarde autrement qu'une proie qu'il faut abattre, qu'un ennemi qu'il faut neutraliser. Les cheveux mouillés dégoulinent autour du visage où s'ouvrent deux grands yeux dilatés, comme ceux des cerfs qu'elle a croisés dans les forêts profondes.

« *Blondècetoi ?* »

Cette voix…

Ce visage…

Elle sent quelque chose de très profond, de très enfoui remuer à l'intérieur. Elle voudrait avoir plus de temps pour réfléchir, pour plonger au fond d'elle-même à la recherche de tout ce que cette voix et ce visage évoquent. Mais la vague rouge qui monte inexorablement en elle emporte tout, recouvre tout. Entre les roseaux empourprés comme des lances, la mare n'est déjà plus qu'une mare de sang. Les arbres, les fougères, la terre se drapent de rouge. La petite ampoule lumineuse que brandit Yeux-de-Cerf luit comme un rubis. Dans quelques secondes, la vague balayera les dernières bribes de conscience d'Animale, et elle ne sera plus en mesure de penser. Juste de tuer.

À moins que…

Tout en maintenant le grandes-oreilles plaqué au sol entre ses genoux, elle laisse tomber sa patte dans les lambeaux de chemise qui pendent le long de son corps svelte et souple, affûté pour la chasse. Le flacon est là. C'est la seule chose qu'elle a emportée de sa vie d'avant, sans se souvenir de ce à quoi il peut bien servir.

Si elle se souvenait, elle n'arracherait pas le goulot avec ses dents…

Si elle se souvenait, elle ne porterait pas le goulot à ses lèvres…

L'instinct serait plus fort, si elle se souvenait, cet instinct qui détourne les bêtes des choses vénéneuses et empoisonnées. Mais aujourd'hui, elle ne se souvient plus de rien. Alors, elle fait ce qu'elle n'a jamais pu se résoudre à faire auparavant : elle absorbe le contenu amer du flacon jusqu'à la dernière goutte.

Aussitôt, ses muscles se relâchent.

Les battements de son cœur ralentissent.

Lorsque la vague gagne enfin son cerveau, elle n'est plus rouge écarlate, mais noire. Animale sent le grandes-oreilles s'échapper entre ses jambes engourdies, et s'enfuir droit devant dans les fourrés.

Il faut tenir bon.

Ne pas s'écrouler tout de suite.

Mettre le plus de distance possible entre Yeux-de-Cerf et elle.

Elle s'oblige à garder les paupières ouvertes, reculant à plat ventre parmi les herbes, puis elle se tourne pour fuir dans la direction opposée. Tout autour, le rouge des arbres noircit à vue d'œil comme du sang qui caille, comme la nuit qui tombe. Les cris de Yeux-de-Cerf ne sont plus qu'un faible écho qui bientôt disparaît tout à fait. Les troncs se clairsèment. Les branches s'écartent. Elle débarque en plein jour et pourtant le soleil aveuglant n'est plus qu'une minuscule étoile mourante tout là-haut dans le noir du ciel. Une bâtisse de bois vermoulu surgit soudain. Elle sent qu'elle ne pourra pas aller plus loin.

Elle pousse la porte
et s'écroule
sur la paille
sans un bruit.

*

Le lièvre bondit des fourrés et passa entre les jambes de Gaspard comme l'une des fusées que l'on s'apprêtait à tirer pour célébrer l'anniversaire de la révolution.

Le jeune homme se figea, abasourdi.

Un lièvre.

Ce n'était qu'un lièvre.

Les couinements de la créature apeurée, qu'il avait pris pour une respiration humaine, allèrent se perdre dans le sous-bois.

Oubliant toute prudence, Gaspard se mit à courir en appelant comme un fou :

– Blonde ! Blonde !

Mais rien ne lui répondit que le bourdonnement des insectes et le gazouillement lointain des oiseaux.

Il ne cessa de courir qu'au moment où ses pieds se prirent dans une racine. La fiole manqua de lui échapper. Un frisson glacé doucha la fougue du jeune homme : il se rendait compte que pour la deuxième fois, il avait failli perdre son bien le plus précieux à cause de ses emportements désordonnés. Il voulait tellement voir Blonde partout qu'il en inventait des présences au creux des fourrés, et mettait en danger le seul espoir concret de venir en aide à sa fiancée. Le moment était venu de redescendre sur terre. Le moment était venu de rebrousser chemin, avant de commettre l'irréparable.

Gaspard rangea soigneusement la fiole dans la poche de sa veste, puis il fit demi-tour. Ses noires pensées lui obscurcissaient l'esprit et les sens. Aussi ne vit-il pas le petit tube de verre vidé gisant entre les fougères, à quelques pouces de sa botte, sur lequel était inscrit le mot « laudanum »…

Le soleil était bas dans le ciel lorsque Gaspard arriva au village d'où il était parti plusieurs heures plus tôt. Son cheval l'avait précédé : il était attaché aux côtés de celui de maître Gregorius, devant la taverne.

Le vieux compagnon attendait là, adossé à la façade.

– Eh bien, je désespérais de te voir revenir ! Tu es parti comme si tu avais le diable aux trousses.

– Désolé de m'être emporté, murmura Gaspard en gardant les yeux rivés au sol. Désolé d'avoir blasphémé contre la Providence…

Maître Gregorius tapa sur l'épaule de son apprenti.

– Je t'accorde que la Providence a été longue à se manifester cette fois-ci. Mais je crois qu'elle s'est enfin décidée. Regarde ce que j'ai trouvé sur le comptoir, au moment de régler l'addition.

Maître Gregorius tendit à Gaspard un bout de papier bariolé. Une affichette. Au milieu d'une débauche de couleurs au pochoir dans le style naïf des images d'Épinal, de têtes d'ours et d'étoiles filantes, on pouvait lire les mots suivants :

Le très célèbre et très étrange
CIRQUE CROUSTIGNON
***
Représentation exceptionnelle le 27 juillet
de 21 h à 22 h 30, avant le bal
*
Pont-aux-Vaches, place de la Mairie

9

LA MEUTE

– ET MAINTENANT PATRON, QU'EST-CE QU'ON FAIT ?

– C'est l'heure de l'apéritif : on pourrait peut-être aller enfin goûter le côtes-de-Toul de la mère Muller, avec cette chaleur, ça nous rafraîchirait…

Les crânes rasés d'Ambroise et d'Alphonse luisaient dans l'ombre du chêne sous lequel était dissimulée la calèche, en amont sur la route où les policiers étaient passés quelque temps plus tôt. Plus que jamais, maître Ferrière fut pris d'une furieuse envie de saisir l'un pour taper contre l'autre.

– Personne ne boira la moindre goutte de côtes-de-Toul, articula-t-il de la voix la plus posée possible, détachant bien chaque syllabe. Pas tant que nous n'aurons pas retrouvé Blonde.

– Ça fait des jours qu'on cherche ! protesta Ambroise. Personne ne l'a vue : ni les argousins que vous suivez à la trace depuis une semaine avec Alphonse, ni le blanc-bec et son vieux maître…

– Mais il t'a vu, toi ! Et il a failli t'attraper, bougre d'âne !

À la manière dont il vit Ambroise serrer les poings, maître Ferrière se dit qu'il était peut-être allé trop loin. Cet homme et son acolyte étaient des tueurs, il ne devait pas l'oublier.

Il se força à sourire. Lui aussi était las de cette traque épuisante, à louvoyer derrière les policiers incapables de serrer une fille de dix-sept ans. La capote de la calèche avait beau être relevée, elle ne parvenait pas à isoler ses passagers de la canicule. C'était comme si les rayons du soleil passaient à travers la toile, comme si l'air brûlant s'infiltrait dans chaque recoin.

– C'est promis, messieurs : quand nous aurons mis la main sur cette petite punaise, je vous paye ma tournée.

« Avec mes cinq cent mille francs, je peux bien me le permettre », ajouta-t-il intérieurement. La seule pensée de la récompense qui l'attendait suffit à lui rendre le contrôle de ses nerfs.

– Allez, Ambroise, en selle. Retourne surveiller le jeune gratteur de pierre, en tâchant d'être plus discret cette fois-ci. Quant à nous, Alphonse, allons voir comment avance l'enquête du gros Vacheux. Il se pourrait qu'il ait besoin d'un coup de pouce, et l'heure n'est plus aux cachotteries.

La calèche quitta l'ombre du chêne, tandis qu'Ambroise rebroussait chemin à cheval.

Au bout de quelques minutes, l'épaisse silhouette de l'inspecteur Vacheux apparut dans un nuage de poussière : il se tenait là, bicorne à la main, scrutant les profondeurs de la forêt en deçà de la route. Un fiacre et une carriole étaient garés à côté, au pied des arbres.

L'inspecteur se retourna à demi en entendant la calèche ralentir dans son dos :

– Circulez, il n'y a rien à voir, marmonna-t-il machinalement en agitant son bicorne comme pour chasser des mouches inopportunes.

Mais la calèche s'immobilisa.

– Inspecteur Vacheux ? fit maître Ferrière en descendant de la calèche.

Le gros homme tourna vers lui sa face dégoulinante de sueur.

– Je vous ai dit de circuler, tudieu, est-ce que vous êtes…

Il ne termina pas sa phrase.

– Mais je vous reconnais ! Vous êtes l'avocat du comte de Valrémy. Maître Fernand… Ferdinand…

– Ferrière, corrigea l'avocat en s'inclinant légèrement. Maître Ferrière, inspecteur. Mais dites-moi, quelle surprise de vous trouver ici, sur la route qui me conduit à Metz ! Comment allez-vous, depuis notre dernière rencontre au couvent Sainte-Ursule ?

L'inspecteur laissa échapper un long soupir de lassitude, et il s'épongea le front pour la centième fois.

– C'est cette fugitive, cette Blonde… gémit-il. Le commissariat d'Épinal m'a mis à disposition de celui de Metz, sous prétexte que j'ai débuté l'enquête. Voilà des jours que je n'ai pas dormi chez moi, sillonnant les routes en vain. Les battues en plein air ne sont plus de mon âge. Surtout avec cette chaleur, ce n'est pas humain ! Cette fille finira par avoir ma peau.

– Je vous avais bien dit à l'époque qu'elle était dangereuse. Maintenant, son portrait est dans toutes les gazettes. Un monstre ! Voilà ce qu'elle est devenue.

L'inspecteur fourra la main dans sa poche, dépiauta une pastille au miel de pin des Vosges et la jeta dans sa bouche.

– Vous chen voulez ? marmonna-t-il la bouche pleine.

– Merci, sans façon, répondit maître Ferrière en grimaçant.

Avec nervosité, l'inspecteur fit craquer la pastille sous ses dents.

– Un monstre… répéta-t-il en déglutissant. C'est bien un monstre que j'ai vu en effet, la deuxième fois que j'ai rencontré Blonde à Sainte-Ursule, dans le bureau de la mère supérieure. La rapidité avec laquelle elle a arraché la matraque du premier de mes hommes pour la lui renvoyer en pleine tête, éclatant son arcade sourcilière… La violence du coup qu'elle a assené au second sergent, lui brisant le bras avec autant de facilité qu'une branche morte… Et ce regard ! Je n'oublierai jamais le regard rouge vif qu'elle a posé sur moi ce jour-là. Quant à cet accident qu'on la soupçonne d'avoir provoqué sur la route de Delme…

Des aboiements sonores retentirent soudain, arrachant l'inspecteur à ses inquiétantes réminiscences.

– Alors ? lança-t-il à l'intention des hommes qui émergeaient d'un bosquet au milieu d'une meute, leurs vestes d'uniforme militaire barrées d'aiguillettes et de cordons.

« Des gendarmes, songea maître Ferrière. Les policiers ne sont pas fichus de mener une telle battue, ils ont demandé l'aide de l'armée. »

– Alors rien. Elle n'est pas là.

– Je l'aurais parié.

L'inspecteur se tourna vers l'avocat tout en s'emparant d'une nouvelle pastille au fond de sa poche.

– Après vous, cher maître. Nous rentrons à Metz. Les chiens ont bien mérité leur pâtée, et moi j'ai envie de voir le feu d'artifice ce soir, ça me changera les idées.

Il n'avait pas prononcé ces paroles qu'un cavalier arriva au galop sur la route, pilant devant le convoi.

C'était un sergent de police.

– Qu'est-ce qu'il y a ? grogna l'inspecteur, contrarié que l'on s'interposât entre lui et le bon bain frais qui l'attendait à l'hôtel.

– Nous avons reçu un message au commissariat. Un paysan de Chouvarain dit avoir vu quelqu'un rôder près de son poulailler ce matin.

– Et alors, qu'est-ce que vous voulez que ça me fasse ? Dites à ce type d'aller se faire cuire un œuf, si on ne les lui a pas tous volés.

– Vous ne comprenez pas, inspecteur. Le bonhomme affirme avoir reconnu Blonde !

L'inspecteur faillit en avaler sa pastille de travers.

– Vous ne pouviez pas le dire plus tôt ? toussa-t-il en essayant de recracher le bonbon qui lui restait coincé en travers de la gorge. Je préfère vous prévenir que ce paysan a intérêt à avoir les yeux en face des trous, pour oser se dresser entre Adam Vacheux et son bain…

Dans la lumière de la fin d'après-midi, les yeux de maître Ferrière étincelèrent d'un éclat qui aurait effrayé l'inspecteur davantage que les yeux de Blonde, si seulement il y avait prêté attention.

Le convoi se composait de trois véhicules escortés par une demi-douzaine de gendarmes à cheval – le fiacre de l'inspecteur, la carriole transportant les chiens de chasse et la calèche de l'avocat. Ce dernier s'était joint aux forces de l'ordre d'autorité ; dans le feu de l'action, personne ne semblait contester sa présence. Tout ce petit monde arriva à Chouvarain en même temps que le crépuscule.

C'était un hameau cerné de champs, à peine plus grand que Loupré, où maître Ferrière s'était rendu huit jours plus tôt. Les épis de blé étaient parfaitement immobiles depuis que le vent était tombé. Il n'y avait pas un souffle d'air frais – on suffoquait. Le ciel lui-même semblait souffrir ; le soleil en mourant y avait laissé une vilaine teinte violacée, une teinte de plaie tuméfiée sur laquelle les nuages étirés formaient comme des points de suture.

Un homme se tenait au milieu de la route, la casquette vissée sur le front, le fusil à la main. Des ombres furtives épiaient aux fenêtres des quelques maisons derrière lui, dans un silence de mort. Les oiseaux eux-mêmes semblaient avoir cessé de chanter. Il régnait sur Chouvarain une ambiance lourde de fin du monde.

– Et alors ? dit l'inspecteur en s'extirpant de sa voiture, la chemise poissant de sueur contre son dos. C'est vous qui avez vu la suspecte ?

– Non, c'est ma fillotte qui jouait dans le jardin ce matin. Mais là, elle veut point sortir de la maison, elle est timide quand y a des étrangers.

L'inspecteur jeta un regard furieux aux gendarmes messins, comme s'il les rendait personnellement responsables de l'avoir privé de bain.

– Et votre « fillotte », sait-elle où Blonde est allée ? demanda-t-il machinalement.

– Ben non…, fit l'homme en haussant les épaules. Elle l'a vue passer y a des heures de ça, on peut dire que vous avez mis le temps pour rappliquer.

– Allez, on plie les gaules !

Mais à peine l'inspecteur avait-il achevé sa phrase que la portière arrière de la carriole à chiens s'ouvrit dans un claquement sonore. Les molosses se jetèrent dehors en poussant des aboiements furieux ; ils tiraient si fort sur leurs laisses que les gendarmes durent les enrouler plusieurs fois autour de leurs poignets.

La suite se passa très vite, sans qu'aucune parole fût échangée – de toute façon, les chiens hurlaient trop fort pour laisser les hommes parler.

Ils entraînèrent leurs maîtres à travers le hameau, jusqu'à une grande grange qui se dressait tout au bout de la route, à la lisière d'un bois touffu.

Soufflant comme un bœuf, l'inspecteur suivait en toussant. Il porta instinctivement la main au pistolet accroché à sa ceinture, tout en formulant la prière muette de ne pas avoir à l'utiliser. Maître Ferrière, en revanche, savait qu'il n'hésiterait pas à se servir de son arme dès que l'occasion lui en serait donnée.

Les gendarmes se plaquèrent de part et d'autre de la porte de la grange, tenant leurs sabres à deux mains près de leurs visages. Il leur suffit d'un regard pour se coordonner, et enfoncer la porte à coups de botte. Elle céda immédiatement : elle n'était pas verrouillée.

Et les chiens qui continuaient de hurler comme des damnés !

L'inspecteur fit signe de les garder dehors, puis il s'engouffra dans la grange à son tour. Nul n'empêcha l'avocat de lui emboîter le pas.

L'intérieur était noyé dans une obscurité étouffante. Une

forte odeur de foin, exacerbée par la chaleur, alourdissait chaque inspiration. Les ombres des gendarmes, en passant lentement entre les piliers de bois qui soutenaient la charpente, composaient un étrange ballet de spectres.

– Regardez ! fit une voix.

Maître Ferrière se hâta vers le fond de la grange avec les gendarmes, manquant de trébucher sur les râteaux et les pelles qui jonchaient le sol, jusqu'à un tas de foin. Un peu de lumière filtrait à travers les planches disjointes du mur, éclairant un endroit où le foin était plus creusé, comme s'il avait accueilli un corps.

– La garce ! jura maître Ferrière, incapable de se contenir davantage. Elle vous a encore glissé entre les doigts !

Il désigna un trou dans le flanc de la grange, une planche brisée derrière le tas de foin. Au-delà, les blés allaient se noyer dans la nuit naissante.

– Il faut lâcher vos chiens !

– Vous êtes sûr ? demanda l'inspecteur d'une toute petite voix.

– Voulez-vous que cette forcenée tue encore ? rugit l'avocat. Vous l'avez reconnu vous-même : ce n'est plus une fille, c'est un monstre. Un monstre à abattre !

Vaincu, l'inspecteur esquissa un geste de la main sans oser soutenir le regard des gendarmes.

– Lâchez les chiens, balbutia-t-il.

Le crépuscule éclata en mille aboiements sauvages.

10

CONVERGENCES

LA PLACE DE LA MAIRIE DE PONT-AUX-VACHES ressemblait à celle que Gaspard et maître Gregorius avaient quittée deux heures plus tôt, et sans doute à celles de tous les villages de France en ce soir du 27 juillet. À un détail près : un chapiteau aux rayures jaunes et rouges trônait au milieu des guirlandes et des lampions tricolores.

Les échos pétaradants d'une trompette s'échappaient à travers la toile cirée, ponctués de grands éclats de rire – ce devait être un numéro de bouffons.

– Achetons-nous des billets ? suggéra maître Gregorius.

– Non. Le numéro qui m'intéresse est tout à la fin du spectacle – je préfère que nous y assistions en avant-première dans les coulisses.

– Tu ne veux tout de même pas dire que…

– Si : Mme Lune. Blonde m'a raconté que son numéro terminait la représentation, je m'en souviens.

Maître Gregorius secoua la tête d'un air contrarié :

– Les arts divinatoires sentent le soufre… Devons-nous vraiment nous adresser à une diseuse de bonne aventure ?

– N'oubliez pas vos propres paroles, mon maître : c'est la Providence qui a mis le cirque sur notre chemin. Après tout, le diacre Ambrogio lui-même a eu recours aux services d'un chaman pour localiser Gabrielle de Brances, il y a quatorze ans de cela.

Sans balancer davantage, Gaspard se dirigea vers les roulottes derrière le chapiteau.

« Laquelle d'entre elles peut bien être celle de la voyante ? »

Comme en réponse à sa muette interrogation, la porte de la deuxième roulotte s'ouvrit dans un couinement, et répandit sur la chaussée une myriade de petites lumières scintillantes.

– Entrez, fit une voix d'outre-tombe, qui eût aussi bien pu jaillir de la trappe de l'enfer.

Gaspard se précipita dans la roulotte sans attendre une seconde.

Maître Gregorius n'hésita guère plus ; mais il prit bien soin de se signer au moment de franchir le seuil.

La loge était telle que Blonde l'avait décrite à Gaspard en rêve. On se serait cru dans une caverne des Mille et Une Nuits, avec les tapis orientaux, la lampe ajourée qui tournait au plafond, et toutes ces boîtes que l'on imaginait pleines de bijoux et de trésors. Mais Gaspard savait qu'elles ne contenaient rien de tout cela.

– Soyez gentils, refermez la porte pour garder le frais à l'intérieur.

Ratatinée au fond de son fauteuil à bascule, Mme Lune était elle aussi conforme à la description que Blonde avait faite. La chaleur l'avait juste amenée à troquer son sempiternel châle pour une improbable robe décolletée, que sa poitrine asséchée et ses épaules rachitiques avaient bien du mal à remplir.

– J'imagine que vous ne venez point pour apporter un rafraîchissement à une vieille dame assoiffée ? grinça-t-elle.

– Non, madame, répondit respectueusement Gaspard. Nous venons pour…

– Je sais pourquoi vous venez.

La voyante lorgna le jeune homme derrière ses lunettes, puis l'homme qui l'accompagnait. Gaspard sentit son maître se raidir. Sans doute avait-il la désagréable impression que quelqu'un lisait en son âme, comme il avait lui-même lu en l'âme de ses ouailles pendant des années.

– Un prêtre, hein ? siffla la vieille femme sur un ton de défi. C'est bien le premier qui foule le sol de cette loge.

– Je ne le suis plus, et je viens en paix.

– *En paix !* Ils disent tous ça ! Ils n'ont que ce mot à la bouche ! Les aumôniers espagnols venaient sans doute *en paix* avec leurs conquistadors, massacrant de l'Inca à tour de bras ! Et ceux qui brûlèrent les cathares à Montségur, ils venaient aussi *en paix*, peut-être ? Sans parler de toutes les prétendues sorcières condamnées par les tribunaux ecclésiastiques. Ah que c'est beau, la *paix*, tout de même !

– Vous évoquez des époques révolues. Et puis... les sorcières dont vous parlez n'étaient peut-être pas si innocentes que cela.

D'indignation, Mme Lune donna un grand élan à son fauteuil à bascule, et faillit passer par-dessus bord.

Gaspard en profita pour recentrer le débat :

– Arrêtez de vous chamailler comme des enfants ! Cela ne sert à rien, nous perdons un temps précieux. Madame Lune, je sais que vous avez aidé Blonde par le passé, maintenant, c'est nous qu'il faut aider à la retrouver.

La voyante jeta un regard torve à Gaspard. Elle n'avait pas l'habitude d'être commandée.

– C'est pour elle que je le fais, pas pour lui, lâcha-t-elle en donnant un coup de menton en direction de l'ancien prêtre. J'espère juste qu'il n'essaiera pas de l'exorciser ou une autre ânerie de ce genre si jamais vous la retrouvez. Passe-moi cette boîte, là, au bout de l'étagère.

Gaspard s'exécuta, tandis que maître Gregorius haussait les épaules.

– Silence maintenant, ordonna madame Lune en soulevant le couvercle. Je n'ai pas beaucoup de temps à vous accorder avant mon numéro.

Il sembla à Gaspard que la lumière de la lampe baissait d'un cran, mais il se dit que ce n'était sans doute qu'une impression. Comme celle de voir madame Lune se changer en iguane à mesure qu'elle plissait les yeux.

– … Ça a peur, très peur… murmura-t-elle. Et Ça souffre aussi…

Gaspard réagit au quart de tour :

– Quoi, que voyez-vous ? Est-ce de Blonde dont vous parlez ?

Mais son maître le retint, lui intimant le silence du regard. Maintenant que Mme Lune avait commencé, il fallait la laisser aller jusqu'au bout.

– Tout va si vite… Ça court tantôt à quatre pattes, tantôt à deux… Les épis de blé fouettent les jambes en sang, les ronces déchirent la paume des mains… Et les aboiements qui se rapprochent, qui se rapprochent !

Les doigts squelettiques de Mme Lune étaient crispés si fort sur les accoudoirs de son fauteuil que les jointures en blanchissaient. Elle suait à grosses gouttes maintenant, comme si elle était elle-même lancée dans cette course-poursuite infernale.

– Il y en a un qui arrive, je le sens, j'entends claquer ses crocs tout près de la nuque de ce qui fuit… Cette fois c'est la fin… Oh !

Un bruit métallique retentit, coupant court à la transe de la voyante.

Durant quelques instants, elle garda son regard fixé sur la boîte qu'elle avait laissé échapper de ses mains.

Gaspard n'y tint plus :

– Mais enfin, qu'est-ce que vous avez vu ? s'écria-t-il.

– Le chien, balbutia-t-elle sans quitter la boîte des yeux. Ça… Ça l'a décapité !

Pour la première fois depuis qu'elle avait rejoint le cirque Croustignon, des années auparavant, Mme Lune n'assura pas son numéro ce soir-là. Elle profita du fait que la troupe était réunie sous le chapiteau pour laisser ses mystérieux visiteurs atteler leurs chevaux à sa roulotte.

Tous les habitants de Pont-aux-Vaches assistaient au spectacle, si bien qu'aucun d'eux ne vit partir les trois individus. Mais il y eut tout de même un témoin à cette étrange scène : penché sur l'encolure de sa monture, un homme au crâne rasé avait tout observé. À peine la roulotte eut-elle disparu au détour de la route quittant le village qu'il joua des éperons pour se lancer à sa poursuite.

*

Maître Ferrière n'avait pas été long à distancer l'inspecteur Vacheux, ce gros plein de soupe engraissé aux pastilles de miel des Vosges. Il n'avait plus besoin d'un tel boulet, à présent qu'il avait retrouvé la trace de Blonde. Il lui suffisait de suivre les aboiements des chiens, et d'espérer qu'il parviendrait à rejoindre la fuyarde avant les gendarmes. Il ne fallait en aucun cas qu'elle se fasse capturer ; tout animale qu'elle était, rien ne garantissait qu'elle avait perdu l'usage de la parole, qu'elle ne pourrait proférer contre le comte et ses employés d'odieuses accusations. Sans parler de l'héritage qu'elle aurait sans doute un jour l'outrecuidance de réclamer. Le vieux Valrémy avait été formel : il la voulait morte. C'était à cela que tenaient les cinq cent mille francs.

Hors d'haleine, maître Ferrière déboula sur une route coupant à travers champs.

La calèche l'y attendait ; pour une fois, Alphonse avait fait preuve d'initiative.

– Est-ce qu'ils ont retrouvé la fille ? vagit l'avocat en s'écroulant sur la banquette arrière.

Du haut de son siège, le cocher scruta les champs qui se poursuivaient au-delà de la route, jusqu'aux lumières de la ville toute proche. La lune était pleine, si bien que l'on voyait clairement les blés s'agiter au rythme de la battue.

« Ils la poursuivent toujours… On dirait qu'elle s'apprête à entrer dans Metz… »

Maître Ferrière poussa un râle en déboutonnant sa chemise trempée de sueur. S'il avait encore eu du souffle, il l'aurait utilisé pour couvrir Blonde de tous les noms – le mettre ainsi en nage, lui, le grand Ferrière qui avait fait suer tant de procureurs ! La vision de ses souliers tout crottés lui arracha un gémissement de désespoir.

Il lui fallut mobiliser toute sa volonté pour former en son esprit l'image de la villa qui l'attendait, sitôt qu'il en aurait fini avec cette démone. Perros-Guirec n'avait jamais été aussi proche, à portée de main.

– À Metz ! aboya-t-il.

*

C'était le plus étrange des équipages. Tenant les rênes de la roulotte lancée au grand trot, maître Gregorius suivait scrupuleusement les indications de la petite chose enfoncée sur le siège à côté de lui, une boîte ouverte sur les genoux.

Assis à l'intérieur de la roulotte, Gaspard était subjugué par la précision avec laquelle la voyante en demi-transe traçait son itinéraire :

– … Tournez à droite, c'est un raccourci… À gauche maintenant, pour éviter le barrage de gendarmes…

Parfois, entre deux instructions, Mme Lune se mettait à parler de Blonde, et Gaspard devinait qu'elle était à la fois ici et là-bas, dans la roulotte et aux côtés de la fuyarde. Que percevait-elle exactement, dans la nuit de ses visions ? Pourquoi s'obstinait-elle à utiliser le mot « Ça » pour désigner Blonde ?

– Ça vient d'entrer dans la ville… Les pavés sont encore

brûlants de la journée sous ses pieds nus… Les rues sont désertes, les habitants sont tous allés à la fête… La seule chose qui bouge, c'est son reflet dans les vitrines…

Malgré la chaleur ambiante, Gaspard frémit en repensant au portrait supposé de Blonde paru dans *La Gazette lorraine*. Était-ce cela, le reflet fantomatique qui passait dans les vitrines de Metz, le reflet d'un être qui n'était pas tout à fait une femme, ni vraiment un homme ? Un étrange androgyne pourchassé, au genre et à l'espèce indéterminés ? Gaspard se demandait s'il reconnaîtrait Blonde en la revoyant ; surtout, il se demandait si *elle* le reconnaîtrait (il avait failli penser : si *Ça* le reconnaîtrait).

Le jeune homme secoua la tête pour la vider des questions vaines qui la remplissaient. Il n'était pas du genre à laisser le doute le paralyser.

Il aviserait le moment venu.

11

ANIMALE

ANIMALE SURSAUTE. Elle se retourne d'un bond vers la forme qui vient de surgir à sa droite – une forme dorée sous les lambeaux de chemise déchirée.

Elle donne un coup de patte de toutes ses forces. Le contact n'est pas mou et tiède comme celui des aboyeurs, mais dur et froid. Le bruit n'est pas celui de la chair écrasée, mais de quelque chose de cassant, qui se brise en mille morceaux – du verre ?

Un sifflement strident retentit, comme si la pierre de l'immeuble gémissait.

Animale se remet à courir.

Elle croise d'autres formes blondes et haletantes qui courent dans la même direction, reflétées dans les yeux glacés des immeubles. Peut-être que ces reflets-sœurs fuient aussi les aboyeurs ? Elle aurait préféré éviter la ville, rester dans les forêts et les champs et les prés, loin des deux-jambes. En réalité, elle pensait ne jamais se réveiller dans la grande maison en bois, après avoir bu l'eau noire. Elle pensait dormir pour l'éternité. Mais l'éternité n'a pas voulu. Mais les aboyeurs sont arrivés, et leurs cris ont mis fin au doux sommeil.

Alors elle court de plus belle, droit devant, sans penser à ses pattes ensanglantées, aux bouts de tissu peaux mortes qui pendent le long de son corps.

Parfois elle lève la tête vers le gros œil rond qui luit dans le ciel. Elle voudrait bondir, sauter très haut, s'arracher aux rues noires, aux pavés chauds qui poissent les pattes, pour s'envoler loin des aboyeurs et des deux-jambes. Mais elle pèse trop lourd, et les pavés sont trop collants.

Le ciel n'est pas une issue.

D'ailleurs il est rouge comme les rues, comme les champs, comme le monde entier.

Comme le monde entier…

Soudain, Animale réalise qu'elle n'entend plus les aboyeurs. Semées, les gueules qui hurlent et qui mordent ?

Elle ralentit sans trop y croire, sans trop oser y croire.

Pourtant la rue est tout silence…

Elle renifle bruyamment. Un tourbillon d'odeurs entre dans ses narines, roues chauffées et goudron fondu et pollens brûlés. Mais pas la puanteur salée des aboyeurs.

Elle s'arrête tout à fait de courir.

Par où aller, maintenant ?

Elle dresse l'oreille. Là-bas, derrière le bout de la rue, elle entend une rumeur qui ressemble au bourdonnement que font habituellement les deux-jambes quand ils sont ameutés ensemble, très nombreux. Il faut changer de direction. Trouver un abri pour passer la nuit, qui soit noir et silencieux et caché. Une caverne, oui : c'est ce que l'instinct ordonne.

Elle bifurque dans une ruelle plus étroite.

Là non plus, il n'y a personne.

Elle essaye de pousser la première porte qui se présente, mais cette dernière résiste. La deuxième porte aussi. Et la troisième et la quatrième et la cinquième. À la sixième, elle perd patience. Elle se jette de tout son poids contre le panneau, griffes et coudes et tête.

Mal.

Très mal.

Mais elle reprend son élan.

Et repart plus fort.

La porte gémit sur ses gonds cette fois-ci. Le troisième assaut sera le bon…

– *Kécekisepassici ?*

Animale relève brusquement les yeux : là-haut, dans le mur au-dessus de la porte, un trou s'est ouvert. Une femelle deux-jambes passe à travers le trou sa tête couverte de papillotes :

– *Ditedonksavapalatét… Aaaah !!!*

La deux-jambes hurle. Alors Animale gronde plus fort encore, pour couvrir la voix de sa propre terreur.

Elle repart en boitant, l'épaule défoncée pour rien, pendant que d'autres trous s'ouvrent dans d'autres murs, avec d'autres deux-jambes qui sortent la tête et qui poussent des cris assourdissants.

Elle sort de la ruelle.

Et sent l'odeur des aboyeurs à nouveau.

– *Elléla !*

Des deux-jambes par dizaines, tous du même pelage bleu marine avec des cordons blancs sur la poitrine ; certains tiennent les aboyeurs au bout d'une corde, et les autres tiennent un morceau de métal qui brille méchamment dans la lumière glauque des réverbères.

– *Altounoutiron !*

Animale gronde plus fort, le plus fort possible, à en faire trembler la terre, à en faire pleurer l'œil dans le ciel. Elle met dans son grondement toute sa douleur et toute sa peur et tout son désespoir. Puis elle fuit – dans la direction d'où vient le bourdonnement de la foule, tant pis, il n'y a plus d'autre choix.

POW !

L'explosion déchire la nuit dans son dos, mais elle a déjà sauté dans une rue perpendiculaire, et puis dans une autre encore.

Tout d'un coup, les rues s'évanouissent et il n'y a plus qu'une immense esplanade dégagée, plongée dans la nuit, tout éclairage éteint.

Animale aperçoit les silhouettes noires de grands arbres, tout là-bas au fond des ténèbres, pareilles aux forêts épaisses qui apportent la solitude et le repos. Mais devant, l'esplanade est peuplée de deux-jambes qui déambulent dans l'obscurité en habits de fête.

Soudain, un roulement de tonnerre sort de nulle part :

– *Médamezéméssieulefeudartificevacomencédankelkeuzinstanhodessudelesplanade…*

Elle tremble, hésite… Aller de l'avant ou pas ? Derrière la rumeur du troupeau de deux-jambes, à la lisière des arbres, on entend le bruit de l'eau-qui-coule. Elle voudrait y plonger et se laisser entraîner loin, très loin…

Sans prévenir, une quatre-roues tirée par des hennissants s'arrête tout près d'Animale, l'arrachant au brouillard de ses pensées – elle ne l'avait pas vue venir.

Le premier deux-jambes qui saute à terre est un grisonnant qui tient dans sa main une petite croix ; le second est Yeux-de-Cerf, et lui ne tient rien du tout, ni cordée d'aboyeurs ni métal foudroyant ni croix, juste ses paumes grandes ouvertes. Son visage aussi est grand ouvert, sa bouche arrondie dans un cri muet, ses yeux écarquillés.

Animale voudrait lui dire de reculer, que le flacon d'eau noire est vide à présent et que rien ne pourra le sauver s'il vient trop près. Mais au lieu des avertissements, elle ne parvient qu'à émettre un grondement, et Yeux-de-Cerf continue d'approcher.

– *Ékartévouélédangeureuse !* rugit une voix surgie de nulle part.

Animale fait un bond de côté.

Un hennissant vient d'arriver au galop à côté de la quatre-roues ; sur son dos est juché un deux-jambes au crâne pelé : POW !

*

– Maître Gregorius ! hurle Gaspard.

Le vieux Compagnon a lâché son crucifix pour se jeter entre Blonde et le pistolet brandi par le cavalier au crâne rasé – celui-là même que Gaspard a poursuivi plus tôt dans la journée. La balle a touché Maître Gregorius en plein cœur. Gaspard se précipite sur le corps inanimé gisant sur l'esplanade, mais Mme Lune se laisse tomber de la roulotte et se glisse jusqu'à eux.

– Je vais m'occuper de lui, grince-t-elle d'une voix épuisée par la transe. Toi, essaie plutôt de rattraper Blonde. Tu es sa dernière chance…

Gaspard se relève en tremblant. Il passe devant le type qui a tiré, encore tout hébété d'avoir raté sa cible, et lui décoche un coup de poing avec toute la force de ses bras habitués à battre la pierre. L'assassin s'étale sur le gravier. Les policiers n'auront qu'à le ramasser.

Puis Gaspard se lance à la poursuite de Blonde.

Blonde, vraiment ?

Cet être qui bondit parmi les ombres de l'esplanade, presque nu d'une nudité animale, souple et nerveux ? Cette créature couverte d'un pelage blond, brillant comme de l'or dans la lumière de la lune ? Pourtant, sous la toison de panthère égratignée, ce sont bien les courbes d'un corps féminin – les courbes mêmes dont Gaspard n'a cessé de rêver depuis qu'un certain jour de mars une jeune fille est venue poser pour lui dans le cloître d'un couvent.

Pendant de longues minutes, Gaspard court à tâtons à travers la foule, bousculant les corps, écrasant les pieds. Il entend hurler derrière lui les chiens des gendarmes, qui ont fini par rejoindre l'esplanade.

À chaque fois qu'un feu d'artifice explose, le parc s'illumine et Gaspard aperçoit la silhouette fantasmagorique de Blonde devant lui, plus flamboyante que les gerbes. Elle semble terrorisée, tel un animal sauvage, elle lève ses mains – ses pattes ? – vers le ciel pour se protéger de la brûlure, mais la nuée d'étincelles s'éteint avant de toucher le sol.

La foule apparaît elle aussi dans la lumière des détonations, des milliers de promeneurs endimanchés. Au début, les gens rient en gardant les yeux rivés sur le ciel ; jusqu'à ce qu'ils remarquent la présence de la créature parmi eux, et qu'ils se mettent à hurler. Et plus ils hurlent, plus Blonde mord, frappe, griffe ceux qui se trouvent entre la rivière et elle.

Gaspard a beau crier son nom de toutes ses forces, la foule crie plus fort, et les déflagrations emportent tout.

Il trébuche sur quelque chose ou sur quelqu'un.

Il tombe.

POW !

Lorsqu'il relève la tête, il voit Blonde porter la main à son épaule, s'ébrouant pour chasser l'insecte qui l'a piquée. Mais il ne s'agit pas d'un taon comme ceux des champs, qu'on écarte d'un revers de patte. Celui-là s'est enfoncé profondément dans sa chair et n'en sortira pas.

POW !

Un autre taon de métal, une autre balle, vient de se loger dans la cuisse de Blonde. Elle se retourne d'un bond, et malgré la distance Gaspard parvient à distinguer ses yeux de sang, scintillants comme des rubis. Il distingue aussi l'homme qui se tient devant elle, en costume de satin gris débraillé, pistolet au poing. C'est lui qui a tiré par deux fois : l'avocat croisé à Sainte-Ursule, l'âme damnée du comte de Valrémy.

– Non ! hurle Gaspard.

Mais maître Ferrière tire une troisième fois, et Blonde se plie en deux.

Gaspard sent une rage folle l'envahir. Il se relève d'un bond et il se projette en avant; il ne sait pas si c'est la colère ou la poudre des fusées qui fait pleurer ses yeux, mais ce qu'il sait, c'est qu'il va étrangler cette ordure!

– Légitime défense! crie maître Ferrière à la ronde. Vous êtes tous témoins : elle m'a attaquée et je suis en situation de légitime défense!

Il tourne brusquement la tête vers Gaspard au moment où le jeune homme entre dans son champ de vision, boulet de chair et de haine.

– Voyons, jeune homme, ne m'obligez pas à vous abattre vous aussi…

À l'instant précis où l'avocat tourne son arme vers Gaspard, Blonde, que l'on croyait terrassée, se redresse et lui saute dessus.

Elle lui arrache le pistolet et lui disloque le bras dans un grand craquement d'os. Puis elle bondit par-dessus le corps tordu de douleur, et elle s'élance dans le talus qui descend vers la Moselle.

Elle se jette dans l'eau noire, tandis que dans le ciel explose le bouquet final.

Gaspard n'hésite pas une seule seconde.

Il fait sauter ses souliers en dévalant le talus. Il plonge à son tour dans le courant rapide.

À présent, le feu d'artifice est terminé, l'éclairage public n'est pas encore rallumé. Sur la berge, les gendarmes ne savent pas dans quelle direction tirer.

Pendant quelques minutes, la nuit reprend possession du monde.

Gaspard nage longtemps dans le noir, derrière la forme dorée qui dérive là-bas devant, inanimée.

On n'entend plus les cris de la foule ni les aboiements des chiens.

Gaspard pique une dernière pointe, la brasse la plus rapide de sa vie, plus rapide que lorsqu'il s'amusait à courser les truites dans les rivières de son tour de France. Et il rattrape enfin Blonde.

Personne n'a enseigné à Gaspard comment sauver quelqu'un de la noyade. Cette nuit-là cependant, l'instinct lui dicte les bons gestes, la manière de maintenir la bouche de la victime hors de l'eau tout en faisant des tourniquets avec les jambes.

À travers le pelage mouillé, Gaspard peut palper une peau tiède et ferme, vivante encore. Jamais il n'a tenu Blonde de si près, pas même lorsqu'il lui a appris à manier le burin…

Échappant au courant, il la tire jusque sous un pont, sur un banc de terre sablonneuse auquel mène une volée de marches depuis la route surplombant la rivière. Il l'allonge là, parmi les roseaux, dans un rayon de lune. Agrégés par l'eau, les poils qui couvrent tout son visage ressemblent à des plumes d'or qui composent un somptueux masque vénitien. On dirait qu'elle dort, avec ses paupières closes aux longs cils de biche, sa bouche entrouverte sur des dents blanches comme des perles.

Gaspard appuie ses deux mains sur la poitrine soyeuse, à l'endroit du cœur, puis il colle sa bouche contre la bouche qu'il a tant de fois voulu embrasser.

Blonde reprend conscience au troisième pompage cardiaque.

Elle se redresse d'un coup, crachant de l'eau et des graviers.

Elle enserre le cou de celui qui l'a réveillée avant même d'ouvrir les yeux ; et lorsqu'elle les ouvre enfin, c'est un regard pourpre qui tombe sur Gaspard.

– Blonde… C'est moi…

Le jeune homme essaye de se débattre, mais ses pieds patinent sur le sol humide, ses bras ne parviennent pas à desserrer d'un point l'étreinte de cette belle qui est aussi la bête.

Elle est trop forte pour lui, car le sang qui coule dans ses veines est celui des guerriers féroces, les Berserkers qui ont combattu tour à tour aux côtés des chefs vikings et des généraux napoléoniens ; c'est le sang de Baldur qui a assassiné sa promise, c'est le sang de tous les fauves pris au piège, qui souffrent et qui ne savent que faire souffrir en retour.

Comprenant qu'il ne peut pas lutter, Gaspard laisse tomber sa main dans sa poche, à la recherche de la fiole d'eau-lumière.

Mais déjà, il sent que sa tête lui tourne.

Déjà, il sent que ses doigts ne lui répondent plus tout à fait.

Il n'y arrivera pas, non.

Il réalise que c'est la fin.

Alors, il plonge ses yeux dans les yeux rouges, et vides, et beaux comme un soleil qui meurt. Et il se met à fredonner une chanson d'amour – une chanson d'adieu :

« La belle si tu voulais…
La belle si tu voulais… »

Ce n'est qu'un filet de voix, guère plus consistant qu'un courant d'air sous une porte mal calfeutrée.

Pourtant, les yeux rouges se mettent à cligner.

« Nous dormirions ensemble, Lonla…
Nous dormirions ensemble… »

D'abord imperceptiblement, puis de manière plus sensible, les doigts d'acier se desserrent. Et plus ils se desserrent, plus la voix de Gaspard gagne en ampleur, en grâce et en force :

« Dans un grand lit carré…
Dans un grand lit carré…

Couvert de teille blanche, Lonla…
Couvert de teille blanche… »

Enfin, Gaspard parvient à saisir la fiole dans sa poche. Tout doucement, sans cesser de chanter, il ôte le bouchon et approche le fin goulot des lèvres tremblantes.

Blonde frémit.

Mais elle ne se dérobe pas.

L'eau-lumière s'écoule dans sa bouche jusqu'à la dernière goutte…

– jusqu'au dernier refrain.

« Et nous y dormirions…
Et nous y dormirions…
Jusqu'à la fin du monde, Lonla…
Jusqu'à la fin du monde. »

C'est doux et c'est sucré.

C'est apaisant comme la berceuse d'une mère, comme le baiser d'un être aimé.

Blonde ferme une dernière fois les yeux, et lorsqu'elle les rouvre la nuit est lavée, débarrassée de son voile rouge.

Elle sent le cou de Gaspard palpiter entre ses doigts qui achèvent de se desserrer, qui déjà ne sont plus un étau, mais une caresse.

Ces grands yeux bruns qui la regardent – c'est étrange, on dirait plus que jamais les yeux d'un cerf, le roi des forêts !

Un crissement de roues retentit sur le pont au-dessus de la berge.

– Ce sont eux, murmure Gaspard. Ce sont les gendarmes qui viennent nous arrêter. Pardon de n'avoir pas réussi à nous sauver…

Mais la voix qui crie par-dessus le pont n'est pas une voix de gendarme, pas même une voix d'homme.

C'est une voix de femme éraillée comme une scie :

– Dépêchez-vous, les tourtereaux ! Pour l'instant, je suis la seule à vous avoir localisés grâce à mes petites boîtes, mais la maréchaussée ne va pas tarder à arriver !

ÉPILOGUE

LE RÉVÉREND JOHANNES DÉFIT LES DEUX DERNIERS BOUTONS de sa chemise, et s'étira de tout son long sur la chaise qu'il avait installée devant le presbytère, face à la lande. Il avait l'habitude de passer ainsi quelques heures chaque samedi, à observer la Création du Seigneur et à laisser venir l'inspiration pour son sermon dominical devant ses ouailles du village. Ce matin-là cependant, il avait du mal à garder les yeux ouverts. Aussi loin que remontait sa mémoire, il n'avait jamais connu un été si chaud ni si éblouissant. Cela avait commencé dès le mois de mai ; à présent on était à la fin août, la saison traditionnelle des orages, et il n'y avait toujours pas l'ombre d'un nuage dans le ciel.

La brise qui caressait les dunes était chargée de parfums étranges, d'odeurs de garrigue inconnues sous ces latitudes. Cuites par le soleil, les hautes herbes de la lande avaient pris une teinte dorée. Leur balancement évoquait une chevelure de géante, de walkyrie semblable à celles qui peuplaient les légendes de l'ancien temps.

Le révérend Johannes cligna des yeux, et porta sa main noueuse en visière sur son front.

Il lui semblait voir quelqu'un s'approcher depuis l'est, à contre-jour dans les rayons aveuglants.

Il plissa les paupières… Oui, il y avait bien deux silhouettes qui avançaient dans sa direction, à travers la lande déserte.

Le révérend Johannes essuya les larmes que la lumière rasante lui avait arrachées. Il lissa sa barbe blanche, puis il ferma les yeux pour se concentrer sur le bruissement de la nature et tenter d'y discerner la voix de Dieu.

– *God morgen…*

Le révérend Johannes rouvrit les yeux.

Les deux silhouettes s'étaient changées en deux jeunes gens, deux voyageurs portant sacs sur le dos, qui semblaient surgis de nulle part. Le premier était un grand gars aux cheveux châtains ébouriffés par le vent, aux bras cuivrés sous les manches retroussées de sa chemise. La splendide jeune femme qui l'accompagnait était aussi blonde que les herbes de la lande, et le soleil avait donné à sa peau laiteuse une teinte d'abricot que le blanc de sa robe de coton rendait plus éclatante encore. Ces deux-là étaient beaux comme l'aube du monde – oui, comme Adam et Ève ressuscités.

Le jeune homme désigna le clocher du temple qui s'élevait derrière le presbytère. C'était le seul bâtiment en briques à des lieues à la ronde ; quelques arpents plus loin, les maisons du village n'étaient que torchis et chaume.

– *Er du… præst ?*

Le révérend Johannes n'avait jamais quitté son Jutland natal, aussi ne parvint-il pas à identifier l'accent du jeune homme derrière ses quelques mots de danois.

Il hocha la tête :

– Oui, je suis pasteur, répondit-il en articulant bien chaque syllabe. Je m'appelle Johannes.

Le jeune homme sourit, dévoilant des dents ivoirines. Il prit la main de sa compagne et il les tendit devant lui, leurs deux mains liées, telle une offrande. Point n'était besoin de paroles pour comprendre ce qu'il demandait.

– Vous marier ?… balbutia le vieux pasteur. Mais d'où venez-vous donc, et quelle est votre paroisse ?

Tout en posant ces questions, le révérend Johannes se rendit compte qu'elles étaient vaines. Ces étrangers ne pouvaient lui répondre. Ils étaient des nomades, des voyageurs. La lande les avait amenés et la lande les reprendrait, pareille à une mer ondulante qui charrie des trésors dont l'origine demeure pour toujours inconnue. Une seule chose était certaine : le rayonnement de l'amour qui baignait ces deux-là.

Les marier ?

Comme cela, maintenant, sans attendre ? – juste parce que la lande et la mer n'attendent pas.

Après tout, pourquoi pas, mais oui !

– Suivez-moi ! dit-il en se levant de sa chaise avec une vigueur qu'il n'avait plus ressentie depuis bien des années.

Il conduisit les mystérieux visiteurs dans le petit temple désert. Les rayons du soleil pleuvaient à travers les fenêtres hautes, capturant des grains de poussière qui ressemblaient à des anges ou à des fées.

Le révérend Johannes attacha à la hâte autour de son cou la collerette plissée qu'il revêtait habituellement pour l'assemblée paroissiale, puis il posa la Bible sur son pupitre. Le livre saint s'ouvrit miraculeusement sur les pages du Cantique des Cantiques. Le pasteur y vit un signe supplémentaire.

– Commençons, commençons, dit-il. Mais au fait... comment vous appelez-vous ? Quels sont vos noms ?

Debout au pied du pupitre, les deux promis parurent comprendre ce qu'on leur demandait.

– Gaspard, dit le jeune homme en appuyant sa main contre sa poitrine.

D'un geste gracieux, la jeune fille rabattit derrière sa nuque ses amples boucles d'or.

– Blonde, dit-elle d'une voix lumineuse.

Ce matin-là, en regardant les nouveaux épousés disparaître dans l'horizon étincelant, le vieux Johannes se sentit rempli d'une reconnaissance infinie. Avait-il réellement béni cette union étonnante, ou bien tout cela n'avait-il été qu'un rêve inspiré par la chaleur de l'été, par le chant de la lande ? Au fond cela importait peu. Car il avait trouvé le sujet de son sermon. Il y avait longtemps qu'il l'avait oublié, longtemps qu'il ne l'avait pas rappelé à ses paroissiens : l'amour peut tout.

Là-haut sur son pupitre, la Bible était restée ouverte sur la lecture qu'il ferait le lendemain :

« L'amour est fort comme la mort,
La passion est implacable comme l'abîme.
Ses flammes sont des flammes brûlantes,
C'est un feu divin ! »

*

– Crois-tu que ce soit la bonne île ? demanda Blonde.

Assise à l'arrière de la barque, elle regardait la forme noire s'approcher un peu plus à chaque coup de rame que donnait Gaspard.

– Elle correspond à la description du diacre Ambrogio. Tout au nord du Jutland... Une île qui a entièrement brûlé il y a des années de cela... C'est bien ce que nous ont dit les habitants du dernier village sur la côte, ceux qui nous ont vendu cette barque ?

– Oui, c'est ce que nous avons cru comprendre à travers leurs gestes et cette langue que nous comprenons à peine. Mais j'ai l'impression qu'ils en parlaient comme on parle d'une légende, de quelque chose qui n'existe pas vraiment. Je crois qu'aucun d'eux n'y a jamais mis les pieds.

– Qui voudrait aller sur un bout de rocher calciné, à part deux fous comme nous ?

Gaspard sourit.

Il lâcha un instant ses rames, posa sa main sur la cheville de Blonde. Le contact était parfaitement lisse ; le pelage doré n'avait pas commencé à repousser ; l'eau-lumière exerçait encore sa magie…

Cela faisait un mois que Blonde avait bu la fiole du diacre Ambrogio. Ce mois avait été le plus beau de leur vie à tous les deux. Le soir même de leur fuite de Metz, madame Lune avait retiré une à une les trois balles logées dans le corps de Blonde. Elle avait pratiqué l'opération sur le tapis de la roulotte, en état de transe comme ces guérisseurs orientaux guidés par les esprits. Mais le plus impressionnant avait été la manière dont les plaies de Blonde s'étaient aussitôt refermées sous la toison dorée ; elle n'avait même pas eu besoin de tremper à nouveau ses lèvres dans la drogue de la voyante pour supporter la douleur de l'intervention. Telles étaient les fabuleuses vertus de l'eau-lumière, ce breuvage qui avait déjà soigné le corps et l'âme de tant de guerriers…

Le lendemain, la vieille femme les avait déposés à la frontière de la Confédération germanique avec sa bénédiction et de l'argent. « Vous en aurez plus besoin que moi, avait-elle dit. De toute façon, mes économies ne me servent qu'à remplir mon coffre de laudanum, et j'ai décidé de me défaire de cette drogue. » C'était le dernier présent qu'elle leur avait fait, le plus beau de tous : un sursis. Quoi qu'il advînt par la suite, Gaspard et Blonde savaient qu'ils lui seraient pour toujours reconnaissants.

Le fait de se retrouver livrés à eux-mêmes ne les avait pas effrayés, au contraire ! La liberté qui leur était miraculeusement offerte leur avait semblé d'autant plus grisante qu'ils la savaient éphémère – parce que les forces de police finiraient peut-être par les retrouver ; parce que les effets de l'eau-lumière finiraient sûrement par s'estomper.

Ce conte-là, c'était le leur, débarrassé des sortilèges du passé.

Sans doute serait-il court, sans doute ne se terminerait-il pas bien, mais au moins n'appartiendrait-il qu'à eux de l'écrire jusqu'au bout.

Un petit hôtel de Prusse les avait accueillis au premier soir. Dès qu'ils avaient pris la chambre, Blonde s'était réfugiée dans la salle de bains avec une bassine d'eau bouillante, un pot de miel et divers onguents achetés chez l'apothicaire local. Elle en était ressortie métamorphosée plusieurs heures plus tard, un drap enveloppant pudiquement son corps épilé, rendu à sa blancheur originelle. Ébloui, Gaspard avait cru voir s'animer la Diane de son atelier romain. Blonde s'était découverte chasseresse dans le regard de son fiancé, libérée des dernières brumes de l'animalité, mais débordante d'une vitalité animale qui ne la déserterait jamais plus. En dépit de l'attirance brûlante qu'ils ressentaient l'un pour l'autre, les deux amoureux n'avaient point osé se toucher – point encore. Ce n'était pas seulement les préceptes des ursulines qui les retenaient ; un instinct profond leur ordonnait de placer entre les mains de Dieu une union souffrant d'un antécédent aussi terrible que celui de Baldur et de sa promise. Aussi avaient-ils passé cette première nuit commune à se contempler, sans fermer un instant les yeux pour ne rien perdre l'un de l'autre. Au matin, le réceptionniste ensommeillé avait vu descendre une jeune femme ravissante au bras d'un fier jeune homme ; pourtant, il aurait juré que c'étaient deux Compagnons qui avaient pris la chambre, le soir précédent…

Ainsi les amoureux avaient-ils vécu leur étrange fugue, au rythme des dernières gouttes d'eau-lumière se dissolvant dans le sang de Blonde comme à travers une clepsydre. Chaque soir ils s'endormaient dans une ville différente, dans une chambre nouvelle. Et chaque matin le chant des oiseaux les éveillait au creux de leurs draps, des voiles blanches et immenses comme celles de la chanson de Gaspard.

Blonde ne se souvenait guère de ce qui s'était passé pendant les jours qui avaient précédé leurs retrouvailles, pendant les jours où elle s'était perdue elle-même. Peut-être cette amnésie procédait-elle du signe de l'Ours ; peut-être le laudanum y était-il pour quelque chose, cette eau noire de l'oubli qui avait failli la noyer à jamais lorsqu'elle l'avait absorbée avant de se réfugier dans la grange de Chouvarain. Elle n'était certaine que d'une chose : elle ne voulait jamais plus perdre Gaspard, ni jamais plus poser sur lui un regard couleur de sang. Guidés par l'espoir un peu fou d'échapper à leur destin, les deux amants avaient décidé de monter vers le nord. De refaire pour la troisième fois le voyage que Gabrielle de Brances, puis le diacre Ambrogio avaient déjà accompli à deux reprises avant eux.

Ils savaient que leurs chances de localiser l'île sans nom étaient minces, que celles d'y trouver un remède à la maladie de Blonde l'étaient plus encore. Aussi s'étaient-ils efforcés de profiter au maximum de cet été extraordinaire, le premier et selon toute vraisemblance le dernier qu'ils vivraient ensemble. Leur mariage dans ce temple envahi de soleil en avait été le point culminant.

À présent l'été touchait à sa fin.

À présent ils étaient ivres de lumière, de l'odeur de la lande et du parfum de leurs peaux.

Ils étaient mari et femme à présent, ils s'aimaient entièrement, et plus rien ne pourrait jamais les séparer – « L'amour est fort comme la mort ».

Les carcasses calcinées des vaisseaux furent les premiers reliefs que Blonde aperçut.

Il ne restait que des moignons de mâts, des bouts de coques noirs et déchiquetés, mais elle pouvait sans peine imaginer les fiers bâtiments à qui avaient appartenu ces restes.

– C'est bien là, dit-elle simplement, comme quelqu'un qui rentre à la maison après un long voyage.

La barque glissa silencieusement entre les navires naufragés, et alla s'échouer sur la grève sans un bruit. Le sable n'était pas blanc comme sur toute la côte du Jutland, mais gris, mêlé de cendres. Au bout de la plage, de grands rochers noirs se dressaient, pareils à des spectres sévères gardant la porte des enfers.

Il n'y avait pas un souffle de vent.

– À quoi penses-tu ? murmura Gaspard.

– À Gabrielle. Aux années qu'elle a vécues ici avec Sven. Et toi ?

– Moi je pense à maître Gregorius. Il aurait aimé être enterré ici, je crois.

Gaspard prit une profonde inspiration, et l'haleine piquante de l'île sans nom lui chauffa la poitrine.

– J'espère que son assassin est en prison, et cet ignoble Ferrière aussi. Quant au vieux Valrémy… je ne serai point en paix tant qu'il dormira tranquillement dans son château. C'est lui qui est derrière tout ça, Blonde. C'est lui qui a voulu te tuer. C'est lui qui a volé l'héritage de Gabrielle – ton héritage.

– Mon héritage, c'est toi, c'est le temps qu'il nous reste ensemble. Quand l'eau-lumière aura cessé de faire effet, quand je redeviendrai ce… *cette chose*, tu devras quitter l'île. Tu pourras aller livrer cette guerre qui n'est plus la mienne, dire aux juges et au monde entier qui j'ai vraiment été.

Parvenus au bout de la plage, Blonde et Gaspard escaladèrent les rochers, et débouchèrent sur le plateau qui coiffait l'île.

Le spectacle était hallucinant.

On aurait dit la surface d'une lune maudite, une steppe noire comme la nuit sous le grand éclat du jour. Les deux fugitifs se mirent à marcher au milieu de ce décor d'anthracite et de pierres vitrifiées, vers la silhouette délabrée de ce qui avait été le Manoir sur la lande.

Ce fut Gaspard qui vit la fleur en premier.

– Regarde ! s'exclama-t-il.

C'était une fleur mauve, qui ressemblait à un bijou sur l'écrin sombre de la terre brûlée.

Au bout de quelques pas, ils en virent une autre, puis une autre encore, puis un champ entier, et pas seulement des mauves, mais aussi des rouges, des jaunes, des bleues !

Parvenus au Manoir, ils se rendirent compte que ce n'était pas le tas de charbon stérile qu'ils pensaient découvrir. Clématites, lierres, fleurs et herbes hautes : une végétation luxuriante avait entièrement recouvert les ruines. Au-dessus des pans de murs restés debout, les lianes formaient déjà presque un toit – *leur toit*, ils le devinèrent aussitôt, sans avoir besoin d'échanger la moindre parole.

L'air ici ne sentait plus la suie ni la cendre.

Il était doux et sucré

Apaisant comme la berceuse d'une mère, comme le baiser d'un être aimé.

Un bourdonnement résonna dans le silence, une très vieille mélodie, la même musique qui depuis des millénaires souhaitait la bienvenue aux guerriers fourbus par les batailles.

Blonde et Gaspard tournèrent le regard en même temps, dans la même direction : là-bas, derrière la chaumière de verdure, un nuage d'abeilles flottait au-dessus d'étranges chardons blancs montés sur des tiges de verre.

CHRONOLOGIE

en mémoire de Gabrielle de Brances

Se trouvent assemblés ici les principaux événements ayant trait à la vie de Gabrielle de Brances (1797-1819), que l'Histoire a oubliée mais dont le monde entier se souvient sous le nom de Boucle d'Or.

1797	Naissance de Gabrielle de Brance à Potsdam, en Prusse, où ses parents sont exilés.
1802	Publication de *René*, de François-René de Châteaubriand.
1807-1814	Guerre des canonnières opposant le Danemark, allié de la France napoléonienne, aux Britanniques.
Hiver 1812	Retraite de Russie.
Juillet 1813	Les Britanniques découvrent l'île sans nom et en massacrent presque toute la population.
14 janvier 1814	Le traité de Kiel marque la défaite du Danemark face aux puissances alliées.
6 avril 1814	Abdication Napoléon 1er et exil à l'île d'Elbe.
15 mai 1814	Première disparition de Gabrielle en forêt vosgienne, sur la route du retour d'exil des Brances.
21 mai 1814	Libération de Gabrielle par Charles de Valrémy et affrontement mortel au seuil de la chaumière de la forêt.
30 mars 1814	Publication de *De Buonaparte et des Bourbons*, pamphlet de François-René de Châteaubriand contre l'Empereur déchu.
10 février 1815	Gabrielle accouche d'une petite fille qu'elle prénomme Renée.
1er mars 1815	Retour triomphal de Napoléon 1er en France et début des Cent-Jours.
10 mars 1815	Deuxième disparition de Gabrielle.
15 mars 1815	Exil des Valrémy en Grande-Bretagne.
17 mars 1815	Déposition de Charles de Valrémy auprès du commissaire Chapon.
20 mars 1815	Charles de Valrémy rejoint sa famille en Grande-Bretagne, où il rencontre l'écrivain Robert Southey à qui il confie son histoire.

22 mars 1815	Départ de Gabrielle et de Sven pour le Danemark.
27 mai 1815	Clôture du dossier Chapon, au terme de recherches infructueuses pour retrouver Gabrielle.
juin 1815 ?	Mort du baron et de la baronne de Brances au cours de la campagne de Belgique.
18 juin 1815	Défaite définitive de Napoléon 1er à Waterloo.
30 juin 1815	Retour des Valrémy en France. Charles découvre la lettre d'adieu de Gabrielle.
5 août 1815	Annulation du mariage de Charles et Gabrielle. Par décret papal, les biens des Brances reviennent aux Valrémy.
18 septembre 1815	La petite Renée est déposée dans ses langes au couvent Sainte-Ursule.
juillet 1816	Charles de Valrémy se remarie.
avril 1816	Départ de l'expédition du diacre Ambrogio depuis Rome pour la Scandinavie.
juin 1818	Le diacre Ambrogio, le diacre Giovanni et le père Bartolomeo parviennent à l'île sans nom.
août 1818	Incendie de l'île sans nom.
13 novembre 1818	Le diacre Ambrogio remet son rapport au Conseil de conjuration.
5 mai 1819	Accident au couvent Sainte-Ursule : la petite Renée agresse une camarade en jouant dans le jardin. Désormais les sœurs ne l'appelleront plus que par le nom de Blonde.
juillet 1819	Le comte Charles abat Gabrielle et Sven dans le parc du château de Valrémy.
9 août 1830	Proclamation de la Monarchie de Juillet : Louis-Philippe, issu de la maison d'Orléans, succède à Charles X sur le trône de France.
juin 1830	Le manuscrit du conte *Les Trois Ours* est envoyé par Robert Southey à Charles de Valrémy.
Mars 1832	Le vieux commissaire Chapon vient chercher Blonde dans les ombres de Sainte-Ursule. La jeune femme se met en quête de son passé.
1837	Publication à Londres du conte *Les Trois Ours* par Robert Southey.

REMERCIEMENTS

Mes remerciements vont tout d'abord à Constance, qui m'a prodigué ses précieux conseils avec clairvoyance tout au long de la lente gestation que constitue l'écriture d'un roman, et à Laure qui a employé ses talents à donner le jour à ANIMALE sous sa forme définitive. Merci aussi à Thierry pour la confiance qu'il me témoigne, ainsi qu'à la formidable équipe qui l'entoure aux éditions Gallimard : Frédérique, Joy et Victor.

Merci à E., à mes parents et à mes proches pour m'avoir encouragé dans mon enquête sur les traces de Boucle d'Or, même lorsque la piste se noyait dans les ombres.

Merci à Stéphanie, à Bernard et à Marie-Charlotte pour avoir accompagné avec bienveillance la parution de ce livre.

J'ai écrit ANIMALE en bien des nuits et en bien des lieux : un appartement coincé au cœur de Paris, un manoir perdu parmi les vastes forêts de Bourgogne, une cabane de pêcheur en Italie, une antique maison chinoise à Singapour. Chacun de ces endroits a sans doute laissé un peu de son âme dans les lignes que vous venez de lire.

Je voudrais enfin saluer les lecteurs qui me suivent depuis le début, et souhaiter la bienvenue à ceux qui me rejoignent avec cette histoire. À tous, je dis : « merci, et à bientôt ! »

Victor Dixen

TABLE

Continuez dans l'univers des contes
avec ce passionnant roman
de Cornelia Funke :

En découvrant un monde extraordinaire derrière le miroir de leur appartement new-yorkais, Jacob Reckless pensait avoir trouvé la liberté. Mais cet univers fascinant est aussi dangereux et, un jour, Will, son jeune frère, déjoue la vigilance de Jacob et le suit à travers le miroir. Victime d'un maléfice, il se transforme en monstre, brisant ainsi le cœur de celle qu'il aime... Reckless n'a que deux jours pour le sauver!

L'AUTEUR

Victor Dixen est né d'un père danois et d'une mère française. Enfant, il échappe à la surveillance de ses parents et s'embarque dans les montagnes russes du plus vieux parc d'attractions du monde, le Tivoli de Copenhague. Sujets à d'étranges insomnies depuis cet incident, il consacre l'essentiel de ses nuits à l'écriture de son premier roman *Le Cas Jack Spark*, d'abord publié aux éditions Gawsewitch, puis en Pôle fiction chez Gallimard Jeunesse. Après avoir passé plusieurs années aux États-Unis et en Irlande, Victor Dixen vit aujourd'hui en Asie.

Retrouvez Victor Dixen sur son site :
www.victordixen.com

Le papier de cet ouvrage est composé de fibres naturelles, renouvelables, recyclables et fabriquées à partir de bois provenant de forêts gérées durablement.

Mise en pages : Dominique Guillaumin

Loi n° 49-956 du 16 juillet 1949
sur les publications destinées à la jeunesse
Dépôt légal : août 2013
N° d'édition : 246186
N° d'impression : 118688

Imprimé en France
par CPI Firmin Didot